À MOI LA NUIT, TOI LE JOUR

Beth O'Leary

À moi la nuit, toi le jour

Traduit de l'anglais
par Valéry Lameignère

MAZARINE

Conception graphique : Jeanne de Nîmes

D'après une maquette originale de Halla Sigga / Forlagid
Cet ouvrage est la traduction intégrale,
publiée pour la première fois en France, du livre de langue anglaise :
THE FLAT SHARE

Édition originale : Quercus Editions Ltd,
Carmelite House, 50 Victoria Embankment,
Londres EC4Y ODZ.

ISBN : 978-2-863-74488-8
Dépôt légal : février 2020

FÉVRIER

1

Tiffy

Il faut le dire pour ne pas céder au désespoir : ça a le mérite de vous ouvrir l'esprit.

Vraiment, il y a du bon dans cet appartement. En frottant bien, on peut sûrement faire disparaître la moisissure en Technicolor qui orne le mur de la cuisine. Du moins pendant quelques jours. L'immonde matelas peut être remplacé sans dépenser des sommes folles. Et il faudrait être de mauvaise foi pour refuser d'admettre que les champignons qui poussent derrière les W.-C. donnent à cette pièce un agréable côté champêtre.

Cela dit, Gerty et Mo ne semblent pas désespérés, mais pas positifs pour autant. Leurs visages affichent une même expression, que je qualifierais d'« atterrée ».

– Tu ne peux pas vivre ici.

Ce sont les premiers mots qui sortent de la bouche de Gerty. Elle se tient bien droite, bottines à talons serrées l'une contre l'autre et coudes collés le long du corps, comme si elle essayait d'occuper le moins d'espace possible pour protester contre le simple fait d'être là. Ses cheveux sont tirés en arrière et réunis sur la nuque en un chignon solidement épinglé, de sorte qu'elle puisse enfiler facilement sa perruque d'avocate, une fois au Palais de justice. La tête qu'elle fait serait comique, si ce n'était pas de ma vie qu'on parlait.

– On doit pouvoir trouver mieux avec ton budget, Tiff, dit Mo d'un ton inquiet, le visage émergeant du placard à chauffe-eau.

Il a l'air encore plus hirsute qu'à l'ordinaire, aidé en cela par la toile d'araignée qui s'est prise dans les poils de sa barbe.

– Je ne pensais pas que c'était possible, mais cet appart est sans doute pire que celui qu'on a vu hier soir.

Je balaie les lieux du regard, à la recherche de l'agent immobilier ; il est heureusement trop loin pour nous entendre, grillant une cigarette sur le « balcon » (le toit branlant du garage voisin, certainement pas conçu pour accueillir du monde).

– Ne comptez pas sur moi pour visiter un autre de ces trous à rats, dit Gerty en jetant un coup d'œil à sa montre (il est 8 heures du matin et elle doit être au tribunal de South Crown à 9 heures). Il doit y avoir une autre solution.

– On peut sûrement lui trouver une petite place chez nous, dit Mo.

C'est la cinquième ou sixième fois depuis samedi qu'il propose ça.

– Sérieusement, Mo, lui rétorque sèchement Gerty, tu veux bien arrêter avec ça ? Ce n'est pas une solution à long terme. Sans compter qu'elle devrait dormir debout pour qu'on puisse la caser quelque part.

Elle se tourne vers moi et me jette un regard exaspéré.

– Tu ne pourrais pas être moins grande ? On aurait pu t'aménager un lit sous la table à manger si tu faisais moins d'un mètre quatre-vingts.

Je grimace un sourire d'excuse, mais en réalité je préfère vivre ici que sur le sol du minuscule appartement hors de prix que Mo et Gerty ont acheté le mois dernier, à West London. Ils n'ont jamais vécu ensemble, pas même quand on formait le plus inséparable des trios à l'université, et j'ai peur que leur amitié n'y résiste pas. Mo est désordonné, distrait et possède la mystérieuse faculté de prendre beaucoup de place malgré un physique plutôt discret. Gerty, en revanche, a passé les trois dernières années dans un appartement si parfaitement propre qu'on aurait dit une image de synthèse. Je me demande comment ces deux modes de vie vont pouvoir se mélanger sans provoquer d'explosion.

Mais le vrai problème, c'est que trouver refuge chez mes amis est une solution temporaire. Accepter de dormir sur leur bout de parquet, c'est prendre le risque de faire machine arrière et de retourner vivre chez Justin. Or, depuis jeudi, 23 heures, j'ai officiellement décidé que cette option ne figurait plus au programme. J'ai besoin d'aller de l'avant, et il faut que je signe un bail pour m'empêcher de revenir sur ma décision.

Mo se laisse tomber sur le canapé crasseux et se masse le front.

– Tiff, je pourrais te prêter un peu…

Je ne le laisse pas finir sa phrase :

– Pas question que tu me prêtes de l'argent, dis-je d'un ton plus sec que je ne l'aurais voulu. Écoute, il faut *vraiment* que ce soit réglé cette semaine. C'est soit ce taudis, soit partager l'appart d'un inconnu.

– Partager *le lit*, tu veux dire, lance Gerty. D'ailleurs, peut-on connaître la raison d'une telle urgence ? Je me réjouis de ta décision, bien entendu, mais la dernière fois que je suis passée te voir dans cet appartement, tu attendais bien sagement que « qui tu sais » daigne rentrer au bercail.

J'accuse le coup, prise au dépourvu. Je ne suis pas surprise que Gerty se réjouisse de mon envie de tourner la page ; ni elle ni Mo n'ont jamais porté Justin dans leur cœur et je sais que ça les rend dingues que je vive encore chez lui, même s'il n'y passe plus qu'en coup de vent. Simplement, c'est inhabituel d'entendre Gerty évoquer Justin aussi directement. Depuis que l'ultime dîner de la réconciliation s'est terminé en horrible dispute, j'ai abandonné mes efforts pour arrondir les angles et tout bonnement cessé de parler de lui devant Mo et Gerty. Les habitudes ayant la vie dure, on continue d'éviter le sujet entre nous malgré notre séparation.

– Et puis pourquoi faut-il que tu cherches un truc *tellement* bon marché ? poursuit Gerty sans prêter attention à la mise en garde que Mo lui adresse du regard. Je sais que tu as un salaire de misère, mais soyons réalistes, Tiffy ; un loyer de 400 livres par mois à Londres, c'est juste impossible. Tu as réfléchi à la question avant de te lancer ? Je veux dire, réfléchi sérieusement ?

Je déglutis. Je sens sur moi le regard attentif de Mo. C'est le problème quand on a un ami psy. Mo est pour ainsi dire télépathe de métier et il semble ne jamais mettre ses superpouvoirs sur pause.

– Tiff ? dit-il d'une voix douce.

Oh, merde, il va falloir que je leur montre. Il n'y a pas d'autre choix. Vite et d'un seul coup, comme pour retirer une bande de cire dépilatoire, plonger dans l'eau froide ou dire à ma mère que j'ai cassé un des bibelots du salon.

J'attrape mon téléphone et leur fais lire le message Facebook.

Tiffy,

Je suis vraiment déçu par la façon dont tu t'es comportée hier soir. C'était parfaitement déplacé. C'est mon appartement, d'accord ? Je peux y venir quand je veux et avec qui je veux. Je m'attendais à davantage de gratitude de ta part. Après tout, rien ne m'oblige à t'offrir l'hospitalité. Je sais que la séparation a été dure pour toi et que tu n'es pas encore prête à partir. Mais si tu penses que ça t'autorise à « fixer des règles », alors il est temps que tu me paies les trois derniers mois de loyer et que tu sortes désormais ton carnet de chèques au début de chaque nouveau mois que tu comptes passer dans cet appartement. Patricia dit que tu profites de moi, que tu vis chez moi sans débourser un rond ou presque, et même si jusque-là je t'ai toujours défendue, après ton petit numéro d'hier soir je commence à me dire qu'elle a raison.

Je t'embrasse,

Justin.

Tu profites de moi... Mon estomac se noue en relisant ces mots ; ça n'a jamais été mon intention. Simplement, je n'avais pas compris que cette fois-ci il m'avait quittée pour de bon.

Mo est le premier à réagir :

– Il est encore venu « faire un saut » jeudi ? Avec Patricia ?

Je détourne le regard.

– Il n'a pas entièrement tort, tu sais. C'est vrai que c'est gentil de sa part de m'avoir laissée vivre chez lui pendant si longtemps.

– C'est marrant, intervient Gerty d'une voix sombre. J'ai toujours eu la nette impression que ça lui convenait bien, à lui aussi. Qu'il aimait t'avoir sous la main.

Ça fait bizarre, dit comme ça, mais au fond je partage un peu son sentiment. Tant que je vis dans l'appartement de Justin, notre histoire n'est pas vraiment terminée. Il faut dire que chaque fois qu'il est parti, il a fini par revenir. Mais là... j'ai rencontré Patricia. La jeune femme bien réelle, extrêmement séduisante et disons-le assez charmante pour laquelle Justin m'a quittée. Avant elle, il n'était jamais parti pour une autre.

Mo me prend une main, et l'autre disparaît bientôt dans celle de Gerty. On reste comme ça, sans se soucier de l'agent immobilier qui fume toujours derrière la fenêtre, et je m'autorise à pleurer pendant un moment.

– Enfin, bref, dis-je avec un entrain forcé, récupérant mes mains pour m'essuyer les yeux. Il faut que je déménage. Maintenant, là, tout de suite. Même si je voulais rester, au risque de me retrouver encore nez à nez avec cette Patricia, je n'ai pas les moyens de payer le loyer. Et puis je dois déjà plein de fric à Justin et je n'ai aucune envie d'en emprunter à qui que ce soit. Pour être honnête, je commence à en avoir marre de me faire payer des trucs par les autres, donc… oui. C'est ça ou la coloc.

Le regard de Mo croise brièvement celui de Gerty, qui ferme les yeux avec une expression douloureuse et résignée.

– Eh bien, il est clair que tu ne peux pas vivre ici.

Elle rouvre les yeux et tend la main.

– Montre-moi encore cette annonce.

Je lui donne mon téléphone, le temps d'afficher l'annonce de la colocation à la place du message de Justin.

Appartement ensoleillé à Stockwell, loyer 350 £/mois, charges comprises. Disponible immédiatement, pour six mois minimum.

Appartement (et chambre/lit) à partager avec infirmier en soins palliatifs qui travaille de nuit et sera présent uniquement de 9 heures à 18 heures, du lundi au vendredi (absent le week-end). Le reste du temps, les lieux sont tout à vous ! Parfait pour quelqu'un avec des horaires de bureau classiques.

Pour visiter, contacter L. Twomey – Coordonnées ci-dessous.

– Il ne s'agit pas seulement de partager un appart, Tiff, dit Mo d'un ton préoccupé, mais aussi de partager un lit. Et partager un lit, c'est *bizarre*.

– Surtout qu'il y a écrit « infirmier » et non « infirmière », intervient Gerty. C'est peut-être une erreur de frappe, mais imagine que ce soit vraiment un homme ?

Je m'y attendais, à celle-là.

– Quelle importance ? dis-je calmement. Ce n'est pas comme si on allait se retrouver au pieu *au même moment*. Ni même dans l'appartement, d'ailleurs.

Ça ressemble un peu trop à ce que j'ai dit le mois dernier pour justifier ma décision de rester chez Justin, mais passons.

– Tu dormiras dans le même lit que ton colocataire, Tiffany ! s'exclame Gerty. Tout le monde sait que la règle d'or de la colocation est : « Ne partage jamais le lit de ton coloc. »

– Je ne crois pas que ta règle s'applique ici, dis-je d'une voix ironique. Tu vois, Gerty, ce qu'on entend généralement par « partager le lit » de quelqu'un, c'est…

Gerty plante ses yeux dans les miens.

– Oui, je suis au courant. Merci, Tiffany.

Les ricanements de Mo cessent d'un coup quand Gerty le fusille du regard.

– Je dirais que la règle d'or de la colocation est de s'assurer qu'on s'entend bien avec l'autre avant de vivre sous le même toit, dit-il, renvoyant astucieusement la pression sur moi. *Surtout* dans de telles circonstances.

– Il va de soi que je vais d'abord rencontrer ce L. Twomey, dis-je. Si on n'a pas d'atomes crochus, je ne prendrai pas l'appart.

Mo m'adresse un hochement de tête et serre doucement mon épaule. On s'immerge tous les trois dans le genre de silence qui s'installe au terme d'une discussion difficile, entre soulagement d'en avoir terminé et satisfaction d'avoir pris un semblant de décision.

– D'accord, dit Gerty. D'accord. Fais ce que tu as à faire. De toute façon, ça ne peut pas être pire que de vivre dans un endroit aussi sordide.

Elle quitte les lieux d'un pas décidé, se retournant juste avant de passer la porte pour interpeller l'agent immobilier qui vient de regagner la terre ferme, clope fumant entre les doigts.

– Quant à vous, lui lance-t-elle d'une voix sonore, vous êtes une plaie pour la société.

La tête rentrée dans les épaules, il grimace, tandis que la porte claque derrière elle.

J'arrive de bonne heure au travail et me laisse tomber lourdement sur mon fauteuil. En ce moment, mon bureau est ce que j'ai de plus proche d'un chez-moi. C'est un refuge pour créations artisanales à demi terminées, objets trop lourds pour être ramenés en bus, et plantes en pots agencées de sorte que je puisse voir les gens approcher avant qu'ils sachent si je suis là. Mon mur végétal me vaut la considération de bon nombre de mes collègues qui y voient un modèle de décoration intérieure (en fait, ce n'est pas sorcier : il faut simplement choisir des plantes vaguement assorties à la couleur de vos cheveux – roux dans mon cas – et se planquer/fuir dès que vous apercevez quelqu'un qui se dirige vers vous d'un pas décidé).

Ma journée de travail commence par un rendez-vous avec Katherin, une de mes auteures favorites. Elle écrit un livre sur le crochet. C'est destiné à une audience de niche, mais ce type d'ouvrage constitue l'ADN de notre maison d'édition. Butterfingers Press est spécialisée dans les livres de loisirs créatifs et de DIY. Teignez vos draps au nœud, créez vous-même vos robes, fabriquez un abat-jour au crochet, meublez votre intérieur en recyclant de vieilles échelles… ce genre de choses.

J'adore travailler ici. C'est la seule raison qui puisse expliquer que je sois assistante d'édition depuis trois ans et demi avec un salaire qui me place sous le seuil de pauvreté selon les critères londoniens, et que je n'ai rien tenté à ce jour pour, par exemple, essayer de décrocher un job dans une maison d'édition qui gagne de l'argent. Gerty prend un malin plaisir à me dire que je manque d'ambition, mais je ne crois pas que ce soit la question. C'est simplement que j'aime les sujets dont traitent nos bouquins. Gamine, je passais mes journées à lire ou à bricoler mes jouets pour qu'ils soient davantage à mon goût : je teignais les cheveux de mes Barbie, je customisais ma pelleteuse. Et aujourd'hui, mon boulot réunit mes deux passions d'enfance : je gagne ma vie avec les livres et les loisirs créatifs.

Enfin, gagner ma vie... pas vraiment. Mais on me donne un peu d'argent. Juste assez pour payer mes impôts.

– Crois-moi, Tiffy, le crochet, c'est la prochaine folie. Ça va connaître la même vogue que les livres de coloriage, m'assure Katherin aussitôt installée dans notre meilleure salle de réunion où elle me présente son nouveau projet de livre.

J'examine le doigt qu'elle agite dans ma direction. Elle doit avoir une cinquantaine de bagues à chaque main, mais je n'ai pas encore réussi à repérer s'il y avait des alliances ou des bagues de fiançailles dans le tas (j'imagine que si Katherin en avait, ça ne se limiterait pas à une malheureuse bague).

Katherin évolue à la limite acceptable de l'excentricité : elle a une tresse blond vénitien, une peau bronzée qui vieillit plutôt bien et d'innombrables anecdotes sur des endroits où elle est entrée par effraction dans les années 1960 (ainsi que sur toutes sortes de choses sur lesquelles elle a adoré faire pipi). Elle a été une vraie rebelle, autrefois, et aujourd'hui encore elle refuse de mettre un soutien-gorge, alors qu'ils sont devenus plutôt confortables et que la plupart des femmes ont renoncé à se battre pour prendre le pouvoir, vu que Beyoncé s'en occupe pour nous.

– Ça se présente bien, dis-je. On pourrait peut-être ajouter un sous-titre avec « pleine conscience », qu'est-ce que tu en dis ? Le crochet, c'est une activité de pleine conscience, non ? Ça permet de concentrer son attention sur le moment présent, pas vrai ? Ou au contraire de se vider la tête ?

Katherin éclate de rire, visage renversé en arrière.

– Ah, Tiffy... Ton boulot est ridicule.

Elle me tapote affectueusement la main, puis attrape son sac.

– Pour l'atelier couture sur cette croisière, dis à Martin que je le ferai à la seule condition d'avoir une assistante glamour.

J'étouffe un grognement. Je sais où elle veut en venir. Katherin aime m'entraîner dans ce genre d'endroit : lorsqu'elle fait une démonstration, elle estime nécessaire d'avoir un mannequin pour montrer comment prendre les mesures à chaque étape de la confection du vêtement, et j'ai fait l'erreur fatale de proposer mes services un jour où elle ne trouvait personne. Et voilà que de roue de secours, je suis passée à premier choix. Les RP tiennent tellement à la présence de Katherin lors de ce type d'événements qu'ils se sont mis, eux aussi, à me supplier.

– C'est trop loin. Je ne t'accompagne pas sur une croisière.

– Mais c'est gratuit ! Les gens déboursent des milliers de livres pour faire ce genre de choses, Tiffy !

– Je te rappelle que tu ne les rejoins à bord que pour le tour de l'île de Wight, Katherin.

Martin m'a déjà mise au courant du programme.

– En plus, ça se passe le week-end et je ne travaille pas les week-ends.

– Ce n'est pas du travail, insiste Katherin. Je te propose une délicieuse promenade en mer en compagnie d'une amie.

Elle s'interrompt un instant.

– Je parle de moi, là, clarifie-t-elle. On est amies, n'est-ce pas ?

– Je suis ton éditrice ! dis-je en la poussant hors de la salle de réunion.

– Penses-y ! lance-t-elle par-dessus son épaule, nullement perturbée par mon refus.

Elle aperçoit Martin, qui l'a déjà repérée et contourne les imprimantes pour foncer droit sur elle.

– Pas question d'y aller sans elle, mon petit Martin ! C'est elle que vous devez convaincre, pas moi !

L'instant d'après, elle a disparu derrière le verre crasseux des portes du bureau.

Martin se tourne vers moi.

– J'adore tes chaussures, dit-il avec un sourire censé me charmer.

Le frisson qui me parcourt à sa vue n'a rien d'agréable. Je ne peux pas voir ce type en peinture. Martin des RP dit des choses comme « J'en ai besoin asap » en claquant des doigts sous le nez de Ruby, notre responsable marketing, qu'il semble prendre pour son assistante personnelle. Il n'a que vingt-trois ans, mais, convaincu que paraître plus âgé l'aidera dans son implacable quête de promotion, il adopte en permanence cet insupportable ton badin et saute sur la moindre occasion pour parler golf à notre directeur général.

Cela dit, mes chaussures *sont* magnifiques. Des bottines violettes style Dr Martens sur lesquelles j'ai peint de petits lys blancs, ce qui m'a pris presque tout mon samedi. Le temps que je consacre aux loisirs créatifs et à la personnalisation d'objets a sérieusement augmenté depuis que Justin m'a quittée.

– Merci, Martin, dis-je, amorçant déjà un repli stratégique vers mon bureau.

– Leela m'a dit que tu recherchais un appartement.

J'hésite. Il a sûrement une idée derrière la tête, et quelque chose me dit qu'elle ne va pas me plaire.

– Avec Hana, on a une chambre libre.

Hana est une fille du département marketing qui habite avec Martin et méprise ouvertement mon sens de la mode (elle ricane sur mon passage).

– Tu as peut-être déjà vu notre annonce sur Facebook, poursuit-il, mais je me suis dit que c'était mieux de t'en parler, tu sais, *in real life*. C'est un lit à une place, mais bon… je suppose que ça n'est pas un souci pour toi, en ce moment.

Comme on est amis, on te le propose à 500 livres par mois, plus les charges.

– C'est vraiment adorable de votre part ! dis-je. Malheureusement je viens *tout juste* de dénicher quelque chose.

Enfin, plus ou moins. Presque. Oh, mon Dieu, si L. Twomey ne veut pas de moi, vais-je devoir vivre avec Martin et Hana ? Je passe déjà toutes mes journées de travail dans les mêmes locaux qu'eux, ça me suffit amplement. Je ne suis pas certaine que ma (déjà peu ferme) décision de quitter l'appartement de Justin résisterait à l'idée d'un Martin me harcelant pour récupérer des loyers impayés et d'une Hana me contemplant chaque matin dans mon pyjama *Phinéas et Ferb* maculé de porridge.

– Ah, d'accord, dit Martin. Eh bien, on va devoir trouver quelqu'un d'autre, dans ce cas.

Son expression se fait rusée. Il a flairé un zeste de culpabilité.

– Tu me laisses tomber pour l'appartement, tu peux te racheter en acceptant d'accompagner Katherin pour sa…

– Non.

Il pousse un soupir théâtral.

– Enfin, Tiffy… C'est une croisière gratuite ! Tu n'aimes pas les croisières ?

Je les aimais beaucoup lorsque je les faisais avec mon merveilleux et désormais ex-petit ami. On naviguait d'île en île dans la mer des Antilles, ivres de soleil et d'amour. On visitait les plus belles villes d'Europe avant de regagner le bateau pour de sublimes parties de jambes en l'air sur la minuscule couchette de notre cabine. On se goinfrait au buffet à volonté avant d'aller s'allonger sur le pont, regardant les mouettes tournoyer au-dessus de nos têtes pendant qu'on parlait nonchalamment de nos futurs enfants.

– J'aimais bien ça, avant, mais le goût m'en a passé, dis-je en décrochant le téléphone.

Je me retourne et lui adresse un sourire navré.

– Si tu veux bien m'excuser, il faut que je passe un coup de fil.

2

Leon

Mon portable sonne tandis que le Dr Patel prescrit des médicaments pour Holly (petite fille atteinte d'une leucémie). Pas le bon moment. Pas le bon moment du tout. Le Dr Patel n'est pas contente d'être interrompue, et elle tient à ce que ça se sache. Elle semble avoir oublié que moi aussi, en tant qu'infirmier de nuit, j'aurais dû quitter mon service à 8 heures du matin, et que pourtant je suis toujours là, au service des malades et des spécialistes grincheux comme le Dr Patel.

Je raccroche aussi vite que possible, notant dans un coin de ma tête d'écouter la messagerie vocale et de changer de sonnerie, trop funky pour un environnement hospitalier. Le funk peut certes avoir un effet positif sur les malades, mais faut-il encore que le moment s'y prête.

Holly : Pourquoi t'as pas répondu ? C'est mal élevé, non ? Et si c'était ta petite amie avec les cheveux courts ?

Dr Patel : Ce qui est mal élevé, c'est de ne pas mettre son téléphone sur silencieux pendant une visite aux patients. Même si on ne s'attend pas forcément à se faire appeler à une heure pareille.

Elle me jette un regard mi-agacé, mi-amusé.

Dr Patel : Tu as peut-être remarqué que Leon n'est pas du genre bavard, Holly.

Elle se penche vers la fillette avec un air de conspiratrice.

Dr Patel : Un des chefs de service a une théorie. Il pense que Leon dispose d'un nombre limité de mots pour chaque section, et qu'à la fin de sa nuit de travail il ne lui en reste plus. Stock de mots épuisé !

Je garde un silence plein de dignité.

À propos de petite amie avec des cheveux courts, je n'ai pas encore parlé à Kay de cette histoire de chambre partagée. Pas eu le temps. Et pas envie de me disputer. Mais il faut vraiment que je l'appelle dans la matinée.

La nuit s'est bien passée. La douleur de M. Prior s'est suffisamment calmée pour qu'il puisse me parler de l'homme dont il est tombé amoureux dans les tranchées : un charmeur aux cheveux sombres du nom de Johnny White ; un beau gosse avec une mâchoire carrée de star hollywoodienne et une lueur malicieuse dans le regard. Il se sont aimés le temps d'un été périlleux et romantique, un été ravagé d'amour et de guerre, puis ils ont été séparés. Johnny White a été évacué vers un hôpital, victime d'une psychose traumatique. Ils ne se sont jamais revus. Cette relation aurait pu alors valoir de graves ennuis à M. Prior.

J'étais fatigué, une partie de mon cerveau réclamait le coup de fouet d'une bonne tasse de café, mais je suis resté avec M. Prior après l'arrivée de la relève. Ce monsieur ne reçoit jamais de visites. Pourtant, il adore discuter et partager ses souvenirs. Je n'ai pas réussi à partir sans une nouvelle écharpe autour du cou (la quatorzième que m'offre M. Prior). Je ne peux pas refuser chaque fois, et il tricote plus vite que son ombre. C'est à se demander si la révolution industrielle était si nécessaire que ça. En combat singulier, aucune machine ne serait capable de le battre, j'en mettrais ma main au feu.

J'écoute ma messagerie vocale après avoir avalé un poulet sauté (dangereusement reréchauffé) devant un replay de *Top chef*.

Messagerie vocale : *Bonjour, vous êtes L. Twomey ? Oh, zut, je me fais toujours avoir avec ces fichus messages d'accueil. Donc, oubliez ma question, vu que vous ne pouvez pas y répondre. Bon, je vais partir de l'hypothèse que vous êtes bien L. Twomey. Mon nom est Tiffy Moore et j'appelle au sujet de l'annonce que vous avez publiée dans* Gumtree*, à propos d'une colocation. Écoutez, je ne vous cache pas que mes amis trouvent ça bizarre, cette idée de partager un lit avec un inconnu, même si j'ai bien compris qu'on n'y sera pas aux mêmes heures… Mais franchement, moi ça ne me dérange pas à partir du moment où ça ne vous dérange pas, et pour être honnête, je suis prête à faire à peu près n'importe quoi pour pouvoir emménager tout de suite dans un appart bien situé, surtout à ce prix.* (Une pause.) *Enfin, non, pas n'importe quoi, hein ? Il y a des tas de choses que je ne ferais pas. Je ne suis pas du genre à… Non, Martin, pas maintenant ! Tu ne vois pas que je suis au téléphone ?*

Qui est ce Martin ? Un enfant ? Cette femme qui parle à tort et à travers avec un accent de l'Essex veut-elle venir vivre dans mon appartement avec son enfant ?

Le message reprend : *Désolée, mon collègue m'a interrompue. Il veut que je parte en croisière avec une femme d'un certain âge pour enseigner le crochet à des retraités.*

Pas vraiment l'explication à laquelle je m'attendais. Préférable à celle que j'avais imaginée, indubitablement, mais elle soulève tout de même de nombreuses questions.

Le message continue : *Écoutez, contactez-moi par téléphone ou texto si votre offre tient toujours. Je suis super ordonnée. Vous ne trouverez quasiment aucune trace de ma présence, sans compter que j'ai gardé l'habitude de cuisiner pour deux, ce qui peut être appréciable si vous aimez les bons petits plats maison.*

Elle me donne son numéro de téléphone que j'écoute distraitement avant de me souvenir *in extremis* que je suis censé le noter.

Cette Tiffy Moore est agaçante, non ? Et c'est une femme, ce qui a de bonnes chances de contrarier Kay. Mais je n'ai eu que deux autres appels : le premier d'un type qui m'a demandé si j'avais quelque chose contre les hérissons domestiques (réponse : non, tant qu'ils ne vivent pas sous mon toit), et l'autre était manifestement un dealer (je ne porte pas de jugement à l'emporte-pièce : il m'a proposé de la drogue au cours de la conversation). J'ai besoin de 350 livres supplémentaires par mois pour continuer à payer Sal sans l'aide de Kay. La pipelette qui a laissé ce message a l'air un peu givrée, mais je n'ai pas d'autre solution. Et puis ce n'est pas comme si j'allais vivre avec elle. Je ne la verrai jamais. Je ne serai chez moi que quand l'enquiquineuse n'y sera pas.

Je lui envoie un texto :

> Bonjour, Tiffy. Merci pour votre appel. Je serais ravi de vous rencontrer pour parler de tout ça. Que diriez-vous de samedi matin ? Cdt, Leon Twomey.

Message aimable, classique. J'aimerais bien en savoir plus sur cette histoire de croisière « avec une femme d'un certain âge », mais j'ai réfréné ma curiosité.

Elle me répond presque aussitôt.

> Bjr ! Parfait pour moi. 10 heures à l'appart ?

> Plutôt 9 heures, ou je risque de m'endormir ! Alors à demain. L'adresse est sur l'annonce. Cdt.

Et voilà. Fastoche : 350 livres de plus par mois, c'est dans la poche ou presque. Reste à en parler à Kay.

3

Tiffy

Bien sûr, je décide d'assouvir ma curiosité en tapant son nom sur Google. Leon Twomey n'est pas un nom banal et je le trouve sur Facebook sans avoir à faire usage des techniques peu glorieuses que j'utilise pour ferrer les auteurs que je m'efforce de piquer aux autres maisons d'édition.

C'est un soulagement de constater qu'il n'est pas du tout mon type, parce que ça va forcément simplifier les choses : si Justin le rencontre un jour, par exemple, je ne pense pas qu'il le considérera comme un rival. Il a la peau marron clair, d'épais cheveux bouclés suffisamment longs pour être placés derrière les oreilles, et un côté trop dégingandé à mon goût. Cou grêle et longues jambes spaghettis sous un corps anguleux, enfin vous voyez le genre. N'empêche qu'il a l'air sympa. Sur la plupart des photos, son visage s'éclaire d'un sourire doux, un peu tordu, qui ne semble pas du tout malsain ou révélateur d'intentions criminelles. Même si, quand on commence à regarder une photo avec cette idée en tête, tout le monde se met à avoir l'air d'un psychopathe qui cache une hache sanguinolente derrière son dos. Je m'efforce donc de chasser cette pensée, et son visage redevient amical et rassurant. Ce sont des points positifs.

Cela dit, je sais désormais sans l'ombre d'un doute qu'il s'agit d'un homme.

Suis-je vraiment disposée à partager un lit avec un inconnu ? Même avec Justin, faire lit commun était parfois franchement déplaisant, et pourtant j'étais amoureuse de lui. Son côté du matelas s'affaissait au milieu et il ne prenait pas toujours de douche entre le moment où il rentrait de la salle de sport et celui où il se mettait au lit, d'où une odeur de transpiration un peu... écœurante qui imprégnait sa moitié de couette. Il fallait que je m'assure chaque soir qu'elle n'avait pas été retournée sous peine de me retrouver avec le côté empuanti.

Oui, mais : 350 livres par mois. Et ce type ne sera qu'une présence fantôme, jamais physiquement là en même temps que moi.

– Tiffany !

Je relève brusquement la tête. Aïe... c'est Rachel, et je sais ce qu'elle veut. Elle veut le manuscrit de ce fichu *Meunier, réveille-toi ! Les secrets du pain et des viennoiseries maison* sur lequel j'ai soigneusement évité de travailler aujourd'hui.

– N'essaie pas de filer en douce dans la cuisine ou de faire comme si tu étais au téléphone, dit-elle en contournant mon mur de plantes.

C'est un des inconvénients lorsqu'on travaille avec des amis : une soirée arrosée au pub suffit à éventer toutes vos ruses, dévoilées sous l'effet de l'alcool. Je suis à sa merci.

– Tu es allée chez le coiffeur ! dis-je.

Il s'agit bien entendu d'une tentative désespérée pour faire diversion, mais le fait est que la coupe de Rachel est particulièrement cool, aujourd'hui. Elle a de minuscules tresses, comme toujours, mais cette fois-ci elles sont entrelacées avec du ruban bleu turquoise, croisé comme le lacet d'un corset.

– Comment tu fais pour les tresser comme ça ?

– N'essaie pas de me distraire avec mon sujet de prédilection, Tiffany Moore, gronde Rachel. Quand vais-je avoir ce manuscrit ?

– J'ai juste besoin… d'un *petit* plus de temps, dis-je, les avant-bras posés sur les feuilles éparpillées devant moi pour l'empêcher de voir les numéros de page, qui n'ont pas encore atteint les nombres à deux chiffres.

Elle plisse les yeux.

– Jeudi ?

Je hoche vivement la tête en signe d'assentiment. Ouais, pourquoi pas ? Certes, ça semble totalement infaisable avant vendredi, mais dire « je te le donne vendredi » passe beaucoup mieux quand on est jeudi… Je lui annoncerai à ce moment-là.

– Et tu viens boire un verre avec moi, demain soir ? demande encore Rachel.

J'hésite un instant. Je suis censée être raisonnable et ne pas dépenser *le moindre* centime cette semaine, en raison des dettes qui se profilent à l'horizon. Mais les sorties avec Rachel sont toujours de grands moments, et franchement j'ai besoin de m'éclater un peu. Sans compter qu'elle ne sera pas en état de se disputer avec moi jeudi à propos de ce manuscrit si elle a la gueule de bois.

– Vendu.

Mec bourré N° 1 est du genre expressif. Il appartient à cette catégorie de pochtron qui aime ouvrir grands les bras, sans se soucier de ce qui se trouve à proximité immédiate de son flanc gauche et de son flanc droit (à ce stade de la soirée, ça comprend un grand palmier artificiel, un plateau garni de shots de sambuca et un mannequin ukrainien relativement connu). Chacun de ses mouvements est exagéré : même le simple fait de marcher

– vous savez, mettre un pied devant l'autre et recommencer – se transforme en danse des canards.

Mec bourré N° 2 est du genre fourbe. Il conserve des traits impassibles tandis que vous lui parlez, comme si un visage dépourvu d'expression indiquait nécessairement un haut degré de sobriété. Il hoche la tête de temps à autre, de façon assez convaincante, mais son regard reste trop fixe pour être honnête. Il lorgne à la dérobée sur vos nichons avec bien moins de discrétion qu'il ne se l'imagine.

Je me demande ce qu'ils pensent de Rachel et de moi. Ils ont fondu sur nous comme l'aigle sur sa proie, mais ce n'est pas nécessairement positif. Quand j'étais encore en couple et que je sortais en boîte avec Rachel, Justin ne manquait jamais de me rappeler que pour bon nombre d'hommes « fille marrante et excentrique » rimait avec « fille facile et prête à tout ». Il avait raison, comme d'habitude. Au fond, je me demande si s'envoyer en l'air n'est pas plus simple pour une « fille marrante et excentrique » que pour une fille genre pom-pom girl toute pimpante : vous êtes plus abordable, et les garçons ne se disent pas que vous avez forcément un mec. Ce qui, à y songer, explique sans doute aussi pourquoi Justin était toujours un peu crispé quand je sortais le soir avec Rachel.

– Alors, genre, des bouquins pour faire son pain ? dit Mec bourré N° 2, espérant ainsi apporter une nouvelle preuve de sa capacité d'écoute et de sa sobriété (franchement, à quoi bon se rincer le gosier avec des shots de sambuca si c'est pour faire semblant de n'avoir rien bu de la soirée ?).

– Ouais ! répond Rachel. Ou alors pour construire soi-même ses étagères ou confectionner ses propres fringues ou… ou… Et *toi*, t'as des hobbies ? Un truc que t'aimes faire quand t'as un peu de temps libre ?

Elle est assez ivre pour trouver Mec bourré N° 2 séduisant, mais je la soupçonne de chercher à l'occuper pour me laisser la voie libre avec Mec bourré N° 1. Des deux, Mec bourré N° 1 constitue clairement la meilleure option. Déjà, il est assez grand pour moi. Autant dire qu'il a franchi le premier obstacle. Je mesure un mètre quatre-vingt-trois, et même si ça ne me dérange pas de sortir avec des mecs plus petits que moi, les hommes semblent souvent mal à l'aise si je les dépasse de quelques centimètres. Au fond, ça me convient comme ça : ceux qui s'inquiètent de ce genre de choses ne m'intéressent pas, et ma taille opère à la manière d'un filtre.

– Des hobbies ? répète Mec bourré N° 2. Eh bien… J'aime danser avec des jolies filles dans des boîtes aux noms ridicules et aux prix exorbitants.

Sur ces mots, il décoche un sourire qui, bien qu'un peu mou et de traviole, n'est pas sans charme.

Rachel a aussi l'air de cet avis. Elle me lance un regard calculateur – tiens, tiens… elle n'est peut-être pas si saoule que ça, après tout – qui cherche à évaluer la situation entre Mec bourré N° 1 et moi.

Bien décidée à ne pas laisser à Rachel le monopole de l'évaluation, je porte mon attention sur Mec bourré N° 1. Il est grand, donc, et marque des points avec ses larges épaules et la touche sexy de ses tempes qui grisonnent légèrement. Il a une bonne trentaine d'années et pourrait, avec une correction optique un peu faible ou un éclairage plus tamisé, avoir un petit côté George Clooney version années 1990.

Est-ce qu'il me plaît ? Si c'est le cas, je pourrais passer la nuit avec lui. On peut faire ça quand on n'est pas en couple.

Bizarre.

Je n'ai pas envisagé de coucher avec quiconque depuis la séparation. On économise un temps fou quand on est célibataire et qu'on ne fait plus l'amour : pas seulement le temps qu'on consacre à l'acte en lui-même, mais aussi celui qu'on passe à se raser les jambes, à s'acheter de jolis sous-vêtements, à se demander si toutes les autres femmes se font épiler le maillot, etc. Bien sûr, la privation d'un des avantages majeurs de la vie adulte se fait cruellement sentir, mais on a beaucoup plus de temps pour s'occuper de la paperasse.

J'ai parfaitement conscience de ne plus être la petite amie de Justin depuis trois mois. Je sais qu'en théorie, j'ai désormais le droit de coucher avec qui bon me semble. Mais... je ne peux pas m'empêcher de penser à ce que dirait Justin s'il l'apprenait. De me demander à quel point il m'en voudrait. J'ai beau être techniquement autorisée à le faire, je ne suis pas vraiment *libre* de le faire. Pas dans ma tête, en tout cas. Pas encore.

Rachel le comprend.

– Désolée, mon grand, dit-elle avec une petite tape sur le bras de Mec bourré N° 2, mais moi c'est avec mon amie que j'ai envie de danser.

Elle griffonne son numéro de téléphone sur une serviette en papier – Dieu sait d'où sort ce stylo ; cette femme est une magicienne – et l'instant d'après sa main se ferme sur la mienne. On se fraye un chemin jusqu'à la piste de danse où la musique frappe mon crâne de toutes parts et fait frissonner mes tympans.

– Tu as l'alcool triste ou gai, ce soir ? me demande Rachel tandis qu'on s'agite n'importe comment sur un classique de Destiny's Child.

– J'ai l'alcool un peu... *analytique*, je lui crie dans l'oreille. Je suis trop dans l'observation pour coucher avec ce gentil garçon.

Elle attrape un verre sur le plateau d'une de ces serveuses qui sillonnent la boîte de nuit, invitant la clientèle à se ruiner pour quelques gouttes d'alcool et lui tend un billet.

– Alors tu as surtout l'alcool timide, dit-elle en me fourrant le verre dans la main. Tu es peut-être éditrice, mais aucune fille bourrée ne sort des mots comme « analytique ».

– Assistante d'édition, je rectifie avant de vider le verre d'un trait.

Le Jägerbomb passe tout seul.

C'est drôle comme un cocktail aussi fondamentalement infect, dont l'arrière-goût vous donne envie de vomir toute la journée du lendemain, peut sembler délicieux sur une piste de danse.

À partir de là, Rachel s'assure que mon gosier ne s'assèche jamais et drague tous les seconds couteaux qui entrent dans son champ de vision, déviant les premiers choix dans ma direction. Quoi qu'elle en dise, je suis sérieusement éméchée, en tout cas assez pour que son petit manège n'éveille pas mes soupçons. Je me dis simplement qu'elle se comporte en excellente amie. Je me laisse porter par la soirée, plume insouciante flottant dans un tourbillon de danseurs et de cocktails aux couleurs vives.

Ce n'est que quand Mo et Gerty font leur apparition que je commence à m'interroger sur le véritable objet de cette sortie nocturne.

Mo a la tête de quelqu'un qui a été convoqué à la dernière minute. Sa barbe est curieusement aplatie par endroits, comme s'il venait tout juste de l'extraire d'un oreiller moelleux, et il semble frissonner dans un T-shirt défraîchi qu'il portait souvent à l'université, mais qui aujourd'hui le boudine un peu. Gerty est – comme toujours – d'une beauté un peu hautaine, sans maquillage et les cheveux tirés en arrière, ramassés en chignon haut de ballerine. Difficile de dire si elle avait prévu de venir, parce qu'elle ne se maquille jamais et qu'elle est impeccablement vêtue en toutes circonstances. Elle a très bien pu enfiler en urgence une paire de chaussures à talons légèrement plus hauts pour aller avec son jean skinny.

Les voilà qui traversent la piste de danse. Ce que je soupçonnais se confirme : Mo ne danse pas alors qu'il adore ça. Emmenez-le dans un night-club et il assurera le spectacle. Alors que viennent-ils faire ici, surgissant comme par hasard dans cette boîte, le soir où j'ai décidé de faire une petite sortie avec Rachel ? Ils ne la connaissent même pas si bien que ça, ne l'ayant côtoyée qu'à l'occasion de ces réunions hétéroclites que sont les soirées d'anniversaire et autres pendaisons de crémaillère. En fait, il existe une petite rivalité de type louves alpha entre Gerty et Rachel, et quand elles se retrouvent trop près l'une de l'autre, ça se finit généralement en prise de bec.

Je me tourne vers Rachel.

– Qu'est-ce qu...

– Table, répond-elle en pointant un doigt ferme vers un recoin de la boîte de nuit où des banquettes incurvées entourent des tables basses.

Gerty parvient assez bien à dissimuler l'agacement que lui procure la nécessité de rebrousser chemin vers les entrailles du club alors qu'elle a dû jouer des coudes pour parvenir jusqu'ici.

J'ai un mauvais pressentiment. Ayant toutefois atteint le moment le plus agréable de l'état d'ébriété, l'optimisme reprend vite le dessus et j'oublie mes inquiétudes, prête à les entendre m'annoncer que j'ai gagné un séjour d'un mois en Nouvelle-Zélande, ou un autre truc cool dans le genre.

Mais en fait, non.

– Tiffy, je ne sais pas comment t'annoncer ça, me dit Rachel, alors je n'ai rien trouvé de mieux que de te faire boire dans une ambiance agréable, de te rappeler comme c'est bon de flirter et d'appeler tes plus fidèles soutiens à la rescousse.

Elle inspire profondément et prend mes mains dans les siennes.

– Tiffy, Justin s'est fiancé.

4

Leon

La conversation à propos de l'appart ne s'est pas du tout passée comme prévu. Je ne m'attendais pas à ce que Kay soit furieuse à ce point-là. Est-ce l'idée qu'une autre femme dorme dans mon lit qui la contrarie à ce point ? Elle ne met même plus les pieds chez moi. Elle déteste mes murs vert foncé et mes voisins âgés. Ça alimente son habituel couplet « Tu passes ton temps avec les vieux ». D'ailleurs, on se retrouve toujours chez elle (murs gris clair, voisins jeunes et cool).

Impossible de se mettre d'accord et nous voilà dans une impasse : elle veut que je retire mon annonce et que j'annule le rendez-vous avec la pipelette à l'accent de l'Essex, mais pas question de faire machine arrière. C'est l'idée la plus simple que j'aie trouvée pour gagner facilement un peu plus d'argent chaque mois, autre que me mettre à gratter des billets de loterie. Aucune envie de continuer à emprunter ces 350 livres à Kay. C'est elle-même qui l'a dit : ce n'est pas bon pour notre relation.

Elle a déjà compris que ça ne pouvait pas durer ainsi ; elle finira aussi par comprendre que c'est la meilleure solution.

Nuit tranquille. Holly n'arrive pas à dormir, alors on joue aux dames. Avant de déplacer son pion, elle agite les doigts au-dessus du plateau comme si elle me jetait un sort. Apparemment, c'est une ruse psychologique destinée à déconcentrer l'autre joueur : il suit le mouvement des doigts au lieu de réfléchir à son prochain coup. Où une fillette de sept ans apprend-elle à manipuler les esprits ?

Je lui pose la question.

Holly : Tu ne serais pas un peu naïf, Leon ?

Elle dit « nèfe » au lieu de « naïf ». Elle a dû lire ce mot dans un de ses livres et c'est sans doute la première fois qu'elle le prononce à voix haute.

Moi : Comment ça ? Figure-toi que j'ai une grande expérience de la vie, Holly !

Elle me lance un regard condescendant.

Holly : Ne le prends pas mal, Leon. C'est juste que tu es trop gentil. Les gens s'essuient les pieds sur toi comme sur un paillasson.

Voilà une image qu'elle a forcément piquée quelque part. Ça doit venir de son père, qui lui rend visite une semaine sur deux dans son impeccable costume gris, apportant avec lui des bonbons qu'elle n'aime pas et une odeur écœurante de tabac froid.

Moi : C'est bien d'être gentil. On peut être fort et gentil à la fois. On n'est pas obligé de choisir.

Nouveau regard condescendant.

Holly : Comment te dire ? Kay est forte, et toi tu es gentil.

Elle écarte les bras avec un léger haussement d'épaules, comme pour dire : *Que veux-tu, la vie est ainsi faite*. Je n'en reviens pas. J'ignorais qu'elle connaissait le prénom de Kay.

Richie appelle pile au moment où je passe la porte. Je suis obligé de piquer un sprint jusqu'au téléphone – je sais que c'est lui ; personne d'autre n'appelle sur le fixe –, et je me cogne la tête à la suspension lumineuse de la cuisine, décidément trop basse. Seule chose à corriger dans cet appartement.

Je me frotte la tête. Je ferme les yeux. J'écoute attentivement la voix de Richie, à l'affût de tremblements ou de tout autre indice. Pour savoir comment il va vraiment, mais aussi pour le simple plaisir d'entendre un Richie qui vit, qui respire ; un Richie qui est encore là, pas trop mal en point.

Richie : Raconte-moi un truc sympa.

Je ferme les yeux un peu plus fort. Ça veut dire que le week-end n'a pas été facile pour lui : les détenus passent plus de temps en cellule, le week-end. Je comprends qu'il n'a pas le moral à cet accent qu'on partage et qui nous est si propre. Toujours à mi-chemin entre Londres et le comté de Cork, toujours plus irlandais quand Richie est triste.

Je lui parle de Holly. De ses ruses pour gagner aux dames. De ses accusations de nèfeté.

Richie écoute, et puis : Elle va mourir ?

Pas si simple. Les gens ont du mal à comprendre que nos patients ne sont pas forcément là pour mourir dans les meilleures conditions : les soins palliatifs ne sont pas uniquement un endroit où l'on vient s'éteindre en douceur. Ceux qui quittent notre unité vivants sont plus nombreux que ceux qui y meurent. Il s'agit d'apporter des soins de confort – et de réconfort – le temps d'un moment difficile.

Holly, cela dit… Elle risque de mourir. Elle est très malade. C'est une enfant adorable, précoce, et très malade.

Moi : Les chances de guérison sont assez bonnes pour les enfants de son âge. Si on regarde les statistiques…

Richie : Laisse tomber les statistiques, mec. C'est d'une bonne histoire que j'ai envie, pas de statistiques.

Je souris en nous revoyant gamins, reprenant l'intrigue de la série *Les Voisins* et jouant tous les personnages, le mois où la télé était tombée en panne. Richie a toujours aimé les histoires.

Moi : Elle va s'en sortir. Quand elle sera grande, elle sera codeuse. Tu sais, dans l'informatique. Grâce à ses aptitudes de joueuse de dames, elle va développer un programme capable de fabriquer assez de nourriture pour abolir la faim dans le monde et mettre Bono au chômage pendant toute la période de Noël.

Richie rit dans mon oreille. Pas aux éclats, mais ça suffit à me dénouer l'estomac. Le silence succède au rire. Un silence amical, sans doute, ou peut-être n'a-t-il simplement pas les mots pour exprimer ce qu'il ressent.

Richie : C'est l'enfer, ici, tu sais.

Il a trouvé les mots, et ils me font l'effet d'un coup de poing. Je n'ai que trop souvent ressenti cette sensation au creux du ventre, ces derniers mois, quand la réalité vous frappe de plein fouet après l'avoir refoulée plusieurs jours d'affilée.

Moi : L'audience en appel est pour bientôt. On est près du but. Sal dit que…

Richie : Sal veut du fric. Je connais la chanson, Lee. C'est foutu.

Voix lourde, lente, presque pâteuse.

Moi : Qu'est-ce que tu racontes ? Quoi, tu n'as plus foi en ton grand frère ? Tu me disais toujours que je pouvais déplacer des montagnes !

Je perçois un sourire réticent à l'autre bout du fil.

Richie : Tu en as fait assez comme ça.

Jamais je n'en ferai assez. Jamais. Pour ça, il faudrait que je prenne sa place. J'en ai souvent rêvé, mais c'est impossible.

Moi : J'ai trouvé une combine. Une combine pour gagner de l'argent. Tu vas adorer.

Bruits de bousculade.

Richie : Ah, mec… Attends une seconde…

Exclamations étouffées. Mon cœur se met à battre plus fort. Quand on se parle au téléphone, il est facile de se faire duper par l'intimité des voix et de l'imaginer dans un lieu calme et sûr. Mais en réalité il est dans la cour d'une prison, pressé par d'autres détenus qui font la queue derrière lui, parce qu'il a choisi d'utiliser sa demi-heure hors de cellule pour passer un coup de fil au détriment de l'unique douche de la semaine.

Richie : Faut que j'y aille, Lee. Je t'aime, mec.

Il a raccroché.

Samedi, 8 h 30. Même si je quittais l'hôpital maintenant, je serais en retard. Et de toute évidence, je ne vais pas partir tout de suite. Je suis censé changer des draps sales dans la section des Nageoires, selon les instructions du Dr Patel ; me rendre dans la section des Coraux pour faire une prise de sang à M. Prior, selon les instructions de l'infirmière en chef ; et aider une interne avec le patient qui agonise dans la section des Algues.

C'est l'interne, Socha, qui l'emporte. Je compose le numéro de Kay avant de piquer un sprint dans le couloir.

Kay (sans dire bonjour) : Tu es coincé au boulot, c'est ça ?

Trop essoufflé pour expliquer la situation en détail. Les différentes sections ne sont pas assez proches les unes des autres pour qu'on puisse intervenir efficacement en cas d'urgence. Le conseil d'administration de l'hôpital devrait débloquer des crédits pour aménager des raccourcis.

Kay : Ce n'est pas grave. Je vais recevoir cette fille à ta place.

Je trébuche sous le coup de la surprise. Bien sûr, si je n'ai pas appelé la pipelette pour annuler, c'est que j'avais l'intention de demander à Kay de me remplacer. Mais là... elle a accepté avec une facilité un peu déconcertante.

Kay : Écoute, l'idée que tu partages ton lit avec une autre fille ne me plaît pas, mais je sais que tu as besoin de cet argent. Que c'est important pour toi. Cela dit, pour que je le vive bien, j'aimerais que tout passe par moi. Je vais la rencontrer, je vais organiser les modalités de cette colocation, et faire en sorte que la vie de cette inconnue qui va dormir dans ton lit reste bien séparée de la tienne. Comme ça, je me sentirai *un peu* moins mal à l'aise avec toute cette histoire, et toi tu n'auras pas à t'en occuper.

Une bouffée d'amour me pince le cœur. À moins que ce ne soit une sorte de point de côté, bien sûr. Difficile de savoir, à ce stade de notre relation.

Moi : Tu… tu es sûre, Kay ?

Kay (d'une voix ferme) : Oui. C'est le plan. Et tu arrêtes de travailler le week-end. À partir de maintenant, les week-ends sont pour moi.

Ça semble équitable.

Moi : Merci. Merci beaucoup. Et si ça ne t'embête pas, dis-lui…

Kay : … qu'il y a un mec louche dans l'appartement N° 5 et de se méfier des renards. Ouais, ouais, je sais.

Cette fois-ci, pas de doute, c'est bien une bouffée d'amour.

Kay : Je sais que tu penses que je ne t'écoute pas, mais, tu vois, c'est faux.

Encore une longue minute de course à travers les couloirs avant d'atteindre les Algues. Je n'ai pas adopté le bon rythme. Erreur de débutant. Je suis perturbé, conscient de ce qui se passe derrière ces portes – ces gens à l'article de la mort, ces escarres et ces patients difficiles à gérer –, et j'en oublie les règles de base pour survivre en milieu hospitalier. Ne cours pas, trottine. Sois toujours capable de donner l'heure à la minute près. Ne perds jamais ton stylo.

Kay : Leon ?

J'ai omis de lui répondre à voix haute. Elle n'a eu droit qu'à de sinistres bruits de respiration. Ça a dû être plutôt flippant.

Moi : Merci. Je t'aime.

5

Tiffy

J'hésite à porter des lunettes de soleil et renonce finalement, de crainte d'avoir l'air d'une fille qui fait sa diva, vu qu'on est en février. Personne ne veut d'une diva de pacotille en guise de colocataire.

Oh, et puis après tout, il ne s'agit pas d'une colocation classique. On n'a pas besoin de bien s'entendre, Leon Twomey et moi, puisqu'on ne vivra pas ensemble, du moins pas vraiment. Qu'est-ce que ça peut bien lui faire, si je passe mon temps à sangloter ?

– Veste, me recommande Rachel en m'en tendant une.

Je n'ai pas encore touché le fond sordide où j'aurais besoin de quelqu'un pour m'habiller, mais Rachel a dormi avec moi, cette nuit, et quand elle est là, elle prend généralement les choses en main. Même si « les choses » se résument à mon habillage matinal.

Trop faible pour protester, j'attrape le vêtement et l'enfile docilement. Dieu merci, j'adore cette veste. Je l'ai confectionnée moi-même à partir d'une gigantesque robe de bal dénichée dans un magasin de l'Armée du salut. Je l'ai entièrement décousue pour repartir de zéro avec le tissu, sauf que j'ai laissé les broderies perlées à leur place et que je me suis retrouvée avec des paillettes violettes et des perles sur l'épaule droite, le long du dos et sous les seins. Ça a un petit côté veste de Monsieur Loyal, mais elle me va parfaitement, et curieusement la broderie souligne-nichons affine la taille et met en valeur mes atouts naturels.

– Je ne te l'avais pas donnée ? dis-je avec un froncement de sourcils. Je ne sais plus quand, l'année dernière…

– Toi, te séparer de cette veste ? réplique Rachel avec une mimique dubitative. Je sais que tu as de l'affection pour moi, mais je suis à peu près certaine que tu n'aimes *personne* à ce point.

Oui, elle n'a pas tort. Je suis dans un tel état de délabrement émotionnel que je n'arrive pas à avoir les idées claires. Au moins, je m'intéresse à ce que je vais porter pour le rendez-vous. Je sais que la situation a atteint un point critique lorsque je m'attife avec ce qui me tombe sous la main. Et ce n'est pas comme si ça pouvait passer inaperçu : ma garde-robe est composée de telle sorte qu'une tenue insuffisamment planifiée peut vite tourner au traumatisme visuel. Mardi, mon pantalon en velours côtelé jaune moutarde – associé à un chemisier crème à jabot et à un long cardigan vert – a fait sensation au travail. Hana, du département marketing, a été prise d'une inquiétante quinte de toux quand je suis entrée dans la cuisine, au moment où elle buvait un café. Pour ne rien arranger, personne ne comprend que je puisse être anéantie par les fiançailles de Justin. Je sais bien ce qu'ils pensent : *Qu'est-ce qu'elle a encore à pleurnicher ? Ça fait déjà des mois que ce mec l'a larguée, non ?*

Ils ont raison. J'ignore pourquoi ça me fait aussi mal. J'avais déjà décidé de quitter son appartement et de me débrouiller seule, cette fois-ci. Et ce n'est pas comme si j'avais rêvé qu'il me demande en mariage ou je ne sais quoi. C'est juste que… J'avais cru qu'il finirait par revenir. C'est ce qui s'est toujours passé, les fois précédentes : il s'en va, les portes claquent, il m'exclut de sa vie, ne répond pas à mes appels… Et puis, un jour, il prend conscience de son erreur, et juste quand j'ai l'impression d'être capable de tourner la page, le voilà qui réapparaît, main tendue, m'invitant à partager avec lui quelque aventure extraordinaire.

Mais là, c'est bien fini, non ? Il va se marier. C'est… C'est…

Sans un mot, Rachel me tend la boîte de Kleenex.

– Il faut que je me remaquille… encore, dis-je, une fois passée la plus grosse vague de désespoir.

Rachel me met l'écran de son portable sous le nez.

– Vraiment PAS le temps, Tiffy.

Merde. 8 h 30. Je dois décoller tout de suite si je ne veux pas être en retard, ce qui ferait à coup sûr mauvaise impression : on va devoir observer des règles strictes concernant les horaires d'occupation de cet appartement, et Leon va sûrement préférer une colocataire qui sache lire l'heure.

Je lève mes yeux rougis vers Rachel.

– Lunettes de soleil ?

Tout compte fait, ça peut toujours servir.

– Lunettes de soleil, acquiesce Rachel en les fourrant dans ma main.

J'attrape mon sac et je quitte les lieux.

Alors que le métro file dans un bruit de ferraille sous les tunnels de la Northern Line, j'aperçois mon reflet dans la vitre et me redresse sur mon siège. Soyons honnête, je me trouve plutôt à mon avantage. D'accord, le reflet un peu flou du verre rayé y est sans doute pour quelque chose – ça fonctionne un peu comme un filtre Instagram –, mais je porte une de mes vestes préférées, mes cheveux sont tout propres et d'un beau roux cuivré, et même si le flot de larmes a emporté mon eye-liner, mon rouge à lèvres est encore intact.

C'est parti. Je peux y arriver. Je suis parfaitement capable de me débrouiller seule.

Cet état d'esprit combatif dure jusqu'au moment où je sors de la bouche de métro, à la station Stockwell. Là, un type en voiture me hurle : « Remue un peu ton cul ! », une agression suffisante pour me renvoyer dans la peau de la Tiffy bonne à rien, version post-séparation. Je suis trop sous le choc pour attirer l'attention de cette brute sur les problèmes anatomiques auxquels il me faudrait faire face si j'essayais d'accéder à sa demande – mon postérieur n'a pas les proportions requises pour un twerk en bonne et due forme.

Il me faut environ cinq minutes pour atteindre l'adresse indiquée. L'idée d'être peut-être sur le point de découvrir mon futur chez-moi me redonne du courage. Je sèche mes larmes et m'arrête, le temps de contempler l'immeuble, un bâtiment trapu tout en briques, posé sur un jardinet parsemé de brins d'herbe tristounets qui ressemblent moins à une pelouse qu'à du foin bien tondu. Il y a une place de stationnement couverte pour chaque appartement, l'une d'elles servant à entreposer un nombre déconcertant de cageots de bananes.

Au moment où je sonne à l'Interphone de l'appartement N° 3, je perçois un mouvement du coin de l'œil : un renard s'éloigne d'un pas tranquille du local à poubelles. Il se fige, patte levée, et me dévisage un instant d'un regard insolent. C'est la première fois que j'en vois un d'aussi près. Avec sa fourrure mitée, il est beaucoup moins mignon que dans les livres pour enfants. Mais les renards sont des animaux sympathiques, n'est-ce pas ? Tellement sympas qu'on n'a plus le droit de les tuer pour le plaisir, même si vous êtes un aristocrate à cheval.

La porte se déverrouille avec un bourdonnement métallique et je pénètre dans le hall. C'est très… marron. Moquette caramel et murs couleur biscuit. Bah, ce qui compte, c'est ce que je vais découvrir derrière la porte de cet appartement. Quand mon doigt presse le bouton de la sonnette, je suis carrément nerveuse. Enfin non : carrément au bord de la crise de panique, en fait. Suis-je vraiment en train d'envisager sérieusement de passer toutes mes nuits dans le lit d'un inconnu ? De quitter *pour de bon* l'appartement de Justin ?

Oh, mon Dieu. Et si Gerty avait raison et que toute cette histoire aille un peu trop loin ? L'espace d'un instant vertigineux, je me vois retournant chez Justin, dans le confort de son appartement chrome et blanc ; dans le confort de l'idée qu'il pourrait revenir. Mais cette pensée n'est pas tout à fait aussi agréable que je me l'étais imaginé. Allez savoir pourquoi, je me suis mise récemment – peut-être depuis un certain jeudi aux alentours de 23 heures – à considérer cet appartement d'un œil différent. Et à me sentir différente, moi aussi.

Je sais, d'une façon plus instinctive que réfléchie, que cette colocation est une étape positive dans ma vie. Désormais, il n'est plus question de craquer et de faire machine arrière.

Je n'ai pas le choix, il faut que cet endroit me plaise. Aussi, quand la porte s'ouvre sur quelqu'un qui n'est manifestement pas Leon, j'accueille ce coup de théâtre avec le plus grand naturel.

– Salut ! dis-je sans montrer le moindre signe de surprise.

– Bonjour, dit la femme qui vient d'ouvrir.

Elle est menue, avec une peau mate et une de ces coupes à la garçonne qui vous donne un air français si vous avez une tête assez petite. Je me sens tout de suite énorme.

Elle ne fait rien pour m'aider à chasser cette impression. Tandis que je pénètre dans l'appartement, je sens son regard me détailler de la tête aux pieds. Je m'efforce de concentrer mon attention sur le décor – ouaaah, du papier peint vert foncé, pur années 1970 –, mais bientôt la sensation d'être scrutée à la loupe commence à me pomper l'air. Je me retourne pour la regarder droit dans les yeux.

Oh, ça doit être la petite amie. L'expression de son visage est on ne peut plus éloquente. Elle dit : *J'avais peur que tu sois une bombe sexuelle capable de me piquer mon mec après avoir pris tes aises dans son lit, mais maintenant que je te vois, je sais qu'il ne sera jamais attiré par toi. Donc, oui ! Sois la bienvenue !*

S'il faut être considérée comme un boudin pour utiliser ce lit, ça ne me pose pas de problème. Je suis trop aux abois pour me permettre le luxe d'être susceptible, ce n'est pas une petite humiliation de plus qui va me décourager.

– Je m'appelle Kay, dit-elle en me tendant la main.

La poigne est ferme.

– La compagne de Leon, précise-t-elle.

– Je m'en doutais un peu.

Je décoche aussitôt mon plus beau sourire pour effacer toute trace de sarcasme.

– Ravie de vous rencontrer. Est-ce que Leon est…

Puisqu'il n'est ni dans le salon ni dans la kitchenette qui en occupe un angle, je tends le cou vers la chambre.

– … dans la salle de bains ? dis-je après avoir constaté que la chambre est vide.

– Leon est coincé au travail, répond Kay en m'invitant à avancer dans le salon.

C'est plutôt spartiate et un peu défraîchi, mais c'est propre et j'aime bien ce papier peint années 1970 qui couvre tous les murs. Je parie que les gens seraient prêts à payer une petite fortune s'il était en vente chez Farrow & Ball. Le coin-cuisine, éclairé par une étrange suspension lumineuse, un peu basse pour mon mètre quatre-vingt-trois, et pas vraiment en accord avec la décoration, n'en reste pas moins assez sublime. Le canapé est en cuir patiné, la télévision inspire confiance même si elle est curieusement débranchée, et la moquette a été récemment aspirée. Tout ça semble prometteur.

Peut-être que ça va être bien. Peut-être que ça va être *super bien*. Je me passe un petit film d'anticipation, un court montage de ma vie ici ; paressant sur le canapé, me préparant un frichti dans la cuisine… Soudain, l'idée d'avoir cet espace pour moi me donne envie de faire des bonds de cabri. Je me retiens de justesse : Kay ne me semble du genre à danser sur un coup de tête. La règle d'or de la colocation selon Mo me revient brusquement à l'esprit.

– Alors, je ne vais pas… rencontrer Leon ? dis-je avec une petite grimace déguisée en sourire.

– Eh bien, j'imagine que ça arrivera peut-être un jour, répond Kay. Mais c'est à moi que vous vous adresserez pour les détails pratiques. Leon m'a demandé de m'en occuper pour lui. Je suppose que vous avez lu l'annonce, mais laissez-moi vous rappeler comment ça va se passer pour qu'on soit bien d'accord, toutes les deux : Leon et vous ne serez jamais ici au même moment. L'appartement sera à vous de 18 heures à 8 heures du matin durant la semaine, et sans restriction d'horaires le week-end. C'est un accord de six mois pour le moment. Ça vous convient ?

– Oui, c'est exactement ce dont j'ai besoin. Et… Leon ne va pas débarquer à l'improviste ?

– Ça n'arrivera jamais, dit Kay avec l'air d'une femme qui a l'intention de s'en assurer personnellement. De 18 heures à 8 heures, l'appartement est à vous et à vous seule.

– Super.

Je fais un effort pour respirer tranquillement et calmer mon excitation tandis que je vais jeter un œil à la salle de bains. Tout y est d'un blanc éclatant et respire le propre. Il y a un rideau de douche bleu marine, quelques flacons bien rangés contenant de mystérieux liquides et onguents masculins, ainsi qu'un miroir un peu rayé mais fonctionnel. Parfait.

– Je suis prête à le louer. Si vous êtes d'accord, bien sûr.

Je suis certaine qu'elle va accepter, je l'ai su dès que j'ai vu la façon dont elle me regardait.

– Formidable, dit Kay. Je vous donne un accord de principe et j'en parle à Leon dès que possible.

6

Leon

Kay : Elle est parfaite.

Paupières lourdes. Mes yeux s'ouvrent et se ferment dans le bus qui me ramène chez moi. De lents battements de paupières, comme des mini-siestes.

Moi : Vraiment ? Pas du genre casse-pieds ?

Kay (visiblement agacée) : Quelle importance ? Ce qui compte, c'est qu'elle a l'air propre et ordonnée, et qu'elle peut s'installer tout de suite. Si tu es vraiment décidé à faire ça, tu auras du mal à trouver mieux que cette fille.

Moi : Et les renards, ça ne lui a pas posé de problème ? Ni le type louche de l'appartement N° 5 ?

Kay : Ça n'a pas eu l'air de la déranger.

Paupières lourdes, battements de paupières au ralenti, délicieux intermède. Vraiment long, celui-là. Il faut que je fasse attention : je ne peux pas me permettre de me réveiller au terminus et d'être contraint de refaire tout le chemin en sens inverse.

Moi : Alors, comment elle est ?

Kay : Elle est un peu… excentrique. D'une nature expansive, tu vois ? Elle portait d'énormes lunettes de soleil en écaille plus adaptées à un après-midi à la plage qu'à un matin d'hiver, et ses bottines étaient couvertes de fleurs qu'elle a dû peindre elle-même. Mais ce qui compte, c'est qu'elle est fauchée, et ravie de trouver un moyen de se loger à si bon prix !

Dans la bouche de Kay, « nature expansive » signifie « en surpoids ». J'aimerais qu'elle ne dise pas des choses comme ça.

Kay : Tu es sur le chemin de retour, n'est-ce pas ? On peut peut-être en parler quand tu seras arrivé chez moi.

Sauf que j'avais d'autres projets : gratifier Kay d'un baiser matinal, retirer mes vêtements de travail, boire un grand verre d'eau, me coucher et dormir jusqu'à la fin des temps.

Moi : Peut-être plutôt ce soir ? Quand je me serai reposé ?

Silence. Silence profondément irrité (je suis un expert en silences de Kay).

Kay : Alors, si je comprends bien, tu vas directement au lit quand tu rentres.

Tourner sept fois sa langue dans la bouche avant de répondre. Résister à l'envie de lui faire un rapport détaillé de ma semaine.

Moi : Je peux rester éveillé, si tu veux qu'on parle.

Kay : Non, non, tu as besoin de dormir.

Son ton en dit plus long que ses mots : le sommeil attendra. J'ai intérêt à profiter au maximum de mes mini-siestes en attendant que le bus me dépose à Islington.

Accueil frisquet de Kay. J'ai fait l'erreur de parler de Richie, ce qui a pour effet de faire tomber encore un peu plus la température, jusqu'à des valeurs négatives. C'est sans doute ma faute. Impossible d'évoquer Richie sans qu'elle rabâche les mêmes récriminations, comme si son cerveau se mettait en mode replay chaque fois qu'elle entendait le prénom de mon frère. Tandis qu'elle s'affaire dans la cuisine (elle prépare un « petit dîner », combinaison de petit déjeuner et de dîner qui convient aussi bien aux oiseaux de nuit qu'aux oiseaux de jour), je m'efforce de ne pas oublier la façon dont la Grande Dispute s'est terminée. De ne pas oublier qu'elle s'est excusée.

Kay : Alors, tu comptes me demander, pour les week-ends ?

Je la dévisage un moment, lent à répondre. Parfois, j'ai du mal à parler après une longue nuit à l'hôpital.

Moi : Te demander quoi ?

Kay se fige un instant, l'omelette grésillant dans la poêle qu'elle tient à la main. Elle est très jolie, éclairée un peu à contre-jour par le soleil d'hiver qui s'invite par la fenêtre de la cuisine.

Kay : Pour les week-ends. Tu as l'intention de les passer dans ton appartement, avec Tiffy ?

Oh, je vois.

Moi : J'espérais que tu m'accueillerais chez toi. Puisque de toute façon, on se retrouve déjà ici tous les week-ends où je ne travaille pas…

Le visage de Kay s'éclaire d'un sourire. Soulagement d'avoir dit ce qu'il fallait, aussitôt suivi d'une légère bouffée d'anxiété.

Kay : Je me doutais bien que tu avais l'intention de passer tes week-ends ici, tu sais. Mais j'avais envie de te l'entendre dire.

Elle voit mon expression perplexe.

Kay : Normalement, tu viens ici le week-end sans que ça soit vraiment *décidé*. Sans que ça s'intègre à ton projet de vie.

Le mot « vie » est bien moins agréable à l'oreille lorsqu'il est précédé du mot « projet ». Je suis soudain très occupé par mon omelette. Kay me masse l'épaule, me passe les doigts le long de la nuque et me tire doucement les cheveux.

Kay : Merci.

Je m'en veux de l'avoir laissée dans le flou, alors qu'il allait de soi, dans mon esprit, que je passerai les week-ends chez elle. Mais je n'ai jamais vu cela de cette façon. Comme un « projet de vie », je veux dire.

Deux heures du matin. Quand j'ai commencé à travailler de nuit à l'hôpital, je me sentais un peu perdu les nuits où je n'étais pas de service. Je restais éveillé avec le sentiment de perdre mon temps, impatient de voir le jour se lever. À présent, le calme sourd des nuits est mon moment privilégié, quand Londres s'enfonce dans le sommeil ou s'oublie dans l'alcool. Je ne compte pas reprendre le travail de jour. De toute façon, mon projet de colocation ne peut fonctionner que comme ça. Je ne suis même pas certain que ça vaille la peine de régler mon horloge interne pour la durée du week-end. Puisque je vais travailler cinq jours par semaine de 19 heures à 8 heures du matin, autant rester un oiseau de nuit.

D'ordinaire, je profite de ce moment pour écrire à Richie. Il n'a droit qu'à un nombre limité d'appels téléphoniques, mais il peut recevoir autant de lettres qu'il m'est possible de lui écrire.

Mardi dernier, ça a fait trois mois jour pour jour qu'il a été condamné. Difficile de trouver la bonne façon de célébrer cette date. Lever son verre et porter un toast à une hypothétique libération ? Rayer une nouvelle série de barres tracées à la craie sur le mur d'une cellule ? Quand on pense que Sal avait promis de le faire sortir avant le mois de février, je trouve que Richie ne l'a pas trop mal pris, ce triste anniversaire.

Sal. Il fait de son mieux, j'imagine, mais un innocent qui croupit en prison en veut forcément à son avocat. Et Richie est innocent. Sal n'est pas un mauvais avocat. Il parle avec des mots savants, se trimballe avec un attaché-case et affiche une assurance à toute épreuve ; ce sont les signes distinctifs d'un bon avocat, non ? Sauf que les complications, dont un verdict inattendu de culpabilité, se sont enchaînées.

Cela dit, quels choix s'offrent à nous ? Pas d'autre avocat assez intéressé par le cas de Richie pour le défendre à un tarif raisonnable. Pas d'autre avocat qui connaisse bien son dossier. Pas d'autre avocat qui dispose déjà de toutes les autorisations pour aller lui parler en prison… Pas *le temps* d'en trouver un autre. Chaque jour passé en cellule détruit un peu plus Richie.

Et puis je dois être le seul interlocuteur de Sal, surtout pas maman, ce qui m'oblige à passer d'interminables et épuisants coups de fil pour essayer de le coincer. Maman a tendance à hausser le ton et à faire des reproches. Sal est un type sensible, et je le sens parfois à deux doigts de laisser tomber Richie, ce qui serait une catastrophe. Sans lui, nous serions fichus.

Deux heures du matin est la pire heure pour ressasser des problèmes juridiques. La pire de toutes. Si minuit est l'heure du crime, 2 heures du matin est celle des ruminations. Je pianote distraitement sur l'ordinateur pour me changer les idées, et me voilà bientôt en train de taper *Johnny White* dans le moteur de recherches. Johnny, le bel amoureux à la mâchoire hollywoodienne auquel M. Prior n'a jamais cessé de penser.

Les Johnny White sont légion. L'un d'eux est une figure de premier plan de la *dance music* canadienne. Un autre est un ancien joueur de football américain né en 1988. Aucune chance que l'un de ces Johnny White ait pu combattre pendant la Seconde Guerre mondiale, et en profiter pour tomber amoureux d'un charmant gentleman anglais. Mais ne nous décourageons pas si vite. Internet a été inventé pour ce genre de situation, non ?

J'essaie *Johnny White mort au combat* avant de me le reprocher. En le supposant mort, j'ai l'impression de trahir M. Prior. Mais si ça me permet d'éliminer cette possibilité, c'est une bonne idée.

Quelques clics plus tard, je tombe sur un site qui répond au doux nom de *Trouvez un soldat mort au combat*. Horrifié dans un premier temps, je me dis finalement que c'est formidable : ce site conserve la mémoire de tous ces hommes qui ne sont jamais rentrés chez eux. Une sorte de cimetière numérique. Je peux effectuer une recherche par nom, régiment, date de naissance, guerre où a combattu le soldat… Soixante-dix-huit Johnny White britanniques sont morts au combat au cours de la Seconde Guerre mondiale.

D'accord. Soudain, la certitude que l'adorable M. White de M. Prior est décédé me submerge, et je me prends à regretter qu'il n'existe pas de base de données similaire pour les soldats rentrés chez eux. Ça serait chouette, une liste de survivants.

Kay : Leon ! Ton bip sonne ! *Dans mon oreille !*

J'abandonne l'ordinateur portable sur le canapé après avoir cliqué sur « Imprimer » et me précipite dans la chambre où je trouve Kay, couette remontée sur la tête. Seul un bras émerge, tendu vers le plafond, le petit boîtier hurlant dans sa main crispée.

Je m'empare du bip. Puis de mon téléphone. Je ne suis pas censé travailler, mais les collègues ne me biperaient pas pour une broutille.

Socha (l'interne) : Leon, c'est Holly.

J'enfile mes chaussures, portable coincé contre l'épaule.

Moi : C'est grave ?

Les clefs ! Les clefs ? Où sont mes clefs ?

Socha : Elle a une infection. Ça ne se présente pas bien. Elle te demande. Je ne sais pas quoi faire, Leon. On a bipé le Dr Patel, mais elle ne répond pas, et le chef de service est parti faire du ski, June n'a pas encore réussi à lui trouver un remplaçant, et je ne sais pas qui d'autre appeler…

Clefs repérées dans le panier de linge sale, l'endroit parfait pour les ranger. Socha me parle comptage du nombre de globules blancs tandis que je me dirige vers la porte, le bout de mes lacets défaits traînant au sol…

Kay : Leon ! Tu es encore en pyjama !

Mince. Il me semblait bien que j'avais réussi à atteindre la porte plus vite que d'habitude.

7

Tiffy

D'accord. Donc, mon nouvel appartement est plutôt… bien rempli. Cosy.

– Encombré, précise Gerty, qui se tient dans l'un des rares espaces libres de la chambre. C'est encombré.

– Tu sais que j'ai un goût éclectique ! dis-je en ouvrant un carton dont j'extrais un adorable plaid teint au nœud (déniché l'été dernier au marché de Brixton).

Je fais tout mon possible pour conserver l'expression positive que je me suis collée sur le visage. Faire mes cartons et quitter l'appartement de Justin a été un moment atroce, le trajet a été quatre fois plus long que l'estimait Google Maps, et monter tout ce bazar dans l'escalier a vite tourné au supplice. Pour couronner le tout, j'ai dû me farcir une conversation avec Kay qui m'a remis un jeu de clefs, alors que je rêvais de m'asseoir et d'éponger mon front luisant jusqu'à ce que je cesse de haleter comme un bouledogue. Ça n'a pas été une journée facile.

– Tu l'as dit à Leon ? demande Mo, une fesse sur le rebord du lit. Que tu comptais apporter toutes tes affaires, je veux dire ?

Je me renfrogne à ces mots. Bien sûr que je suis venue avec toutes mes affaires ! À partir d'aujourd'hui, cet appartement est mon domicile permanent.

Cela dit, je suis plus consciente que jamais de partager ma chambre avec quelqu'un. Une personne dont les propres affaires occupaient, avant mon arrivée, la majeure partie de cette pièce. Pour parvenir à tout caser, il a fallu les entasser un peu et faire preuve de beaucoup d'ingéniosité. J'ai résolu quelques problèmes en déplaçant certaines choses dans d'autres parties de l'appartement. La plupart de mes bougeoirs et photophores, par exemple, ont trouvé refuge sur le rebord de la baignoire, et ma sublime lampe à lave trône désormais en évidence dans le salon. N'empêche que ça ne serait pas du luxe si Leon faisait un peu de rangement.

Peut-être aurais-je dû entreposer *quelques-unes* de mes affaires chez mes parents. Mais la plupart de ces objets n'avaient pas droit au chapitre chez Justin, et ça m'a fait tellement plaisir, hier soir, de les sortir des placards où ils avaient été relégués. À en croire Rachel, mes retrouvailles avec ma lampe à lave n'étaient pas sans évoquer celles d'Andy et Woody dans *Toy Story*. Plaisanterie à part, il y avait quelque chose de curieusement émouvant à ressortir tous ces objets de l'oubli : je suis restée un moment assise dans l'entrée de Justin, contemplant le désordre et, l'espace d'un instant, il m'a semblé que si mes coussins retrouvaient l'air libre, je pouvais moi aussi me remettre à respirer.

Mon portable sonne ; c'est Katherin. Le seul auteur que j'accepte de prendre au téléphone un samedi, essentiellement parce qu'elle m'appelle sans doute pour me raconter un truc hilarant qu'elle vient de faire, comme colorer les cheveux de sa vieille mère en bleu ou twitter une photo des années 1980 où on la voit s'adonner à quelque activité licencieuse en compagnie d'un homme politique aujourd'hui très célèbre.

– Comment va mon éditrice préférée ? demande-t-elle.

– Installée dans mon nouveau chez-moi ! dis-je en faisant signe à Mo de mettre de l'eau à chauffer.

Il semble vaguement agacé, mais s'exécute quand même.

– Formidable ! s'écrie-t-elle. Tu fais quoi, mercredi ?

– Rien de spécial, dis-je en parcourant mentalement mon agenda. Juste une journée de travail.

En fait, j'ai rendez-vous avec Jane, notre directrice des droits internationaux, pour parler d'une de mes trouvailles : un maçon devenu décorateur d'intérieur à qui j'ai proposé une collaboration l'été dernier. Le type a aujourd'hui un succès fou et s'apprête à publier son premier livre chez nous. Ce qui intéresse Jane, c'est de savoir si les droits du bouquin vont bien se vendre à l'étranger. Pour défendre le projet, j'ai beaucoup insisté (mais en restant assez vague) sur sa présence internationale dans les médias sociaux, qui s'avère bien plus réduite que je ne me l'étais imaginé. Jane ne cesse de me réclamer « plus de détails » et « la répartition par pays ». C'en est arrivé à un point où je ne peux plus me planquer, pas même derrière mon mur de plantes camouflage.

– Super ! s'exclame Katherin avec un enthousiasme qui éveille mes soupçons. J'ai une excellente nouvelle à t'annoncer.

– Ah oui ?

J'oublie ma méfiance et me prends à espérer une remise de manuscrit anticipée. À moins qu'elle n'ait changé d'avis à propos des chapitres sur les bonnets et les écharpes et envisage de les supprimer ? Ce serait désastreux : c'est la seule partie qui rend ce bouquin vaguement vendable.

– Les responsables de Sea Breeze Away ont reprogrammé à la dernière minute ma démonstration *Comment réaliser vous-même en un clin d'œil vos vêtements au crochet*. Finalement, ça va se faire mercredi. Tu vas pouvoir m'accompagner, Tiffy !

Hum… Cette fois-ci, ça aurait lieu pendant mes heures de travail et ça me permettrait de remettre à plus tard cette conversation redoutée avec Jane. Qu'est-ce qui est le pire ? Servir de présentoir à vêtements sur un bateau de croisière ou me faire tancer par la directrice des droits dans une salle de réunion sans fenêtres ?

– C'est bon, je vais le faire, dis-je en prenant la tasse de thé que me propose Mo. Mais ne compte pas sur moi pour discuter avec les retraités en blazer. Et tu n'es pas autorisée à me manipuler comme si j'étais un mannequin en plastoc. La dernière fois, j'étais couverte de bleus.

– Ce sont les vicissitudes de la vie de top-modèle, Tiffy.

Allez savoir pourquoi, j'ai l'impression qu'elle se fiche de moi.

Tout le monde est parti. Me voilà seule dans mon appartement.

Je me suis montrée super guillerette toute la journée, m'assurant de ne pas laisser paraître qu'emménager dans l'appartement de Leon était pour moi étrange ou compliqué sur le plan émotionnel.

Mais le fait est que c'est un peu étrange. Et que j'ai envie de me remettre à pleurer. Je regarde mon joli plaid teint au nœud négligemment jeté au bas du lit, et tout ce qui me vient à l'esprit c'est qu'il ne va pas du tout avec les rayures noires et blanches de la housse de couette, et que je ne peux rien y faire parce que ce lit n'est qu'en partie le mien (qui es-tu, invisible Leon ?). J'ai soudain l'image dérangeante d'un homme dormant à moitié – voire complètement – nu sous cette couette. Jusqu'à cet instant, les détails de ce genre étaient restés assez abstraits dans mon esprit.

Mon téléphone vibre. C'est un texto de Kay.

J'espère que l'emménagement s'est bien passé. N'hésitez pas à vous servir dans le frigo (en attendant d'être bien installée et de faire vos propres courses). Leon demande que vous ayez la gentillesse de dormir du côté gauche. Cdt, Kay.

Et voilà. Je me remets à pleurer. Tout ça est carrément bizarre. Et puis, c'est qui, ce Leon ? Pourquoi ne l'ai-je pas rencontré ? J'envisage de lui passer un coup de fil – après tout, il y avait son numéro sur l'annonce –, mais Kay tient manifestement à être ma seule interlocutrice, et je n'ai pas envie de me la mettre à dos dès le premier jour de colocation.

Je renifle, sèche vigoureusement mes larmes et pars inspecter le frigo. Il est étonnamment bien rempli pour quelqu'un qui passe autant de temps au travail. J'attrape du beurre et un pot de confiture à la framboise avant de repérer le pain au-dessus du toasteur. Bon, c'est un début.

Bonjour, Kay. Je suis bien installée, c'est gentil de demander. L'appartement est super cosy ! Merci de la précision pour le côté du lit.

Je préfère ne pas adopter un ton trop décontracté, même pour un sujet aussi trivial que le choix du côté où dormir. Mon petit doigt me dit que Kay n'a pas vraiment envie de faire amie-amie.

Je lui envoie quelques messages concernant des détails pratiques : où se trouve l'interrupteur pour éclairer le palier, suis-je autorisée à brancher la télé, ce genre de choses. Puis, tartine beurre-confiture à la main, je retourne dans la chambre où je m'interroge : si je refais le lit avec mes propres draps, Leon le ressentira-t-il comme un acte hostile ? Il a forcément mis des draps propres en prévision de mon arrivée. Mais… S'il ne l'avait pas fait ? Oh, non… Maintenant que cette pensée s'est agrippée à mon cerveau, je vais devoir les changer. J'arrache d'un coup sec le drap de dessous, les yeux aussi fermés que possible.

Bon. Le drap de dessous et les taies d'oreiller *sans doute* propres sont dans la machine, remplacés par mon adorable literie *indiscutablement* propre, et me voilà légèrement essoufflée par toute cette activité. Certes, la housse de couette jure encore dans le tableau (il m'a semblé que la changer aurait un côté un peu trop accusateur) et il y a des livres étranges sur les étagères (*aucun* sur l'art de confectionner soi-même ses vêtements ! Je vais vite arranger ça), mais, avec mes affaires disséminées ici et là, mes robes alignées sur les cintres de la penderie et... oui, tout compte fait, je vais couvrir la housse de couette avec mon plaid. Je l'enlèverai demain matin. Là... Voilà. C'est beaucoup mieux comme ça.

Tandis que j'étends le plaid sur toute la surface de la couette, j'aperçois un bout de laine tricotée qui s'échappe d'un sac en plastique noir, relégué sous le lit. Sûrement un de mes sacs-poubelle pleins d'habits que j'ai oublié de vider. Je le tire à l'air libre pour voir ce qu'il contient.

C'est rempli d'écharpes. D'extraordinaires écharpes en laine. Elles ne sont pas à moi, mais elles ont été réalisées avec beaucoup de goût et de savoir-faire. Crocheter de cette façon-là demande un vrai talent. Elles *devraient* être à moi. Je suis prête à dépenser des sommes que je ne possède pas pour qu'elles le soient.

Soudain, j'ai conscience de fouiller dans un sac qui appartient forcément à Leon ; un sac qu'il dissimule, sans doute de crainte qu'on ne découvre son contenu. Je me perds quelques secondes de plus dans la contemplation de ces superbes mailles avant de remettre ma trouvaille sous le lit, prenant soin de replacer le sac dans la position exacte où je l'ai trouvé. Je me demande bien ce que ces écharpes font là.

Il me vient alors à l'esprit que Leon pourrait très bien être un type pas net. Posséder plusieurs écharpes n'est pas bizarre en soi, mais c'est peut-être la partie visible de l'iceberg. Sans compter qu'il y a tout de même beaucoup d'écharpes. Une bonne dizaine, à vue de nez. Et s'il les avait volées ? Merde. Si elles appartenaient à des femmes qu'il a assassinées ? S'il les conservait en guise de trophées ?

Ce type ne commet peut-être ses crimes que lorsqu'il fait un temps à porter une écharpe. Leon, l'assassin de l'hiver.

Il faut que j'appelle quelqu'un. Me retrouver seule ici avec ce sac n'est vraiment pas rassurant, et je sens que ma raison vacille.

– Quoi de neuf ? demande Rachel quand elle décroche.

– J'ai peur que Leon soit un tueur en série, dis-je.

– Pourquoi ? Il a essayé de te faire la peau ?

Rachel semble avoir l'esprit ailleurs. Je crains qu'elle ne me prenne pas assez au sérieux.

– Non, non... Je ne l'ai pas encore rencontré.

– Mais tu as rencontré sa copine, c'est ça ? Tu penses qu'elle est au courant ?

– Au courant de quoi ?

– Ben, des meurtres.

Je considère un instant la question.

– Non, je ne pense pas.

– Alors, elle n'est pas très perspicace, dit Rachel. Il t'a suffi de passer un moment seule dans cet appartement pour déceler d'inquiétants indices. Songe au temps que cette fille a passé là, au nombre de fois où elle a vu les mêmes indices que toi sans en tirer les seules conclusions qui s'imposent !

Je reste muette quelques secondes. L'argument de Rachel est étonnamment simple, et très bien élaboré.

– Tu es une excellente amie, dis-je finalement.

– Je sais. Et ça me fait plaisir de t'aider, mais il faut que je te laisse. Je ne suis pas seule...

– Oh, pardon. Je suis vraiment désolée !

– T'en fais pas, il comprend très bien. Hein, Reggie ? Pas vrai que tu comprends très bien ? Il dit qu'il comprend parfaitement.

Je perçois un bruit étouffé à l'autre bout du fil. Brusquement, je ne peux pas m'empêcher de me demander si Rachel n'a pas attaché Reggie à quelque chose.

– Tu sais quoi ? Je vais arrêter de me monter la tête avec cette histoire de tueur. Bonne soirée, Rachel.

– Je t'aime, chérie. Non, pas toi, Reggie. Ferme-la.

8

Leon

Les joues creusées, Holly lève vers moi des yeux fatigués. Elle a l'air plus petite. C'est comme si tout son corps avait rétréci : les poignets, les mèches encore clairsemées de ses cheveux qui repoussent… Tout, sauf les yeux.

Elle me sourit faiblement.

Holly : Tu étais déjà là, le week-end dernier.

Moi : Je vais et viens selon les besoins. On m'a appelé en renfort. Manque de personnel.

Holly : Est-ce que tu es venu pour moi ?

Moi : Certainement pas. Tu sais bien que tu es la patiente que j'aime le moins, ici.

Son sourire s'élargit.

Holly : Est-ce que tu passais un bon week-end avec ta petite amie aux cheveux courts ?

Moi : Oui, si tu veux savoir.

Il y a décidément une lueur malicieuse qui réveille son regard. Je ne veux pas me faire d'illusions, mais Holly va visiblement mieux. Il n'y avait pas la moindre trace de ce sourire, le week-end dernier.

Holly : Et tu l'as laissée tomber pour venir me voir !

Moi : Manque de personnel, Holly. J'ai dû aller travailler parce qu'il manquait un infirmier dans le service.

Holly : Je parie que ça ne lui a pas plu que tu m'aimes plus qu'elle.

Socha, l'interne, passe la tête par la porte de la chambre.

Socha : Leon…

Moi (m'adressant à Holly) : Je reviens dans deux minutes, briseuse de ménages.

Sa frimousse s'éclaire d'un grand sourire fatigué.

Socha : Les résultats sanguins sont arrivés. Les antibiotiques font enfin leur boulot. Je viens juste d'avoir le chef de clinique du GOSH[1] au téléphone, et il dit qu'elle n'a pas besoin de retourner dans leur service puisque son état s'améliore. Les taux de CRP et de globules blancs sont en baisse, plus de fièvre, lactate normal. Toutes les valeurs sont dans la norme.

Le soulagement est immédiat.

Les analyses sanguines de Holly m'enveloppent d'un halo de bonne humeur pendant tout le trajet du retour. À travers cette brume joyeuse, des ados encapuchonnés fumant des joints dans une ruelle m'apparaissent comme des chérubins échappés d'un tableau de Raphaël. Le type à l'hygiène douteuse qui enlève une chaussette dans le bus pour se gratter le pied m'inspire un irrépressible élan de sympathie. Même l'ennemi juré du Londonien, le touriste qui lambine, m'arrache un sourire indulgent.

Je me vois déjà cuisiner un excellent dîner matinal lorsque je pousse la porte de l'appartement. L'odeur est la première chose qui me frappe. Une odeur… féminine. Quelque chose qui évoque à la fois les effluves d'un étal de fleuriste et le parfum épicé d'un bâton d'encens.

1. Great Ormand Street Hospital (Hôpital londonien pour enfants). (Toutes les notes sont de la traductice.)

Ce qui me frappe ensuite, c'est la quantité impressionnante de cochonneries qui polluent mon salon. Une énorme pile de bouquins contre le bar de la cuisine. Un coussin en forme de vache sur le canapé. Une lampe à lave – une lampe à lave ! – sur la table basse. Que se passe-t-il ? La pipelette organise-t-elle une braderie dans mon… dans *notre* salon ?

Un peu sonné, je m'apprête à me délester de mes clefs à l'emplacement habituel (le panier de linge sale n'est qu'un second choix), mais je le découvre occupé par une tirelire Télétubbies ! C'est insensé. On dirait une de ces émissions de décoration où une équipe refait votre intérieur en deux temps trois mouvements, sauf que là tout est bien pire qu'avant. Elle l'a sûrement fait exprès : personne n'a si mauvais goût par inadvertance.

Je me creuse la cervelle pour me rappeler ce que Kay m'a raconté au sujet de cette femme. Elle est éditrice, non ? Ce métier m'évoque plutôt l'image d'une personne raisonnable. D'une femme de goût, du moins. Je suis à peu près sûr que Kay n'a pas mentionné qu'elle collectionnait des objets bizarro-kitsch.

Je me laisse tomber dans un pouf poire – un élément du bric-à-brac de ma colocataire – et reste assis là un moment, songeant aux 350 livres que je n'aurais pas pu donner à Sal ce mois-ci sans cette femme. Après tout, ce n'est pas si terrible. Le pouf, par exemple, me plaît beaucoup avec son motif cachemire. Sans compter qu'il est remarquablement confortable. Quant à la lampe à lave, il faut lui reconnaître un côté comique : qui de nos jours possède une telle chose ?

Mon regard se pose sur mon drap de dessous et mes taies d'oreiller, étendus sur le séchoir dans un coin de la pièce. Agaçant qu'elle ait cru utile de les laver : j'ai évidemment pris soin de le faire avant son arrivée, ce qui m'a même valu d'être en retard à l'hôpital. Mais je ne dois pas oublier que l'enquiquineuse ne me connaît pas.

Au fait… et la chambre ? À quoi va-t-elle ressembler ?

Intrépide, je décide de m'y aventurer. Une plainte étranglée s'échappe de ma bouche. On dirait que quelqu'un a vomi un arc-en-ciel et une toile de Jackson Pollock, repeignant le moindre centimètre carré de couleurs que la nature, dans sa grande sagesse, refuse de mélanger. Ma couette et mon bureau ont disparu, la première sous un ignoble plaid mité et le second sous une énorme machine à coudre beige. Et des vêtements… des vêtements *partout*. La moitié de penderie que j'avais libérée pour elle n'a manifestement pas suffi à contenir ce déluge d'habits et elle a suspendu des robes un peu partout dans la chambre : derrière la porte, sur toute la longueur d'un mur (accrochées à l'ancienne cimaise à tableaux – ingénieux, il faut l'admettre), et enfin sur le dossier de la chaise – désormais invisible – qui se trouve sous la fenêtre.

J'envisage de l'appeler et de mettre le holà à ces débordements, avant d'y renoncer : ce serait beaucoup trop embarrassant, et puis ça ne me dérangera sûrement plus au bout de quelques jours. Me connaissant, je finirai sans doute par ne même plus y prêter attention. Je bats en retraite, impatient de confier mon corps épuisé aux courbes accueillantes du pouf poire, quand je remarque, dépassant de sous le lit, le sac-poubelle rempli d'écharpes tricotées par M. Prior.

Je les avais oubliées, celles-là. Ma colocataire envahissante risque de trouver ça louche, un type qui planque quatorze écharpes tricottées à la main sous son lit. Ça fait une éternité que je veux les donner à une œuvre de charité, mais ça, elle ne peut pas le deviner. Je ne voudrais pas qu'elle s'imagine que je suis un gars tordu, genre collectionneur d'écharpes ou je ne sais quoi.

J'attrape un stylo et griffonne POUR L'ARMÉE DU SALUT sur un papier Post-it jaune que je colle en évidence sur le sac.

Voilà. Comme ça, si elle tombe dessus, elle ne se méprendra pas sur mon compte.

Et maintenant, « petit dîner » dans le pouf poire, et au lit. Je suis tellement crevé que cet abominable plaid teint au nœud me semble presque accueillant.

9

Tiffy

Me voilà sur le quai, par un froid glacial, dans la « tenue neutre » réclamée par Katherin, qui m'adresse un sourire de gamine effrontée. Ses cheveux couleur paille lui fouettent les joues sous l'effet du vent, tandis que nous attendons que le bateau de croisière coupe les moteurs, accoste, mouille l'ancre et attache les amarres.

– Tu as les mensurations idéales pour ce type de démonstration, dit Katherin. Tu es mon mannequin préféré, Tiffy. Vraiment. Tu vas voir, on va tout déchirer.

Je lève un sourcil, le regard perdu dans le bleu plutôt gris de la mer. Je doute que Katherin ait un vaste choix de mannequins à disposition. Et puis avec le temps, je finis par être un peu lassée d'entendre les gens complimenter mes mensurations. Le truc, c'est que je suis comme l'appartement de Mo et Gerty, mais à l'envers : mes proportions sont environ vingt pour cent plus grandes que celles d'une femme moyenne. Ma mère aime dire que je suis « bien charpentée », parce que mon père aurait été bûcheron dans sa jeunesse (ce qui reste à prouver. D'ailleurs, les bûcherons n'existent-ils pas uniquement dans les contes de fées ?). Il est rare que j'entre dans une pièce sans que quelqu'un m'informe gentiment que je suis très grande, pour une femme.

Parfois, ça agace les gens, comme si je prenais intentionnellement plus de place que je ne le devrais, et parfois, ça les intimide, surtout quand ils ont l'habitude de regarder les femmes de haut (au sens propre et peut-être au figuré). Mais neuf fois sur dix, ça me vaut des compliments plus ou moins maladroits. Quand les gens me qualifient de « bien faite » voire de « bien bâtie » (j'aime moins), je crois que c'est une façon de dire : « La vache ! Tu es imposante, mais pas trop grosse ! » Ou : « Bien joué ! Tu as réussi à être grande sans être dégingandée ! » Ou peut-être même : « Tu chamboules mes repères avec tes courbes très féminines combinées à une carrure et une taille masculines ! »

– Tu es le genre de femme qu'aiment les Soviétiques, poursuit Katherin, sans remarquer mon sourcil levé. Tu sais, ces femmes dessinées sur les affiches du temps de l'URSS ? Ces blondes aux joues roses qui respirent la santé et labourent les champs pendant que les hommes sont partis au combat... enfin, tu vois le genre.

– Elles portaient beaucoup de fringues au crochet, les paysannes soviétiques ? dis-je d'un ton quelque peu irascible.

Un crachin s'est mis à tomber, et la mer a un tout autre aspect, depuis le quai d'un port industriel. Beaucoup moins glamour que vue à l'ombre d'un parasol planté dans le sable. Au fond, ce n'est rien d'autre qu'une grosse baignoire remplie d'eau froide et salée. Je pense à la directrice des droits, bien au chaud dans la salle de réunion, en train de faire le point sur le potentiel international des livres programmés pour le printemps.

– C'est bien possible, dit Katherin, pensive. Tu me donnes une idée, Tiffy ! Et si on ajoutait un chapitre sur l'histoire du crochet, dans mon prochain livre ? Ou, mieux, sur la place du crochet dans l'Histoire. Hein, tu en penses quoi ?

– Du mal, dis-je fermement. Ça ne va pas plaire à nos lecteurs. Les mauvaises idées de Katherin doivent impérativement être tuées dans l'œuf, et, là, je suis certaine qu'elle fait fausse route. Nos lecteurs ne veulent pas recevoir un cours d'histoire. Tout ce qu'ils veulent, ce sont des idées pour un nouveau vêtement au crochet que leur petit-fils pourra couvrir de bave.

– Mais…

– Ce sont les faits, Katherin, et la dure réalité du marché.

C'est une de mes phrases préférées. Ce bon vieux marché. On peut toujours compter sur lui pour se défausser.

– Les gens n'achètent pas tes livres pour y trouver des détails historiques. Ils veulent juste des instructions simples et des photos craquantes.

Une fois les divers documents d'embarquement vérifiés par le personnel de bord, on pénètre dans le navire. Difficile de dire où finit le quai et où commence le bateau. J'ai l'impression d'être brusquement la proie d'un léger vertige, comme si le sol bougeait doucement sous mes pieds, et j'en conclus qu'on a quitté la terre ferme. En tant que passagère invitée, j'avais imaginé un accueil différent, personnalisé ; quelque chose qui aurait un peu plus de gueule, quoi. Mais on se traîne en rang d'oignons avec le reste de la foule, composée de personnes au moins dix fois plus riches que moi et, vu ma tenue imposée par Katherin, dix fois mieux vêtues.

En fait, ce n'est pas si grand que ça, pour un bateau de croisière. On nous redirige gentiment vers un coin de « l'espace divertissement », où l'on nous demande d'attendre que quelqu'un nous fasse signe. On va devoir patienter un bon moment : la démonstration de Katherin est prévue après le déjeuner des passagers.

Le nôtre n'est visiblement pas pris en charge par la compagnie maritime, mais bien entendu Katherin a apporté des sandwiches. Aux sardines. Elle me propose de bon cœur la moitié de sa pitance, ce qui est adorable de sa part, et mon ventre finit par gargouiller si fort que je rends les armes et accepte. Je suis loin d'être sereine. La dernière fois que j'ai fait une croisière, c'était vers les îles grecques avec Justin : je rayonnais alors d'amour, shootée au cocktail d'hormones post-coïtales. Aujourd'hui, exilée au fin fond de l'« espace divertissement » du navire en compagnie d'une ancienne hippie, d'un sandwich aux sardines et de trois sacs Aldi remplis d'aiguilles à tricoter, de crochets et de pelotes de laine, je ne peux nier la sévère dégringolade qu'a récemment connue ma vie.

– Alors, comment ça va se passer ? dis-je en grignotant la croûte du sandwich.

Le goût de poisson reste tolérable quand on s'en tient à la périphérie des tranches de pain.

– Je vais commencer par montrer comment prendre les mesures, répond Katherin. Ensuite, je vais expliquer les points de base du crochet que tout débutant doit connaître, et puis j'utiliserai les échantillons que j'ai tricotés pour leur montrer comment se fabriquer la tenue de leurs rêves ! Bien entendu, je partagerai aussi avec eux mes cinq grandes astuces pour maîtriser la technique du « mesures au fur et à mesure ». Katherin croit beaucoup en cette formule accrocheuse. Dommage qu'elle n'ait pas encore accroché grand monde.

Lorsque arrive enfin le moment de débuter la démonstration, une petite foule se masse autour de nous. Katherin sait rassembler du monde, une aptitude sans doute acquise au temps jadis des sit-in et autres manifestations de tout poil. C'est un public principalement composé de vieilles dames accompagnées de leurs maris, mais on dénombre également quelques femmes plus jeunes, la vingtaine et la trentaine, et même deux hommes seuls. Voilà qui est encourageant. Après tout, Katherin a peut-être raison, le crochet devient tendance.

– On applaudit bien fort mon assistante glamour ! s'exclame Katherin comme si elle présentait un spectacle de magie.

Le prestidigitateur qui se produit à l'autre bout de la salle nous jette d'ailleurs des regards contrariés.

Tout le monde bat consciencieusement des mains et je m'efforce de présenter le visage avenant et enjoué qu'on est en droit d'attendre d'une égérie du crochet, sauf que je suis encore frigorifiée et que je me sens fadasse dans mes vêtements neutres : jean blanc, T-shirt gris pâle, et un adorable cardigan vieux rose que je croyais avoir vendu l'année dernière, retrouvé in extremis au fond de la penderie quand je faisais les cartons. C'est le seul élément coloré de ma tenue et Katherin semble sur le point de…

– On enlève le cardigan ! s'écrie-t-elle, joignant le geste à la parole.

Humiliation ultime. Et j'ai encore plus froid.

– Tout le monde regarde attentivement ? On éteint les portables, s'il vous plaît ! On a réussi à s'en sortir pendant la guerre froide sans jeter un œil à son compte Facebook toutes les cinq minutes, pas vrai ?

Je me retiens de rire. C'est du pur Katherin : elle évoque la guerre froide à toutes les sauces, persuadée qu'il s'agit du moyen ultime pour obtenir ce qu'on veut. Selon elle, ça cause un choc psychologique qui prive les gens de leur capacité de protestation, les soumettant entièrement à sa volonté.

Elle commence à prendre mes mesures – cou, poitrine, buste, taille, hanches – et j'ai soudain conscience que mes mensurations sont communiquées à une large assemblée, ce qui attise encore davantage mon envie de rire. Classique, hein ? On doit absolument rester sérieux comme un pape et bien sûr on est pris d'un fou rire, d'autant plus irrésistible qu'on s'efforce de le réprimer.

Katherin me foudroie du regard tandis qu'elle mesure mes hanches en expliquant comment tricoter des plis pour aménager « suffisamment d'espace pour les fesses », et je ne doute pas qu'elle sente les secousses de mon corps qui lutte pour contenir le rire. Surtout, rester professionnelle. Si j'éclate de rire maintenant, ça discréditera complètement Katherin, et il n'en est pas question. Mais… la situation est si ridicule. Je vois cette vieille dame noter ma longueur interne de jambe dans son carnet lorsque j'aperçois un mec au fond qui ressemble à…

Ce mec au fond… C'est…

C'est Justin.

Il change de place quand il se sait repéré, se fondant dans la foule. Mais avant de disparaître, il soutient mon regard. Et je me prends une sacrée décharge électrique, parce que ce n'est pas un regard anodin. Il est très… éloquent. Le genre de regard dans lequel on se perd, juste avant de balancer un billet sur la table du pub et d'en sortir, dans un brouillard, pour aller se peloter à l'arrière d'un taxi. Le genre d'œillade qui vous aspire et suspend le temps, avant de vous propulser dans l'escalier qui mène à la chambre.

C'était un regard *sensuel*. Un regard qui dénude. Les yeux de Justin disaient : *Je te déshabille en pensée*. L'homme qui m'a quittée depuis des mois, qui a entièrement cessé de répondre à mes appels ; cet homme qui a sûrement embarqué en compagnie de sa fiancée pour une croisière en amoureux… Cet homme me lance ce regard. Et à ce moment-là, me voilà mise à nu, bien plus qu'en voyant toutes ces vieilles croisiéristes noter mes mensurations dans leurs calepins.

Je me sens complètement à poil.

10

Leon

Moi : Vous auriez pu vous retrouver, tous les deux. L'amour trouve toujours son chemin, monsieur Prior !

M. Prior, pas convaincu : Ne le prends pas mal, fiston, mais tu n'y étais pas. Ce n'est pas aussi simple, crois-moi. Bien sûr, il y a eu de belles histoires ; des filles convaincues que leur homme avait cassé sa pipe depuis belle lurette et qui le voyaient un beau matin remonter l'allée de la maison dans son bel uniforme, frais et dispo... Mais pour chaque dénouement heureux, il y a des centaines d'histoires tristes. Des centaines d'amoureux qui ne sont jamais revenus. Johnny est sans doute mort, et si par extraordinaire il est encore de ce monde, il vit en couple quelque part avec un homme ou une femme, et je ne suis plus qu'un vague souvenir pour lui.

Moi : Vous m'avez pourtant dit qu'il n'était pas là-dessus, dis-je en désignant la liste des soldats morts que j'ai imprimée.

Je ne sais pas vraiment pourquoi j'insiste autant. Après tout, M. Prior n'a pas émis le souhait de retrouver Johnny. Il a juste eu une grosse bouffée de nostalgie, l'autre jour.

Mais je côtoie beaucoup de personnes âgées, ici. J'ai l'habitude d'entendre les patients évoquer leurs souvenirs, et il m'a semblé que c'était différent, avec M. Prior. Qu'il avait besoin de refermer une porte restée entrouverte depuis trop longtemps.

M. Prior : Non, je ne pense pas qu'il soit sur ta liste. N'oublie pas, toutefois, que je suis un vieil homme à la mémoire capricieuse, et que ces trucs informatiques ultramodernes ne sont peut-être pas aussi fiables qu'on le croit. On peut donc se tromper l'un comme l'autre, ton ordinateur et moi.

Il m'adresse un sourire indulgent, comme si je faisais tout ça pour moi et non pour lui. Je le regarde un peu plus attentivement, songeant aux premières fois où je l'ai remarqué, assis tranquillement dans un coin de la salle commune, mains posées sur les cuisses, le visage plissé de rides impeccables, comme s'il faisait tout son possible pour ne pas avoir l'air triste.

Moi : Faites-moi plaisir, donnez-moi les faits. Régiment, lieu de naissance, signes particuliers, des frères ou des sœurs...

M. Prior lève vers moi ses petits yeux malicieux et hausse les épaules. Sourit. Son visage parcheminé et piqué de taches de vieillesse esquisse une moue. Il étire un instant la peau de son cou, comme encrée par de longues années au soleil, dévoilant un morceau de peau blanche qui commence à l'endroit précis où s'arrêtait le col de ses chemises. Il secoue doucement la tête, semble penser que j'ai un grain, mais ne s'en met pas moins à m'apporter les éclaircissements demandés.

Mardi matin, dans le bus. J'appelle maman. Courte et difficile conversation.

Maman (vaseuse) : Tu as des nouvelles ?

Depuis des mois, c'est sa façon de me dire bonjour.

Moi : Non... Désolé, maman.

Maman : Je devrais peut-être appeler Sal ?

Moi : Non, non. Je m'en occupe.

Maman (faisant un effort sur elle-même) : Pardon, mon chéri. Comment vas-tu ?

Une agréable surprise m'attend dans l'appartement : une assiette de *flapjacks*[1] faits maison posée sur le bar de la cuisine. L'enquiquineuse y a incorporé un mélange bariolé de fruits secs et de graines, comme si elle ne pouvait s'empêcher d'associer des couleurs qui ne vont pas ensemble, jusque dans la nourriture. Mais la note posée sur le plateau m'incline à l'indulgence :

Manges-en autant que tu veux ! J'espère que ta journée de travail nocturne s'est bien passée.
Amicalement,

Tiffy.

Les choses prennent une meilleure tournure. Je me sens tout à fait prêt à endurer des lampes kitsch et un appartement affreusement encombré contre 350 livres par mois *et* des offrandes gourmandes. Après m'être généreusement servi dans l'assiette, je vais m'asseoir avec mon butin pour écrire à Richie, à qui je donne des nouvelles de Holly. Elle est « Mademoiselle Nèfe » dans les lettres que je lui adresse, une Holly en version un peu enjolivée : encore plus vive d'esprit, sarcastique, impertinente et jolie. Je plonge la main à l'aveugle dans l'assiette de *flapjacks* tout en noircissant une nouvelle page avec une description des affaires de ma colocataire. Je me demande si Richie va me croire, tellement certains objets sont absurdes : une souris d'ordinateur en forme de souris ; une brosse à vaisselle ornée d'un visage de femme (les poils formant ses cheveux hérissés)…

Je prends vaguement conscience, tandis que je timbre l'enveloppe, d'avoir vidé une bonne moitié de l'assiette. J'espère qu'elle

1. Biscuit anglais à l'avoine semblable à une barre de céréales.

n'a pas écrit « Manges-en autant que tu veux » par pure politesse. Je griffonne quelques mots au dos de sa note :

Merci pour les flapjacks. Ils sont tellement bons que j'ai presque tout mangé sans même m'en rendre compte.

J'hésite un instant à ajouter quelque chose. J'ai le sentiment de lui être redevable : l'assiette est sérieusement entamée.

Si tu veux, il reste des champignons Stroganoff dans le frigo pour le dîner (ce ne sont pas les rares flapjacks *qui ont survécu qui vont te nourrir…).*
Bonne soirée,

Leon.

Il ne me reste plus qu'à mettre mon tablier de cuisine et à préparer des champignons Stroganoff.

Je trouve une autre note sur la porte de la salle de bains.

Bonjour, Leon,
Tu veux bien avoir la gentillesse de rabaisser la lunette des toilettes, s'il te plaît ? J'ai bien peur de ne pas avoir trouvé le moyen de te demander ça sans avoir l'air d'une emmerdeuse qui se donne des airs sympas. C'est dingue, ce truc avec les notes : il suffit de sortir un stylo et une note Post-it pour se transformer en garce ! Du coup, j'ai décidé d'y aller franco et de jouer à fond la carte passive-agressive. Je crois bien que je vais même ajouter des smileys pour que tu n'aies plus aucun doute sur ma personnalité.
Amicalement,

Tiffy.

Le bas de la note Post-it est constellé de smileys. Je laisse échapper un rire étouffé. L'un des smileys a un corps et se soulage contre le coin de la note. Je ne sais pas pourquoi, mais j'imaginais cette femme assez dépourvue de sens de l'humour. Peut-être parce qu'elle n'a que des livres de DIY.

11

Tiffy

– C'est absurde.

– Je sais, dis-je.

– Et c'en est resté là ? hurle Rachel. Il ne s'est rien passé d'autre ?!

Ses cris me font tressaillir. Hier soir, j'ai vidé une bouteille de vin, fait des *flapjacks* sous le coup de la panique et c'est à peine si j'ai réussi à fermer l'œil de la nuit ; je suis un peu fragile pour encaisser de tels éclats de voix.

On est au boulot, assises dans « l'espace créatif ». Il ressemble à s'y méprendre aux deux autres salles de réunion de Butterfingers Press, sauf que, détail exaspérant, il n'y a pas de véritable porte (création et ouverture sont censées faire bon ménage), et que des tableaux blancs sont fixés au mur. On est là pour étudier des mises en pages alternatives, imprimées par Rachel et étalées sur toute la surface de la table. C'est pour ce fichu bouquin, *Meunier, réveille-toi ! Les secrets du pain et des viennoiseries maison*, et ça se voit vraiment que j'avais la gueule de bois et le cerveau embrumé le jour où j'ai décidé de publier ce livre.

– Tu es en train de me dire que tu as vu Justin sur un bateau de croisière, qu'il t'a lancé son plus beau regard « J'ai envie de te culbuter à fond de cale », et que toi tu as passé ton chemin en sifflotant ?

– Je sais…, dis-je à nouveau, parfaitement désespérée.

– Ridicule ! Pourquoi tu ne t'es pas mise à sa recherche ?

– J'aidais Katherin ! Qui, au passage, m'a infligé une authentique blessure, dis-je en écartant mon poncho pour lui montrer la marque écarlate qui orne mon bras, à l'endroit où mon auteure m'a quasiment poignardée, à mi-parcours de son atelier crochet.

Rachel jette un bref coup d'œil à mon bras endolori.

– J'espère que tu vas lui faire payer ça en avançant la date de remise de son manuscrit, dit-elle avant de revenir au sujet qui l'intéresse vraiment. Tu es certaine que c'était Justin et pas juste un autre Blanc aux cheveux châtains ? Je veux dire, j'imagine qu'un bateau de croisière est rempli de…

– Rachel, je sais à quoi ressemble Justin.

– Ouais, bien sûr, dit-elle avec un geste brusque qui envoie valdinguer les propositions de mise en page soigneusement disposées sur la table. Je n'en reviens pas. Quelle déception, Tiffy ! J'étais certaine que votre histoire se terminerait en apothéose par une partie de galipettes dans une cabine de bateau ! Ou sur le pont ! Ou, ou… ou au milieu de l'océan, sur une chaloupe de sauvetage !

En réalité, j'avais passé le reste de la démonstration paralysée par l'affolement, essayant désespérément d'avoir l'air présente et d'écouter les instructions de Katherin – « Bras en l'air, Tiffy ! Attention à tes cheveux, Tiffy ! » – tout en balayant la foule du regard. J'avais fini par me demander si tout ça n'était pas le fruit de mon imagination. Après tout, quelles étaient les chances pour qu'une telle rencontre se produise ? D'accord, je sais que Justin aime les croisières, mais nous vivons quand même sur une grande île. Il y a beaucoup de bateaux de croisière qui sillonnent les eaux britanniques.

– Parle-moi encore de ce regard, dit Rachel.

– Oh… je ne sais pas comment t'expliquer, dis-je en me laissant tomber vers l'avant, front contre les feuilles qui se chevauchent à présent sur la table. C'est juste que… je connais ce regard. Il le faisait parfois, quand on était ensemble.

Mon estomac se tord.

– C'était *tellement* inapproprié de sa part. Tu te rends compte ? Je veux dire, c'est dingue, non ? Quand tu penses que sa copine… enfin, sa fiancée… Elle était sûrement…

– Il t'a vue à l'autre bout d'une salle bondée, à deminue. Tiffany Moore dans toute sa singulière splendeur, jouant les top-modèles pour la reine des hippies et du crochet réunis, et d'un seul coup, il s'est souvenu que tu étais celle qui lui mettait la tête à l'envers et la libido à l'endroit, conclut Rachel. Voilà ce qui s'est passé.

– Non, ce n'est pas…

Mais que s'est-il passé au juste ? Je l'ignore, mais il s'est passé *quelque chose*. Ce regard n'était pas anodin. Une bouffée d'anxiété me rappelle que, malgré le fait d'avoir passé la nuit entière à y penser, je n'arrive toujours pas à savoir ce que je ressens. Justin surgissant de nulle part à bord de ce bateau et croisant mon regard me paraît la scène la plus romantique et la plus fatidique qui soit, et la minute d'après je me sens frissonnante et un peu nauséeuse à cette pensée. Le trajet en train pour rentrer à l'appartement n'a pas été non plus de tout repos. Il faut dire que ça faisait un bon moment que je n'avais pas voyagé seule hors de Londres, mis à part pour aller chez mes parents, et j'étais très nerveuse.

Je jette un œil à mon portable pour voir si j'ai reçu des messages. J'ai un nouveau texto.

Ça m'a vraiment fait plaisir de te voir hier. J'étais là pour le boulot, et quand j'ai lu « Katherin Rosen et son assistante » sur le programme, je me suis dit : tiens ! À tous les coups, c'est Tiffy. Il n'y a que toi pour trouver marrant d'entendre tes mensurations énoncées d'une voix sonore devant des dizaines de personnes ! La plupart des filles détesteraient ça. Mais je suppose que c'est ce genre de choses qui te rendent si unique.

Je t'embrasse fort,

J.

Voilà que je mets à trembler. Je tends le bras pour que Rachel puisse lire à son tour. Elle a un hoquet de surprise, mains plaquées sur la bouche.

– Il t'aime ! Cet homme est toujours amoureux de toi !

– On se calme, Rachel, dis-je, bien que mon cœur fasse une tentative d'évasion.

– Tu peux lui répondre que c'est à cause de ce genre de commentaires que les femmes sont si sensibles à leurs mensurations ? Qu'en déclarant que « la plupart des filles détestent ça », il n'aide pas les femmes à entretenir un rapport apaisé avec leur corps et qu'il les monte de surcroît les unes contre les autres, contribuant à entretenir cette rivalité qui reste aujourd'hui encore un des principaux problèmes du mouvement féministe ?

Je lui adresse un regard circonspect, et son visage s'éclaire d'un grand sourire.

– Ou alors, tu peux simplement écrire : « Merci. Et si tu venais chez moi ce soir pour me montrer toute la nuit à quel point tu me trouves unique ? »

– Pfff... Je ne sais même pas pourquoi je parle de ça avec toi.

– C'est soit avec moi, soit avec Martin, me fait-elle remarquer en rassemblant ses mises en pages. Je m'occupe de faire les changements nécessaires, et, toi, tu récupères ton homme, d'accord ?

– Non, dit aussitôt Gerty. Ne lui réponds surtout pas ça. Ce mec est une ordure finie qui t'a traitée comme de la merde, a tout fait pour t'isoler de tes amis et a très probablement passé son temps à te tromper.

Le silence s'installe, pesant.

– Qu'est-ce qui t'a donné envie de lui écrire un truc pareil, Tiffy ? demande finalement Mo, comme s'il me proposait une traduction libre de ce que vient de dire Gerty.

– J'avais juste... envie de lui parler, dis-je d'une voix faible.

La fatigue commence à me ronger. Je suis lovée dans mon pouf poire avec un chocolat chaud, Mo et Gerty me dévisageant d'un air inquiet depuis le canapé (tout bien considéré, Gerty n'a pas l'air inquiet : elle semble juste furieuse).

Gerty relit à voix haute mon ébauche de texto :

– « *Salut, Justin. Ton message m'a vraiment fait plaisir. Dommage qu'on n'ait fait que se croiser alors qu'on se trouvait à bord du même bateau !* » Et ensuite, tu ajoutes « *Je t'embrasse fort* » !

– Lui aussi, il a écrit « Je t'embrasse fort », dis-je, sur la défensive.

– La force de tes baisers n'est qu'une des innombrables choses qu'il faut changer dans ce SMS, tonne Gerty.

– Es-tu bien sûre de vouloir revoir Justin ? demande Mo. Tu sembles beaucoup mieux dans ta peau depuis que tu as quitté cet appartement, et ce n'est pas une coïncidence.

Mon silence lui arrache un soupir.

– Je sais que tu as du mal à le critiquer, Tiffy, mais quelles que soient les excuses que tu peux lui trouver pour tout ce qu'il t'a fait endurer, tu ne peux pas ignorer le fait qu'il t'a larguée pour une autre.

J'accuse le coup.

– Pardon de le dire de façon si brutale, mais c'est bien ce qu'il a fait, poursuit Mo. Même s'il avait quitté cette fille, ce qui n'est pas le cas jusqu'à preuve du contraire, il n'en resterait pas moins qu'il est parti avec elle. Relis donc le message qu'il t'a envoyé sur Facebook. Souviens-toi de ce que tu as ressenti quand il est venu avec elle dans l'appartement.

Aïe. Ça pique. Pourquoi Mo et Gerty passent-ils leur temps à me dire des choses que je n'ai pas envie d'entendre ? Rachel me manque.

– Qu'est-ce que tu crois qu'il est en train de faire, Tiffy ? demande Mo.

Il insiste tellement, tout à coup, que je me tortille nerveusement sur le pouf.

– Justin se montre amical. Il essaie de renouer le contact.

– Il n'a pas dit qu'il aimerait te revoir, note Mo.

– Et à la façon dont tu en parles, j'ai l'impression que le regard qu'il t'a lancé était bien plus qu'amical, dit Gerty.

– Ouais… Je reconnais que n'était pas un regard qui disait *Tu m'as drôlement manqué et j'aimerais vraiment qu'on se reparle, tous les deux*. Mais ça disait… quelque chose. Et s'il voulait… S'il voulait qu'on se remette ensemble…

– Tu serais partante ? demande Gerty.

– Partante pour quoi ? dis-je pour gagner du temps.

Elle ne se donne pas la peine de répondre. Mes ruses n'ont plus de secret pour elle.

Je songe au triste état qui était le mien ces derniers mois. À quel point j'étais démoralisée à l'idée de dire adieu à cet appartement. Au nombre de fois où j'ai regardé la page Facebook de Patricia sur mon ordinateur portable, arrosant mon clavier de larmes amères, avant de rabattre l'écran d'un coup sec, un peu inquiète du risque d'électrocution.

J'avais tellement de chance d'être avec lui. Justin était si… distrayant. On vivait dans un tourbillon permanent, voyageant de pays en pays, essayant tout ce qui nous passait par la tête, restant éveillés jusqu'au petit matin et grimpant sur le toit pour regarder le soleil se lever. D'accord, on se disputait beaucoup et il y a un tas de choses que je n'aurais pas dû accepter, mais, dans l'ensemble, être avec lui me donnait la sensation d'être privilégiée. Sans Justin, je me sens… perdue.

– Je ne sais pas, dis-je. La tentation est forte…

Gerty se lève d'un mouvement élégant et vient poser une caresse sur ma tête.

– Ne t'inquiète pas, dit-elle. On ne te laissera pas y céder.

12

Leon

Salut, Leon,

Bon, j'avoue… La vérité, c'est que j'ai fait tous ces gâteaux sous le coup de la panique. Quand je suis triste ou que j'ai l'impression de perdre pied, la pâtisserie est ma bouée de sauvetage. Et alors ? Je transforme ma négativité en bienfaits délicieux et caloriques. Tant que tes papilles ne décèlent pas de résidus de tristesse lors de la dégustation, il me semble que tu n'as aucune raison de t'interroger sur l'abondance de douceurs dont je te bombarde depuis une semaine.

Laisse-moi néanmoins te dire que ma frénésie pâtissière est due à l'apparition inopinée de l'ex sur mon bateau de croisière, et de l'œillade pour le moins lascive qu'il m'a lancée avant de décamper comme un voleur. Du coup, me voilà toute confuse. D'autant qu'il m'a ensuite envoyé un gentil texto où il écrit que je suis vraiment unique et tout. Je n'ai pas répondu. En fait, je voulais le faire, mais mes amis m'en ont dissuadée. Ils sont agaçants, et ils ont souvent raison.*

Enfin bref, c'est pour ça que tu as pu manger tous ces gâteaux.

Amicalement,

Tiffy.

* *Je dis « mon » bateau de croisière, mais il ne m'appartient pas, hein. Ne le prends pas mal, mais je ne partagerais pas une chambre avec toi si j'étais le genre de personne qui possède un navire de plusieurs milliers de tonnes. Si j'étais riche, je vivrais dans un château écossais avec des tourelles multicolores.*

Désolé que les choses ne soient pas résolues avec ton ex. Si je comprends bien, tes amis pensent qu'il ne te rendait pas heureuse. C'est ce que tu penses, toi aussi ?

En tout cas, si le retour de l'ex est synonyme de gâteaux tout chauds sortis du four, moi je vote pour.

Leon.

Coucou, Leon,

Est-ce qu'il me rendait heureuse ? Je n'en sais rien, en fait. Ça peut paraître bizarre, mais je n'ai pas vraiment envisagé les choses sous cet angle-là. Spontanément, je dirais que, ouais, il était bon pour moi, mais au fond je ne sais pas trop. On avait une relation en dents de scie, tu sais, un de ces couples dont tout le monde parle (on s'est déjà séparés et remis ensemble plusieurs fois). C'est facile de se souvenir des bons moments – et il y en a eu plein, et ils étaient géniaux –, et je suppose que depuis qu'on s'est séparés, je pense à tout ce que je regrette et pas au reste. Donc, je sais que je ne m'ennuyais pas avec lui. Mais est-ce que j'étais heureuse ? Hum… Je n'en ai pas la moindre idée.

D'où le sponge cake *reine Victoria avec sa confiture maison.*

Amicalement,

Tiffy.

Collé sur un manuscrit imprimé et relié avec des anneaux en plastique, intitulé *Brique par brique : l'extraordinaire itinéraire d'un maçon devenu le décorateur d'intérieur du Tout-Londres* :

Soyons honnête, Tiffy : j'ai pris ce bouquin sur la table, persuadé que c'était une grosse daube qui allait me faire hurler d'un rire moqueur. En fait, je n'ai pas réussi à le lâcher. Malgré ma fatigue, il m'a maintenu éveillé jusqu'à midi. C'est l'histoire de ton ex ? Et si ce n'est pas ton ex, est-ce que je peux l'épouser ?

Leon.

Salut, Leon,

Je suis ravie que le livre t'ait plu ! Non, mon beau maçon devenu décorateur d'intérieur n'est pas mon ex. Quant à l'épouser, bonne nouvelle, il y a bien plus de chances qu'il s'intéresse à toi qu'à moi. Mais je suppose que Kay a son mot à dire sur le sujet.

Amicalement,

Tiffy.

Kay dit que je ne suis pas autorisé à épouser le beau maçon-devenu-décorateur. Dommage. Elle te passe le bonjour.

Sympa de la voir, hier ! Elle dit que je t'engraisse avec mes gâteaux et m'a fait promettre de préparer des pâtisseries plus saines comme exutoire à mes tourments. Du coup, j'ai fait des brownies dattes et caroubes. Désolée, ils sont parfaitement immangeables.

Je déplace cette note Post-it (et le reste de notre conversation) sur ton exemplaire des Hauts de Hurlevent, *parce que je dois rapporter le livre de mon maçon d'intérieur au bureau !*

Je t'embrasse.

Sur un placard de la cuisine, au-dessus de la poubelle :

C'est quand, déjà, le jour des poubelles ?

Leon.

C'est une blague ? Je te rappelle que ça ne fait que cinq semaines que je vis ici contre des années pour toi ! Comment peux-tu me demander une chose pareille ?!

Mais oui, c'était hier qu'il fallait les sortir, et on a oublié.
Bises.

Zut, c'est bien ce qui me semblait. Je n'arrive jamais à me rappeler si c'est mardi ou mercredi. Je sais que c'est un jour qui commence par un « m ». Une chance sur deux.
Et sinon, des nouvelles de ton ex ? Plus de pâtisseries depuis un moment. Tout va bien, je ne vais pas mourir de faim (le contenu du congélateur me permettra de survivre quelques semaines), mais ça m'arrangerait que tu aies de nouveau le moral dans les chaussettes, disons vers la mi-mai.

Leon.

Salut,
Silence radio de l'ex. Il ne se passe plus rien sur ses comptes Twitter et Facebook, donc même pas possible de l'espionner. Ça veut sans doute dire qu'il est toujours avec sa fiancée (soyons réaliste : pourquoi en serait-il autrement ? Tout ce qu'il a fait, c'est me regarder d'une façon un peu bizarre), que j'ai interprété complètement de travers notre « rencontre » sur ce bateau de croisière, et qu'il est probablement le personnage méprisable que mon amie Gerty voit en lui. En tout cas, je lui ai remboursé tout l'argent que je lui devais, et maintenant c'est à la banque que je dois une somme terrifiante.
Merci pour le risotto, c'était délicieux. Tu te débrouilles drôlement bien en cuisine pour quelqu'un qui dîne à l'heure du petit déj !
Bises,

Tiffy.

À côté de la plaque de cuisson, couverte de sablés :

Mince, je ne savais pas qu'il y avait une fiancée. Et des dettes.
Les sablés du millionnaire étaient délicieux, merci : dois-je en conclure que tu as eu de ses nouvelles ?

À côté de la plaque de cuisson, couverte de miettes :

Que dalle. Pas même un texto pour me dire qu'il a bien reçu l'argent que j'ai viré sur son compte. C'est vraiment pitoyable, mais je me suis surprise hier à regretter de tout lui avoir remboursé d'un coup. D'une certaine façon, ça maintenait le contact entre nous quand je lui remboursais quelques centaines de livres par mois. Maintenant tous les ponts sont coupés, et j'ai un découvert abyssal.

Pour résumer, pas un mot de lui depuis son texto post-croisière. Je suis officiellement une idiote.

Bises,

Tiffy.

Tu sais, l'amour rend tout le monde idiot. La première fois que j'ai rencontré Kay, je lui ai dit que j'étais musicien de jazz (saxophoniste). Je pensais que ça lui plairait.

Chili con carne sur la cuisinière.

Je t'embrasse,

Leon.

AVRIL

13

Tiffy

– Je crois que j'ai des palpitations.

– Plus personne n'a de palpitations depuis le Moyen Âge, m'informe Rachel en prenant une gorgée scandaleusement longue du latte que m'a rapporté le directeur éditorial (de temps à autre, il éprouve une vague culpabilité en songeant à mon maigre salaire et il investit 2,20 livres dans un café pour se donner bonne conscience).

– Ce bouquin aura ma peau, dis-je.

– C'est la graisse saturée qu'il y a dans ton déjeuner qui va avoir ta peau, dit Rachel en inspectant d'un air soupçonneux le cake à la banane que j'engloutis méthodiquement. Tes pâtisseries deviennent de plus en plus dangereuses, ajoute-t-elle après en avoir prudemment avalé quelques miettes. Et par là, j'entends évidement qu'elles deviennent de plus en plus délicieuses. Pourquoi tu ne grossis pas ?

– Je grossis, mais ça ne se voit pas trop parce que je suis grande. Je planque l'apport graisseux de mes gâteaux dans des recoins discrets. Dans mon avant-bras, par exemple. Ou dans mes joues. Tu ne trouves pas que mes joues s'arrondissent ?

– Tu veux que le livre de Katherin paraisse un jour ? Alors, fais des choix, ma vieille ! s'écrie Rachel en frappant du plat de la main la nouvelle série de mises en pages étalées devant nous.

Nos réunions hebdomadaires concernant ce bouquin sont vite devenues quotidiennes tandis que mars nous filait entre les doigts, et maintenant que nous voilà face à l'impitoyable réalité – le mois d'*avril* est déjà entamé et la date d'impression est prévue dans seulement deux petits mois –, la pause déjeuner vient systématiquement prolonger les réunions.

– Et les photos des bonnets et des écharpes ? poursuit-elle d'une voix à peine moins sonore. Tu vas me les donner quand ?

Oh non, pas les bonnets et les écharpes. Je me réveille au milieu de la nuit, le cerveau colonisé par ces images. Je ne trouve personne qui accepte de les tricoter dans des délais aussi serrés, et Katherin n'a vraiment pas le temps de s'y coller. De toute façon, elle n'est pas contractuellement tenue de fabriquer elle-même les vêtements qui vont illustrer son livre – une erreur de négociation que je ne reproduirai plus –, et je n'ai donc aucun moyen de l'y contraindre.

Je lance un regard mélancolique à mon cake à la banane.

– C'est mort, dis-je. Les carottes sont cuites. Le livre va partir à l'impression sans la moindre photo pour illustrer le chapitre sur les bonnets et les écharpes.

– Oh que non, elles ne sont pas cuites, tes foutues carottes, réplique Rachel. De toute façon, tu n'as pas le choix : il n'y a pas assez de mots pour remplir tout l'espace. Alors trouve une solution, et vite !

Aïe.

À peine ai-je posé le pied dans l'appartement que je mets de l'eau à chauffer : c'est une soirée à boire du thé. Une ancienne note de Leon est collée sous la bouilloire. On les retrouve vraiment partout, ces notes Post-it.

Sa tasse est restée au bord de l'évier, encore à moitié remplie de café blanchâtre. Il ne le boit que comme ça, avec pas mal de lait, toujours dans la même tasse ébréchée – un grand mug décoré du lapin-garou de *Wallace & Gromit*. Chaque soir, je le retrouve soit à moitié vide au bord de l'évier (ce qui indique sans doute que Leon était pressé par le temps) soit rincé sur l'égouttoir (signe selon moi qu'il ne s'est pas rendormi après que l'alarme a sonné).

Je commence à me sentir à l'aise, ici, même si j'ai dû accepter que Leon récupère une partie de l'espace dans le salon. Le mois dernier, il a retiré la moitié des coussins dont j'avais recouvert le canapé et les a entassés dans l'entrée avec un mot: « Là, ça va trop loin, je suis contraint de mettre le holà (désolé). » Mais avec le recul, je me dis qu'il a peut-être eu raison. Il y en avait tellement qu'il devenait assez compliqué de s'asseoir.

Partager le lit reste l'aspect le plus étrange de notre cohabitation. Pendant un mois environ, j'ai mis chaque soir mes draps avant de dormir et les ai enlevés chaque matin, restant prudemment cantonnée à la frontière extérieure de l'espace qui m'a été attribué, mon oreiller placé aussi loin que possible de la ligne de démarcation séparant nos zones de sommeil. Mais désormais, je ne me donne plus la peine de changer la literie; de toute façon, je ne dors que du côté gauche. Au fond, ce n'est pas *si* étrange que ça. Bien sûr, je n'ai toujours pas rencontré mon colocataire, une situation qui peut certes être cataloguée sous l'étiquette « zarbi », mais avec ces notes Post-it qu'on s'écrit de plus en plus souvent, j'ai l'impression de le connaître.

Je laisse tomber mon sac au sol et m'affale dans le pouf poire pendant que le thé infuse. Pour être honnête avec moi-même, je suis en train d'attendre. Ça fait des mois que j'attends. Depuis que j'ai revu Justin sur ce bateau.

Il va forcément reprendre contact avec moi. C'est vrai, je n'ai jamais répondu à son texto à cause de Mo et Gerty – ce qui me vaut de sporadiques bouffées de haine à leur encontre –, mais il y a eu ce regard. Cette expression du visage. Le problème, c'est que ça ne date pas d'hier, et l'expression en question s'est presque entièrement effacée de ma mémoire, remplacée dans mon souvenir par une compilation de ses meilleures mimiques, du moins celles dont je parviens à me souvenir (c'est-à-dire, ne nous voilons pas la face, essentiellement celles que je vois presque chaque jour sur les photos de son compte Facebook). N'empêche… Sur le moment, j'ai ressenti quelque chose de très… Bon, d'accord… je ne sais toujours pas ce que j'ai ressenti. Mais c'était *quelque chose*.

Plus le temps passe, plus je trouve *louche* le fait que Justin se soit retrouvé à bord de ce bateau de croisière, précisément le jour où Katherin animait avec moi son atelier. Même si c'est une pensée que j'aime caresser, il n'a pas pu venir *exprès* pour me voir : il n'avait aucun moyen de savoir que je serais là, d'autant que la démonstration a été reprogrammée au dernier moment. S'il n'est pas monté à bord de ce bateau parce qu'il savait que je m'y trouvais, faut-il voir dans ce « hasard » un coup de pouce du destin ?

J'abandonne le pouf, thé à la main, et erre sans but précis dans l'appartement. De toute façon, je n'ai *aucune* intention de me remettre avec Justin, n'est-ce pas ? C'est la première fois qu'une de nos séparations dure aussi longtemps, et ce n'est décidément pas comme les autres ruptures. Parce qu'il m'a quittée pour une autre femme et qu'il s'est empressé de la demander en mariage, peut-être ? Ouais, ça doit être ça.

En fait, ça devrait m'être égal qu'il me recontacte ou non. La vérité, c'est que j'attends fébrilement l'appel d'un type qui m'a très probablement trompée pendant des mois. Qu'est-ce que ça dit de moi ?

– Ça dit que tu as un tempérament fidèle et que tu ne retires pas facilement la confiance que tu as accordée, répond Mo quand je l'appelle pour lui poser la question. Et comme ces qualités n'ont sûrement pas échappé à Justin, je pense qu'il y a de bonnes chances pour qu'il essaie de renouer le contact avec toi.

– Tu crois vraiment ?

J'entends le ton plein d'espoir de ma voix et je me rends compte que je suis fébrile, agitée, à l'affût d'une parole rassurante, ce qui ne fait que m'énerver davantage. Je me mets à ranger mes DVD des *Gilmore Girls* dans l'ordre, trop nerveuse pour rester immobile, et tombe sur une note Post-it coincée entre la saison 1 et la saison 2 ; je le décolle d'un coup sec avant de le lire en diagonale. Bien décidée à convaincre Leon d'utiliser la télévision (qu'il semble considérer comme une sorte de meuble purement décoratif), je l'ai invité à profiter de ma collection de DVD de haute qualité. Il n'a pas été convaincu.

– J'en suis quasiment certain, répond Mo. On dirait bien que c'est sa façon de fonctionner. Mais... Tu es sûre que c'est ce dont tu as envie ?

– J'aimerais qu'on se reparle. Ou au moins qu'il cesse de faire comme si je n'existais plus pour lui. Je ne sais pas du tout dans quel état d'esprit il est vis-à-vis de moi, tu comprends ? Il semblait tellement furieux quand il m'a écrit ce message sur Facebook, mais le texto qu'il m'a envoyé après qu'on s'est croisés sur le bateau était vraiment gentil, alors... Je n'en sais rien. J'ai envie qu'il m'appelle. Pfff...

Je ferme les yeux, très fort.

– Pourquoi je suis là, comme une idiote, à attendre son appel ?

– Il t'a peut-être fait croire pendant trop longtemps que tu ne pouvais pas te débrouiller sans lui, dit Mo d'une voix douce. Ça expliquerait pourquoi tu veux tellement qu'il revienne dans ta vie, même si au fond tu souhaites tourner la page.

Je cherche désespérément à changer de sujet. Le dernier épisode de *Sherlock* ? Le nouvel assistant chez Butterfingers ? Mais je n'ai même pas l'énergie de faire diversion.

Mo reste silencieux un long moment, comme pour laisser à ses mots le temps de bien pénétrer mon esprit.

– Tu ne penses pas qu'il y a du vrai dans ce que je dis ? demande-t-il finalement. Je veux dire, est-ce que tu as seulement songé à rencontrer quelqu'un d'autre ?

– Je me sens tout à fait capable d'avoir une histoire avec quelqu'un d'autre, dis-je, sur la défensive.

– Hum, soupire-t-il. Dis-moi, Tiffy, qu'est-ce que tu as ressenti quand vos regards se sont croisés sur ce bateau ?

– Je ne m'en souviens plus vraiment. J'ai l'impression que c'était il y a une éternité, tu sais. Je crois que... Il y avait quelque chose de sexy, tu vois ? Et c'était agréable de se sentir désirée...

– Tu n'as pas eu peur ? Est-ce que tu t'es sentie rabaissée ? Dominée ? Intimidée ?

Je fronce les sourcils.

– Mo, laisse tomber, d'accord ? C'était juste un regard. Je ne sais pas exactement ce que j'ai ressenti, mais je suis certaine qu'il n'a pas essayé de m'impressionner ou je ne sais quoi. Et puis je t'ai appelé pour savoir si, selon toi, lui allait m'appeler, et grâce à toi je me sens un peu mieux, merci. Mais je n'ai pas envie de me faire analyser, d'accord ?

Le silence se fait à l'autre bout du fil. Malgré moi, les paroles de Mo m'ont un peu ébranlée.

– Cette relation t'a fait beaucoup de mal et tu en gardes encore des séquelles, Tiffy, dit gentiment Mo. Ce type t'a rendue affreusement malheureuse.

Je secoue la tête, réfutant silencieusement cette affirmation. D'accord, on se disputait souvent Justin et moi, mais on finissait toujours par se réconcilier, et tout devenait encore plus romantique après une prise de bec. Ce n'était pas comme les disputes des autres couples ; ça faisait partie de notre dynamique, juste un ingrédient qui venait pimenter notre amour, une secousse supplémentaire sur le parcours vertigineux et survolté de ces magnifiques montagnes russes qu'était notre relation.

– Tout ça va faire son chemin en toi, Tiffy, et tu finiras par ouvrir les yeux, dit Mo. Quand ça arrivera, compose mon numéro, d'accord ?

Je hoche la tête, sans savoir au juste à quoi je consens. Alors que je fais les cent pas dans la chambre, à la recherche d'une échappatoire à mes pensées, mes yeux se posent sur la distraction idéale : les écharpes tricotées que Leon a planquées sous le lit. Aussitôt les ai-je sorties de leur cachette que je remarque une note Post-it collée sur le sac : POUR L'ARMÉE DU SALUT. Je suis certaine qu'elle n'y était pas la dernière fois.

– Merci, Mo, dis-je dans le téléphone. On se voit dimanche.

Je raccroche, balayant déjà la pièce du regard à la recherche d'un stylo.

Salut,

D'abord, désolée d'avoir fouiné sous t(m)on lit. C'est parfaitement inacceptable, cela va sans dire. Mais ces écharpes sont À TOMBER PAR TERRE. De vrais petits chefs-d'œuvre, si tu veux mon avis. Et je sais qu'on n'a jamais parlé de ça, mais si tu laisses une parfaite inconnue (moi) dormir dans ton lit, je me doute que c'est parce que tu as besoin de fric (et non parce que ça te fait de la peine de penser à tous ces gens qui n'arrivent pas à se loger à Londres, faute de gagner des millions).

Donc ! Même si je trouve formidable de donner les vêtements à des associations caritatives (après tout, c'est dans leurs boutiques que j'ai acheté presque tout ce que je possède – les gens comme moi ont besoin de gens comme toi), je pense que tu devrais envisager de vendre ces écharpes. Tu en tirerais sans doute aux alentours de 200 livres pièce.

Si l'envie te prend d'en céder une à ta charmante colocataire avec un rabais de 90 % sur ce prix estimé, je n'y verrai aucun inconvénient.

Bises,

Tiffy.

P.-S. : Au fait, où as-tu déniché ces merveilles (si je peux me permettre de te poser cette question, bien entendu) ?

14

Leon

Bras en croix, jambes écartées. Une gardienne de prison au regard dur me fouille avec un certain enthousiasme. Je corresponds sans doute à l'idée qu'elle se fait du visiteur cherchant à faire entrer de la drogue ou des armes au parloir. Je l'imagine parcourant mentalement sa check-list. Sexe : Masculin. Race : Indéterminée, mais un peu trop bronzé pour être honnête. Âge : Assez jeune pour avoir envie d'enfreindre la loi. Apparence générale : Débraillée.

Je m'efforce d'afficher un sourire rassurant – un sourire d'honnête citoyen –, mais le regard qu'elle me lance me fait craindre d'avoir raté mon effet. Je me sens soudain légèrement nauséeux, la réalité des lieux commençant à me rattraper malgré mes efforts pour ignorer les fils barbelés enroulés sur eux-mêmes, le long de hautes clôtures métalliques ; pour ignorer les bâtiments aveugles et les panneaux menaçants qui énumèrent les sanctions encourues par ceux qui tenteraient d'introduire des substances illicites dans l'enceinte de la prison. J'ai beau venir ici au moins une fois par mois depuis novembre, on dirait bien que je n'arrive pas à m'y habituer.

Le trajet du poste de sécurité au parloir est peut-être ce qu'il y a de pire. Un labyrinthe de béton rythmé par le bruit des clefs qu'une succession de matons décrochent de leur ceinturon, ouvrant des grilles et des portes qu'ils verrouillent derrière vous avant même que vous n'ayez pu esquisser un pas en direction de la prochaine ouverture. C'est une belle journée de printemps ; le bleu moqueur d'un morceau de ciel se découpe au-dessus des barbelés.

Au parloir, l'ambiance est moins sinistre. Des gamins hauts comme trois pommes titubent entre les tables ou se font soulever de terre avec des hurlements ravis pour un tour de manège dans les bras musclés d'un papa prisonnier. Les détenus portent des chasubles de couleur vive afin que les gardiens puissent les différencier des visiteurs. Des hommes vêtus d'orange fluo s'approchent de la femme qu'ils aiment, plus près qu'un règlement appliqué à la lettre ne les y autoriserait, doigts intimement mêlés. Il y a davantage d'émotion ici que dans la zone d'arrivée d'un aéroport. Le réalisateur de *Love Actually* aurait pu mieux faire, pour sa scène d'ouverture.

Je m'assois à la table qui m'est assignée. J'attends. Quand ils escortent Richie jusqu'au parloir, mon estomac se soulève. Les joues creusées et le crâne rasé à la hâte, il a l'apparence lasse et fripée d'un homme qui n'a pas pris de douche depuis trop longtemps. Il porte sa seule paire de jeans – il ne veut pas que je le voie avec le bas de survêtement fourni par la prison –, dans laquelle il nage désormais. Ça me fait mal de le voir dans cet état. Très mal.

Je me lève avec un sourire, bras grands ouverts pour le serrer contre moi. Je dois attendre qu'il vienne à moi ; il m'est interdit de franchir la ligne qui délimite la zone visiteurs. Les gardiens, alignés contre les murs du parloir, observent attentivement, traits impassibles, les faits et gestes de tout ce beau monde.

Richie (me donnant l'accolade, accompagnée de tapes dans le dos) : Salut, frangin. En pleine forme, à ce que je vois !

Moi : Toi aussi, tu as l'air en forme.

Richie : Informe, tu veux dire. Je ressemble à un clodo et tu le sais parfaitement. Il y a eu un peu de grabuge dans l'aile nord, et depuis on n'a plus d'eau. Je ne sais pas quand ça va revenir, mais en attendant, je déconseille l'usage des chiottes.

Moi : J'en prends bonne note. Comment vas-tu ?

Richie : Au petit poil. Des nouvelles de Sal ?

J'avais espéré éviter ce sujet pendant au moins une minute.

Moi : Ouais. Il est désolé que ces tracas administratifs retardent l'appel. Mais il est sur le coup.

Le visage de Richie se ferme.

Richie : Je n'en peux plus d'attendre, Lee.

Moi : Si tu veux que j'essaie de trouver un autre avocat, je le ferai.

Morne silence. Richie sait aussi bien que moi que ça ne ferait sans doute que retarder encore plus les choses.

Richie : Est-ce qu'il a pu récupérer les images prises par la caméra du Aldi ?

A-t-il seulement *demandé* qu'on lui remette une copie de ces images ? Bien qu'il m'ait assuré l'avoir fait, je commence à en douter. Je me masse la nuque et fixe du regard le bout de mes chaussures. Plus que jamais, je voudrais qu'on se parle ailleurs, Richie et moi. N'importe où, mais ailleurs.

Moi : Pas encore.

Richie : C'est la preuve qui nous manque pour me faire sortir d'ici, mec. Le film qu'a pris cette caméra leur montrera. Ils verront que ce n'est pas moi.

J'aimerais qu'il ait raison. Mais la résolution de cette caméra permet-elle seulement d'avoir une image suffisamment nette pour mettre à mal les déclarations des témoins ?

On parle du procès en appel pendant presque toute l'heure de la visite. Impossible de passer à un autre sujet. Prélèvements ADN et empreintes digitales, éléments négligés par les enquêteurs, et la caméra de surveillance du Aldi, encore et encore. Espoir, espoir, espoir.

Je quitte le parloir les jambes en coton et prends un taxi jusqu'à la gare. Besoin de sucre. J'ai emporté avec moi des douceurs préparées par Tiffy. J'engloutis environ trois mille calories dans le train qui file à travers la campagne. Champ plat après champ plat, il m'éloigne de mon frère et me rapproche de la ville où tout le monde l'a oublié.

De retour chez moi, je trouve le sac-poubelle plein d'écharpes au milieu de la chambre, avec une note de Tiffy collée sur le côté.

Alors comme ça, M. Prior tricote des écharpes à 200 livres pièce ? Quand je pense à toutes les fois où je l'ai découragé de me tricoter une nouvelle écharpe, des gants, un bonnet ou un couvre-théière… Je pourrais être milliardaire, à l'heure qu'il est.

Sur la porte de la chambre :

Salut, Tiffy,

MERCI de m'avoir prévenu pour la valeur des écharpes.

Oui, besoin d'argent. Tu sais où et comment je peux les vendre ?

C'est un patient qui les tricote. Un vieux monsieur qui en distribue à tout le monde (s'il ne les faisait que pour moi, je me sentirais coupable d'en tirer profit…).

Leon.

Coucou,

Tu ne devrais pas avoir de mal à trouver preneur sur Etsy. Je parie que ces écharpes vont s'arracher comme des petits pains.

Heu… Question étrange, mais tu penses que ce monsieur accepterait un travail de commande ?

Bises,

Tiffy.

Un travail de commande ? Désolé, mais je ne comprends pas ce que tu veux dire. Au fait, prends l'écharpe qui te plaît le plus, le reste sera vendu à prix d'or sur la grande toile mondiale.

Leon.

Bonjour,

En fait, je travaille sur un bouquin qui s'appelle Vivre au crochet ! *(je sais, c'est un super titre – un de mes meilleurs), et on a besoin de trouver quelqu'un très, très vite pour nous tricoter quatre écharpes et huit bonnets qui serviront d'illustrations. Cette personne devra suivre précisément les instructions de mon auteure (couleur, maille, technique, etc.). Je peux le rémunérer, mais pas une fortune. Tu veux bien me filer ses coordonnées ? Je suis aux abois et ton patient a manifestement un talent fou.*

Et merci pour l'écharpe ! Je vais la mettre tous les jours (le calendrier prétend qu'on est au printemps, mais ce n'est pas ça qui va m'empêcher de la porter). Je l'adore. Merci encore !

Bises,

Tiffy.

Salut,

Je ne vois pas pourquoi il refuserait, mais je vais devoir passer par l'infirmière en chef. Écris une lettre pour expliquer la situation et je la soumettrai d'abord à ma supérieure, et ensuite au gentleman tricoteur si elle donne son accord.

Si tu portes cette écharpe tous les jours, peux-tu te débarrasser des cinq cents autres écharpes qui occupent ton côté de la penderie ?

J'allais oublier : la première écharpe que j'ai mise en vente vient de partir à… 235 livres ! C'est dingue. Elle n'est même pas jolie !

Leon.

Sur le bar de la cuisine, à côté d'une enveloppe encore ouverte :

Coucou, Leon,

MON côté de la penderie, Leon. Tout est dans l'adjectif possessif. MON côté, et j'ai envie qu'il soit rempli d'écharpes.

*La lettre d'explication est là – dis-moi si tu penses qu'il faut y apporter des changements. Au fait, on va devoir songer à ranger toutes ces notes qu'on s'échange. L'appart commence à ressembler à une scène d'*Un homme d'exception.

Bises,

Tiffy.

Je soumets la lettre de Tiffy à l'infirmière en chef, qui me donne le feu vert. M. Prior va pouvoir tricoter les vêtements qui serviront d'illustrations à ce livre. Tricoter ou crocheter ? J'ai le plus grand mal à saisir la nuance. Tiffy finira bien par m'écrire une note détaillée sur le sujet, sans que je le lui demande. Cette femme adore les explications à rallonge. Pourquoi aller droit au but quand on peut prendre mille détours ? Quel drôle d'oiseau : étrange, absurde, désopilante.

Le lendemain soir, M. Prior a déjà terminé deux bonnets. Leur apparence franchement artisanale, pas vraiment à mon goût, m'incite à penser que Tiffy va être ravie du résultat.

Seul inconvénient de cet arrangement, M. Prior s'est pris d'un intérêt inépuisable pour ma colocataire, qui confine à la fascination.

M. Prior (pour la énième fois) : Donc, elle travaille dans une maison d'édition.

Moi : C'est ça.

M. Prior : Publier des livres, voilà un métier passionnant.

Je ne réponds pas et le silence s'installe pendant quelques secondes.

M. Prior : Et vous vivez sous le même toit ?

J'acquiesce d'un grognement.

M. Prior : Comme c'est intéressant.

Je l'observe du coin de l'œil tandis qu'il prend des notes. Il relève la tête de son calepin et me lance un regard faussement innocent.

M. Prior : C'est drôle, j'ai du mal à t'imaginer cohabitant avec quelqu'un, mon garçon. Tu sembles tellement aimer ton indépendance. Ce n'est pas justement la raison pour laquelle tu n'as pas voulu emménager chez Kay ?

Il faut absolument que j'arrête de parler de ma vie privée aux patients.

Moi : C'est différent. On n'est jamais ensemble, Tiffy et moi. En réalité, on ne communique qu'à travers des petits mots.

M. Prior hoche pensivement la tête.

M. Prior : Ah, l'art épistolaire… Il y a dans l'écriture, dans la correspondance, quelque chose de profondément… *intime*, n'est-ce pas ?

Je le dévisage, le regard suspicieux. Où veut-il en venir, au juste ?

Moi : On parle de notes Post-it collées sur le frigo, monsieur Prior. Pas de lettres parfumées déposées dans une boîte aux lettres.

M. Prior : Oh, oui, tu as sûrement raison de faire la distinction, fiston. Suis-je bête… Des notes Post-it. Ce n'est pas dans ces petits bouts de papier colorés qu'on va trouver quoi que ce soit d'intime, c'est sûr.

Quand je retourne à l'hôpital le lendemain soir, même Holly a entendu parler de Tiffy. Incroyable comme les nouvelles circulent dans une unité où la plupart des patients sont cloués au lit.

Holly : Elle est jolie ? Elle est sympa ?

Moi : Je n'en sais rien, Holly. Qu'est-ce que ça change qu'elle soit jolie ou non ? Oui, elle est sympa. Un peu fouineuse et bizarre, mais sympa.

Holly : Ça veut dire quoi, en fait, qu'elle est ta colocataire ?

Moi : Ça veut dire qu'elle habite chez moi. Qu'on vit dans le même appartement, quoi.

Holly (ouvrant de grands yeux) : Vous vivez ensemble ? Comme des amoureux ?

Moi : Non, Tiffy n'est pas ma petite amie. Juste une copine.

Holly : Alors vous ne dormez pas dans la même chambre, c'est ça ?

Je me fais biper avant de devoir répondre à ça, Dieu merci.

MAI

15

Tiffy

Tandis que j'arrache les notes et les bouts de papier scotchés sur les portes de placard, les tables, les murs, voire (c'est un cas isolé) sur le couvercle de la poubelle, je me surprends à sourire. S'écrire tous ces petits mots au cours des derniers mois a été un étrange moyen de faire connaissance, et je dois dire que ça s'est fait naturellement, sans que j'y prête vraiment attention.

Cela dit, alors que mes yeux traînent sur les notes Post-it qui s'étirent au-dessus du canapé en long rail coloré, je ne peux m'empêcher de remarquer que j'écris généralement près de cinq fois plus de mots que Leon. Et que mes notes sont bien plus personnelles que les siennes. C'est drôle de relire tout ça avec le recul. Je me rends compte à quel point ma mémoire est peu fiable. Sur une de ces notes, je parle d'un incident avec Justin, quand j'ai oublié de lui dire qu'il était invité à la fête d'anniversaire de Rachel, l'année dernière. Sauf qu'en fait je lui ai bien transmis l'invitation. Je m'en souviens, maintenant. Ça s'était même terminé en affreuse dispute, parce qu'il ne voulait pas y aller ni que j'y aille. Justin disait toujours que j'avais une mémoire pleine de trous, et c'est franchement agaçant de tomber sur la preuve écrite qu'il avait raison.

Il est 17 h 30. Je suis rentrée plus tôt du travail, ce soir, tout le monde étant parti fêter le départ d'une collègue. En arrivant à l'appartement, j'avais vaguement espéré croiser Leon. J'ai hésité au moment d'ouvrir la porte, comme si j'étais sur le point d'enfreindre la loi, n'étant pas autorisée à rentrer plus tôt que prévu. On n'est pas censés se trouver en même temps dans l'appartement, Kay a toujours été claire sur ce point. Mais je n'avais pas imaginé que cette règle était à prendre tellement au pied de la lettre. Parce qu'on ne s'est jamais croisés, Leon et moi – *jamais* version *pas une seule fois*, version *jamais au grand jamais* – depuis quatre mois que je vis ici.

J'ai bien envisagé d'attendre 18 heures au café du coin, mais j'ai fini par me dire que ça devenait un peu étrange, d'être amis sans s'être jamais rencontrés. Et j'ai vraiment l'impression qu'il y a de l'amitié entre nous. D'ailleurs, je ne vois pas comment ça pourrait marcher si ce n'était pas le cas ; qu'on le veuille ou non, on empiète en permanence sur l'intimité de l'autre. Même si je ne l'ai jamais vu en manger, je sais exactement comment il aime ses œufs au plat (bien baveux, à en croire le jaune qui macule son assiette). Je pourrais également décrire assez précisément son style vestimentaire, bien qu'il n'ait jamais porté devant moi aucun des vêtements qui sèchent parfois sur le séchoir, dans un coin du salon. Mais ce qu'il y a de plus bizarre, c'est que je connais son odeur.

Je ne vois pas pourquoi on devrait s'éviter à tout prix ; se rencontrer ne changerait rien à la façon dont on cohabite. Ça voudrait simplement dire que je serais capable de reconnaître mon colocataire si je le croisais dans la rue.

Une sonnerie de téléphone me surprend à résonner quelque part dans le salon. Mon premier réflexe est d'aller jeter un coup d'œil à mon portable, bien que ma sonnerie n'ait rien à voir avec ce *dring dring* rétro qui réclame mon attention depuis un endroit invisible. Je finis par pister l'origine de ce son jusqu'à un sans-fil posé sur le bar du coin-cuisine, dissimulé sous une écharpe de M. Prior et une série de notes Post-it à propos de la disparition de la motte de beurre (Leon avait utilisé tout ce qui restait).

Un fixe ! Qui l'eût cru ? Je croyais que les téléphones fixes étaient aujourd'hui des pièces de musée, vestiges d'une époque lointaine où les opérateurs vous en fourguaient pour une raison mystérieuse avec l'abonnement Internet.

– Allô ? dis-je d'une voix hésitante dans le combiné.

– Oh… Bonjour, lance un type à l'autre bout du fil.

Il semble surpris (sans doute s'attendait-il à un « Allô » moins féminin) et parle avec un drôle d'accent qui se promène quelque part entre Londres et l'Irlande.

– C'est Tiffy à l'appareil, dis-je pour éclaircir la situation. La colocataire de Leon.

– Oh, salut ! s'exclame-t-il.

Cette information semble l'enthousiasmer au plus haut point.

– Mais dites-moi… On ne devrait pas plutôt dire la co-*lit*-cataire ?

Je fais la grimace.

– Restons-on à colocataire, si vous le voulez bien.

– Entendu, dit-il, un sourire dans la voix. Eh bien, je suis ravi de vous avoir au téléphone, Tiffy. Je suis Richie, le frère de Leon.

– Enchantée, Richie.

Je ne savais pas que Leon avait un frère. Cela dit, il y a sans doute un nombre impressionnant de choses que j'ignore sur son compte, même si je sais ce qu'il lit en ce moment avant de s'endormir (*La Cloche de détresse*, très lentement).

– Leon n'est pas là, dis-je. Je suis arrivée il y a une demi-heure et il était déjà parti.

– Au travail, sans doute, dit Richie. Mon frère bosse beaucoup trop. Je n'avais pas vu qu'il était déjà 17 h 30. C'est quoi, les horaires que le frangin vous a attribués ?

– Je suis censée avoir l'appartement à partir de 18 heures, mais j'ai quitté mon travail plus tôt, aujourd'hui. Désolée pour Leon, vous pourrez sûrement le joindre sur son portable.

– Ouais, sauf que... ça ne va pas être possible, Tiffy.

– Vous ne connaissez pas son numéro de portable ?

– Si, bien sûr, mais... c'est une longue histoire.

Je sens une hésitation à l'autre bout du fil.

– Pour faire court, reprend-il finalement, je suis dans une prison de haute sécurité et le seul numéro que j'ai le droit d'appeler est celui de Leon. J'aurais pu donner son numéro de portable à la place, mais appeler un mobile coûte deux fois plus cher pour les détenus, et passer la serpillière sur les sols de l'aile où je suis enfermé ne me rapporte que 14 livres par semaine, sans compter que j'ai dû filer du fric à un type pour avoir ce boulot. Alors, vous voyez, je ne peux pas aller bien loin avec ça.

Je suis un peu sous le choc, là.

– Ben merde..., dis-je. C'est affreux. Est-ce que ça va ?

C'est sorti tout seul. Ce n'est certainement pas la meilleure chose à dire en pareille situation, mais voilà... C'est ce que j'ai pensé à ce moment-là et c'est ce qui est sorti de ma bouche.

À ma grande surprise – et peut-être aussi à la sienne –, Richie éclate de rire.

– Ça peut aller, dit-il au bout d'un moment. En tout cas, merci de demander. Ça fait maintenant sept mois que je suis au trou et je suppose que je... Comment dit Leon, déjà ? Que je *m'acclimate*. J'apprends à vivre enfermé. Chaque minute est une épreuve à surmonter, vous savez, et j'apprends à rester fort.

– Eh bien, c'est déjà quelque chose. Comment c'est, là-dedans ? Sur une échelle qui va, disons, d'Alcatraz au Hilton ?

Il se remet à rire.

– Quelque part entre les deux, c'est sûr. En fait, ça fluctue beaucoup d'un jour à l'autre selon que j'ai le moral ou pas. Mais comparé à d'autres détenus, je suis plutôt chanceux, vous pouvez me croire. J'ai une cellule pour moi tout seul, maintenant, et je suis autorisé à recevoir des visites deux fois par mois.

« Chanceux » n'est pas le premier mot qui me serait venu à l'esprit pour qualifier un homme dans sa situation.

– Je ne veux pas vous garder au téléphone si ça vous coûte cher, dis-je. Vous voulez laisser un message à Leon ?

– Vous n'allez pas me demander pourquoi je suis en prison ?

– Non, dis-je, prise de court. Vous avez envie d'en parler ?

– Ouais, un peu. Mais normalement, les gens demandent.

– Pour quoi faire ? Vous êtes le frère de Leon et vous avez appelé pour discuter avec lui, pas pour qu'une inconnue vous juge. Et puis on parlait de l'horreur de la prison, qui reste une réalité quoi que vous ayez fait pour vous y retrouver. Tout le monde sait que la prison est un échec de la société, pas vrai ?

– Oui, bien sûr. Enfin… Vous pensez vraiment que tout le monde sait ça ?

– Mais oui, voyons.

Nouveau silence à l'autre bout du fil.

– J'ai été incarcéré pour vol à main armée, dit-il finalement. Mais c'est une erreur judiciaire.

– Oh, non… Je suis sincèrement désolée. Alors, c'est vraiment une situation de merde, hein ?

– On peut dire ça comme ça, ouais.

Je sens que Richie veut ajouter quelque chose, mais ça semble avoir du mal à sortir.

– Vous pensez que je dis la vérité ? demande-t-il dans un souffle.

– Qu'est-ce que ça change ? On ne se connaît même pas.

– Je ne sais pas… Mais, c'est important pour moi de savoir.

– Eh bien, j'ai besoin de connaître les faits avant de me prononcer. Si je disais que je vous crois juste parce que vous avez l'air sympa au téléphone, ça n'aurait pas grande valeur, n'est-ce pas ?

– Alors, voici le message que je veux laisser à Leon : dites-lui que j'aimerais qu'il vous donne les faits pour que vous puissiez vous former une opinion.

– Ne quittez pas une seconde, dis-je avant d'aller m'emparer d'un bloc de notes Post-it et d'un stylo. *Salut, Leon*, dis-je une fois le combiné de nouveau collé à l'oreille et lisant à voix haute ce que j'écris. *Ton frère Richie a appelé et m'a laissé le message suivant :*

– J'aimerais que Tiffy sache comment je me suis retrouvé en prison. Je veux qu'elle croie en mon innocence. Elle a l'air adorable, mon vieux, et je parie qu'elle est belle pour ne rien gâter. Ça s'entend rien qu'à sa voix, tu sais, profonde et sexy, le genre de…

J'éclate de rire.

– Pas question que j'écrive ça !

– Vous vous êtes arrêtée où ?

– Sexy, dis-je, ce qui fait rire Richie.

– OK, on en reste là. Mais n'enlevez pas la dernière phrase, s'il vous plaît. Ça fera sourire Leon.

Je secoue la tête, mais ça me fait sourire, moi aussi.

– D'accord, je la laisse. Ça m'a fait plaisir de vous parler.

– Pareil pour moi, Tiffy. Et je compte sur vous pour veiller sur mon frère, hein ?

Je ne réponds pas tout de suite, surprise par sa demande. Pour commencer, j'ai l'impression que c'est surtout Richie qui a besoin de sollicitude. Et puis je ne suis pas la mieux placée pour veiller sur un des frères Twomey, étant donné que je n'ai jamais rencontré un membre de cette famille. Mais le temps de reprendre mes esprits et de trouver quoi répondre, Richie a déjà raccroché.

16

Leon

Je ne peux pas m'empêcher de rire. C'est typique de lui. Même depuis la cour d'une prison de haute sécurité, il faut qu'il fasse du gringue à ma colocataire.

Penchée au-dessus de mon épaule, Kay lit la note qu'il a dictée à Tiffy.

Kay : Je vois que Richie n'a pas changé.

Ce qui aurait été un compliment dans ma bouche ne l'est pas dans la sienne, et je me crispe instantanément. Elle le sent et se crispe à son tour, mais ne cherche pas à revenir sur ses propos, pas plus qu'elle ne s'excuse.

Moi : Il essaie de faire rire les gens plutôt que de les faire pleurer sur son sort, Kay. De mettre un peu de légèreté. Il est comme ça…

Kay : Est-ce que Tiffy est seulement sur le marché ?

Moi : On parle d'un être humain, là, pas d'une marchandise.

Kay : Oh, toi et ta morale ! Quand je dis « sur le marché », c'est juste une façon de parler, Leon. Tu sais que je n'ai pas l'intention de vendre cette pauvre fille à Richie, n'est-ce pas ?

Il y a autre chose qui me dérange dans cette phrase, mais je suis trop fatigué pour essayer de mettre le doigt dessus.

Moi : Elle n'est plus en couple, mais elle est toujours amoureuse de son ex.

Kay (soudain intéressée) : Vraiment ?

Je ne vois pas ce que ce ça peut bien lui faire ; d'ordinaire, dès que j'évoque Tiffy, Kay cesse de m'écouter ou devient irritable. En fait, c'est la première fois depuis des mois qu'on se retrouve chez moi. Comme elle ne travaille pas ce matin, Kay est venue partager mon petit dîner avant que j'aille me coucher. Allez savoir pourquoi, les notes disséminées un peu partout dans l'appartement semblent avoir eu raison de sa bonne humeur.

Moi : L'ex n'a pas l'air terrible. Bien en dessous du maçon devenu...

Kay (levant les yeux au ciel) : Par pitié ! Cesse de parler du livre de ce putain de maçon !

Elle ne serait pas aussi critique si elle l'avait lu.

Quelques semaines plus tard, Londres vit une de ces journées ensoleillées qui vous donne l'impression d'être à l'étranger. L'Angleterre n'est pas habituée à une telle chaleur, surtout si soudaine. Mai vient de céder la place à juin, et c'est tout juste si l'été pointe le bout de son nez. Des hommes d'affaires pressent le pas, veste sur l'épaule, la sueur dessinant des îlots plus foncés sur le bleu pâle de leur chemise. Des adolescents retirent leurs T-shirts, et la rue est bientôt envahie de torses blafards. On peut à peine faire trois pas sans tomber sur une peau rougie par le soleil ou respirer de pénibles relents de transpiration émanant d'un corps trop couvert.

Je reviens d'un séjour dans la salle de recherche de l'Imperial War Museum, où j'ai suivi une dernière piste pour tenter de retrouver Johnny White. J'ai dans mon sac à dos une liste de huit noms et adresses, fruit d'interminables fouilles d'archives publiques, d'heures à contacter d'éventuels parents, et d'après-midi entiers à rôder sur le net. Pas de certitudes, donc, mais c'est un début. Ou plutôt huit débuts. M. Prior a fini par me fournir tout un tas d'informations pour alimenter mes recherches. J'ai réussi à le faire parler, et il a bien plus de souvenirs de cette période de sa vie qu'il ne voulait bien l'admettre au départ.

Les huit hommes répertoriés sur cette liste s'appellent tous Johnny White. Par quel Johnny commencer ? Mon Johnny préféré ? Le Johnny dont l'adresse est la plus proche ?

Je sors mon portable et j'envoie un SMS à Tiffy. Le mois dernier, je lui ai parlé de mes recherches pour retrouver le Johnny de M. Prior. C'était après sa note où elle me racontait par le menu les hauts et les bas qu'elle connaissait avec son livre sur le crochet. Manifestement, ça m'avait incité à me confier, moi aussi. Curieux... Comme si la nature excessivement ouverte de Tiffy avait quelque chose de contagieux. Je me sens souvent un peu gêné quand j'arrive à l'hôpital et que je me souviens de ce que j'ai fini par lui révéler dans une note griffonnée à la hâte, juste avant de partir au boulot.

Salut. Je dois choisir entre huit Johnnies (pluriel de Johnny). Par lequel commencer ?

La réponse arrive moins de cinq minutes plus tard. Tiffy ne travaille plus que sur le livre de cette auteure à moitié dingue (Katherin, la reine du crochet), et on dirait bien qu'elle a du mal à se concentrer. Ça ne m'étonne pas. Le crochet est une activité bizarre et ennuyeuse. J'ai même lu quelques pages du manuscrit qu'elle a laissé sur la table basse, pour m'assurer qu'il ne cachait pas une bonne surprise, comme le bouquin du maçon, mais non. C'est juste un livre qui explique en détail comment faire des vêtements au crochet, avec des exemples qui semblent très difficiles à réaliser. Sauf pour M. Prior, bien sûr.

Facile. Am, stram, gram, pis et pis et kollégram, bourré bourré rattatam…

Puis, deux secondes plus tard :

Am, stram, gram, PIKÉ, PIKÉ… Désolée, correction automatique. Je ne suis pas sûre que ça marcherait mieux avec des mamelles de vache. Bises.

Drôle de femme. Je n'en fais pas moins une pause sous l'ombre que prodigue l'auvent d'un arrêt de bus pour sortir ma liste et la parcourir du doigt en murmurant la comptine. Le sort désigne finalement un Johnny White (tiens donc). C'est celui qui vit près de Birmingham.

Ta technique a fonctionné. Je suis tombé sur un bon Johnny White. Je vais pouvoir lui rendre visite la prochaine fois que j'irai voir Richie (mon frère est incarcéré dans la région de Birmingham). Merci pour ton aide.

Pas de réponse immédiate. Je reprends ma marche à travers les rues bondées d'un Londres qui suffoque derrière le verre fumé de mes lunettes de soleil. Je suis crevé. Ça fait des heures que je devrais être au lit. Mais, ces derniers temps, je suis rarement dehors lorsqu'il fait encore jour, et la sensation du soleil sur la peau commençait à sérieusement me manquer. Je me demande distraitement si j'ai une insuffisance en vitamine D, puis mes pensées dérivent vers Richie : combien de fois a-t-il eu l'occasion de passer un moment à l'air libre, cette semaine ? Selon la loi, il doit bénéficier d'une demi-heure de promenade quotidienne, ce qui est rarement respecté dans les faits. Les gardiens sont trop peu nombreux et la prison est surpeuplée ; le temps que les détenus passent dans la cour est encore plus limité qu'il ne devrait l'être.

Mon téléphone vibre à l'arrivée d'un nouveau SMS :

Tu as lu le message de ton frère ? Il voudrait que tu me racontes comment il s'est retrouvé dans cette situation... Je ne veux surtout pas être indiscrète, mais sache que j'aimerais connaître son histoire. Si tu as envie de me la raconter, bien sûr. Bises.

Je fixe son texto du regard, le soleil frappant l'écran et rendant presque invisibles ses mots. J'ombrage le téléphone d'une main et relis son message. Étrange qu'elle me parle de ça maintenant, alors que j'étais justement en train de penser à Richie.

Quand j'ai lu le message de Richie, je n'ai pas su trop quoi en faire. Dès que j'ai su qu'ils s'étaient parlé au téléphone, je me suis surpris à me demander, moi aussi, si Tiffy le croyait innocent. C'est absurde : elle ne le connaît pas et ne dispose d'aucune information sur son affaire. Quand bien même aurait-elle les moyens de se faire une opinion, ce qu'elle pense ne devrait pas m'importer. Je ne l'ai même pas rencontrée en chair et en os. Mais c'est toujours pareil : tôt ou tard, cette question finit par se poser avec toute personne que je côtoie. Une petite voix surgit au milieu de la conversation la plus banale et demande : « Et toi, si je te racontais tout, tu y croirais à l'innocence de mon frère ? »

Mais je ne peux pas poser une telle question. C'est horrible de se voir brusquement sommé de donner son opinion sur un sujet aussi sensible. Demandez donc à Kay.

De retour à l'appartement, j'écris une note en réponse à Tiffy. C'est rare qu'on s'échange des SMS ; ça a quelque chose de bizarre. Comme envoyer des e-mails à maman. Les notes sont... C'est notre façon à nous de communiquer, voilà tout.

Sur la penderie (à l'endroit où s'arrête la dernière rafale de notes Post-it) :

Si tu es d'accord, je vais dire à Richie de t'écrire. Il t'expliquera mieux que moi.

Je voulais aussi te demander : tu penses que l'auteure de Vivre au crochet ! *accepterait de venir faire une démonstration à Saint-Marks (l'hôpital où je bosse), un de ces jours ? On essaie de proposer plus de divertissements à nos patients. Le crochet me semble une activité affreusement ennuyeuse, mais j'ai l'impression que ça pourrait intéresser nos malades les plus âgés.*

Salut, Leon,

Bien sûr pour la lettre. Quand Richie le sentira.

Et oui pour la démonstration à l'hôpital ! Avec plaisir ! Le service de presse est toujours à la recherche de ce genre d'opportunités. Sans compter que le timing est idéal, parce que Katherin vient officiellement d'acquérir le statut de CÉLÉBRITÉ. Regarde un peu le tweet qu'elle a publié :

Impression d'une capture d'écran (tweet de Katherin) scotchée sous la note :

KatherinRosen@Kathericoteuse

Une des sublimes écharpes que vous pourrez vous tricoter en lisant *Vivre au crochet !*, mon livre à paraître très bientôt. Accordez-vous un moment de pleine conscience et créez quelque chose de beau !

117 commentaires, 8k retweets, 23k j'aime.

Une autre note Post-it, collée sous la capture d'écran :

Eh ouais : HUIT MILLE RETWEETS (c'est pour une des écharpes tricotées par M. Prior – n'oublie pas de le lui dire !).

Nouvelle note :

J'imagine que tu ne connais pas grand-chose à Twitter, vu que ton ordinateur portable n'a pas changé de place depuis des mois, mais sache que ça fait un sacré paquet de retweets, Leon. Un SACRÉ PAQUET. Et tout ça est arrivé parce que cette géniale youtubeuse DIY, Tasha Chai-Latte, l'a retweeté avec ce commentaire :

Nouvelle capture d'écran de Twitter (scotchée tellement bas sur la porte de la penderie que je dois m'accroupir pour lire) :

Tasha Chai-Latte @ChaiLatteDIY

Adieu le coloriage, vive le crochet ! En extase devant @Kathericoteuse pour ses sublimes créations ! #pleine-conscience #vivreaucrochet

69 commentaires, 32k retweets, 67k j'aime.

Encore deux nouvelles notes Post-it collées en dessous :

Cette youtubeuse a quinze millions d'abonnés. Les services marketing et RP sont tellement excités qu'ils se font pipi dessus. Malheureusement, j'ai été contrainte d'expliquer YouTube à Katherin qui sait à peine ce qu'est Internet (pour te dire, son portable est un de ces vieux Nokia que seuls les dealers utilisent encore). Et puis, l'insupportable Martin des RP bombarde le monde de live-tweets chaque fois qu'il organise un événement pour Katherin, maintenant. N'empêche, c'est tellement excitant ! Cette adorable zinzin de Katherin va peut-être se retrouver sur une liste de best-sellers ! Pas LA liste, bien sûr, mais une ces listes spécialisées d'Amazon. Genre, tu vois, numéro un dans loisirs créatifs et origami ou un truc comme ça. Bises.

Je vais attendre d'avoir dormi un peu avant d'essayer de répondre à ça.

JUILLET

17

Tiffy

Il fait encore jour quand je rentre à l'appartement. *J'adore* l'été. Je ne vois pas les baskets de Leon dans l'entrée et j'en déduis qu'il est allé travailler à pied. Ça me rend tellement jalouse qu'il puisse faire ça. Le métro me dégoûte encore plus quand il fait chaud comme aujourd'hui.

Je repère une nouvelle note rose sur le bar de la cuisine, collée sur une enveloppe.

C'est la lettre de Richie.

Le nom et le matricule de Richie sont inscrits d'un côté de l'enveloppe, et notre adresse de l'autre. Je sors la lettre et la déplie :

Chère Tiffy,

Par une nuit sombre et orageuse…

Bon, d'accord, il n'y avait pas le moindre orage en vue, mais il faisait bien nuit quand le bus s'est arrêté près du Daffie's, une boîte de Clapham. On sortait d'une pendaison de crémaillère chez un pote et j'étais déjà bien torché.

J'ai dansé avec quelques filles, ce soir-là. Vous comprendrez plus tard pourquoi je vous dis ça. Il y avait un public mélangé dans la boîte, plein d'étudiants, mais aussi un paquet de ces mecs un peu dégueu qui rôdent autour de la piste de danse en attendant que les filles aient assez bu pour tenter leur chance. Assis à une des tables du fond, j'ai vu ces types qui avaient l'air… déplacés.

C'est difficile à expliquer. On avait l'impression qu'ils n'étaient pas là pour les mêmes raisons que les autres clients. Ils n'étaient pas venus pour les filles, pas venus pour se saouler, pas venus pour danser.

Aujourd'hui, je sais qu'ils étaient là pour parler affaires. Ils se font appeler les Bloods, d'après ce qu'on m'a dit. Ce sont des codétenus qui m'ont appris ça bien plus tard, quand je leur ai expliqué mon histoire, et j'imagine que vous non plus vous n'avez jamais entendu parler de ces gars-là. Si vous faites partie de la classe moyenne, que vous habitez à Londres et que vous avez une vie normale avec un boulot régulier, un appart et tout le reste, il y a de fortes chances pour que vous n'entendiez jamais parler de ce genre de gangs.

Et pourtant, il ne faut pas prendre ces types à la légère. Je crois que même ce soir-là, j'avais déjà compris ça. En fait, il suffisait de les regarder pour le comprendre. Le problème, c'est que j'étais vraiment très saoul.

Un de ces hommes est venu au bar avec sa copine. Il n'y avait que deux femmes avec eux, et celle-là s'ennuyait à mourir, il aurait fallu être aveugle pour ne pas le voir. Elle a croisé mon regard et son visage s'est réveillé, comme si l'électricité était revenue après une panne de courant.

J'ai soutenu son regard. C'était le problème de son mec, si elle s'ennuyait avec lui. Pas le mien. Je n'allais quand même pas rater une occasion de faire ami-ami avec une jolie fille, simplement parce que le type qui l'accompagnait avait la mine plus patibulaire que la plupart des autres clients du Daffie's.

Un peu plus tard, il m'a suivi aux toilettes et m'a poussé contre le mur.

« N'essaie pas de poser tes sales pattes sur ma copine, tu piges ? »

Enfin, vous voyez le tableau. Il me gueulait dessus, à quelques centimètres du visage… Je me souviens de cette veine saillante sur son front.

« Je ne sais pas de quoi tu parles », j'ai répondu, tranquille comme Baptiste.

Ça l'a rendu encore plus furieux et il s'est mis à gueuler de plus belle en me secouant un peu. Je lui ai tenu tête, mais sans le bousculer ou le frapper. Il a dit qu'il m'avait vu danser avec elle, ce qui était faux. Ce n'était pas une des filles avec lesquelles j'avais dansé plus tôt dans la soirée. Je me serais souvenu d'elle.

N'empêche, il m'avait mis les nerfs, et quand j'ai recroisé sa copine un peu avant la fermeture de la boîte, j'ai décidé de lui offrir un verre, juste pour emmerder son abruti de mec.

Je lui ai fait mon numéro de charme, et elle m'a fait le sein. Toujours attablés au fond de la boîte, les Bloods parlaient affaires et ne semblaient pas s'intéresser à nous. On s'est embrassés. Je me souviens que j'étais tellement ivre que ma tête s'est mise à tourner quand j'ai fermé les yeux, du coup je l'ai embrassée les yeux ouverts. Et c'en est resté là. Elle a fini par disparaître, par se fondre dans la foule, je crois, c'est flou dans mon esprit. J'étais rond comme une queue de pelle. Je ne sais même plus si c'est moi qui ai dit stop ou si c'est elle.

À partir de là, je ne suis plus sûr de rien. Et c'est ce qui a causé ma perte. Si j'avais eu l'esprit plus clair, je ne serais pas en train de vous écrire sur le lit d'une cellule. Je me détendrais dans votre célèbre pouf poire avec un café un peu trop blanc préparé par Leon, et cette histoire ne serait sans doute qu'une anecdote amusante que j'aimerais raconter au pub.

Mais revenons à la réalité. À mon avis, voilà ce qui s'est passé.

Ils nous ont suivis, mes potes et moi, quand on est sortis de la boîte. Mes amis sont repartis par le bus de nuit, mais je n'habitais pas loin et j'ai décidé de rentrer à pied. Je me suis arrêté dans une épicerie de

Clapham Road ouverte toute la nuit pour acheter des clopes et des bières. Je n'avais même pas envie de boire une bière et Dieu sait que c'était la dernière chose dont j'avais besoin. Il était près de 4 heures du matin et je devais tituber comme un ivrogne. Mais j'ai poussé la porte de l'épicerie, j'ai réglé mes achats en espèces et je suis rentré chez moi. Même si je ne les ai pas vus, ils ne devaient pas être bien loin quand je suis sorti, parce que la caméra de surveillance du magasin « m'a filmé » deux minutes plus tard, quand « je suis revenu » avec ma capuche sur la tête et le visage dissimulé sous une cagoule.

Quand on regarde les images, le type a un peu la même morphologie que moi. Mais comme je l'ai fait remarquer lors du procès, l'homme à la cagoule marche beaucoup plus droit que je n'en aurais été capable. Et puis j'étais bien trop saoul pour contourner le distributeur de friandises et sortir le couteau de ma poche arrière dans un même mouvement, comme l'a fait ce type.

J'ignorais tout de ce braquage jusqu'à ce que la police vienne m'arrêter deux jours plus tard sur mon lieu de travail.

Le braqueur a contraint la gamine qui tenait la caisse à lui ouvrir le coffre-fort. Il contenait 4 500 livres. Il était malin, ou peut-être avait-il juste de l'expérience ; toujours est-il qu'il n'a pas ouvert la bouche plus que nécessaire et quand cette fille a été interrogée par les flics elle n'a pas eu grand-chose à raconter. Sauf que le type l'avait menacée avec un couteau, bien sûr.

La caméra m'avait filmé quelques minutes plus tôt. Mon casier judiciaire n'était pas vierge. Ils m'ont arrêté.

Une fois mon inculpation prononcée, le juge a refusé de me libérer sous caution. Un avocat a accepté de me représenter parce qu'il trouvait l'affaire intéressante et qu'il comptait sur le seul témoin, la fille qui tenait la caisse, pour me disculper. Mais les enquêteurs ont fait pression sur elle, ils l'ont influencée. On s'attendait à ce qu'elle vienne à la barre et dise que l'homme à la cagoule n'avait pas la même corpulence que moi. Ni la même taille. Ni la même démarche. Ni la même voix.

Ni le même accent. Que quand j'étais venu acheter des cigarettes et des bières quelques minutes plus tôt, je m'étais montré poli, pas agressif pour un sou, et que je n'avais pas essayé de piquer quoi que ce soit.

Mais elle m'a désigné du doigt en plein tribunal. Elle a dit que c'était moi, le braqueur, qu'elle en était certaine. C'était comme un cauchemar éveillé ; personne ne peut imaginer ce qu'on ressent dans un moment pareil. Je regardais ma vie basculer dans le néant, je voyais quelque chose changer sur le visage des jurés, mais je ne pouvais rien faire. J'ai voulu me lever et rétablir la vérité, mais le juge m'a sèchement fait rasseoir, me criant que je n'étais pas autorisé à prendre la parole avant qu'il me la donne. J'ai attendu mon tour, c'était interminable. Et quand on m'a interrogé, l'opinion des jurés était faite.

Sal, mon avocat, m'a posé des questions pourries, à côté de la plaque, et je n'ai jamais eu l'occasion de dire quelque chose qui puisse vraiment installer le doute dans l'esprit du jury. J'étais complètement perdu, jamais je n'aurais pensé que ça se passerait comme ça. L'avocat général s'est appuyé sur les quelques bricoles de mon casier judiciaire pour me faire passer pour un type violent, dangereux. J'avais été impliqué dans deux ou trois bagarres, quelques années plus tôt, à une époque où j'étais mal dans ma peau, mais c'est une autre histoire (et je vous jure que ce n'était rien de bien méchant). Le ministère public a même retrouvé un type avec qui j'avais travaillé dans un café et qui me détestait cordialement (on avait eu des mots à cause d'une fille du lycée dont il était amoureux et que j'avais emmenée au cinéma ou une connerie comme ça). Il y avait quelque chose de fascinant à voir l'avocat général et l'avocat de l'épicerie tordre les faits sans vergogne pour appuyer leur démonstration. Je peux comprendre pourquoi les jurés ont cru que j'étais coupable. L'accusation a fait du bon boulot pour les convaincre que c'était moi.

Ils m'ont condamné à huit ans de prison pour vol à main armée.

Et voilà où j'en suis. Comment vous dire ce que je ressens ? Chaque fois que je l'écris ou que j'en parle à quelqu'un, j'ai encore plus de mal à y croire, si vous voyez ce que je veux dire. Ça me paraît encore plus absurde, surréaliste. Et ça ne fait qu'attiser la colère qui me dévore.

Ce n'était pas une affaire compliquée. Mes proches et moi, on était persuadés que je serais acquitté. Et quand j'ai été condamné, on s'est tous raccrochés au procès en appel. On s'est dit que Sal s'était laissé surprendre, mais qu'il rectifierait le tir lors de l'audience en appel. Sauf qu'il n'a pas encore été foutu de faire le nécessaire pour que je sois rejugé. J'ai été condamné en novembre dernier, et il n'y a toujours pas la moindre date prévue pour que mon affaire soit réexaminée. Je sais que Leon fait ce qu'il peut pour faire avancer les choses, et je lui en suis infiniment reconnaissant, mais le fait est qu'à part lui tout le monde s'en fout que je croupisse dans ce trou. À part lui et notre mère, je suppose.

Je vais être honnête avec vous, Tiffy : je tremble en écrivant ces mots. J'ai envie de hurler. Ces moments-là sont les pires. Il n'y a rien à faire, nulle part où aller. Les haltères et les pompes aident à tenir le coup, mais parfois on a besoin de courir, et quand vous n'avez que trois pas à faire pour aller du lit aux toilettes, ça manque un peu d'espace pour galoper.

Enfin, bref. Je sais qu'il s'est passé beaucoup de temps entre notre conversation et cette lettre, et vous avez peut-être oublié tout ce qu'on s'est dit au téléphone. Ne vous sentez surtout pas obligée de me répondre, mais si vous avez envie de le faire, j'imagine que Leon pourrait envoyer votre lettre avec la prochaine qu'il m'écrira (si vous m'écrivez, merci de joindre des timbres et des enveloppes).

C'est important pour moi que les gens croient à mon innocence, et c'est encore plus vrai en ce qui vous concerne. Peut-être parce que vous comptez pour mon frère et que mon frère est sans doute la seule personne au monde qui compte vraiment pour moi.

Bien à vous,

Richie.

Le lendemain matin, je relis la lettre de Richie au lit, enveloppée dans la couette comme dans un cocon. Ce que vit cet homme me donne envie de pleurer. Je ne sais pas ce qui me touche tellement dans son histoire, mais ça m'a réveillée un samedi à 5 h 30 du matin. C'est dire à quel point ça m'est insupportable. Je trouve ça tellement *injuste*.

J'attrape mon portable.

– Gerty, tu connais bien ton boulot ?

– Pas trop mal, je crois. Peut-être parce que j'y consacre une grande partie de ma vie, ce qui explique que je dois me lever à 6 heures du mat presque tous les samedis pour aller plaider. Mais ce matin, pas de chance, je pouvais faire la grasse matinée.

Je jette un œil au radio-réveil. Pas tout à fait 6 heures.

– Oh, pardon... Dis-moi, c'est quoi ta spécialité en droit ?

– Je suis pénaliste, Tiffy.

– Oui, oui, je sais. Mais en fait ça veut dire quoi, exactement ?

– Je vais t'accorder le bénéfice du doute et considérer que ta demande est urgente, dit Gerty entre ses dents.

Je soupçonne qu'il s'agit là d'une façon aimable de dire qu'elle se retient de me raccrocher au nez.

– J'assure la défense des victimes et des auteurs présumés de crimes et de délits, explique-t-elle.

– La défense de quelqu'un qui serait accusé de vol à main armée, par exemple ?

– En effet. Tu as trouvé un bon exemple, Tiffy. Je te félicite.

– Tu me détestes, hein ? À cet instant précis, je parie que je suis au sommet de la liste des gens que tu détestes le plus.

– C'était une mes rares occasions de dormir tard et tu m'as réveillée aux aurores, donc oui, tu viens de grimper très haut, juste au-dessus de Donald Trump et de ce chauffeur Uber sur lequel je tombe parfois et qui chantonne pendant tout le trajet.

Aïe. Ce n'est pas bon. Pas bon du tout.

– Tu m'avais parlé d'affaires un peu spéciales dont tu acceptes de t'occuper gratuitement ou en prenant moins cher, tu te souviens ?

Un court silence salue ma question.

– Où veux-tu en venir, Tiffy ?

– S'il te plaît, écoute ce que j'ai à te dire. Si je te donne une lettre écrite par un homme condamné pour vol à main armée, tu accepteras d'y jeter un œil ? Je ne te demande pas de le défendre ou de lui donner des conseils ou je ne sais quoi, je sais qu'il y a un tas d'affaires plus importantes qui réclament déjà ton attention, mais… Est-ce que tu accepterais au moins de la lire et de me dire ce que tu en penses ?

– D'où sort cette lettre ?

– C'est une longue histoire… Sache simplement que je ne te demanderais pas une chose pareille si ce n'était pas important pour moi.

Il y a un long blanc à l'autre bout du fil, si long que je me demande si elle ne s'est pas rendormie.

– Gerty ?

– Bien sûr que je vais la lire. Viens déjeuner chez moi avec ta lettre.

– Je t'adore, tu sais.

– Je te déteste, tu sais.

– Oui, je sais. N'empêche que je vais m'arrêter en chemin chez Moll's et leur demander de préparer un café latte rien que pour toi. Donald Trump ne s'arrêterait jamais chez Moll's pour te commander un latte.

– D'accord, je déciderai de ta position définitive ou non sur ma liste noire après avoir goûté le café. Ne me rappelle sous aucun prétexte avant 10 heures.

Et elle raccroche sur ces mots.

L'appartement de Mo et Gerty a été complètement gertyfié. Il n'y a presque rien qui indique la présence quotidienne de Mo en ces lieux. L'endroit où il vivait avant n'était qu'un amas indistinct de vêtements (propres et sales mélangés) et de documents de travail sans doute confidentiels, mais ici chaque objet a une place et une fonction bien précises. L'appartement est minuscule, mais ça ne me frappe pas autant que lors de ma première visite. Je ne sais trop comment, Gerty est parvenue à faire oublier les plafonds bas, détournant l'attention vers les immenses fenêtres qui laissent passer des flots de douce lumière d'été. Et c'est tellement *bien rangé*. Mon affection pour Gerty se double désormais de respect pour ce qu'elle est capable d'accomplir par la seule force de sa volonté (et peut-être aussi à l'aide de quelques manœuvres d'intimidation).

Je lui donne le café promis. Elle en boit une gorgée, puis hoche la tête en signe d'approbation. Je serre discrètement un poing victorieux, devenant officiellement un être humain moins odieux que l'homme voulant ériger un mur entre le Mexique et les États-Unis.

– Lettre, dit-elle en tendant sa main libre.

Je fouille dans mon sac et lui remets la missive qu'elle entreprend aussitôt de lire, saisissant une paire de lunettes sur la console de l'entrée où, bien entendu, elle est certaine de toujours les trouver. Je la suis dans le salon que j'arpente de long en large, incapable de tenir en place. Je tripote une pile de livres certainement classés dans un ordre bien précis que je m'empresse de perturber, histoire de m'occuper les mains.

– Fiche le camp, dit-elle sans même élever la voix. Tu me déconcentres. Mo est au café, à l'angle de la rue. Tu sais, celui qui a des pâtisseries infectes. Rejoins-le, il a sûrement plein de choses à te raconter.

Je n'ai même pas encore atteint le café quand mon portable sonne. C'est Gerty.

– Autant que tu reviennes tout de suite, dit-elle. Même en prenant des raccourcis, je ne vais pas pouvoir disposer du verbatim de son procès avant quarante-huit heures. Et je ne peux rien te dire de vraiment utile tant que je ne l'ai pas lu.

– Alors tu vas demander le verbatim du procès ? dis-je avec un grand sourire.

– Quand il s'agit de convaincre un interlocuteur de son innocence, un détenu peut être très convaincant, Tiffy, et le résumé qu'il fait de son procès doit être pris avec des pincettes. Un homme dans sa situation manque forcément d'objectivité, et la plupart du temps les subtilités du droit lui échappent complètement.

Ça ne suffit pas à effacer mon sourire.

– N'empêche que tu vas demander le verbatim du procès.

– Ne donne surtout pas de faux espoirs à ce monsieur ou à sa famille, dit Gerty d'un ton devenu grave. Je suis sérieuse, Tiffy. Je vais simplement examiner ça d'un peu plus près, voir si quelque chose m'interpelle dans la façon dont la justice a été rendue. S'il te plaît, ne dis rien à cet homme. Ça serait cruel de lui faire croire à des choses qui n'arriveront peut-être jamais.

– Je sais, dis-je, grave à mon tour. Je ne lui dirai rien. Merci pour ton aide, Gerty.

– Merci à toi pour le café, il était délicieux. Et maintenant, reviens ici. Puisque tu m'as réveillée à l'aube un samedi matin, c'est à toi qu'il incombe de me distraire.

18

Leon

En chemin vers Johnny White Ier. Il est encore très tôt, quatre heures de trajet pour arriver jusqu'à chez lui, après quoi j'aurai deux changements de bus pour rejoindre la prison de Groundsworth, où j'ai un parloir à 15 heures avec Richie. Tout ce temps passé sur des sièges de train et de bus faits pour des jambes d'enfant m'a raidi les articulations, et mon dos est devenu moite en l'absence d'air conditionné. Alors que je roule les manches de ma chemise au-dessus du coude, un vieille note Post-it de Tiffy volète jusqu'au sol. Une note du mois dernier à propos des activités matinales du type louche de l'appartement N° 5. Hum… Plutôt embarrassant. Il faudra que je pense à inspecter mes vêtements avant de quitter l'appartement.

Greeton, où réside Johnny, est une petite ville surprenante de charme qui s'étire sur les plaines verdoyantes des Midlands. La dernière partie du trajet s'est faite à bord d'un bus et je rejoins à pied l'adresse que j'ai griffonnée sur un bout de papier. On a échangé quelques e-mails, Johnny et moi, mais c'est une autre histoire de rencontrer quelqu'un en personne. Je ne sais pas trop à quoi m'attendre.

Quand je sonne au portail, un Johnny White aux proportions intimidantes m'aboie d'entrer ; je me dépêche d'obéir et me voilà bientôt guidé à travers un salon dépouillé. Dans un angle de la pièce, un meuble se distingue : un piano bien entretenu dont le clavier ouvert semble témoigner d'une activité récente.

Moi : Vous en jouez ?

J.W. Ier : J'ai été concertiste, quand j'étais plus jeune. Je ne joue plus trop, désormais, mais j'aime avoir mon vieux copain ici, à portée de main. Je n'aurais pas l'impression d'être chez moi s'il n'était pas là.

Je suis ravi. C'est parfait. Un pianiste ! Le métier le plus cool du monde ! Et aucune photo de femme ou d'enfants en vue. Ça se présente on ne peut mieux.

J.W. Ier me propose une tasse de thé. Il disparaît dans sa cuisine et revient quelques instants plus tard avec une tasse ébréchée dans laquelle fume un breuvage bien costaud. Ça me fait penser au thé de maman. S'ensuit un curieux moment de flottement teinté de nostalgie. Il faut que j'aille la voir plus souvent.

J.W. Ier me fait signe de m'asseoir dans un fauteuil et s'installe face à moi, sur le canapé. Je prends soudain conscience qu'aborder le sujet qui m'amène risque d'être délicat. *Avez-vous vécu une passion amoureuse avec un homme durant la Seconde Guerre mondiale ?* n'est peut-être pas le genre de question dont ce monsieur a envie de discuter avec un inconnu qui débarque de la capitale.

J.W. Ier : Alors, que puis-je faire pour vous ?

Moi : Eh bien, je me demandais si… Heu…

Raclement de gorge.

Moi : Vous avez été soldat durant la Seconde Guerre mondiale, n'est-ce-pas ?

J.W. Ier : J'ai combattu pendant deux ans, avec une courte pause, le temps de me faire extraire une balle logée dans l'estomac.

Mes yeux se posent machinalement sur son énorme ventre. Le sourire qui éclaire soudain le visage de J.W. Ier rajeunit spectaculairement ses traits.

J.W. Ier : Vous vous dites que ça n'a pas dû être de la tarte pour la retrouver, pas vrai ?

Moi : Non, non, pas du tout ! Je me disais qu'il y a beaucoup d'organes vitaux dans la région de l'estomac.

J.W. Ier (avec un petit rire) : Heureusement pour moi, ces salopards d'Allemands les ont ratés. De toute façon, j'étais plus inquiet pour mes mains que pour mon ventre. On peut jouer du piano même si une balle vous a bousillé la rate, mais pas si les gelures vont ont bouffé les doigts.

Je le regarde avec des yeux ronds, horrifié. Ça le fait marrer.

J.W. Ier : Ah, je vois que vous n'avez pas envie d'entendre parler des horreurs de la guerre. Vous faites des recherches sur votre grand-père, c'est ça ?

Moi : Sur le grand-père d'un ami, en fait. Robert Prior. Il a combattu dans le même régiment que vous, même si je ne suis pas certain que c'était exactement durant la même période. Vous vous souvenez de lui ?

J.W. Ier prend le temps de la réflexion. Ses efforts de mémoire lui plissent le front. Ses traits se détendent finalement et il incline légèrement la tête de côté.

J.W. Ier : Non, ça ne me dit rien du tout. Navré, jeune homme.

Bon, je savais qu'il y avait peu de chances pour que je mette dans le mille, surtout du premier coup. Mais il me reste encore sept tentatives.

Moi : Merci, monsieur White. Je ne vais pas vous déranger plus longtemps. Une dernière question, si vous me permettez… Vous êtes-vous déjà marié ?

J.W. Ier (le visage soudain fermé) : Non. Ma Sally est morte lors d'un raid aérien en 1941 et ça s'est arrêté là pour moi. Je n'ai jamais rencontré une autre femme qui lui arrive à la cheville.

J'en ai presque les larmes aux yeux. Richie se ficherait de moi. Il me traite tout le temps d'incorrigible romantique, quand il n'exprime pas cette idée en des termes plus crus.

Kay (à l'autre bout du fil) : Franchement, Leon, je pense que dans ton monde idéal, tes amis auraient tous dépassé les quatre-vingts ans.

Moi : C'était un monsieur intéressant, voilà tout. J'ai bien aimé discuter avec lui. Un pianiste, quand même ! Il a donné des concerts et tout ! Tu connais un métier plus cool, toi ?

Silence amusé de Kay.

Moi : Encore sept à essayer.

Kay : Sept quoi ?

Moi : Sept Johnny White.

Kay : Ah, d'accord. Leon...

Elle s'interrompt un instant.

Kay : Est-ce que tu as l'intention de passer tous tes week-ends à sillonner la Grande-Bretagne pour essayer de retrouver l'ancien amant d'un vieil homme ?

Je ne réponds pas tout de suite. C'est plus ou moins ce que j'avais prévu de faire, en effet. Quand d'autre pourrais-je retrouver le Johnny de M. Prior ? Pas pendant ma semaine de travail, en tout cas.

Moi (d'une voix hésitante) : Non...

Kay : Tant mieux. Parce que entre tes visites à ton frère et tes horaires de nuit, on ne passe déjà pas beaucoup de temps ensemble. Tu en as conscience, n'est-ce pas ?

Moi : Oui, bien sûr. Désolé, Kay, je...

Kay : Ouais, ouais, je sais. Ton boulot te tient à cœur et Richie a besoin de toi. Je suis au courant de tout ça. Je n'ai pas envie d'être pénible, Leon, mais… Il me semble que ça devrait te poser un problème, à toi aussi, qu'on ne se voie presque jamais. On dirait que tu t'en moques.

Moi : Mais non, je ne m'en moque pas ! Je te rappelle quand même qu'on s'est vus pas plus tard que ce matin.

Kay : Pendant une demi-heure à tout casser, le temps de gober un petit déjeuner.

Légère bouffée d'irritation. J'ai sacrifié trente bonnes minutes de ma sieste réparatrice pour qu'on puisse petit déjeuner ensemble. J'inspire profondément et me tourne vers la vitre du bus. Je vais bientôt devoir descendre.

Moi : Il faut que je te laisse. Le bus arrive devant la prison.

Kay : D'accord, on continuera cette conversation plus tard. Tu m'enverras un SMS pour me dire quel train tu prends ?

Je n'aime pas ça. Toujours savoir où l'autre se trouve, ce qu'il va faire, l'horaire du train qu'il va prendre… Mais difficile de refuser. Kay dit tout le temps que je souffre d'« engagement-phobie ». C'est son mot préféré, en ce moment.

Moi : Bien sûr, compte sur moi.

Finalement, je ne l'ai pas fait. Je voulais, mais j'ai oublié.

19

Tiffy

– C'est l'endroit parfait pour toi, Katherin, baratine Martin en étalant les photographies sur la table.

J'appuie ses paroles d'un sourire encourageant. Même si, au départ, voir les choses en si grand pour le lancement d'un livre sur le crochet me semblait ridicule, je commence à me laisser convaincre. Une vingtaine de vidéos sont apparues sur YouTube, mettant en scène des célébrités d'Internet s'affichant avec des vêtements inspirés par le bouquin de Katherin. Au terme d'une réunion improvisée avec le DG au cours de laquelle, dans une ambiance tendue, la directrice des RP n'a pas trop mal réussi à faire croire qu'elle avait déjà entendu parler de *Vivre au crochet !* (et qu'elle avait donc prévu un budget adapté à la promotion d'un ouvrage aussi prometteur), les locaux de Butterfingers bruissent d'excitation. Tout le monde semble avoir oublié que, quelques jours plus tôt, ils se souciaient du crochet comme de leur première chemise. Hier, j'ai entendu la directrice des ventes dire qu'elle avait « senti dès le départ que ce bouquin ferait un tabac ».

Katherin est perplexe face à cette effervescence générale, et en particulier face à la vidéo qui a tout déclenché. Quand on lui a montré l'enregistrement de Tasha Chai-Latte, sa première réaction a été celle de toute personne qui voit quelqu'un gagner plein de fric sur YouTube (« Moi aussi, je peux faire ça ! »). Je lui ai conseillé de commencer par investir dans un smartphone. Un pas après l'autre. À présent, elle est simplement agacée que Martin ait pris le contrôle de son compte Twitter (« On ne peut pas lui faire confiance pour ces choses-là ! criait Martin ce matin en s'adressant à Ruby. On doit absolument *garder la main* sur ses tweets ! »).

– Alors, ça se passe comment, un lancement de livre dans les règles de l'art ? demande Katherin. D'habitude, quand j'ai un bouquin qui sort, je me contente de boire un verre de pif en discutant avec les quelques vieilles dames qui ont fait l'effort de se déplacer. Mais qu'est-ce qu'on est censé faire quand il y a tout ce monde ? ajoute-t-elle en désignant une photo de l'immense salle de l'Islington Hall.

– Vous faites bien de poser la question, ma chère Katherin, dit Martin. J'allais justement y venir. Tiffy et moi comptions vous proposer de nous accompagner à un autre lancement de livre similaire que nous organisons dans quinze jours, de sorte que vous puissiez voir comment ça se passe.

– Il y aura un open bar ? demande Katherin dont le regard s'allume.

– Oh, absolument. On pourra boire à volonté sans débourser un sou, répond Martin qui m'a pourtant assuré le contraire une demi-heure plus tôt.

Je jette un coup d'œil à ma montre tandis que Martin reprend son travail de persuasion auprès de Katherin, très inquiète que les gens assis au fond de la salle ne puissent rien voir de sa démonstration. Moi, ce qui m'inquiète, c'est d'arriver en retard à l'hôpital où Leon travaille.

C'est ce soir que Katherin doit y animer un atelier crochet, et je lui sers une nouvelle fois de mannequin. Leon sera présent, ce qui veut dire qu'après avoir vécu sous le même toit et dormi dans le même lit pendant cinq mois et demi, on va enfin se rencontrer.

La perspective de me retrouver face à un Leon en chair et en os me rend étrangement nerveuse. J'ai changé de tenue trois fois ce matin, ce qui ne me ressemble pas : chaque journée a la tenue qui lui correspond, et, d'ordinaire, une fois habillée, je ne doute plus d'avoir trouvé la bonne. Mais aujourd'hui, je ne suis plus sûre de rien. Pour atténuer le jaune citron de ma jupe bouffante, j'ai enfilé une veste en jean, un legging et mes bottines fourrées, mais ça ressemble toujours à ce que porterait une fille de seize ans pour le bal de fin d'année. Quoi qu'on fasse, le tulle a toujours ce côté « Je me suis mise en quatre pour avoir l'air cool ».

– Tu ne crois pas qu'on devrait y aller ? dis-je, interrompant Martin au milieu de son bla-bla de camelot.

Je veux avoir le temps de trouver Leon et d'échanger quelques mots avec lui avant qu'on commence. J'aimerais autant qu'il ne surgisse pas façon Justin, juste au moment où Katherin me transforme en poupée vaudoue.

Martin me fusille du regard, tournant la tête de sorte que Katherin ne puisse voir tout le fiel qu'expriment ses yeux courroucés. Mais bien sûr, elle n'en perd pas une miette et glousse dans sa tasse de café. Elle me boude un peu depuis qu'on s'est retrouvées dans la salle de réunion, parce que, une fois de plus, j'ai (indéniablement) passé outre à ses instructions. Pour justifier les libertés que j'ai prises avec la notion de « tenue neutre » à laquelle Katherin tient tant, j'ai expliqué que le beige me donnait un teint cadavérique. Mon excuse ne l'a pas convaincue.

– Tout le monde doit faire des sacrifices pour son art, Tiffy ! m'a-t-elle lancé en agitant le doigt sous mon nez.

Je lui ai fait remarquer qu'il s'agissait de *son* art et non du mien, mais elle a semblé si blessée que j'ai partiellement rendu les armes, retirant le jupon de tulle en gage de bonne volonté.

Et voilà que notre aversion commune pour Martin finit de nous réconcilier.

Curieusement, j'avais l'impression de savoir à quoi ressemblait une unité de soins palliatifs, alors que c'est la première fois que je mets les pieds dans ce genre de service. Cela dit, ce que je vois est assez proche de l'idée que je m'en faisais : sol en linoléum dans les couloirs, matériel médical hérissé de câbles et de tubes, mauvaises reproductions de tableaux célèbres accrochées de travers aux murs. Mais je ne m'attendais pas à ce qu'il y règne une atmosphère aussi décontractée : les médecins s'envoient des petites piques quand ils se croisent dans les couloirs, des rires essoufflés s'échappent des chambres, et voilà que me viennent aux oreilles les éclats d'un débat passionné à propos du dessert servi pour le dîner : une infirmière défend le riz au lait face à un vieil homme à l'accent du Yorkshire qui prend parti pour la crème à la vanille.

La jeune femme de l'accueil nous guide à travers un dédale de couloirs, jusqu'à une sorte d'espace commun ambitieusement nommé « Salle de détente », où nous nous délestons des sacs de laine et des crochets. Quelques patients plus autonomes que les autres pénètrent au compte-gouttes dans la pièce. Manifestement, la rumeur de notre atelier crochet s'est répandue dans l'unité, sans doute propagée par les soignants qui filent au hasard dans toutes les directions, comme des boules de flipper. Il reste néanmoins un bon quart d'heure avant le début de notre démonstration, un laps de temps largement suffisant pour trouver Leon et échanger quelques mots avec lui.

– Excusez-moi, dis-je à une boule de flipper-infirmière qui traverse la salle en coup de vent, Leon est déjà arrivé ?

– Leon ? dit-elle en me jetant un coup d'œil distrait. Ouais, il est là. Vous avez besoin de lui ?

– Oh, non, dis-je. Enfin... pas pour une raison médicale, en tout cas. Je voulais juste lui dire bonjour et le remercier de nous avoir proposé de faire cet atelier.

Je prononce ces derniers mots avec un geste en direction de Katherin et Martin, occupés à démêler des pelotes de laine avec un enthousiasme variable.

Le visage de l'infirmière s'éclaire.

– Vous êtes Tiffy ?

– Heu... oui.

– Oh ! Bonjour ! Ouah, alors c'est vous, hein ? Vous devriez trouver Leon aux Nageoires, c'est le nom d'une section. Il suffit de suivre les indications.

– Merci beaucoup, dis-je alors qu'elle détale déjà avec un signe de la main.

Les Nageoires. D'accord. Je me laisse guider par les petits écriteaux colorés, fixés à l'angle des couloirs : à gauche, à droite. Puis à gauche, encore à gauche, à droite, encore à droite... Et merde. Cet endroit est un vrai labyrinthe.

– Pardon..., dis-je, harponnant au passage un type en blouse verte, je cherche les Nageoires. Je vais dans la bonne direction ?

– Absolument, dit le type sans ralentir le pas.

Hum... J'ai quelques doutes quant à l'intérêt qu'il a porté à ma question. Revenu sur ses pas, le type en blouse verte surgit derrière moi. Je sursaute.

– Pardon, dit-il. Vous ne seriez pas Tiffy, par hasard ?

– Si, c'est moi.

– Non ? Ça alors !

Il me reluque de la tête aux pieds, puis prend conscience de ce qu'il est en train de faire et me dit avec une mimique d'excuse :

– Oh, désolé. C'est juste qu'aucun de nous n'y croyait vraiment. Vous trouverez Leon aux Algues – prochain couloir à gauche, dit-il avant de s'éloigner d'un pas rapide.

– Croyait vraiment à quoi ?

Mais il n'est déjà plus à portée de voix, et seul me répond le grincement des portes battantes qui se referment derrière lui.

Alors que je reprends mon chemin, j'aperçois un infirmier à la peau mate et aux cheveux sombres dont la tenue semble usée jusqu'à la corde, même à cette distance. Pour avoir vu la tenue d'hôpital de Leon sécher dans l'appartement, je sais à quel point son pantalon et sa blouse sont élimés. Nos regards se croisent une fraction de seconde, mais il détourne aussitôt la tête pour consulter le bipeur qu'il porte à la ceinture, avant de filer dans la direction opposée. Je regarde sa haute silhouette s'éloigner dans le couloir en me demandant si c'était lui. Mince, j'aurais dû crier son prénom, quitte à me ridiculiser. Je me lance à sa poursuite, mais il se déplace à toute allure et me distance. Je commence à courir, mais je me fais l'effet d'une harceleuse et arrête presque aussitôt, déjà un peu essoufflée. Zut, je crois que j'ai raté la bifurcation vers les Algues. Je décide de faire le point au milieu du couloir. Privée de son jupon de tulle, la jupe a perdu tout son bouffant et colle à mon legging comme un pneu dégonflé. Je suis en nage, déstabilisée et, disons-le, complètement perdue.

Le prochain écriteau indique la direction de la « Salle de détente », point de départ de mon périple. Je laisse échapper un soupir découragé et consulte ma montre : plus que cinq minutes avant le début de l'atelier. Je ferais bien d'y retourner. Je me remettrai à la recherche de Leon une fois notre petit spectacle terminé en espérant ne pas rencontrer d'autre inconnu vaguement flippant qui connaît mon prénom.

Un public bien fourni s'est massé dans la pièce. Katherin, soulagée de me voir apparaître, commence aussitôt sa démonstration.

Je suis ses instructions à la lettre, balayant la pièce du regard pendant qu'elle vante les mérites de la maille fermée. Les patients forment un mélange à peu près égal de dames et de messieurs âgés, les deux tiers assis dans un fauteuil roulant. Il y a aussi quelques femmes entre deux âges – qui ont l'air mal en point mais semblent bien plus intéressées par ce que raconte Katherin que le reste de l'assemblée –, et même de rares enfants. L'un d'eux, une petite fille dont les cheveux repoussent, sans doute après une chimiothérapie, a de grands yeux que sa maigreur rend plus immenses encore, ou peut-être les écarquille-t-elle. L'intensité de son regard me frappe d'autant plus qu'il n'est pas posé sur Katherin, comme ceux des autres patients, mais sur moi. Allez savoir pourquoi, elle semble ravie de me voir. Je lui adresse un sourire, accompagné d'un petit signe des doigts.

Katherin me donne une tape sur la main.

– Quel lamentable mannequin tu fais, aujourd'hui !

Voilà qui me ramène brusquement à cette journée de février sur le bateau de croisière. L'espace d'un instant, je me souviens précisément du regard de Justin quand il a croisé le mien ; pas tel qu'il me revient aujourd'hui en mémoire, modifié et comme délavé par le temps, mais tel qu'il était réellement. Je suis parcourue d'un frisson.

Katherin me lance un coup d'œil intrigué et je fais un effort pour m'extirper de ce souvenir et afficher un sourire rassurant. Alors que je relève les yeux vers la porte entrouverte, je vois s'approcher un grand jeune homme aux cheveux noirs, en tenue d'hôpital, mais l'infirmier aussitôt bifurque avant d'atteindre la porte et disparaît hors de ma vue. Je suis plus soulagée que déçue. Je me sens nerveuse, perturbée… C'est peut-être idiot, mais j'ai l'impression que ce n'est pas le bon moment pour qu'on se rencontre.

– Bras en l'air, Tiffy ! piaille Katherin dans mon oreille.

Je secoue la tête comme au sortir d'un rêve et redeviens son mannequin docile.

20

Leon

Sa lettre est là, froissée dans la poche de mon pantalon. Tiffy m'a demandé de la lire avant de l'envoyer à Richie. Mais je ne l'ai pas encore fait. L'idée qu'elle puisse ne pas comprendre est douloureuse, et cette crainte se transforme en certitude chaque fois que je m'apprête à lire sa réponse. Certitude qu'elle va le prendre pour le manipulateur décrit par l'avocat général lorsqu'il a prononcé ses réquisitions. J'entends encore le magistrat assurer d'un ton définitif que les explications de Richie ne tenaient pas debout, et qu'au vu de son passé violent il ne fallait pas s'attendre à ce qu'il soit autre chose qu'un criminel endurci.

Je suis stressé, les épaules raides. C'est à peine si j'ai posé les yeux sur cette jeune femme rousse entraperçue à l'autre bout du couloir menant aux Nageoires, et pourtant je n'arrive pas à me défaire de l'idée que c'était elle. Si c'est le cas, j'espère qu'elle ne s'imagine pas que je me suis enfui à sa vue. Le fait est que je me suis enfui. N'empêche. J'aimerais autant qu'elle n'en sache rien.

C'est juste que… Je n'avais pas envie que cette rencontre se fasse avant d'avoir lu sa lettre.

Conclusion, il faut que je me décide à la lire. En attendant d'avoir trouvé le courage nécessaire, je n'ai qu'à me cacher dans un recoin des Algues pour éviter les rencontres fortuites entre deux couloirs. Alors que je passe devant le bureau d'accueil, en chemin vers ma planque, June m'interpelle :

– Ta *copine* est arrivée !

Je n'ai dit qu'à deux ou trois collègues que cet atelier crochet était organisé par ma colocataire, mais la nouvelle s'est répandue à travers l'unité. De façon assez vexante, tout le monde paraît surpris que je partage mon appartement avec un autre être humain. Il semblerait que j'ai la réputation d'un solitaire.

Moi : Merci, June.

June : Elle est dans la salle détente ! Elle est si jolie...

Temps d'arrêt. À part me demander si elle portait cinq robes à la fois (ce qui expliquerait qu'il y en ait autant dans notre penderie), je n'ai pas imaginé à quoi pouvait bien ressembler Tiffy. L'espace d'un instant, je suis tenté de vérifier qu'elle est bien rousse auprès de June, mais je me ravise in extremis.

June : Charmante. Vraiment charmante. Je suis heureuse que tu aies trouvé une fille aussi adorable.

Je lui lance un regard suspicieux. Elle me répond par un sourire radieux. Je me demande d'où elle tient ses informations. Holly ? Cette gamine a développé une obsession pour Tiffy.

Une fois retranché aux Algues, je vaque à de menues occupations en attendant que la voie se libère. Je m'accorde une longue pause-café. Même les patients semblent s'être donné le mot pour ne pas réclamer mon attention. Regardons les choses en face : je n'ai rien d'autre à faire que lire la lettre de Tiffy à mon frère. Je la sors de ma poche. Je la déplie. Les battements de mon cœur s'accélèrent et je détourne le regard. C'est ridicule. Qu'est-ce que ça peut bien me faire, si elle ne croit pas à sa version des faits ?

Sauf que ça m'importe. Autant ne pas se mentir : j'aime trouver les notes de Tiffy au retour d'une nuit de travail et je serais triste de perdre ça, si elle se montrait cruelle envers Richie. J'ai du mal à l'imaginer ainsi, mais… on ne sait jamais comment les gens vont réagir quand vous leur dites que votre frère est en prison.

Cher Richie,

Merci de tout cœur pour votre lettre. Elle m'a fait pleurer, ce qui vous place dans la même catégorie que le film Avant toi, *mon ex et les oignons. Tout ça pour dire que ce n'est pas rien (ce que je veux dire, c'est que je ne suis pas du genre à chouiner pour un oui ou pour un non – d'ordinaire, seuls les tourments affectifs et je ne sais quelle étrange enzyme de légume agissent sur mes glandes lacrymales).*

C'est hallucinant de se retrouver dans une situation aussi pourrie. Bien sûr, on entend parler de gens qui connaissent ce genre de galères, mais c'est difficile de se sentir vraiment concerné tant qu'on n'entend pas toute l'histoire de la bouche/plume même de la personne qui en est victime. Vous ne m'avez pas dit grand-chose de ce que vous avez ressenti dans ce tribunal, de votre quotidien en prison… Du coup, j'imagine que tout ce que vous n'avez pas évoqué me ferait pleurer encore plus.

Mais ça ne vous avance pas à grand-chose que je vous dise à quel point vous êtes dans une situation merdique ou de savoir que je suis réellement désolée de ce qui vous arrive (vous devez l'entendre tout le temps). Voilà à quoi je pensais avant d'écrire cette lettre, et je dois avouer que ça me turlupinait. Je me sentais inutile, en fait, à l'idée de me contenter d'écrire cela. Alors j'ai passé un coup de fil à Gerty, ma meilleure amie.

Gerty est un être humain de toute première qualité, mais elle cache bien son jeu. Elle est désagréable avec à peu près tout le monde, totalement obsédée par son boulot, et si vous provoquez sa colère elle vous chassera à jamais de sa vie. À sa façon, elle est toutefois une femme hautement morale, ainsi qu'une excellente amie qui place l'honnêteté au-dessus de tout.

Il se trouve qu'elle est avocate. Et même, si l'on en juge par son extraordinaire réussite professionnelle, une foutue virtuose du barreau.

Je vais jouer franc-jeu : elle a lu votre lettre pour me faire plaisir. Mais, ensuite, c'est elle qui a voulu prendre connaissance du verbatim de votre procès, parce que – me semble-t-il – quelque chose dans votre affaire a suscité son intérêt. Elle ne dit pas qu'elle va s'occuper de vous (voir la note qu'elle a écrite à votre intention et que j'ai jointe à ce courrier), mais elle se pose quelques questions qu'elle aimerait vous soumettre. Ne vous sentez surtout pas tenu d'y répondre – vous avez sans doute un excellent avocat qui a déjà considéré votre cas sous tous les angles. Si vous trouvez que je me mêle de ce qui ne me regarde pas, n'hésitez pas à me le faire savoir.

Mais si vous voulez répondre à Gerty, glissez un mot pour elle dans votre prochaine lettre à Leon, et je me chargerai de le lui transmettre. Peut-être vaut-il mieux ne pas parler de tout ça à votre avocat, qu'en pensez-vous ? J'ignore s'il apprécierait que son client prenne contact avec des confrères : est-ce considéré comme une forme d'adultère dans le monde des robes noires ?

Je vous joins des tonnes de timbres (une autre conséquence de ce besoin d'aider que j'ai un peu de mal à refréner quand je pense à ce qui vous arrive).

Cordialement,

Tiffy.

Monsieur Twomey,

Je m'appelle Gertrude Constantine. Je soupçonne Tiffany de vous avoir déjà brossé un portrait tout en finesse de ma personne dans sa lettre et je m'abstiendrai donc d'en rajouter.

Permettez-moi d'être claire : ce courrier ne constitue pas une proposition de vous représenter légalement. Il s'agit d'une lettre informelle et non d'une consultation juridique. Les éventuels conseils que vous pourrez trouver ci-dessous ne sont donnés qu'à titre purement amical (en tant qu'amie de Tiffany).

- *D'après ce que j'ai pu lire sur le verbatim de votre procès, les amis avec lesquels vous vous êtes rendu au Daffie's, la discothèque située à Clapham, n'ont été cités comme témoins ni par le ministère public ni par la défense. Merci de me le confirmer.*
- *Sur le verbatim du procès, ni vous ni personne d'autre ne mentionne les « Bloods ». Si j'en crois la lettre que vous avez adressée à Tiffany, vous n'avez appris le nom de ce gang qu'à l'issue du procès, alors que vous étiez incarcéré. Pouvez-vous me préciser ce qui vous a conduit à conclure que ces gens dont vous avez remarqué la présence dans la discothèque – ainsi que l'homme qui vous a agressé dans les toilettes de cet établissement – étaient des membres de ce gang ?*
- *Avez-vous parlé de cette agression au service d'ordre de la discothèque ? L'avez-vous mentionnée au cours du procès ?*
- *Le personnel du service d'ordre qui se tenait à l'entrée de la discothèque a confirmé que les membres du gang (c'est ainsi que nous les désignerons) ont quitté le Daffie's juste après vous. Lesdits videurs n'ont pas été interrogés plus avant. D'après vous, de là où ils se trouvaient, ont-ils pu voir si les membres du gang se sont éloignés dans la même direction que vous ?*
- *Il semblerait que le jury ait rendu son verdict sans avoir visionné d'autres images que celles enregistrées par la caméra de surveillance de l'épicerie cambriolée, située à l'intérieur du magasin. Votre avocat a-t-il effectué les démarches nécessaires pour obtenir les images prises ce jour-là par les caméras de vidéosurveillance de Clapham Road, du parking d'Adli et de la laverie automatique adjacente ?*

Bien à vous,

Gertrude Constantine.

21

Tiffy

Quand vient le moment où l'on propose des crochets et des pelotes de laine aux patients qui veulent essayer de mettre en pratique ce qu'ils viennent d'apprendre, je me dirige vers la petite fille qui n'a cessé de m'observer avec des yeux ronds. Un sourire espiègle découvre ses grandes dents de devant lorsqu'elle me voit approcher.

– Bonjour, dit-elle. C'est toi, Tiffy ?

Je la dévisage un instant avant de m'accroupir à hauteur de son fauteuil roulant (c'est bizarre de la regarder du haut de mon mètre quatre-vingt-trois alors qu'elle est assise).

– Ouais, c'est moi ! Les gens n'arrêtent pas de me poser cette question depuis que je suis arrivée ici. Comment tu as deviné ?

– Bon, ben en fin de compte tu es jolie ! lance-t-elle joyeusement. Est-ce que tu es gentille aussi ?

– Oh non, pas du tout. En fait, je suis horrible, dis-je. Dis-moi, comment tu as deviné qui je suis ? Et…

Une pensée se superpose à la première.

– … pourquoi dis-tu qu'« en fin de compte » tu me trouves jolie ? Tu as fait un pari ?

– La dame t'a présentée avant de commencer, me fait-elle remarquer, répondant à ma première question mais esquivant la seconde.

Ah oui, c'est vrai que Katherin m'a désignée par mon prénom. Ça n'explique pas pour autant l'attitude bizarroïde du personnel soignant.

– Tu mens quand tu dis que tu es horrible, poursuit la fillette. Moi, je pense que tu es gentille. C'était gentil de laisser cette dame te mesurer les jambes.

– N'est-ce pas ? dis-je avec enthousiasme. Je suis contente que tu l'aies remarqué. Je me disais justement que cet acte incontestablement aimable était passé relativement inaperçu. Mais grâce à toi ce n'est plus le cas, donc merci. Tu veux apprendre le crochet ?

– Non, répond-elle.

J'éclate de rire. Au moins, elle est honnête, contrairement à l'homme assis derrière elle, qui tente vaillamment de faire un nœud coulant sous l'œil attentif de Katherin.

– Alors qu'est-ce que tu veux faire ?

– Je veux te parler de Leon, dit-elle.

– Ah ! Donc, tu connais Leon !

– Je suis sa patiente préférée.

Je souris.

– Ça ne m'étonne pas. Alors comme ça, il t'a parlé de moi ?

– Pas tellement, dit-elle.

– Oh… D'accord. Eh bien…

– Mais je lui ai dit que je trouverais le moyen de savoir si tu étais jolie.

– Vraiment ! C'est lui qui t'a confié cette mission ?

Elle prend le temps d'y réfléchir.

– Non. Mais je crois qu'il a envie de savoir.

– Je ne pense pas que ça l'intéresse, heu…

Je me rends compte que j'ignore son prénom.

– Holly, dit-elle. Holly qui passe sa vie au lit.

– Eh bien, Holly qui passe sa vie au lit, sache qu'on est simplement amis, Leon et moi. Et le physique d'un ou d'une amie n'a pas d'importance, tu sais.

Brusquement, je sens une présence juste derrière moi.

– Tu peux poser avec elle ? murmure Martin à mon oreille.

Bon sang, ce type est le roi de l'approche sournoise. On devrait lui mettre une clochette autour du cou, comme aux chats qui boulottent les oiseaux.

– Poser ? Avec Holly ?

– Ouais, avec la leucémique, dit Martin. Pour le communiqué de presse.

– Je vous entends, monsieur ! lance Holly d'une voix sonore.

Martin a juste assez de décence pour prendre un air vaguement embarrassé.

– Salut, toi, dit-il avec une bonhomie forcée. Je m'appelle Martin.

Holly hausse les épaules.

– Très bien, *Martin*. Ma maman ne vous a pas donné la permission de me prendre en photo, et de toute façon je ne veux pas qu'on me prenne en photo. Les gens me plaignent toujours, parce que je n'ai pas beaucoup de cheveux et que j'ai l'air malade.

Je peux lire les pensées de Martin, qui se dit que c'était un peu l'idée, justement. Me voilà submergée par l'envie – soudaine mais pas inédite – de lui coller mon poing dans la figure. Ou au moins de lui flanquer un bon coup de pied dans le tibia. Je pourrais faire semblant de trébucher sur le fauteuil roulant de Holly et lui écraser les orteils « accidentellement ».

– Comme tu voudras, grommelle Martin, qui s'éloigne déjà en direction de Katherin, sans nul doute dans l'espoir de la trouver en compagnie d'un jeune patient aussi craquant que Holly, mais moins réticent à l'idée d'être exposé comme une bête de foire sur Internet pour donner un coup de pouce à la carrière d'un attaché de presse sans scrupule.

– Il n'est pas du tout sympathique, dit tranquillement Holly.

– Non, lui réponds-je distraitement. Pas du tout, hein ?

Je baisse les yeux sur ma montre : on est censées remballer nos pelotes et nos crochets dans dix minutes.

– Tu veux qu'on essaie de trouver Leon ? me demande Holly, une lueur quelque peu malicieuse dans le regard.

Je jette un coup d'œil à Katherin et à Martin par-dessus la tête de la fillette. Après tout, mon travail de mannequin est terminé et je n'ai pas la moindre aptitude ni pour pratiquer le crochet ni pour l'enseigner. Ça va leur prendre une éternité pour rassembler la laine disséminée aux quatre coins de la salle, et je ne serais pas fâchée d'éviter cette corvée. J'envoie un texto à Katherin :

Je pars un moment pour chercher mon coloc et le remercier d'avoir organisé l'atelier. Je serai de retour pour ranger le matériel (grossier mensonge). Bises.

– C'est par là, dit Holly tandis que mes mains se referment sur les poignées de son fauteuil roulant.

Elle se marre quand j'échoue lamentablement à faire avancer l'engin, et pointe le doigt sur le frein.

– *Tout le monde* sait qu'il faut d'abord enlever le frein ! se moque-t-elle.

– Et moi qui croyais que tu étais super lourde…

Holly éclate de rire.

– Leon est sûrement aux Coraux. Il ne faut pas suivre les indications, ça fait faire un détour. Tourne à gauche !

Je me laisse guider par la petite fille.

– Tu connais cet endroit par cœur, on dirait, lui dis-je après qu'elle nous a fait traverser je ne sais combien de couloirs et même une sorte de placard.

– Ça fait sept mois que je suis ici, dit Holly. Et je suis amie avec monsieur Robbie Prior. Sa chambre est aux Coraux. Ça été quelqu'un de drôlement important pendant une des guerres d'il y a longtemps.

– Monsieur Prior ! Ce ne serait pas un monsieur qui tricote, par hasard ?

– Si ! Il passe son temps à tricoter.

Parfait ! Je suis sur le point de rencontrer le tricoteur qui m'a sauvé la mise *et* mon colocataire graphomane. Je me demande si Leon parle comme il écrit, avec des phrases courtes qui vont droit au but.

– Hé ! Docteur Patel ! s'écrie soudain Holly au passage d'un médecin. Regardez, c'est Tiffy qui pousse mon fauteuil !

Le Dr Patel s'arrête, fait glisser ses lunettes sur son nez et m'observe un instant au-dessus des verres, avant de me décocher un grand sourire.

– Ça par exemple, dit-elle pour tout commentaire.

L'instant d'après, elle disparaît dans la chambre d'un patient.

– D'accord, mademoiselle Holly, dis-je en faisant pivoter son fauteuil de sorte à pouvoir la regarder bien en face. Qu'est-ce qui se passe, ici ? Pourquoi tout le monde semble avoir entendu parler de moi ? Et pourquoi ont-ils l'air si surpris de me voir ?

La lueur malicieuse revient éclairer le regard de Holly.

– Personne ne croit que tu existes vraiment, dit-elle. J'ai raconté à tout le monde que Leon vivait avec une fille et qu'il lui écrit des petits mots et qu'elle le fait rire, mais *personne* ne m'a crue. Ils ont tous dit que Leon ne pourrait jamais...

Elle fronce le nez.

– … *supporter* la présence de quelqu'un chez lui. Je crois que c'est parce qu'il ne parle pas beaucoup, alors ils se disent que ça l'embêterait d'avoir un colocataire, tu vois ? Ce qu'ils ne savent pas, c'est qu'il économise ses mots pour en faire profiter les gens qu'il préfère, comme toi et moi.

– Vraiment ?

Je secoue la tête, sourire aux lèvres, et refais pivoter le fauteuil dans le sens de la marche. C'est drôle d'avoir un autre regard sur Leon. Jusque-là, Kay était ma seule source directe d'information, et ses visites sont devenues rarissimes.

Grâce à mon GPS sur roues, je finis par atteindre les Coraux. Holly balaie les alentours du regard, se hissant autant que possible sur les bras de son fauteuil pour mieux voir.

– Robbie ! appelle-t-elle. Quelqu'un a vu monsieur Prior ?

Un vieil homme, de dos face à une grande fenêtre, se retourne à ces mots. Son visage sillonné de profondes rides s'anime joyeusement à la vue de la petite fille.

– Bonjour, Holly, dit-il.

– Ah, vous êtes là, Robbie ! s'exclame-t-elle. Regardez qui je vous amène. C'est Tiffy ! Pas vrai qu'elle est jolie ?

– Madame Moore…, dit le vieux monsieur en essayant de se lever pour me serrer la main. Quelle bonne surprise.

Je me précipite vers lui, impatiente qu'il se rasseye. Cette tentative pour déplier entièrement sa frêle silhouette ne me semble pas des plus sages.

– C'est un honneur de faire votre connaissance, monsieur Prior ! Il faut que je vous dise à quel point *j'adore* les écharpes que vous avez offertes à Leon. Elles sont magnifiques. Et merci mille fois d'avoir tricoté toutes ces écharpes et ces bonnets pour le livre de Katherin.

– Oh, j'ai pris beaucoup de plaisir à faire ça, vous savez. Je serais bien venu à votre petite démonstration, mais…

Il se tapote distraitement la poitrine.

– Je crains de ne pas être au mieux de ma forme, aujourd'hui.

– Vous avez bien fait de rester au calme, dis-je. Ce n'est pas comme si on avait quelque chose à vous apprendre.

J'hésite un instant.

– À tout hasard, vous n'auriez pas vu…

– Leon ? termine M. Prior avec un sourire.

Je hoche la tête et lui rends son sourire.

– J'aimerais lui dire bonjour.

– Hum…, fait M. Prior. Parvenir à localiser notre Leon n'est pas une mince affaire. En fait, il vient juste de partir. Je crois que quelqu'un l'a prévenu de votre arrivée.

– Oh…

Je regarde mes chaussures, embarrassée. Mon intention n'était pas de le pourchasser dans tout l'hôpital. Justin me reprochait toujours de ne pas sentir le moment où il faut savoir laisser tomber.

– Eh bien, s'il n'a pas envie de me voir, je ferais sans doute bien de…

M. Prior agite la main pour m'interrompre.

– Vous m'avez mal compris, ma chère. Ce n'est pas ça du tout. Je dirais plutôt que Leon est légèrement nerveux à l'idée de vous rencontrer.

– Pourquoi le serait-il ? dis-je, comme si je n'avais pas moi-même passé la journée dans un état de nervosité avancée.

– Je ne saurais le dire avec certitude, répond M. Prior. Mais Leon a un peu de mal avec… le changement. J'ai le sentiment qu'il apprécie grandement de partager son appartement avec vous, madame Moore, et je me demande s'il ne craint pas qu'une rencontre vienne briser, d'une manière ou d'une autre, l'équilibre subtil de votre cohabitation.

Il s'interrompt quelques secondes, le temps de trouver une position plus confortable sur son fauteuil roulant.

– Si vous voulez introduire un quelconque changement dans la routine de Leon, il me semble que la meilleure façon de procéder serait de le faire vite, d'un seul coup, de sorte à ne pas lui laisser la possibilité de s'esquiver.

– Comme quand on fait une surprise, dit gravement Holly.

– Exactement, approuve le vieil homme. Je crois qu'il faut le prendre au dépourvu.

– C'est noté, dis-je. Eh bien... En tout cas, j'ai été ravie de vous rencontrer, monsieur Prior.

– Une dernière chose, madame Moore. Leon avait l'air un tantinet à fleur de peau. Et il tenait une lettre à la main. Vous ne sauriez pas ce dont il s'agit, par hasard ?

– Oh, non..., dis-je avec une grimace.

Prise de panique, je m'efforce de relire mentalement ma lettre à Richie.

– J'espère que je n'ai pas écrit quelque chose qui lui a déplu.

– Non, non, me rassure M. Prior. Il n'avait pas l'air en colère. Simplement un peu perturbé.

Il retire ses lunettes et je regarde ses doigts noueux et tremblotants pincer la monture tandis qu'il essuie les verres contre sa chemise.

– Je dirais, mais ce n'est que mon sentiment, qu'il était assez...

Les lunettes reprennent leur place devant les yeux de M. Prior, qui se fichent aussitôt dans les miens.

– Surpris.

22

Leon

C'est trop. Je tremble. Je n'ai plus ressenti un tel espoir depuis de longs mois, et je ne sais plus comment gérer cette émotion. J'ai l'estomac qui chavire et des bouffées de chaleur entrecoupées de frissons glacés. Ça doit faire une bonne heure que mon rythme cardiaque s'est accéléré, et je n'arrive pas à le ralentir.

Je devrais aller remercier Tiffy en personne. Elle essaie de me trouver et moi je me planque, une attitude infantile et ridicule. C'est juste que j'ai ce drôle de sentiment, comme si la rencontrer aller tout changer. Comme si ça allait signer la fin de notre relation telle qu'elle est aujourd'hui. Et cette relation me plaisait. Me plaît.

Moi : June, tu sais où est Tiffy ?

June : Ton adorable coloc ?

Moi (puisant dans mes réserves de patience) : Oui, Tiffy.

June : Leon, il est près d'1 heure du matin. Elle est partie depuis longtemps.

Moi : Ah… Est-ce qu'elle a… laissé un mot pour moi ? Ou un message ?

June : Désolée, mon chou. Mais elle t'a cherché partout, si ça peut te consoler.

Ça ne me console pas. Elle n'a même pas laissé une petite note. Je me sens stupide. C'était l'occasion de la remercier, et je l'ai ratée. Sans compter qu'elle doit m'en vouloir. Cette idée me déplaît. Heureusement, je ne suis toujours pas redescendu du petit nuage sur lequel sa lettre m'a transporté et il me maintient à flot tout le reste de la nuit, malgré quelques plongées en eaux troubles au souvenir de mes lamentables sauve-qui-peut à travers les couloirs, chaque fois que Tiffy approchait (un comportement très antisocial, même pour quelqu'un comme moi. Je fais la grimace en songeant à ce que Richie dirait, s'il apprenait ça).

Je ne fais pas de vieux os une fois mon service terminé. J'appelle Kay aussitôt franchie la porte de l'hôpital, impatient de lui parler de la lettre, de l'amie avocate de Tiffy et de sa liste de questions. Elle ne fait aucun commentaire, ce qui ne lui ressemble pas.

Moi (filant d'un bon pas vers l'arrêt de bus) : C'est génial, non ?

Kay : Cette avocate n'a rien fait de concret, Leon. Elle n'a pas dit qu'elle allait défendre ton frère ni même qu'elle le croyait innocent.

Je manque de trébucher, comme si quelqu'un avait tendu la jambe pour me faire un croche-pied.

Moi : C'est quand même *quelque chose*. Ça fait si longtemps qu'il ne s'est pas passé quelque chose.

Kay : Et puis je croyais que tu ne devais jamais rencontrer ta colocataire. C'est la première règle qu'on a établie quand j'ai accepté que tu partages ton appartement avec une fille.

Moi : Comment ça, jamais ? Tu es en train de me dire que je n'ai pas le droit de rencontrer ma colocataire ? Genre, *jamais* ?

Kay : N'essaie pas de me faire passer pour une sorte de harpie, Leon.

Moi : Je n'avais pas compris que tu ne voulais pas… Hé, tu sais quoi ? C'est absurde de se disputer pour ça. De toute façon, je ne l'ai même pas rencontrée. Je t'appelais pour te parler de cette lettre. Pour te dire qu'il y avait du nouveau pour Richie.

Nouveau silence à l'autre bout du fil. Je ralentis le pas, le front plissé.

Kay : Écoute, Leon, j'aimerais que tu fasses la paix avec la situation de Richie. Ça te bouffe tellement d'énergie… Tu as changé depuis quelques mois, à force de te laisser dévorer par tout ça. Tu ne peux pas continuer à ressasser cette histoire, tu sais. Pour être honnête, je pense qu'il est temps que tu acceptes la situation. Je sais que ça viendra à un moment ou un autre, mais… ça fait longtemps que ça dure. Je sens que ça te pèse. Et ça pèse aussi sur notre couple.

Je ne comprends pas. Elle n'a pas entendu ce que je viens de dire, ou quoi ? Ce n'est pas comme si je lui répétais toujours la même chose, comme si je m'accrochais éternellement aux mêmes espoirs. Je viens de lui expliquer qu'il y avait *du nouveau*. Un *nouvel* espoir.

Moi : Qu'est-ce que tu proposes ? Que je laisse tomber ? On peut trouver de nouveaux éléments qui le disculperont, maintenant qu'on sait où chercher grâce à l'amie de Tiffy !

Kay : Tu n'es pas avocat, Leon, contrairement à Sal. Et tu as dit toi-même qu'il faisait de son mieux. Pour te dire le fond de ma pensée, je trouve déplacé que cette femme vienne mettre son grain de sel dans cette affaire et qu'elle te donne de faux espoirs, à toi et à Richie, alors que l'affaire a été jugée et que les jurés ont rendu leur verdict. Ils l'ont tous estimé coupable, Leon.

Une sensation de froid s'insinue au creux de mon estomac. Mon rythme cardiaque s'accélère à nouveau, cette fois-ci pour de mauvaises raisons. Je sens monter la colère. Encore ce sentiment de frustration enragée qui m'envahit lorsque j'entends cette femme que je m'efforce tellement d'aimer tenir des propos aussi inacceptables.

Moi : Où veux-tu en venir, Kay ? Je n'arrive pas à comprendre ce que tu attends de moi.

Kay : Je veux te retrouver.

Moi : Quoi ?

Kay : Je veux te retrouver, Leon. Que tu *reviennes* dans ma vie. Dans *la* vie. Que tu sois présent, au lieu d'être cette espèce de fantôme qui me fait l'aumône de quelques apparitions, mais sans être vraiment là. Sans être vraiment avec moi. C'est comme... comme si tu ne me voyais plus. Même quand on est ensemble, ta tête et ton cœur sont ailleurs. Avec Richie. Je passe toujours après lui.

Moi : Bien sûr que tu passes après lui.

Le silence qui salue ces paroles ressemble à celui qui suit un coup de feu. Je me couvre instinctivement la bouche de la main, mais les mots sont déjà sortis. Je ne voulais pas lui balancer ça à la figure ; je ne sais pas d'où c'est venu.

Moi : Ce n'est pas ce que je voulais dire, Kay. Je me suis mal exprimé. C'est juste que... Richie a davantage besoin de mon attention que toi... en ce moment. Il n'a personne d'autre que moi, tu comprends ?

Kay : Et il t'en reste pour les autres, de l'attention ? Pour toi ?

Elle voulait dire *pour moi*, non ?

Kay : S'il te plaît, penses-y. Penses-y vraiment. Prends le temps de réfléchir à notre relation.

Elle pleure, à présent. Je me sens affreusement triste, mais la sensation de froid au creux de l'estomac est toujours là, irradiante comme une brûlure glacée.

Moi : Tu penses toujours qu'il est coupable, n'est-ce pas ?

Kay : Bon sang, Leon, j'essaie de te parler de nous, et tu ramènes tout à ton frère.

Moi : J'ai besoin de savoir.

Kay : Tu ne m'écoutes donc pas ? Je te dis qu'accepter le sort de Richie est pour toi la seule façon d'avancer. Demeure persuadé qu'il est innocent si tu veux, mais accepte au moins qu'il est en prison et qu'il va y rester encore plusieurs années. Tu ne peux pas continuer à te battre jour après jour. Ça détruit ta vie, Leon. Tout ce que tu fais, c'est travailler, écrire à Richie et t'obséder sur des choses qui te volent le peu de temps qu'il te reste dans la journée, que ce soit l'ancien petit ami d'un de tes patients ou des détails concernant la procédure d'appel. Avant, tu avais une vie. Tu faisais des choses. Sors un peu. Passe du temps avec moi.

Moi : Je n'ai jamais eu beaucoup de temps libre, Kay. Et c'est à toi que j'ai toujours consacré le peu dont je dispose.

Kay : En ce moment, tu vas le voir une semaine sur deux.

Je rêve ou ça la met en colère que j'aille rendre visite à mon frère en prison ?

Kay : Je sais que je ne peux pas t'en vouloir pour ça. Mais c'est juste que... Ce que je veux dire, c'est que tu as si peu de temps libre, et maintenant j'ai l'impression de n'avoir plus droit qu'aux miettes, et...

Moi : Tu penses que Richie est coupable ?

Silence à l'autre bout du fil. Je crois que je me suis mis à pleurer, moi aussi. Sensation chaude et mouillée sur mes joues, tandis qu'un nouveau bus repart sans moi.

Kay : Pourquoi on en revient toujours à ça ? Pourquoi ça a tant d'importance pour toi ? Ton frère ne devrait pas prendre tellement de place dans notre relation.

Moi : Richie fait partie de moi, de ma vie. Il est ma famille.

Kay : Et moi, je suis ta compagne. Ça n'a pas de valeur à tes yeux ?

Moi : Tu sais que je t'aime.

Kay : C'est drôle, mais je n'en suis pas sûre.

Entre nous, le silence s'étire. Des voitures filent devant l'arrêt de bus. Je me frotte nerveusement les pieds l'un contre l'autre, les yeux baissés sur le trottoir inondé de soleil, en proie à un sentiment d'irréalité.

Moi : Dis-le, qu'on en finisse.

Elle hésite. J'hésite. Un bus ralentit, puis repart sans moi.

Kay : Je pense que Richie a fait le coup, Leon. C'est ce que le jury a conclu au terme du procès. Ses membres ont pris connaissance de tous les éléments et ils ont rendu leur verdict. C'est le genre de chose que ton frère est capable de faire.

Je ferme lentement les yeux. Ça ne me fait pas l'effet auquel je m'attendais. C'est curieux, c'est presque un soulagement. Depuis des mois, j'entends Kay rendre en silence ce verdict de culpabilité. Depuis la Grande Dispute. Ça met un terme à la sempiternelle boule au ventre, aux sempiternels silences pleins de non-dits, aux sempiternels efforts pour faire comme si je ne savais pas.

Kay sanglote et j'écoute, les yeux toujours fermés, avec l'impression de flotter.

Kay : C'est fini entre nous, c'est ça ?

Ça me paraît évident, tout à coup. C'est fini. Je ne peux plus continuer comme ça. Je ne peux pas vivre avec cette critique permanente de mon amour pour Richie. Je ne peux pas vivre avec quelqu'un qui n'a aucune confiance en lui.

Moi : Oui, c'est fini.

23

Tiffy

Le lendemain de ma visite à l'hôpital, je retrouve l'appartement au terme d'une journée de travail et tombe presque aussitôt sur une note abandonnée sur le comptoir de la cuisine, à côté d'une assiette de spaghettis à peine entamée. C'est la note la plus longue et la plus incohérente que Leon m'ait jamais écrite.

Salut, Tiffy,
Je suis un peu déboussolé, mais merci mille fois pour ta lettre à Richie. Je ne sais pas comment t'exprimer ma gratitude. On a vraiment besoin de toutes les bonnes volontés pour aider mon frère. Il va être aux anges. Désolé qu'on se soit ratés à l'hôpital. C'est entièrement ma faute : je m'y suis pris trop tard pour me mettre à ta recherche, je voulais d'abord lire ta lettre comme tu me l'avais demandé, mais ça m'a pris une éternité avant de me décider à l'ouvrir, et après ça j'ai tout fait foirer, trop attendu pour essayer de te trouver, il faut dire que je suis un peu long à la détente… Bon, désolé, il faut que j'aille dormir si ça ne te fait rien, alors à plus tard.
Amitiés,

Leon.

Je reste un moment interdite, les yeux rivés sur la note. Au moins, il ne m'a pas évitée parce que je l'agace ou je ne sais quoi. Mais… Assiette presque intacte ? Phrase à rallonge ? Qu'est-ce qui se passe ?

Je plaque une note Post-it à côté de la sienne, passant deux fois le doigt sur la partie collante pour m'assurer qu'elle adhère bien à la surface du comptoir.

Coucou, Leon,
Est-ce que tout va bien ? Je vais te préparer un en-cas… en cas de petit creux.
Bises,

Tiffy.

Une phrase aussi longue dans une note de Leon, c'est vraiment une première. En revanche, les petits mots qu'il me laisse au cours des deux semaines suivantes sont de *très* petits mots, dans un style encore plus concis qu'à l'ordinaire. Je n'ai pas envie d'être indiscrète, mais je vois bien qu'il n'est pas dans son état normal. De toute évidence, quelque chose lui a sapé le moral. De l'eau dans le gaz avec Kay ? Elle ne passe plus du tout à l'appartement et ça fait des semaines qu'il ne l'évoque plus dans ses notes. Je ne vois pas comment l'aider puisqu'il ne m'en parle pas, alors je fais un peu trop de gâteaux et je ne lui reproche pas de délaisser le ménage de l'appartement. Hier, son mug ébréché ne se trouvait pas à gauche de l'évier, ni même à droite : il était resté dans le placard et Leon a dû partir au travail sans la moindre dose de caféine.

Prise d'une soudaine inspiration, je laisse le nouveau manuscrit de mon maçon-devenu-décorateur. Son second bouquin, *Décorêveur d'intérieur*, est peut-être encore meilleur que *Brique par brique* ; j'espère que cette lecture remontera le moral de Leon.

De retour à l'appartement, je trouve cette note glissée sous la couverture transparente du manuscrit :

Quel personnage, celui-là ! J'adore.
Merci, Tiffy. Désolé pour le désordre. Je vais bientôt faire le ménage, promis.
Amitiés,

Leon.

Je considère ce point d'exclamation comme le signe d'une amélioration majeure.

Ce soir, Katherin a droit à un galop d'essai : un lancement de livre auquel le service presse l'a conviée pour la convaincre que ce type d'événement est ce dont elle a toujours rêvé pour lancer son propre bouquin.

– Pas de collants, dit Rachel d'un ton catégorique. On est presque en août, nom d'un chien.

On se prépare toutes les deux dans les toilettes du bureau. De temps à autre, quelqu'un entre pour faire pipi et pousse un petit cri de détresse en constatant que les lieux d'aisances ont été transformés en dressing. Le contenu de nos trousses de maquillage occupe tout l'espace disponible autour des lavabos, et l'air est saturé d'odeurs de parfum et de laque. On a chacune le choix entre trois tenues (accrochées au-dessus des miroirs), plus celle qu'on porte. Rachel finit par jeter son dévolu sur une robe portefeuille vert citron, et j'opte pour une robe d'été imprimée de motifs inspirés *d'Alice au pays des merveilles* (j'ai trouvé ce tissu dans un magasin de l'Armée du salut et soudoyé une couturière avec qui je travaille souvent pour qu'elle m'en fasse une robe).

Je me tortille devant le miroir et finis par me débarrasser de mes collants. Rachel hoche la tête en signe d'approbation.

– Beaucoup mieux. Plus on voit de chair, mieux ça vaut.

– Si je te laissais m'habiller, je me retrouverais en bikini.

Elle me lance un sourire effronté dans le miroir, sans cesser de se tamponner les lèvres avec un mouchoir pour absorber l'excès de rouge à lèvres.

– C'est que tu risques de rencontrer un jeune et beau Viking.

Ce soir, c'est *Un homme des bois sommeille en chacun de nous* qui est à l'honneur, la dernière acquisition de notre éditrice spécialisée dans le travail du bois. L'ermite norvégien qui a signé l'ouvrage a bien voulu descendre de sa cabane dans les arbres pour rejoindre la civilisation londonienne le temps d'une soirée mondaine, un événement dont on ne saurait minimiser la portée. Tout comme Rachel, je croise les doigts pour que le héros de la soirée panique et passe sa rage sur l'organisateur. Martin n'aura à s'en prendre qu'à lui-même : il aurait pu se douter qu'un type qui vit reclus au fond d'une forêt a peu de chances d'être un showman ravi de répondre aux questions d'une flopée de fanatiques du bois.

– Je ne suis pas certaine d'être mûre pour vivre une aventure au bras d'un jeune et beau Viking, tu sais…

Je me mets à songer à ce que Mo m'a dit quelques mois plus tôt, quand je l'ai appelé pour lui demander d'une voix fébrile s'il pensait que Justin allait reprendre contact avec moi.

– J'ai un peu de mal à me sentir… prête à faire de nouvelles rencontres. Même si Justin m'a quittée il y a une éternité.

Rachel suspend son mouvement, Kleenex en l'air et lèvres en avant, pour me dévisager d'un œil préoccupé.

– Est-ce que ça va, Tiffy ?

– Je crois, dis-je. Ouais, je crois que je vais bien.

– Alors, c'est parce que tu es encore amoureuse de Justin que tu n'arrives pas à trouver quelqu'un d'autre ?

– Non, non, ce n'est pas ce que je voulais dire. C'est peut-être simplement que je n'ai pas besoin de ça dans ma vie en ce moment.

– Bien sûr que si, tu en as besoin. C'est juste que tu ne t'es pas envoyée en l'air depuis trop longtemps. Tu as oublié à quel point c'est génial et tu as peut-être peur de ne plus savoir comment faire.

– Je pense que je sais encore comment faire, Rachel. C'est un peu comme le vélo, non ?

– Un peu, concède-t-elle. En beaucoup plus amusant. Mais tu n'as pas rencontré d'homme depuis Justin, ce qui remonte à… quoi ? Novembre dernier, non ? Ce qui veut dire que ça fait plus de…

Elle se met à compter sur ses doigts.

– Neuf mois, Tiffy !

Neuf mois ? Ouah. Ça fait un paquet de temps. Assez pour qu'un bébé se développe entièrement dans le ventre de sa mère. Troublée, j'applique le fard à joues avec un peu trop de vigueur et me retrouve avec la tête de quelqu'un qui s'est endormi au soleil. Aïe. Plus qu'à recommencer.

Si Martin des RP est doué pour emmerder le monde, je dois reconnaître qu'il l'est aussi pour organiser une réception sur le thème du bois. Nous voici dans un pub de Shoreditch, avec un plafond bas sillonné de poutres apparentes qui s'étirent au-dessus de nos têtes, des tables décorées en leur centre de bûches empilées et un bar orné de branches de pin.

Je promène les yeux autour de moi comme si je cherchais Katherin, mais en réalité j'essaie surtout de repérer l'auteur norvégien qui va côtoyer des êtres humains pour la première fois depuis six mois. Je fouille du regard les recoins de la salle, où je le soupçonne de s'être tapi.

Rachel m'entraîne vers le bar pour s'assurer une fois pour toutes que les boissons sont bien gratuites. Il semblerait qu'elles le soient, mais uniquement pendant la première heure. Vexées d'être arrivées avec vingt minutes de retard, on se dépêche d'avaler notre premier gin tonic. Rachel s'attire les bonnes grâces du barman en lui parlant de foot. Curieusement, cette ruse grossière pour se mettre un homme dans la poche fonctionne à merveille.

On enchaîne les verres à une cadence soutenue – la seule attitude raisonnable lorsqu'on dispose d'une fenêtre de quarante minutes pour boire à l'œil – et quand Katherin arrive, je la serre très chaleureusement dans mes bras. Elle a l'air d'apprécier.

– Je vois qu'on dépense sans compter, ici, dit-elle. C'est les ventes du bouquin de ce type qui vont régler l'addition ?

Nul doute qu'elle songe à son dernier chèque de droits d'auteur.

– Oh, non…, répond joyeusement Rachel.

Elle s'interrompt un instant pour faire signe à son nouveau meilleur ami – avec qui elle entonne sporadiquement des chants à la gloire d'Arsenal (Rachel soutient West Ham) – de remplir son verre.

– C'est peu probable. Mais une maison d'édition doit investir de temps à autre dans ce genre d'événement, sinon tout le monde publierait à compte d'auteur.

– Chuuut, dis-je entre mes dents, inquiète que cela donne des idées à Katherin.

Plusieurs gin tonics plus tard, Rachel et le barman ont dépassé le stade de l'amitié et les invités ont de plus en plus de mal à se faire servir. À ma grande surprise, Katherin est dans son élément. Je la regarde s'esclaffer aux propos de notre directrice des RP – un rire forcément diplomatique, cette femme n'ayant jamais dit quoi que ce soit de drôle.

Ce genre de réception est parfait pour observer les gens. De fait, on dénombre quelques jeunes et beaux Scandinaves dans la salle. J'hésite à me mêler à la foule et attendre que quelqu'un ait la bonté de me présenter à l'un d'eux, mais je ne parviens pas à me décider.

– C'est un peu comme regarder des fourmis, vous ne trouvez pas ? dit quelqu'un à ma gauche.

Je tourne la tête. Un homme vêtu d'un élégant costume m'observe, adossé au comptoir. Ses cheveux châtain clair sont aussi courts que sa barbe naissante, et son sourire penaud dessine de petites rides au coin de ses beaux yeux bleu-gris.

– C'était déjà moyen dans ma tête, mais je dois dire que c'est encore pire à haute voix.

Je reporte mon attention sur l'assemblée.

– N'empêche que je vois ce que vous voulez dire. Ils ont tous l'air tellement occupés. Comme s'ils avaient un but et qu'ils étaient déterminés à l'atteindre.

– Sauf lui, dit mon homme d'affaires en désignant un type qui vient d'être abandonné par la femme à laquelle il parlait.

J'acquiesce d'un hochement de tête.

– Une fourmi égarée. Qu'est-ce que vous en pensez ? Ça pourrait être notre ermite norvégien, non ?

– Oh, je ne sais pas, dit l'homme en évaluant la fourmi égarée du regard. Pas assez bel homme, à mon avis.

– Qu'est-ce qui vous fait dire ça ? Vous avez vu sa photo ?

– Ouais. Beau gosse. Le chic incarné, diraient certains.

Je le dévisage un instant en plissant les yeux.

– C'est vous, n'est-ce pas ? Vous êtes l'auteur ?

Il me sourit franchement et les petites rides aux coins de ses yeux s'allongent en pattes-d'oie.

– Je plaide coupable.

– Je vous trouve drôlement bien habillé pour un ermite, dis-je d'un ton un peu accusateur.

J'ai l'impression d'avoir été arnaquée. Il n'a même pas d'accent norvégien, nom d'un chien.

– Si vous aviez lu ça, dit-il en brandissant une des brochures distribuées à l'entrée, vous sauriez qu'avant de choisir de vivre dans la forêt de Nordmarka j'étais banquier d'affaires à Oslo. J'ai porté ce costume pour la dernière fois le jour où j'ai démissionné.

– Vraiment ? Qu'est-ce qui vous a décidé à faire une chose pareille ?

Il ouvre la brochure et se met à lire :

– *Fatigué de la vie en entreprise, Ken a eu une révélation après un week-end de randonnée en compagnie d'un ami d'enfance qui gagnait sa vie en travaillant le bois. Ken a toujours aimé se servir de ses mains…*

Là, il me fait ses yeux de velours.

– *Et quand, au terme de la randonnée, son ami lui a fait visiter son atelier, Ken s'est tout de suite senti à sa place. Très vite, son extraordinaire don pour le travail du bois a éclaté au grand jour.*

– Si seulement on avait tous une biographie préécrite à lire aux gens qu'on rencontre pour la première fois, dis-je. Ça facilite la tâche quand on veut donner une bonne image de soi.

– Je veux bien écouter la vôtre, réplique-t-il en refermant la brochure d'un coup sec, sourire aux lèvres.

– Ma bio ? Hum… Voyons voir. *Dès qu'elle l'a pu, Tiffy Moore s'est échappée du village où elle a grandi pour se lancer à corps perdu dans la grande aventure londonienne. Là, elle a trouvé la vie dont elle avait toujours rêvé : cafés hors de prix, logements sordides et manque spectaculaire d'emplois pour les jeunes diplômés refusant d'utiliser un tableur.*

Ça fait rire mon banquier ermite.

– Pas mal du tout, dit-il. Vous êtes attachée de presse ?

– Assistante d'édition. Si je travaillais au service presse, je serais obligée d'être là-bas, dans la fourmilière.

– Eh bien, je suis ravi que vous n'y soyez pas, dit Ken. Je préfère généralement rester à distance respectable de la foule, mais je crois que cette jolie rousse en robe Lewis Carroll m'aurait contraint à faire une entorse à la règle.

Il me lance un regard appuyé. Vraiment intense. Je me sens aussitôt nerveuse, mon estomac se contracte, mais… Je peux le faire. Pourquoi pas ?

– Vous voulez prendre l'air ? m'entends-je dire.

Il hoche la tête et j'attrape ma veste sur le tabouret de bar avant de me diriger vers la porte donnant sur le jardinet du pub.

C'est une soirée d'été comme on les rêve en hiver. Le soleil est couché depuis longtemps déjà, mais l'air est encore imprégné par la chaleur du jour. Des guirlandes électriques relient les arbres, jetant une douce lumière jaune orangé sur le petit jardin. Il n'y a pas grand monde ici, principalement des gens venus griller une cigarette – des silhouettes un peu voûtées semblant lutter contre des vents contraires. Je vais m'asseoir avec Ken sur le banc d'une table de pique-nique.

– Donc, quand vous dites que vous êtes un ermite…

– Je n'ai jamais rien dit de tel, me fait remarquer Ken.

– D'accord. Mais qu'est-ce que ça implique de vivre dans une forêt ?

– La solitude, un endroit isolé. Voir très peu de gens.

– Très peu ? C'est-à-dire ?

– L'occasionnel ami de passage, la femme qui vient livrer les courses en lisière de forêt.

Il hausse les épaules.

– Ce n'est pas tout à fait aussi calme que les gens l'imaginent.

– La femme qui vient livrer les courses, hein ? dis-je avec un regard chargé de sous-entendus.

Il éclate de rire.

– Oui, j'avoue. C'est un des mauvais aspects de la vie solitaire.

– Oh, je vous en prie. Pas la peine de vivre seul dans une cabane perchée dans les arbres pour être privé de sexe.

Je serre les lèvres : qu'est-ce qui m'a pris de dire une chose pareille ? Je décide de rejeter la faute sur le gin tonic, mais Ken se contente de sourire – un sourire lent, plutôt sexy –, puis approche son visage pour m'embrasser.

Tandis que nos lèvres se joignent, ce n'est plus d'alcool que je suis ivre, mais de possibilités : rien ne m'interdit de ramener cet homme chez moi. C'est un de ces moments libérateurs où le soleil perce à travers les nuages ; où l'on se sent brusquement plus léger, comme délesté d'un fardeau. Je peux faire ce que bon me semble, maintenant. Je suis libre.

Et puis, alors que le baiser s'intensifie, quelque chose me revient en mémoire avec une soudaineté déconcertante.

Justin. Je suis en larmes. On vient de se disputer et tout est ma faute. Froid et distant, il me tourne le dos dans l'énorme lit blanc, sous ses draps en coton peigné et son accumulation d'oreillers.

Je me sens profondément désespérée. Désespérée comme je ne me rappelle pas l'avoir jamais été, et pourtant la sensation ne m'est pas du tout étrangère. Justin finit par se tourner vers moi et d'un seul coup, comme si rien ne s'était passé, voilà ses mains qui parcourent mon corps et sa bouche qui cherche la mienne. On s'embrasse et j'éprouve un pénible sentiment de confusion, à la fois perdue et tellement reconnaissante qu'il ne soit plus en colère contre moi. Il sait exactement où me caresser. Le désespoir est toujours là, mais Justin ne m'ignore plus, il veut encore de moi, et le soulagement est si fort que les autres sentiments paraissent insignifiants.

De retour dans le jardin du pub, les lèvres de Ken se séparent des miennes et il me regarde avec un sourire. Il ne s'est sûrement pas aperçu que ma peau est devenue moite et que mon cœur cogne dans ma poitrine, mais pour de tristes raisons.

Merde. *Merde.* Qu'est-ce qui vient de m'arriver ?

AOÛT

24

Leon

Richie : Comment tu te sens, mec ?
Comment je me sens ? Déboussolé. Comme si une amarre s'était rompue et que j'errais seul dans un lieu inconnu.

Moi : Triste.

Richie : Ça fait des mois que tu n'es plus amoureux de Kay. Franchement, je suis content pour toi que ça soit terminé. Votre couple carburait à l'habitude, mec, pas à l'amour.

Richie a beau avoir raison, ça n'atténue pas vraiment la souffrance. Kay me manque presque tout le temps. C'est comme une douleur qui vous harcèle. Elle empire chaque fois que je sors mon téléphone pour lui parler et que je me souviens brusquement que son numéro n'est plus censé figurer dans mon répertoire.

Moi : Enfin, bref. Des nouvelles de l'amie avocate de Tiffy ?

Richie : Pas encore. Ça me trotte en permanence dans la tête, c'est plus fort que moi. Tu sais, quand je pense aux questions qu'elle m'a envoyées, je n'arrête pas de me dire : « Mais ouais, putain, pourquoi on n'a pas pensé à ça ? »

Moi : Pareil pour moi.

Richie : Tu lui as bien fait parvenir ma réponse, hein ? Tu t'es assuré qu'elle l'a bien reçue ?

Moi : Tiffy lui a donné ta lettre.

Richie : Tu en es sûr ?

Moi : Sûr et certain.

Richie : D'accord, d'accord... C'est juste que je suis...

Moi : Je sais. Moi aussi

J'ai passé les deux derniers week-ends d'Airbnb en Airbnb, à sillonner le Royaume-Uni à la recherche de l'amoureux de M. Prior. Une excellente distraction. J'ai rencontré deux Johnny White radicalement différents – l'un rongé par l'amertume et la colère, et exprimant d'inquiétantes idées d'extrême droite ; l'autre vivant dans un camping et fumant de l'herbe par la fenêtre de sa caravane pendant qu'il me racontait sa vie depuis la fin de la guerre. Non seulement ça m'a changé les idées, mais ça a aussi eu le mérite d'amuser Tiffy. Mes notes sur les Johnny White rencontrent toujours un franc succès. Voici ce que j'ai reçu après lui avoir raconté mon dimanche avec Johnny White III.

Fais gaffe, Leon : je risque de te faire signer un contrat pour raconter tout ça ! Bien sûr, pour que tes aventures puissent être publiées par ma maison d'édition, il va falloir les parsemer de quelques éléments de DIY : pourrais-tu, par exemple, te faire enseigner une nouvelle activité artisanale par chacun des Johnny que tu rencontres ? Par exemple, voilà qu'au cours de ta conversation avec Johnny White Ier, le brave homme est soudain pris d'une irrésistible envie de t'apprendre à fabriquer une bibliothèque d'angle. Et quand tu entres chez Johnny White II, celui-ci est justement sur le point de réaliser un glaçage royal pour lequel il te prie d'être son mitron... Oh là là, je crois que c'est la meilleure idée que j'aie jamais eue. Ou la pire ? Cher ami, je suis incapable de le dire. Bises.

Il m'arrive souvent de penser que ça doit être épuisant d'être Tiffy. Même pour écrire une note, elle semble dépenser une énergie folle. N'empêche que ça remonte le moral de trouver ce genre de petits mots quand on rentre chez soi.

Le prochain parloir de Richie vient d'être annulé à cause du manque de personnel pénitentiaire. Ça va nous faire cinq semaines sans se voir. C'est trop long pour lui, et je me rends compte que c'est trop long pour moi aussi. En ce moment, avec Kay hors de ma vie et Richie qui a rarement la possibilité de m'appeler, je découvre que même quelqu'un comme moi peut souffrir du silence. Ce n'est pas comme si je n'avais personne à appeler, mais… ce ne sont pas des gens à qui je peux vraiment parler.

J'ai dû annuler le Airbnb que j'avais réservé du côté de Birmingham pour ma visite à Richie, et me voilà sans endroit où dormir ce week-end. J'ai manifestement porté un regard trop complaisant sur l'état de mon couple lorsque j'ai envisagé cette colocation.

Je me triture la cervelle pour trouver des solutions. Sans résultat. En chemin vers l'hôpital, je jette un coup d'œil à l'écran de mon portable pour connaître l'heure. C'est un des rares moments où je peux joindre ma mère. Je descends du bus un arrêt plus tôt et fais le reste du trajet à pied, sa voix dans mon oreille.

Maman (en guise de bonjour) : Tu ne m'appelles pas assez, Lee.

Je ferme les yeux. J'inspire profondément.

Moi : Salut, m'man.

Maman : J'ai plus souvent Richie au bout du fil, et pourtant il appelle d'une *prison*. Tu sais à quel point c'est dur pour moi ? De ne jamais entendre la voix de mes fils ?

Moi : Je t'appelle, là… Écoute, j'ai quelques minutes avant d'arriver au travail et j'aimerais te parler de quelque chose.

Maman (d'un ton soudain alerte) : C'est à propos du procès en appel ? Il y a du nouveau du côté de Sal ?

Je n'ai pas parlé à maman de l'amie avocate de Tiffy. Pas envie de lui donner de faux espoirs.

Moi : Non. C'est à propos de moi. On s'est séparés avec Kay.

Maman change entièrement de ton, soudain pleine d'empathie. Voilà ce dont elle a besoin : d'un fils qui l'appelle et lui demande de l'aide pour un problème qui entre dans son domaine de compétence. Les chagrins d'amour, c'est son rayon. Elle a une grande expérience en la matière.

Maman : Oh, mon pauvre chéri. Pourquoi t'a-t-elle quitté ?

Je me sens vaguement insulté.

Moi : C'est moi qui l'ai quittée.

Maman : Ah oui ? Vraiment ? Que s'est-il passé ?

Moi : En fait, je...

Mince. C'est étonnamment difficile, même avec maman.

Moi : Elle ne supportait plus mes horaires de travail ni ma nature solitaire. Elle aurait voulu que je sois plus sociable. Et puis... elle ne croyait pas à l'innocence de Richie.

Maman : Je te demande *pardon* ?

Je reste silencieux, l'estomac noué. Même si on est séparés, je me sens minable de dénoncer Kay.

Maman : Qu'elle aille se faire foutre. Elle nous a toujours regardés de haut.

Moi : Maman !

Maman : Oui, eh bien, elle ne va pas me manquer.

D'une certaine façon, c'est comme dire du mal des morts. J'ai hâte qu'on change de sujet.

Moi : Je peux dormir à la maison, ce week-end ?

Maman : Quoi, ici ? Chez moi ? Ce week-end ?

Moi : Ouais. Je passais tous les week-ends chez Kay, tu comprends ? Ça fait partie de l'arrangement avec ma colocataire.

Maman : Alors tu veux revenir à la maison ?

Moi : Ouais, enfin... c'est juste le temps d'un...

Je m'interromps. Ce n'est pas l'affaire d'un seul week-end. Ça va durer jusqu'à ce que je trouve une autre solution. Mais définir un laps de temps tient du réflexe de survie ; il n'y a que comme ça que j'ai l'impression de pouvoir m'échapper. Parce que quand je serai à la maison, maman m'aura pour elle toute seule. Et elle fera son possible pour que je ne reparte pas.

Maman : Tu peux rester aussi longtemps que tu veux, d'accord ? La porte sera toujours ouverte pour toi.

Je sais qu'elle savoure en silence. Mon estomac se contracte à nouveau sous l'effet de la culpabilité. Il faut que je lui rende visite plus souvent.

Moi : Est-ce que je peux venir... Enfin, est-ce que tu... Je veux dire, il y a quelqu'un qui vit avec toi ?

Maman (embarrassée) : Personne, mon chéri. Ça fait déjà quelques mois que je vis seule.

Tant mieux. C'est très inhabituel, et ça me convient. Maman a toujours un homme dans sa vie, et chaque fois il s'incruste chez elle. Presque systématiquement un type que Richie méprise et que j'aime autant éviter. Elle a incontestablement mauvais goût en matière d'hommes. À ce jour, le scénario de sa vie sentimentale n'a été qu'une longue redite : se faire manipuler par un sale type, encore et encore.

Moi : Je vais venir samedi soir.

Maman : Je suis impatiente. Du chinois pour dîner, ça te va ?

Silence. C'est ce qu'on fera, quand Richie rentrera à la maison : on commandera des plats à emporter chez Happy Duck, le restaurant chinois en bas de la rue où vit maman, et on regardera le film du samedi soir en picorant dans les barquettes.

Maman : Ou alors je pourrais commander chez l'Indien. J'ai envie de changer un peu, pas toi ?

25

Tiffy

– Tout va bien ? me demande Ken.

Je suis quasiment gelée et mon cœur cogne sous la glace.

– Oui, désolée. Oui, tout va bien, dis-je avec un sourire forcé.

– Tu veux qu'on aille ailleurs ? propose-t-il d'une voix hésitante. De toute façon, la soirée touche à sa fin…

Ai-je envie d'« aller ailleurs » avec cet homme ? À cet instant précis, malgré l'électricité de notre baiser qui fait encore vibrer mes lèvres, j'ai surtout envie de fuir à toutes jambes. Mon cerveau ne produit pas vraiment de pensées, ou alors elles sont couvertes par une alarme qui me vrille le crâne comme le crissement d'une craie ; un *hiiiiiiiiiiiiiii* aigu et paniqué qui ne m'est d'aucun secours.

J'entends quelqu'un crier mon prénom. Je reconnais la voix, mais deux et deux ne font quatre que lorsque je me tourne et vois Justin. Il se tient dans le cadre de la porte qui ouvre sur le jardin, chemise déboutonnée sur la poitrine et sa vieille sacoche en cuir à l'épaule. Son apparence m'est douloureusement familière, même s'il n'est pas tout à fait tel que je l'ai laissé : ses cheveux ont poussé, plus longs encore que lorsqu'on était ensemble, et il a de nouvelles chaussures de trader. J'ai l'impression de l'avoir fait apparaître par la seule force de ma pensée. Comment expliquer autrement sa présence ?

Ses yeux se posent sur Ken l'espace d'un instant, puis de nouveau sur moi. Le voilà qui traverse le jardin dans notre direction. Je suis tétanisée, la tête dans les épaules, courbée sur la table de pique-nique comme si je m'attendais à prendre un coup.

– Tu es très belle.

Si incroyable que cela puisse paraître, c'est la première chose qu'il me dit.

– Justin...

C'est tout ce qui parvient à sortir de ma bouche. Je me tourne brièvement vers Ken, assis à côté de moi sur le banc. Mon visage, à n'en pas douter, est l'image même du désespoir.

– Laisse-moi deviner, dit-il d'un ton léger. Ton mec ?

– Ex, dis-je. Mon ex ! Jamais je n'em... Je...

Ken me lance un joli sourire spontané, avant d'en adresser un autre, tout aussi bon enfant, à Justin.

– Bonjour, dit-il en lui tendant la main. Ken.

C'est à peine si Justin lui jette un regard, le temps d'une poignée de main éclair, avant de reporter son attention sur moi.

– Je peux te dire un mot ?

Mon regard fait l'essuie-glace entre Justin et Ken. Je n'arrive pas à croire que j'envisageais de passer la nuit avec un quasi-inconnu. Je ne peux pas faire une chose pareille.

– Je suis désolée, dis-je à Ken. J'ai vraiment...

– Oh, ne t'en fais pas pour ça, dit-il en se levant du banc. Tu as mes coordonnées si tu as envie de me revoir avant que je reparte dans ma forêt, ajoute-t-il en agitant la brochure qu'il tient toujours à la main. Ravi de t'avoir rencontré, lance-t-il ensuite à Justin, sans une once d'ironie dans la voix.

– Ouais…, dit Justin en guise de réponse.

Tandis que je regarde Ken s'éloigner d'un pas tranquille, le *hiiiiiiiiiiiiii* qui hurlait sous mon crâne se calme et j'ai l'impression de reprendre un peu mes esprits, comme si je me réveillais d'une sorte de transe. Je me lève, les jambes en coton, et me plante devant Justin.

– Qu'est-ce que tu fous ici ? dis-je d'un ton glacé.

Ma voix vénéneuse ne le fait pas réagir. Il se contente de plaquer doucement la main sur mon dos pour me conduire vers la sortie. Je me laisse entraîner, la tête vide et marchant d'un pas mécanique, avant de me dégager d'un mouvement brusque lorsque je prends conscience de ce qui se passe.

– Hé, doucement…, dit-il tandis qu'on s'arrête sur le trottoir qui longe le pub.

Il prend le temps de me regarder. L'agréable chaleur de la soirée est devenue oppressante.

– Ça va ? demande-t-il. Désolé de t'avoir prise au dépourvu.

– Et d'avoir gâché ma soirée.

Il sourit.

– Arrête, Tiffy. Tu avais besoin qu'on vienne te sortir de là. Tu ne ramènerais jamais un type comme ça chez toi.

J'ouvre la bouche pour répondre et la referme sans avoir prononcé un mot. Je voudrais lui dire que je ne suis plus la même, que le temps où il pouvait deviner la moindre de mes émotions est révolu, mais ça ne sort pas.

– Qu'est-ce que tu fais ici ? je répète finalement.

– Je suis juste venu boire un verre. J'ai mes habitudes, ici.

Là, c'est du grand n'importe quoi. Je veux bien que notre rencontre sur le bateau de croisière ait été une coïncidence – particulièrement improbable, mais vaguement plausible –, mais cette fois-ci ça dépasse les limites du crédible.

– Tu ne trouves pas ça *bizarre*, Justin ?

Il semble déconcerté et me regarde avec une mimique d'incompréhension. Mon cœur se serre un instant : il n'y a pas si longtemps, cette mimique m'aurait fait fondre.

– Ça fait deux fois en l'espace de six mois qu'on tombe l'un sur l'autre. Et la première fois, c'était sur un *bateau de croisière*.

J'ai besoin d'une explication autre que celle d'une apparition provoquée par le simple pouvoir de la pensée. Pour le moment, mon cerveau engourdi reste coincé sur « Justin se matérialise devant toi si tu penses assez fort aux mauvais moments que tu as passés avec lui ». Je commence à me foutre légèrement la trouille.

Un sourire indulgent se forme sur ses lèvres, et je perçois dans sa voix cette condescendance amusée qu'on réserve d'ordinaire aux enfants :

– Voyons, Tiffy... Qu'est-ce que tu insinues ? Que j'ai fait cette croisière dans le seul but de t'apercevoir deux minutes ? Que je suis venu dans ce pub pour tes beaux yeux ? Si je voulais te parler, ça aurait été plus simple de te passer un coup de fil ou de me pointer chez Butterfingers, tu ne crois pas ?

Oh... C'est... Oui, ça paraît logique. Je me sens rougir, soudain embarrassée.

Justin me presse doucement l'épaule.

– En tout cas, c'est super de te voir. Et, ouais, je dois dire que c'est plutôt dingue, comme coïncidence. Le destin, peut-être ? Je me demandais bien d'où me venait cette brusque envie d'aller boire une pinte de bière.

Quand il lève un sourcil et se masse le menton avec l'air mystérieux d'un mauvais acteur de boulevard, je ne peux m'empêcher de sourire. J'avais oublié à quel point il est craquant quand il fait le pitre.

Non. Ne pas sourire. Ne pas trouver son petit numéro craquant. Je pense à ce que Gerty et Mo diraient s'ils nous voyaient, et je rassemble toute ma détermination pour lui résister.

– De quoi voulais-tu me parler ?

– Le hasard fait bien les choses, dit-il, parce que je voulais… Tu sais, j'avais vraiment l'intention de t'appeler, Tiffy. Mais c'est difficile de savoir par où commencer.

– Sors ton portable, appuie sur l'icône « Contacts » et cherche « Tiffy » dans ton répertoire. En général, ça ne fonctionne pas trop mal, dis-je d'une voix que j'aurais voulue plus assurée.

Il éclate de rire.

– J'avais oublié comme tu es drôle quand tu es furax. Non… Je n'avais pas envie de te dire ces choses-là au téléphone.

– Quelles choses ? Attends, laisse-moi deviner. Que tu t'es séparé de la fille pour qui tu m'as quittée ?

Il n'a pas vu le coup venir et j'ai un petit moment de triomphe en voyant se fissurer sa belle assurance, pâlir son beau sourire. Mais un sentiment plus sombre – comme une bouffée d'anxiété – me ramène aussitôt sur terre. J'ai peur de le mettre en colère. Je prends une bonne inspiration :

– Je n'ai pas envie de te voir, Justin. Que tu ne sois plus avec elle n'y change rien. Tu ne m'en as pas moins larguée pour vivre avec une autre, tu ne m'en as pas moins…

– Je ne t'ai jamais trompée, me coupe-t-il.

On s'est remis à marcher, je ne sais pas trop dans quelle direction. Il m'arrête à nouveau, les mains posées sur mes épaules, et me fait pivoter pour me contraindre à le regarder dans les yeux.

– Je ne te ferais jamais une chose pareille, Tiffy. Tu sais à quel point je suis dingue de toi.

– J'étais.

– Quoi ?

– À quel point *j'étais* dingue de toi, voilà ce que tu voulais dire.

Je regrette déjà de ne pas avoir osé lui expliquer que le fond du problème n'est pas Patricia. Même si je ne sais pas au juste quel est le fond du problème. C'est… tout le reste, quoi que cela puisse englober. D'un seul coup, tout se mélange dans ma tête. Justin me fait toujours cet effet-là : sa présence crée une sorte de brume qui finit par m'envahir l'esprit et me faire perdre le fil de mes pensées. J'imagine que ça faisait partie du charme de notre relation, cet oubli de soi-même, cette ivresse continuelle… mais là, ça n'a rien d'agréable.

– Ne me dis pas ce que je veux dire ou ne veux pas dire, Tiffy.

Il détourne le regard un bref instant.

– Écoute, je suis là maintenant. Allons boire un verre quelque part, tous les deux, d'accord ? Allez, Tiffy… On pourrait aller dans ce bar où ils servent du champagne dans des cannettes peintes à la main… c'est à deux rues d'ici. Ou alors au sommet du Shard ? Tu te souviens quand je t'y avais emmenée ? On avait passé une super soirée… Hein, qu'est-ce que tu en dis ?

Je le dévisage un instant. Ses grands yeux marron, toujours pleins de ferveur, toujours animés par cette excitation débridée qui m'emportait chaque fois. Sa barbe de trois jours, si bien entretenue. Son sourire assuré. Je fais tout mon possible pour refouler l'horrible souvenir qui est remonté à la surface lorsque j'ai embrassé Ken, mais il semble s'être incrusté en moi, plus profondément encore maintenant que Justin est là. J'en ai la chair de poule.

– Pourquoi tu ne m'as pas appelée, Justin ?

– Je te l'ai déjà expliqué.

Le ton est impatient, à présent.

– Et qu'est-ce que tu fais ici ?

– Tiffy, dit-il sèchement, arrête de m'interroger comme un flic et viens boire un verre avec moi.

La rudesse de sa voix me fait tressaillir, mais je prends une nouvelle inspiration, lente et profonde, et je fais front :

– Si tu veux me parler, tu m'appelles et on fixe une date. Mais pas maintenant.

– Quand, alors ? demande-t-il, le visage tendu et les mains de plus en plus lourdes sur mes épaules.

– J'ai juste… J'ai besoin de temps.

La brume qui recouvre mes pensées s'épaissit en brouillard.

– Je n'ai pas envie de te parler.

– Besoin de temps, hein ? dit-il. Genre, deux heures ?

– Genre deux mois.

C'est sorti spontanément et je me mords aussitôt la lèvre, consciente d'avoir laissé la porte ouverte.

– C'est *maintenant* que j'ai envie de passer du temps avec toi, dit-il, et d'un seul coup ses mains quittent mes épaules pour venir atterrir sur mes cheveux, sur le haut de mon bras.

Le souvenir douloureux défile à nouveau dans mon esprit. D'un geste brusque, je me libère de ses caresses indésirables.

– Essaie la gratification différée, Justin. Parce que c'est la seule que tu puisses désormais espérer avec moi, et j'ai le sentiment qu'apprendre la patience te fera le plus grand bien.

Je me dépêche de m'éloigner avant de changer d'avis et regagne le pub d'un pas mal assuré.

26

Leon

Les cheveux de Holly ont presque entièrement repoussé. Avec ses mèches rebelles, que sa mère s'efforce en vain de dompter, on dirait un Harry Potter au féminin.

Quelque chose a aussi changé dans son visage. Plus plein, plus vivant. Depuis quelques jours, ses yeux semblent moins disproportionnés par rapport au reste de sa petite personne.

Elle me décoche un beau sourire.

Holly : T'es venu me dire au revoir ?

Moi : Je suis venu te faire une prise de sang.

Holly : Pour la dernière fois ?

Moi : Ça dépend du résultat des analyses.

Holly : T'es tout grognon. Tu ne veux pas que je m'en aille, c'est ça ?

Moi : Bien sûr que si. Si tu pars, ça veut dire que tu es en bonne santé et c'est ce que je veux.

Holly : Non, pas vrai. T'aimes pas quand les choses changent. Tu veux que je reste.

Je ne réponds rien. C'est agaçant d'être percé à jour par un si petit être.

Holly : Toi aussi, tu vas me manquer. Tu viendras me rendre visite chez moi ?

Je jette un regard à sa maman, dont le sourire fatigué exprime un grand bonheur.

Moi : Tu vas être trop occupée, entre l'école, tes copines et toutes tes activités périscolaires. Tu n'auras pas envie d'avoir de la visite.

Holly : Si, j'en aurai envie.

Maman de Holly : Ça nous ferait plaisir que vous veniez dîner à la maison, un de ces soirs. Vraiment, vous savez. Une façon de vous dire merci…

La mère de Holly semble baigner dans une douce euphorie.

Moi : Dans ce cas, pourquoi pas ? Merci.

Le sourire de Holly s'élargit et les yeux de sa mère s'embuent. Je ne suis pas doué pour affronter ce genre de situations. Je commence à éprouver une légère panique et amorce une retraite, mais la maman heureuse me prend dans ses bras avant que j'aie le temps de m'échapper.

Mes jambes flageolent et les larmes me montent aux yeux. Je ne sais pas si c'est à cause de Holly ou de Kay que j'ai envie de pleurer, mais l'étreinte maternelle de cette femme joue sur mes glandes lacrymales. Je m'essuie discrètement les yeux en espérant que Holly n'a rien remarqué. J'ébouriffe ses cheveux bruns, comme si on pouvait les rendre encore plus hirsutes.

Moi : Sois sage.

Holly me répond d'un sourire malicieux. J'ai comme l'impression qu'elle a d'autres projets.

Je quitte le travail juste assez tôt pour contempler les vestiges d'un sublime lever de soleil. La lumière rasante souligne le contour des gratte-ciel londoniens et se reflète dans le gris acier de la Tamise, qu'il rehausse de teintes bleues et roses. J'ai l'impression de disposer d'un temps fou, maintenant que Kay est sortie de ma vie. C'est à se demander si je lui en accordais aussi peu qu'elle le prétendait. Si elle disait vrai, d'où viennent toutes ces heures libres ?

Je décide de faire une courte halte pour boire un thé, puis marche jusqu'à l'appartement. Les gens émergent de leurs refuges nocturnes et s'égaillent en tous sens, gobelet de café serré dans la main sur le chemin du travail. Je m'efforce d'éviter le flot des passants, empruntant autant que possible les petites rues, moins fréquentées.

Mes pas me mènent dans Clapham Road sans que j'y prenne garde, et bientôt l'épicerie apparaît devant moi. Une sensation de froid m'envahit à la vue de sa morne façade, mais je me force à m'arrêter un instant. Ça me semble la chose à faire – une marque de respect, comme se découvrir au passage d'un corbillard.

Je ne peux m'empêcher de remarquer que les caméras du Aldi pointent vraiment dans toutes les directions, y compris celle de l'épicerie. Un élan d'espoir me traverse, et je me souviens de ce qui a précipité la fin de mon histoire avec Kay. Ces derniers temps, la tristesse m'a fait oublier qu'il y a de l'espoir pour Richie.

Peut-être a-t-il reçu un nouveau courrier de Gerty, à l'heure qu'il est. Je reprends ma route d'un pas plus rapide, désormais impatient de rentrer. D'ordinaire, je suis déjà à l'appartement, à cette heure-ci. Richie risque de m'appeler et de tomber sur la messagerie vocale. Plus j'approche de chez moi, plus je me persuade qu'il a essayé de me joindre. Je m'en veux terriblement d'avoir raté son appel.

Je régule ma respiration et introduis la clef dans la serrure. Gestes hâtifs, maladroits. Curieusement, la porte a simplement été claquée. C'est la première fois que Tiffy oublie de la verrouiller avant de partir. Une fois à l'intérieur, je balaie rapidement la pièce du regard pour m'assurer qu'on n'a pas été cambriolés, mais la télévision et l'ordinateur portable sont toujours là et je fonce droit sur le téléphone fixe pour voir si j'ai raté des appels.

Rien. Je laisse échapper un long souffle, comme si je retenais ma respiration depuis que j'ai passé la porte de l'appartement. Marcher au pas de course sous le soleil matinal m'a mis en nage. J'abandonne les clefs à l'endroit habituel (à côté de la tirelire Télétubbie) et me débarrasse de mon T-shirt sur le chemin de la salle de bains. Je tire le rideau de douche et déplace l'invraisemblable collection de bougies multicolores qui encombrent le rebord de la baignoire et m'empêchent de bouger. L'eau bien chaude coule enfin sur mon corps, emportant avec elle l'écume d'une semaine qui s'achève. Une semaine de plus sans Kay. Sans Richie.

27

Tiffy

Oh, Seigneur.

Je ne crois pas m'être jamais sentie aussi mal. Ma pire gueule de bois. Pire qu'après la fête pour les vingt-cinq ans de Rachel. Pire que la fois où j'ai bu deux bouteilles de vin et que j'ai vomi devant le bureau des professeurs, à l'université. C'est pire que la grippe porcine.

Je porte toujours la robe *Alice au pays des merveilles*. J'ai dormi sur la couette, vaguement couverte de mon plaid teint au nœud. Au moins, j'ai eu la présence d'esprit d'enlever mes chaussures.

Oh, non.

L'œil que j'ai péniblement réussi à ouvrir se pose sur le radio-réveil. Il indique une heure qui ne peut en aucun cas être juste. Cet appareil prétend qu'il est 8 h 59.

Je dois être au travail dans une minute.

Comment est-ce arrivé ? Je me lève tant bien que mal, l'estomac qui tangue et la tête qui tourne, tandis que je fouille le sol à la recherche de mon sac. Oh, le voilà… Je ne l'ai pas perdu, c'est déjà ça. Et, ah oui, de l'aspirine : ça y est, je me souviens de ce qui s'est passé.

J'ai regagné le pub après mon petit tour avec Justin et arraché Rachel aux bras du barman pour pleurer un peu dans ses jupes. Elle n'était pas la meilleure personne à qui se confier – c'est la seule de mes amies qui défend encore Justin. (Je ne lui ai pas parlé de cet étrange flashback en plein baiser de l'ermite, et je n'ai pas envie d'y repenser maintenant.) Rachel m'a d'abord dit de retourner là d'où je venais et d'écouter ce que Justin avait à me dire, avant de se ranger à ma stratégie de gratification différée, également approuvée par Katherin – oh, non, j'en ai aussi parlé à Katherin…

Je gobe une aspirine et manque de m'étouffer. Ai-je vomi, hier soir ? J'ai un souvenir aussi vague que déplaisant d'un tête-à-tête avec la cuvette des toilettes du pub.

Je me sens gagnée par la panique et rédige un rapide texto d'excuses à l'intention du directeur éditorial. Je n'ai jamais été aussi en retard au travail, tout le monde va deviner que c'est parce que je me suis mise minable, hier soir. Et si certains l'ignorent encore, Martin se fera un plaisir de les mettre au courant.

Je ne peux pas partir travailler comme ça, me dis-je dans un éclair de lucidité, le premier depuis mon réveil. Je dois me doucher et me changer. Je retire la robe et la fais valdinguer d'un coup de pied avant d'entrer dans la salle de bains, main machinalement tendue vers ma serviette suspendue au dos de la porte. Je n'entends pas l'eau qui coule. Mes oreilles bourdonnent d'un son qui ressemble un peu au bruit de la douche, et de toute façon je suis dans un tel état que mon éléphant en peluche pourrait prendre vie sur le fauteuil et me barrir des conseils détox sans que ça me trouble plus que ça.

Ce n'est qu'en voyant Leon que je me rends compte de la situation. Notre rideau de douche a beau être *relativement* opaque, on voit tout de même quelque chose. Enfin… la silhouette, quoi.

Il a la réaction classique : instant de stupeur suivi d'une poussée de panique qui le conduit à ouvrir le rideau pour voir qui est là. On se regarde avec des yeux ronds pendant que l'eau de la douche continue à couler.

Il reprend ses esprits plus vite que moi et referme le rideau.

– Aaahh…, grogne-t-il.

Quelque chose entre le râle et le borborygme.

Je n'ai pour tout vêtement que mon soutien-gorge de gala et sa culotte assortie, un minuscule bout de tissu transparent et orné de dentelle réservé aux folles nuits londoniennes. Je ne me suis même pas enveloppée dans ma serviette, posée à cheval sur mon bras. D'une certaine manière, c'est encore pire que de n'avoir aucun moyen de me couvrir – si proche de préserver ma pudeur, et pourtant si loin.

– Oh, mon Dieu, dis-je dans une sorte de couinement. Je suis… Je suis vraiment désolée.

Il ferme le robinet de la douche. Sans doute ne parvient-il pas à m'entendre avec le bruit de l'eau. Il se tourne et me présente ses… son dos. Le fait que je puisse suivre ses mouvements me fait prendre conscience que je devrais cesser de regarder sa silhouette à travers le rideau de douche. Je me tourne, moi aussi.

– Aaahh…, fait-il à nouveau, mais ça ressemble davantage à une plainte, cette fois-ci.

– Je sais, dis-je. Ce n'est pas… comme ça que j'avais imaginé notre rencontre.

Je grimace, le cou rentré dans les épaules. Il va croire que j'ai passé mes journées à « imaginer notre rencontre ».

– Est-ce que tu as…, commence-t-il.

– Je n'ai rien vu, mens-je aussitôt.

– Ah, tant mieux. Moi non plus.

– Je ferais bien de… Je suis *très* en retard, comme tu peux le constater.

– Oh… Tu veux que je libère la douche ?

– Eh bien, je…

– J'ai terminé, de toute façon.

On se tourne toujours le dos. Je déplie la serviette qui repose sur mon bras et – avec quelques longues minutes de retard – l'enroule sur ma poitrine.

– Bon, ben… je veux bien. Si tu es certain d'avoir fini.

– D'accord, alors je sors. Heu… j'ai besoin de ma serviette.

– Oh ! Bien sûr, dis-je en la décrochant de la patère. Tiens, la voilà.

– On ferme les yeux ! lance-t-il.

Je me fige, tête baissée, et lui tends sa serviette à l'aveugle.

– Ça y est ! Ils sont fermés !

J'entends le rideau qui s'ouvre et la serviette quitte bientôt ma main.

– C'est bon, dit-il. Tu peux ouvrir les yeux.

Il sort de la douche. D'accord, il est couvert aux endroits stratégiques, mais ce n'est pas non plus comme s'il était habillé. Je peux voir la totalité de son torse, par exemple. Et un bon bout de son ventre.

Il fait quelques centimètres de plus que moi. Bien que trempés, ses cheveux épais et bouclés refusent de rester couchés sur son crâne ; ils sont ramenés en arrière, derrière les oreilles, et gouttent sur ses épaules. Il a les traits fins et des yeux brun profond, un peu plus sombres que sa peau. Des pattes-d'oie font sourire son regard et ses oreilles sont légèrement décollées, comme si elles s'étaient obligeamment positionnées de sorte à mieux retenir sa tignasse bouclée au sortir de la douche.

Il se tourne légèrement pour tenter de passer en crabe, mais il n'y a tout simplement pas assez de place pour cette manœuvre et je sens la chaleur de sa peau quand son dos frôle ma poitrine. J'inspire profondément, gueule de bois oubliée. Malgré le soutien-gorge en dentelle et la serviette qui nous séparent, ma peau est devenue hypersensible : quelque chose s'est mis à bouillonner joyeusement quelque part sous le nombril, là où toutes les meilleures sensations semblent se donner rendez-vous.

Il me jette un coup d'œil par-dessus son épaule, un regard à la fois nerveux et intrigué qui fait encore grimper la douce chaleur qui irradie mon corps. C'est plus fort que moi : alors qu'il se tourne vers la porte, je baisse les yeux vers sa serviette.

Est-ce qu'il… On dirait une…

Non, impossible. C'était un effet d'optique. Un pli farceur, une protubérance de coton.

Il ferme la porte derrière lui et je m'adosse au lavabo, les jambes aussi molles que les montres de Dalí. Ce qui s'est passé au cours des deux dernières minutes de ma vie me procure un si cuisant embarras que je me surprends à gémir « Oh, non… oh, non… » à voix haute, paume des mains pressée contre les yeux. Voilà qui n'aide pas à soulager les effets de ma gueule de bois, revenue en force depuis le départ de l'homme à demi nu.

Qu'est-ce que j'ai chaud, tout à coup ! Je suis rouge et troublée, la peau parcourue de picotements et le souffle court… Regardons les choses en face : je suis émoustillée. Non, carrément excitée. Si je m'attendais… Comment une situation aussi gênante peut-elle me mettre dans un état pareil ? Je ne suis plus une gamine ! Je peux voir un homme à poil sans perdre tous mes moyens, quand même. C'est sans doute parce que je n'ai pas couché avec un mec depuis trop longtemps. Ouais, c'est forcément ça, une sorte de truc biologique, comme avoir l'eau à la bouche en humant l'odeur du bacon, ou ressentir une envie impérieuse de mettre fin à sa carrière et de procréer quand des amis vous collent leur bébé dans les bras.

Dans un accès de panique, je pivote pour me regarder dans le miroir, essuyant la buée qui masque mon reflet pour découvrir un visage pâle aux traits tirés. Mon rouge à lèvres s'est incrusté dans les craquelures de mes lèvres gercées et mon ombre à paupières s'est agrégée à mon eye-liner, formant une tache noirâtre autour des yeux. J'ai l'air d'une petite fille qui a piqué le maquillage de sa maman.

Je laisse échapper un gémissement désespéré. C'est un désastre. Ça n'aurait pas pu être pire. J'ai vraiment une *sale gueule*, alors que Leon frisait le sublime au sortir de sa douche. Je songe au jour où je suis allée sur sa page Facebook pour voir la tête qu'il avait. Comment se peut-il que je n'aie pas remarqué à quel point il était attirant ? Oh, et puis… Quelle importance, après tout ? C'est de Leon qu'il s'agit. Leon le coloc. Leon le petit ami de Kay.

Allez, une douche et au travail. Je m'intéresserai plus tard à mes hormones et aux derniers rebondissements affreusement embarrassants de ma vie en colocation.

Mon Dieu… Je suis *tellement* en retard.

28

Leon

Aaahh…

Je suis allongé sur mon lit, tétanisé par une honte brûlante. Je n'arrive plus à penser. *Aaahh* est le seul son qui puisse exprimer toute l'horreur de la situation.

Kay m'a pourtant dit que Tiffy n'était pas terrible, physiquement. Ou est-ce plutôt ce que j'en ai déduit à sa façon de l'évoquer ? Ou alors… ou alors… En fait, je crois que je ne me suis jamais vraiment posé la question. Mais, la vache. Elle est franchement… Aaahh.

Une fille sublime en petite tenue qui surgit devant un homme qui prend sa douche est un acte déloyal. Ça ne se fait tout simplement pas. Je ne parviens pas à faire le lien entre cette bombe en sous-vêtements rouges et la Tiffy qui m'écrit des Post-it, me régale de bonnes pâtisseries et range mon désordre. C'est juste que je n'ai jamais…

Le téléphone fixe se met à sonner. Normalement, j'aurais sauté du lit pour répondre, mais là… Probabilité de me retrouver une nouvelle fois nez à nez avec Tiffy ? Élevée.

Je me fais violence pour m'extraire de ma paralysie. Je dois me secouer et me dépêcher d'aller décrocher avant que Richie se décourage, parce que c'est forcément lui qui m'appelle. Main agrippée à la serviette qui m'enveloppe la taille, je déboule de la chambre et repère le sans-fil sur le buffet, à moitié dissimulé par une pile de bonnets signés M. Prior. Je réponds en regagnant la chambre à toute vitesse.

Moi : Salut.

Richie : Comment tu vas ?

J'émets un grognement sourd.

Richie (tendu) : Quoi ? Qu'est-ce qu'il y a ? Il s'est passé quelque chose ?

Moi : Non, non, rien de grave. C'est juste que… je viens de tomber sur Tiffy. Elle était encore dans l'appart.

Richie (ragaillardi) : Ah, ah ! Elle est sexy ?

Nouveau grognement sourd.

Richie (triomphant) : Je le savais ! Elle est super sexy !

Moi : Elle n'était pas censée l'être. Je n'aurais jamais cru, à la façon dont Kay en parlait.

Richie : Est-ce que c'est un peu le même genre de fille que Kay ?

Moi : Hein ?

Richie : Kay ne pensera jamais qu'une fille est sexy si elle ne lui ressemble pas.

Je grimace, mais d'une certaine manière, je vois ce qu'il veut dire. Impossible de me sortir l'image de Tiffy de la tête. Cheveux ébouriffés, comme si elle venait tout juste de se réveiller. Peau pâle et poitrine mouchetée de taches de rousseur brun clair, plus généreusement saupoudrées sur ses bras. Soutien-gorge en dentelle rouge. Seins tellement parfaits que ça devrait être interdit par la loi.

Aaahh…

Richie : Elle est toujours dans l'appart ?

Moi : Ouais. Elle prend une douche.

Richie : Et toi, tu es où ?

Moi : Planqué dans la chambre.

Petit temps de silence, puis :

Richie : Tu as conscience que c'est aussi sa chambre et qu'elle va y retourner dès qu'elle sortira de la salle de bains ?

Moi : Merde !

Je me redresse d'un coup sur le lit, le regard balayant la pièce en tous sens à la recherche d'habits. Je ne vois que les siens. Mes yeux se posent sur une drôle de robe abandonnée au sol.

Moi : Ne quitte pas. Il faut que je me trouve des fringues.

Richie : Quoi ? Qu'est-ce que tu…

Je pose le combiné sur le lit pendant que j'enfile un caleçon et un bas de survêtement, affreusement conscient d'avoir le postérieur tendu vers la porte durant cette opération. Mais c'est toujours mieux que d'exposer l'autre face. Je passe un vieux marcel qui vient de me tomber sous la main et respire enfin.

Moi (récupérant le sans-fil) : Bon, voyons voir… Je pense que c'est plus sûr d'aller… dans la cuisine ? Elle ne passera pas là pour aller dans la chambre. Ensuite, j'irai me cacher dans la salle de bains jusqu'à ce qu'elle s'en aille.

Richie : Putain, mais qu'est-ce qui s'est passé ? Pourquoi tu étais à poil ? Tu te l'es tapée, mec ?

Moi : *Non !*

Richie : D'accord. Avoue que ce n'était pas une question si absurde que ça.

Je traverse le salon en mode furtif pour aller me réfugier dans le coin-cuisine. Tapi dans un angle, je me plaque autant que possible contre le mur pour qu'elle ne puisse pas m'apercevoir en chemin vers la chambre.

Moi : Elle est entrée dans la salle de bains pendant que je prenais ma douche.

Richie part dans un rire guttural qui me fait sourire malgré moi.

Richie : Elle était à poil ?

Je pousse un grognement.

Moi : Presque. Et moi complètement.

Richie rit de plus belle.

Richie : Ah, mec, tu illumines ma journée. Alors, elle est entrée comment ? Enveloppée dans une serviette ?

Moi : Culotte et soutif.

Richie : Sage ou sexy ?

Moi : Pas question de parler de ça !

Richie (amusé) : Parce que tu es un gentleman ou parce que tu as peur qu'elle t'entende ?

J'éloigne le téléphone de mon oreille. J'écoute attentivement. Aaahh…

Moi (dans un murmure précipité) : La douche s'est arrêtée !

Richie : Tu n'as pas envie d'être là quand elle sort enveloppée dans sa serviette comme un paquet cadeau ? Et si tu allais l'attendre dans la chambre, hein ? Ça n'aurait pas l'air prémédité. D'ailleurs, ça aurait pu arriver si je ne t'avais pas mis en garde. Nouvelle rencontre inopinée, et va savoir, cette fois-ci vous allez peut-être…

Moi : Je ne vais pas tendre un guet-apens à ma colocataire, Richie ! Je te rappelle que je lui ai déjà fait un petit numéro d'exhibitionniste. La pauvre fille est sans doute traumatisée.

Richie : Elle avait l'air traumatisée ?

J'essaie de me repasser le film de notre rencontre embuée. Elle avait l'air… Elle était… Aaahh… Toute cette peau nue. Et puis ces grands yeux bleus, ces taches de rousseur sur son nez, cette brève respiration – comme si elle cherchait un peu d'air – quand je l'ai frôlée pour sortir…

Richie : Tu vas devoir lui parler si tu ne veux pas que le malaise persiste.

Bruit de porte qui se déverrouille du côté de la salle de bains.

Moi : Merde !

Je m'aplatis contre le mur, comme si j'avais une chance de me fondre entièrement dans le décor. Mais quand j'entends la porte s'ouvrir, je ne résiste pas à jeter un œil.

Elle est étroitement enveloppée dans sa serviette, nouée sur les seins, et ses cheveux assombris gouttent sur son dos. Elle disparaît dans la chambre.

Je me remets à respirer.

Moi : Elle est dans la chambre. Je vais aller me planquer dans la salle de bains.

Richie : Pourquoi tu ne fous pas le camp de cet appartement, si ça te rend si nerveux ?

Moi : J'ai besoin de te parler, Richie ! J'ai besoin de soutien, là !

C'est comme si je le voyais sourire à l'autre bout du fil.

Richie : Tu me caches quelque chose, non ? Attends, ne me dis rien… Laisse-moi deviner. Tu n'aurais pas ressenti une légère… excitation, par hasard ?

Je pousse le grognement le plus sonore et le plus indigné que j'aie émis jusque-là. Richie explose de rire.

Moi : Elle a déboulé de nulle part ! J'ai été pris au dépourvu, tu comprends ? Ça fait des semaines que je n'ai pas fait l'amour, moi !

Richie (entre deux hoquets hystériques) : Ha, mon Lee ! Tu crois qu'elle a remarqué ?

Moi : Non. Je suis sûr que non. Non.

Richie : Donc, peut-être, si je comprends bien.

Moi : Non, elle n'a pas pu s'en apercevoir. Je préfère ne même pas y penser, ça me met trop mal à l'aise.

Je verrouille la porte de la salle de bains derrière moi et baisse l'abattant des toilettes pour m'asseoir. Je fixe mes pieds du regard, le cœur battant.

Richie : Il faut que j'y aille.

Moi : Non ! Tu ne peux pas me laisser seul ! Qu'est-ce que je dois faire, maintenant ?

Richie : Qu'est-ce que tu as envie de faire ?

Moi : J'ai envie de m'enfuir !

Richie : Allez, arrête tes enfantillages, Lee ! Il faut que tu reprennes tes esprits.

Moi : Tu ne comprends pas à quel point c'est horrible. On *vit ensemble*. Je ne peux pas me balader devant ma coloc avec une érection ! C'est… c'est… C'est obscène ! C'est probablement un délit !

Richie : Si avoir la gaule est un délit, alors je mérite d'être en prison, tout compte fait. Arrête un peu, mec. Ne te prends pas le chou avec ça. Comme tu l'as dit toi-même, ça fait plusieurs semaines que tu es séparé de Kay, sans compter que vous ne couchiez plus ensemble depuis un bon bout de temps…

Moi : Comment tu sais ça ?

Richie : Oh, je t'en prie. Ça se voyait comme le nez au milieu de la figure.

Moi : Tu ne m'as pas vu avec Kay depuis des mois !

Richie : Ouais, enfin bref. Tout ça pour dire que tu ne dois pas en faire tout un plat. Tu as vu une gonzesse à poil et tu t'es mis à penser avec ta… Attends une seconde, mec…

Il soupire.

Richie : Il faut que je te laisse. Mais détends-toi, OK ? Elle n'a rien remarqué, ça ne veut rien dire, tout va bien.

Il raccroche sur ces mots.

29

Tiffy

Rachel vibre littéralement d'excitation.

– Tu plaisantes, là ? Tu plaisantes ! s'exclame-t-elle en faisant des petits bonds ravis sur son siège. Je n'arrive pas à croire qu'il avait le gourdin !

Je pousse des grognements douloureux en me massant lentement les tempes. J'ai vu des acteurs faire ça après une scène de cuite, et je me dis que ça me soulagera peut-être. Comment Rachel peut-elle être tellement en forme ? Je suis certaine qu'elle a bu presque autant que moi.

Je proteste mollement :

– Ce n'est pas drôle. Et puis j'ai dit qu'il m'a *semblé* avoir vu quelque chose. Je ne suis pas sûre de moi.

– Oh, s'il te plaît ! Tu n'es pas rouillée au point d'avoir oublié à quoi ça ressemble. Trois mecs dans la même soirée ! Tu es irrésistible, Tiffy.

Je ne me donne pas la peine de répondre. Heureusement, le directeur éditorial a trouvé mon retard amusant. Mais je n'en ai pas moins une tonne de travail à accomplir dans la journée, et la bonne heure perdue ce matin ne va pas m'aider à triompher de ma liste de tâches.

– Arrête de faire semblant de vérifier ces épreuves, dit Rachel. Il faut qu'on élabore un plan d'action.

– Un plan d'action pour quoi ?

– Eh bien, qu'est-ce que tu comptes faire ? Appeler Ken l'ermite ? Aller boire un verre avec Justin ? Rejoindre Leon sous la douche ?

– Je compte retourner à mon bureau et bosser, dis-je en réunissant les pages en une pile compacte pour les emporter avec moi. Cette séance de travail n'a pas été productive, Rachel.

Cela dit, elle n'a pas tort : j'ai besoin d'un plan d'action. Si on ne crève pas l'abcès rapidement, Leon et moi, ce qui s'est passé ce matin a de bonnes chances de signer la fin d'une douce époque – plus de notes au retour du travail, plus de délicieux restes partagés ; rien qu'une chape de silence et de douloureux embarras. L'humiliation est comme la moisissure : faites comme si vous n'aviez rien remarqué, et vous vous retrouverez bientôt avec un intérieur verdâtre et puant.

Il faut que je lui écrive un texto. Non, il faut que je l'appelle. La situation réclame une action radicale. Je lève les yeux vers l'horloge. Quatorze heures : il doit dormir à poings fermés, ce qui me donne quatre heures de répit durant lesquelles je ne peux rien faire pour empêcher notre relation de dérailler. Sans doute devrais-je mettre ce temps à profit pour relire les épreuves du livre de Katherin, d'autant qu'on n'est plus à l'abri d'un succès commercial avec tout ce buzz sur les réseaux sociaux.

Au lieu de m'y mettre, je fais ce que j'ai essayé de ne pas faire pendant une partie de la nuit et de la matinée : je pense à Justin. Et bientôt, parce que mes pensées tournent vite en rond quand je réfléchis seule, j'appelle Mo pour en parler. Il a l'air un peu dans les vapes lorsqu'il décroche, comme si je l'avais réveillé.

– Tu es où, Mo ?

– Chez moi, pourquoi ?

– Tu as l'air bizarre. Ce n'est pas le jour de repos de Gerty, aujourd'hui ?

– Si. Elle est là aussi.

– Ha…

Ça me fait drôle de les imaginer ensemble, en train de paresser dans leur appartement. En fait, ça me fait drôle de les imaginer sans moi. C'est juste que… Ils ne forment pas un duo crédible. Depuis qu'on s'est connues à l'université, ça a toujours été Gerty et moi, inséparables dès la semaine d'intégration. On a pris Mo sous notre aile en fin de première année, après l'avoir vu danser seul avec énormément d'enthousiasme sur « Drop it Like it's Hot » et avoir aussitôt décidé qu'une personne capable de bouger comme ça devait impérativement nous accompagner dans nos virées nocturnes. À partir de là, on a toujours tout fait à trois, et s'il arrivait exceptionnellement qu'on soit réduit à une simple paire, c'était toujours moi et Gerty ou moi et Mo.

– Tu veux bien mettre le haut-parleur ? dis-je en m'efforçant de ne pas avoir l'air grognon.

– Ne quitte pas… Voilà, c'est bon.

– Laisse-moi deviner, dit Gerty. Tu es tombée amoureuse du frère de Leon.

Je laisse passer quelques secondes avant de répondre.

– D'habitude, tu as le nez plutôt creux pour ce genre de choses. Mais là, tu es complètement à côté de la plaque.

– Mince. Alors c'est Leon qui te fait craquer ?

– Je ne peux pas t'appeler sans raison particulière ?

– Pas à 2 heures de l'après-midi. Pour papoter à cette heure-ci, tu utilises WhatsApp.

– Tu vois, dis-je, c'est pour éviter d'entendre ça que j'ai préféré appeler Mo.

– Donc ? demande Gerty. Quel est le drame du jour ?

– Justin, dis-je, trop lasse pour ne pas rendre les armes.

– Oh ! C'est dans les vieux pots qu'on fait les bonnes soupes.

Je lève les yeux au ciel.

– Pourrais-tu, *à l'occasion*, laisser Mo intervenir pour me souffler un ou deux mots d'encouragement ?

– Que s'est-il passé, Tiffy ? demande Mo.

Je leur raconte ma folle soirée en version abrégée, sans mentionner l'horrible souvenir qui m'est revenu en pleine poire pendant que j'embrassais l'ermite. Ça ferait beaucoup de drame à caser dans un même coup de fil, sans compter le fait que je m'efforce désespérément d'oublier cet incident.

– Ce que tu nous racontes me semble assez typique de la façon dont fonctionne Justin, dit Mo.

– *Bravo* d'avoir su lui dire non ! s'exclame Gerty avec une étonnante ferveur. Quand tu penses qu'il était sur ce bateau de croisière et que là il se pointe à cette soirée professionnelle… Putain, Tiffy, ça fait un peu froid dans le dos, non ? J'aimerais que tu sois assez lucide pour voir…

Je perçois un bruit étouffé à l'autre bout du fil et Gerty s'interrompt brusquement. J'ai la nette impression que Mo lui a donné un coup de coude pour la faire taire.

– Je n'ai pas vraiment dit non, dis-je en regardant mes pieds. J'ai dit que j'avais besoin de temps et que j'écouterais ce qu'il a à me dire plus tard, dans deux ou trois mois.

– Ça reste un énorme progrès, dit Gerty. Avant, tu aurais tout laissé tomber dans la minute pour retourner vivre avec lui.

Long silence, ma gorge se serre. Il faut que je parle de ce baiser. Je sais que j'en ai besoin, mais les mots ne sortent pas.

– Gerty, dis-je au bout d'un moment, tu veux bien que je parle juste à Mo ? Ce ne sera pas long.

Nouveau silence, plus long, que Gerty finit par rompre :

– Pas de problème, répond-elle d'un ton faussement détaché.

Je déglutis et quitte mon bureau : je n'ai pas envie de discuter de ça ici, et me voilà bientôt en train de descendre l'escalier qui mène à la rue.

– Il n'y a plus que moi, maintenant, dit Mo alors que je pose le pied sur le trottoir.

Dehors, les gens semblent se déplacer au ralenti, comme si la chaleur avait calmé la frénésie de Londres.

– Tu m'as dit une fois que... que ma relation avec Justin m'avait fait du mal et que j'en conservais des séquelles.

Mo ne dit rien. Il attend.

– Et tu m'as aussi dit que ce que j'ai vécu avec lui ferait son chemin en moi et que je finirais tôt ou tard par ouvrir les yeux.

Il ne parle toujours pas.

– Tu m'as demandé de t'appeler quand ça arriverait.

C'est encore le silence qui me répond, mais un silence à la Mo ; un silence qui a quelque chose d'incroyablement rassurant, comme un câlin audio.

– Il m'est arrivé un truc bizarre, hier soir. J'étais avec ce Ken dont je vous ai parlé, on s'embrassait, et, brusquement, on... enfin, je... Je me suis souvenue...

Pourquoi est-ce si difficile à dire ?

– Je me suis rappelé avoir fait l'amour avec Justin juste après une dispute. J'étais si malheureuse.

Les larmes me montent aux yeux et je renifle, luttant pour ne pas fondre en larmes.

– Qu'est-ce que tu as ressenti ? demande Mo. Quand cette scène t'est revenue en mémoire, je veux dire ?

– De la peur. Ça ne ressemblait pas au souvenir que j'ai de notre relation. Mais aujourd'hui, je me dis que j'ai peut-être retouché des trucs ici, que j'en ai peut-être gommé d'autres là... Qu'inconsciemment je l'ai modifiée pour la rendre plus belle qu'elle ne l'était. Est-ce que c'est seulement possible ?

– Le cerveau peut faire des choses incroyables pour nous éviter de souffrir, dit Mo. Et une fois le mécanisme enclenché, il va tout mettre en œuvre pour empêcher ces épisodes douloureux de remonter à la surface, ce qui peut être un problème. Tu as souvent eu cette impression de te rappeler certains événements sous un jour différent depuis que tu es séparée de Justin ?

– Non, pas souvent.

Mais quand même, *un peu*. Par exemple, cette note où je parlais d'une invitation que j'avais oublié de transmettre à Justin. Eh bien, en fait, je me suis souvenue de lui en avoir parlé. Ça paraît dingue, mais je me demande si Justin n'a pas réussi à me convaincre que je ne lui avais rien dit, tout ça pour justifier le fait qu'il m'en voulait d'aller à la fête de Rachel. Et puis, ces derniers temps, je n'arrête pas de tomber sur des affaires – des fringues, des chaussures, des bijoux – que je croyais vendues ou données, parce que c'est ce dont Justin m'avait convaincue. Avant, je mettais ça sur le compte d'une mémoire défaillante, mais ça fait désormais des mois que j'ai le sentiment tenace qu'il y avait quelque chose de vicié dans notre histoire, impression renforcée par les incessantes, agaçantes et bienveillantes réflexions de Mo, qui ne rate jamais une occasion de me suggérer une vision beaucoup moins romantique. Or, comme je suis particulièrement douée pour éviter de penser à ce qui me dérange, eh bien... j'ai pris soin de ne pas y réflechir.

À l'autre bout du fil, Mo parle de détournement cognitif et de déclencheurs. Je me tortille, mal à l'aise, et une larme finit par s'élancer de mes cils, s'écrasant mollement sur ma joue : je suis officiellement en train de pleurer.

– Il faut que je retourne travailler, dis-je en m'essuyant le nez avec le revers de la main.

– Pense à ce que je viens de te dire, d'accord ? Et souviens-toi de la façon dont tu lui as tenu tête, hier soir. Tu as déjà fait un pas de géant, Tiffy. Tu peux être fière de toi, ne l'oublie pas.

Je regagne mon bureau, lessivée. Cette journée a eu ma peau. Trop d'émotions. Et la gueule de bois me broie le crâne.

Quand j'en termine enfin avec les épreuves du livre de Katherin, toutes ces pensées désagréables et perturbantes ont retrouvé leur place habituelle – planquées sous le tapis –, me laissant beaucoup plus calme. J'ai aussi avalé trois paquets de Pringles, une solution miracle contre la gueule de bois selon Rachel. Les tuiles oignon fromage m'ont fait passer de l'état de zombie à celui d'être semi-conscient. Alors, après avoir abandonné *Vivre au crochet !* sur le bureau de Rachel, je retourne m'asseoir derrière le mien pour faire ce qui me démange depuis ce matin : un petit tour sur la page Facebook de Leon.

Le voilà, souriant à l'objectif, le bras passé autour des épaules d'un ami lors de ce qui pourrait bien être une fête du Premier de l'an. On aperçoit des guirlandes lumineuses en arrière-plan et toute une gamme de visages plus ou moins hilares. Je passe en revue les photos de son profil et me souviens de les avoir déjà vues. Je ne l'avais pas du tout trouvé attirant, à l'époque, et c'est vrai qu'a priori Leon est trop dégingandé et chevelu pour me plaire. Manifestement, il fait partie de ces hommes infiniment plus attirants en personne qu'en photo.

Ce que j'ai ressenti n'a peut-être été dû qu'à l'effet de surprise et à la nudité, qu'une longue période d'abstinence aura rendue artificiellement troublante. Notre seconde rencontre sera sans doute purement amicale, dépourvue de toute tension sexuelle ;

je ferais aussi bien d'oublier ce qui s'est passé dans les vapeurs de cette salle de bains. Pourquoi n'appellerais-je pas Ken, mon ermite sexy ? La réponse me vient aussitôt : parce que j'aurais trop honte de le revoir, après la façon dont Justin m'a humiliée devant lui. Aïe… Non, par pitié, ne pense pas à Justin.

– Qui est-ce ? demande Martin dont l'approche subreptice me fait sursauter.

– C'est quoi, cette manie de surprendre les gens ? dis-je en fermant d'un clic nerveux la fenêtre Facebook.

– Tu es à fleur de peau, aujourd'hui, répond Martin.

J'attrape un mouchoir en papier pour tenter d'absorber le café dont j'ai copieusement arrosé ma rangée de notes Post-it « Urgence absolue ! ».

– Alors, qui est-ce ? insiste Martin.

– Mon ami Leon.

– *Ami*, hein ?

Je lève les yeux au ciel.

– Depuis quand portes-tu le moindre intérêt à ma vie ?

Il me regarde d'un drôle d'air satisfait, comme s'il savait quelque chose que j'ignore. Ou peut-être a-t-il simplement un problème de transit.

– Qu'est-ce que tu veux ? dis-je entre mes dents.

– Oh, rien de spécial, Tiffy. Reprends ce que tu faisais, je ne voulais surtout pas t'interrompre.

Sur quoi, il s'en va.

Je me renverse sur le dossier de mon fauteuil et inspire profondément. C'est le moment que choisit Rachel pour surgir au-dessus de mon mur de plantes et murmurer : « Le mec bandait ! Je n'en reviens toujours pas ! » avant de lever les pouces à hauteur de visage. Je m'enfonce plus profond encore dans mon fauteuil, l'effet bénéfique des tuiles oignon fromage se dissipant soudain, et je décide que jamais plus je ne boirai une goutte d'alcool.

30

Leon

Au moins, passer du temps avec maman me distrait du pénible sentiment de malaise qui persiste depuis l'incident de ce matin.

Elle fait d'extraordinaires efforts. Et il semblerait qu'elle ait dit la vérité à propos de son célibat : aucun signe ne trahit la présence d'un homme dans la maison (à force de s'entraîner quand on était gamins, on a fini par devenir très forts pour les déceler, Richie et moi), et elle n'a pas changé de coupe de cheveux ou de style vestimentaire depuis la dernière fois que l'on s'est vus, ce qui signifie qu'elle n'essaie pas de se conformer à l'image que lui imposerait un énième compagnon.

Je lui parle de Kay, et c'est étonnamment agréable. Elle hoche la tête au bon moment et me tapote la main, ses yeux s'embuant à l'occasion, puis me nourrit de frites et de nuggets ; tout cela me donne l'impression d'être retourné en enfance. Pas déplaisant, je dois dire. Ça fait du bien d'être un peu dorloté.

L'aspect le plus étrange de cette expérience quelque peu régressive reste toutefois mes retrouvailles avec la chambre que j'ai partagée avec Richie, à l'époque où on est venus vivre à Londres. Je n'y suis revenu qu'une seule fois depuis le procès, lorsque j'ai passé une semaine ici après l'incarcération de Richie. Je craignais qu'elle ne puisse surmonter seule ce moment difficile. Cela dit, elle n'a pas eu besoin de moi très longtemps : elle a rencontré un certain Mike, qui s'est montré impatient de me voir partir, et je n'ai pas tardé à exaucer ses vœux.

La chambre est restée telle qu'elle était lorsqu'on a quitté le bercail. Elle me fait penser à un coquillage abandonné par sa créature marine. Partout, des vides racontent en creux notre adolescence : des pastilles de Patafix collées à l'emplacement d'affiches retirées depuis longtemps, des livres plus assez nombreux pour tenir droit sur l'étagère... Dans un angle de la pièce s'entassent des cartons encore fermés. Ils contiennent les affaires de Richie, déposées par ses anciens colocataires quand ils ont compris qu'il ne reviendrait plus.

Il me faut une volonté de fer pour ne pas les ouvrir et me perdre dans leur contenu. À quoi bon ? Ça me ferait plus de mal que de bien, et Richie détesterait que je fasse ça.

Je m'allonge sur le lit, mains réunies sous la tête, et aussitôt des images de Tiffy me viennent à l'esprit, d'abord en soutien-gorge et culotte rouges, puis regagnant la chambre sur la pointe des pieds, enveloppée dans son drap de bain. La seconde image me semble plus interdite encore, dans la mesure où elle ne se savait pas observée. Mal à l'aise, je change plusieurs fois de position et finis par m'asseoir. Il faut que je me reprenne. Il s'agit très probablement d'une réaction à ma récente séparation.

Mon portable se met à sonner et je me sens gagné par un début de panique. Un coup d'œil sur l'écran confirme mes craintes : c'est Tiffy. Pas envie de répondre. Le téléphone sonne, encore et encore. J'ai l'impression que ça ne s'arrêtera jamais.

Elle raccroche sans laisser de message, et me voilà pris d'un étrange sentiment de culpabilité. Richie m'a conseillé de lui parler pour éviter qu'un malaise ne s'installe entre nous. Mais je préfère l'option silence radio ou, à la rigueur, l'option note Post-it collé sur la bouilloire ou sur la porte de la chambre.

Je me rallonge pour un moment d'introspection. Est-ce bien vrai que je préfère l'option silence radio ?

Mon portable vibre. Un SMS.

Salut, Leon. Hum… On devrait parler de ce qui s'est passé ce matin, non ? Bises.

Les images de « ce qui s'est passé ce matin » reviennent me tourmenter et m'arrachent un grognement. Il faut absolument que je lui réponde. Je laisse tomber le téléphone sur le lit et je fixe le plafond du regard. Le portable se remet à vibrer.

J'aurais carrément dû commencer par m'excuser. C'est moi qui ai enfreint les règles de notre cohabitation en m'attardant au-delà de l'heure prévue. Et comme si ça ne suffisait pas, je n'ai rien trouvé de mieux que d'aller te déranger sous la douche ! Donc, oui, je suis vraiment, vraiment désolée !

Curieusement, je me sens beaucoup mieux après avoir lu ce texto. Elle n'a pas l'air traumatisée et ce message a une tournure familière, tiffyesque, qui m'aide à imaginer qu'il a été écrit par la Tiffy que j'avais en tête avant de la rencontrer en chair et en os. Surtout en chair, d'ailleurs. Je rassemble suffisamment de courage pour taper un début de réponse.

Ça devait arriver et tu n'as pas à t'excuser. Il fallait bien qu'on finisse par tomber l'un sur l'autre ! Inutile de t'en faire – c'est déjà oublié. Je t'embrasse.

J'efface « c'est déjà oublié », parce que c'est tout sauf vrai, et écris à la place « oublions ça si tu veux bien ».

À peine ai-je appuyé sur « envoyer » que j'ai un coup de chaud. Pourquoi ai-je écrit « Je t'embrasse » ? Comment je termine mes notes et mes SMS, d'habitude ? Impossible de m'en souvenir. J'inspecte les derniers SMS qu'on s'est échangés et m'aperçois que je n'ai aucune constance dans ma façon de conclure, ce qui n'est sans doute pas plus mal. Mes mains se réunissent à nouveau sous ma nuque et j'attends, allongé sur le lit.

Et j'attends.

Qu'est-ce qu'elle fabrique ? D'ordinaire, elle répond vite. Quelle heure est-il ? Onze heures du soir. Elle s'est peut-être endormie. Quelque chose me dit qu'elle s'est couchée tard, hier soir. Mais finalement :

Oui, oublions tout ça ! Ça ne se reproduira plus, promis (ni l'invasion des sanitaires ni la panne d'oreiller). J'espère que tu ne m'as pas dénoncée à Kay ! Je ne suis pas sûre qu'elle apprécierait de savoir que j'ai honteusement foulé aux pieds le règlement interne et que j'ai... heu... comment dire ? Accosté son homme sous la douche.

Je prends une profonde inspiration et mon courage à deux mains.

On s'est séparés il y a quelques semaines, Kay et moi.

La réponse arrive presque instantanément :

Oh, merde. Je suis vraiment désolée. Je me disais aussi que quelque chose n'allait pas. Tu ne racontais presque plus rien dans tes notes (encore moins que d'habitude, je veux dire !). Tu t'en remets ?

Je prends le temps de réfléchir à sa question. Est-ce que je m'en remets ? Je suis chez ma mère, allongé sur mon lit d'adolescent à fantasmer sur ma colocataire à demi nue, mon ex sortie de mon esprit. C'est sans doute un rien tordu, mais pour ma part je ne peux m'empêcher d'y voir une amélioration. J'opte pour :

En convalescence.

La réponse tarde à venir et je me demande si je n'ai pas été un brin trop concis (même si jusque-là, ça n'a jamais dérangé Tiffy).

Eh bien, si ça peut te remonter un peu le moral, sache qu'aujourd'hui au boulot j'avais une telle gueule de bois que j'ai foncé droit dans l'imprimante.

Je me marre tout seul en imaginant la collision. Quelques secondes plus tard, je reçois la photo d'une imprimante. Elle est gigantesque. On pourrait sans doute y faire entrer quatre Tiffy.

Cette machine fait la taille d'un paquebot ! Comment as-tu fait pour ne pas la voir ?

Je crois que j'ai perdu la capacité de m'arrêter lorsqu'un obstacle se dresse sur mon chemin. Il faut dire que je venais tout juste d'avoir mon sublime maçon-devenu-décorateur au téléphone, ceci explique peut-être cela...

Je vois. Tu devais te sentir tout chose.

Sans doute ! Il y a des jours comme ça...

Il faut que l'écran finisse par se mettre en veille pour que je détache le regard de ce dernier message. *Il y a des jours comme ça...* Des jours comme quoi ? Où on se sent tout chose ? Qu'est-ce qui l'aurait tant troublée, aujourd'hui ? Pas notre...

Il faut que j'arrête de me faire des idées. C'est ridicule. Je n'ai rien à voir là-dedans. Sauf que... Qu'est-ce qu'elle a voulu dire ?

J'espère que je ne vais pas me mettre à analyser les messages qu'elle m'écrit, maintenant. C'est tout simplement épuisant.

31

Tiffy

Mon père aime dire : « La vie n'est jamais simple. » C'est un de ses aphorismes préférés.

Mais je ne pense pas que cela soit vrai. La vie est souvent simple, sauf qu'on s'en aperçoit lorsqu'elle devient affreusement compliquée, de même qu'on oublie sa chance d'être en bonne santé jusqu'à ce qu'on tombe malade, ou qu'on trouve normal d'avoir un tiroir rempli de collants jusqu'à ce qu'on file la dernière paire et qu'on n'ait plus que ses yeux pour pleurer.

Hier, Katherin a été invitée à faire un vlog sur la chaîne YouTube de Tasha Chai-Latte sur le thème « Tricotez-vous un bikini sexy au crochet ! ». La toile s'est enflammée, c'était tout simplement du délire. Je ne peux même pas tenir le compte de tous les influenceurs qui ont retweeté sa vidéo. Le problème, c'est que Katherin déteste Martin et qu'elle m'appelle chaque fois qu'elle a besoin d'aide. Et moi, qui n'y connais rien en relations publiques, presse, nouveaux médias ou je ne sais quoi, je dois m'adresser à Martin pour ensuite fournir à Katherin les réponses dont elle a besoin. S'ils divorçaient et que je suis leur enfant, nul doute que les services sociaux seraient alertés.

Gerty m'appelle au moment où je sors du boulot.

– Tu ne pars que maintenant ? s'étonne-t-elle. Tu as demandé une augmentation, j'espère ?

Je consulte ma montre : il est 19 h 30. Comment ai-je pu passer près de douze heures au travail et accomplir si peu de choses ?

– La direction est contre les augmentations, dis-je. Le simple fait d'en demander une serait sans doute un motif de renvoi.

– Absurde.

– Et sinon, quoi de neuf ?

– Oh, je pensais juste que ça t'intéresserait de savoir que j'ai réussi à faire avancer de trois mois la date de l'audience en appel de Richie, répond-elle d'un ton léger.

Je me fige sur place. Le type qui marchait dans mon sillage me rentre dedans et m'agonit d'injures (s'arrêter brusquement sur un trottoir du centre de Londres est considéré comme un crime odieux, et la personne qui s'en rend coupable s'expose à être rouée de coups par les honnêtes citoyens qui en ont été les témoins).

– Tu as décidé de le défendre ?

– L'avocat qui s'occupait de son affaire était un bon à rien, dit Gerty. Vraiment lamentable. J'ai presque envie de faire un signalement à l'ordre des…

– Tu as *décidé de le défendre* ?

– Je vais faire de mon mieux pour le sortir de là, Tiffy.

– Merci. Merci du fond du cœur, Gerty. Oh ! la la, je…

Je ne peux pas m'arrêter de sourire.

– Richie en a déjà parlé à Leon ?

– Je pense que mon nouveau client n'est pas encore au courant, dit Gerty. La lettre est partie hier au courrier.

– Je peux l'annoncer à Leon ?

– Bien sûr. Ça m'évitera d'avoir à le faire.

Mon portable se met à vibrer alors que je viens à peine de raccrocher. C'est un texto de Leon et mon cœur exécute une drôle de figure, assez acrobatique. Il ne m'a pas écrit un mot depuis les SMS qu'on s'est échangés le week-end dernier.

Attention, spoiler : énorme bouquet de fleurs pour toi dans le hall d'entrée avec une carte de ton ex. J'ai hésité à te gâcher la surprise (bonne ou mauvaise ?), mais si j'avais été à ta place, j'aurais aimé qu'on me prévienne.

Nouvel arrêt brutal au milieu de la foule des passants. Cette fois-ci, un homme d'affaires en trottinette me roule sur le pied.

Je n'ai pas eu de nouvelles de Justin depuis notre rencontre fortuite de jeudi. Pas de coup de fil, pas de texto, rien. Je commençais à croire qu'il avait pris mes paroles au sérieux et qu'il ne chercherait plus à me contacter avant au moins deux mois. C'était naïf de ma part. Ça ne lui aurait pas ressemblé. En revanche, je le reconnais bien dans cette façon de surgir dans mon quotidien avec son romantisme ostentatoire.

Je ne veux pas d'un gros bouquet de fleurs de la part de Justin. Je veux seulement qu'il sorte de ma vie – c'est tellement difficile d'aller de l'avant quand il passe son temps à se rappeler à mon bon souvenir. À la vue de l'immeuble, je sens mon corps qui se contracte, comme s'il se préparait à affronter cette nouvelle intrusion.

Leon n'a pas exagéré : c'est vraiment un énorme bouquet. J'avais oublié à quel point Justin est riche et aime dépenser son argent pour des choses absurdes. L'année dernière, pour mon anniversaire, il m'a offert une robe de soirée dont je n'ose même pas imaginer le prix ; un délire de soie argentée et de paillettes dessiné par un grand couturier.

Au milieu de la profusion de fleurs niche une carte : *Pour Tiffy – Rendez-vous en octobre, Affectueusement, Justin.* Je soulève le bouquet, à la recherche d'une note plus personnelle, mais non. Ce serait bien trop ordinaire, pour un homme comme lui, de me dire simplement ce qu'il ressent. Bien trop banal. Avec Justin, il faut que ça brille, que ça intrigue, que ça en jette.

Je ne sais trop pourquoi, ce bouquet m'agace prodigieusement. Peut-être parce que je ne lui ai jamais donné mon adresse. Ou parce que c'est un manque flagrant de respect. Une façon de transformer mon « J'ai besoin de temps » en « Rendez-vous dans deux mois, jour pour jour, et tu as intérêt à être à l'heure ».

Une fois dans l'appartement, je fourre les fleurs dans le grand cache-pot qui accueille d'ordinaire mes pelotes de laine. Pendant un temps, j'ai attendu que Justin face quelque chose comme ça – qu'il surgisse avec de belles paroles de regret et un cadeau à plusieurs centaines de livres, pour se faire pardonner et continuer à me faire rêver. Mais, depuis le message Facebook, les fiançailles... Il m'a acculée au désespoir. Aujourd'hui je vois d'un tout autre œil ses manœuvres autrefois si efficaces pour me reconquérir.

Je me laisse tomber sur le canapé, les yeux rivés sur le bouquet. Je songe à ce qu'a dit Mo, et à ces épisodes passés qui me reviennent spontanément en mémoire. Justin m'engueulant parce que j'oubliais des choses, et au sentiment de confusion qui en résultait. À ce mélange d'excitation et d'anxiété, chaque jour, quand je l'entendais rentrer le soir. À la façon dont mon estomac a chaviré, jeudi dernier, quand il a m'a tenue par les épaules et m'a intimé l'ordre d'aller boire un verre avec lui. Je pense à la violence de ce flashback, alors que j'embrassais un autre homme.

Mon Dieu. Je n'ai aucune envie de revivre tout ça. Je suis plus heureuse aujourd'hui, dans cet appartement où je me sens protégée et dont j'ai fait mon chez-moi. J'aime vivre ici (il ne reste que deux semaines avant la fin du bail, mais Leon n'a pas mis le sujet sur le tapis et j'ai préféré ne rien dire, moi non plus, parce que je ne *veux pas* quitter cet endroit). J'ai enfin un peu d'argent, même si la plus grosse partie de ce que je gagne sert à combler mon découvert. J'ai un colocataire avec qui j'aime échanger, et qu'importe si on ne se parle jamais face à face. Ça fait du bien de vivre dans un lieu où je me sens vraiment chez moi. Je sors mon portable pour répondre à Leon.

Mauvaise (la surprise). Merci de m'avoir prévenue. L'appartement ressemble à la boutique d'un fleuriste, maintenant.

Il répond presque aussitôt, chose inhabituelle.

Je m'en réjouis.

Puis, une ou deux minutes plus tard :

D'avoir un appartement fleuri, bien sûr. Pas que ce soit une mauvaise surprise.

Je souris et tape :

Il y a aussi une bonne surprise. Tu veux la connaître ?

Le moment est bien choisi : je suis en pleine pause-café. Dis-moi tout !

Il n'a pas percuté. Il pense que je vais lui annoncer un truc sympa – que j'ai fait un crumble, ou quelque chose comme ça. Je prends mon temps pour répondre, doigts survolant le clavier en rase-mottes. Malgré l'ombre néfaste de Justin, le moral remonte : qu'est-ce qui est plus important, au fond ? Les tourments de mon passé amoureux ou l'erreur judiciaire dont est victime Richie ?

Je peux t'appeler ? Je veux dire, si je t'appelle, tu vas pouvoir décrocher ?

La réponse se fait un peu attendre, cette fois-ci.

Pas de problème.

Soudaine et intense, une vague de nervosité me submerge en même temps qu'une image de Leon, nu et dégoulinant d'eau, les cheveux ramenés en arrière. Je laisse néanmoins tomber le doigt sur l'écran où s'affiche son numéro, parce que je n'ai plus le choix (à moins d'inventer une excuse aussi complexe qu'improbable).

– Salut, dit-il à voix presque basse.

Une de ces voix à la limite du murmure qu'on adopte dans un lieu où le calme est requis.

– Salut…

Pas plus que lui, je ne parviens à enchaîner. Je l'imagine à poil sous la douche.

– Tu as beaucoup de travail, ce soir ? dis-je finalement.

– Non, c'est assez calme. D'où la pause-café.

Il parle avec cet accent singulier, à mi-chemin de l'Irlande et du sud de Londres, qui m'avait déjà frappée quand j'avais eu Richie au téléphone. Je me renverse sur le dossier du canapé, genoux remontés contre la poitrine.

– Donc, heu…, commence-t-il.

– En fait, je…, dis-je presque en même temps.

Le silence revient, chacun attendant que l'autre se lance, et j'émets soudain un petit rire étrange que je pense n'avoir jamais produit jusque-là. Bien joué, Tiffy. Tu n'aurais pas pu choisir un meilleur moment pour inaugurer un nouveau rire ridicule.

– Vas-y, dit-il. À toi l'honneur.

– Tu sais quoi ? On n'a qu'à faire… En fait, je ne t'appelle pas pour parler de ce qui s'est passé l'autre jour, dis-je en préambule. Alors on n'a qu'à faire comme si cette histoire de douche n'était qu'une sorte de rêve qu'on a fait tous les deux, un truc qui n'existe pas et qu'on va oublier le temps de cette conversation, d'accord ? Comme ça, je vais pouvoir t'annoncer ma bonne nouvelle sans qu'on se sente super mal à l'aise. Ça te va ?

J'ai l'impression de l'entendre sourire.

– Marché conclu.

– Gerty accepte de défendre Richie.

Je perçois une brève inspiration, presque un hoquet, et puis plus rien. J'attends. Le silence me pèse chaque seconde un peu plus, mais j'ai le sentiment que, comme Mo, Leon est le genre de personne qui a besoin de laisser certaines paroles infuser dans son esprit avant de répondre. Alors j'attends qu'il soit prêt, résistant à l'envie impérieuse de dire quelque chose.

– Gerty a accepté de défendre Richie..., répète finalement Leon d'un ton pensif.

– C'est ça, elle va s'occuper gratuitement de son affaire à partir de maintenant. Et ce n'est que la moitié de la bonne nouvelle !

Je me surprends à faire des petits bonds excités sur le canapé.

– Ah bon ? Et c'est quoi... l'autre moitié ? demande-t-il d'une voix un tantinet craintive.

– Elle a réussi à avancer de trois mois la date de son appel ! Tu pensais que, dans le meilleur des cas, la nouvelle audience se tiendrait en janvier de l'année prochaine, pas vrai ? Eh bien maintenant, on parle de... Voyons voir...

– Octobre, dit Leon. On parle d'octobre. C'est...

– Bientôt ! dis-je. Tu te rends compte ? Ça va arriver vite !

– *Trop* vite ! s'exclame Leon d'une voix où perce un début de panique. C'est dans seulement deux mois ! On n'est pas prêts !

– Tout va bien, Leon. Respire.

La ligne redevient silencieuse. Je perçois le son lointain de sa respiration lente, appliquée. Je commence à avoir mal aux joues à force de retenir un énorme sourire.

– Gerty est une excellente avocate, Leon. Crois-moi, elle est vraiment douée. Et elle n'aurait jamais accepté de le représenter si elle pensait que c'était une cause perdue.

– Ne me dis pas des choses pareilles si… si elle doit finir par… renoncer, parce que…

Une bouffée d'empathie me serre le cœur au son de sa voix.

– Je ne suis pas en train de te dire que Gerty va forcément le faire acquitter, Leon. Mais maintenant qu'elle a repris son dossier, l'espoir est permis.

Il laisse échapper un long soupir, auquel se mêlent les fragments d'un rire incertain.

– Richie est au courant ?

– Pas encore, je crois. Gerty lui a envoyé un courrier hier. Combien de temps met une lettre à lui parvenir ?

– Ça dépend. En général, ils ne se pressent pas pour les distribuer aux détenus. Mais tant mieux, au fond, parce que ça me permettra de lui annoncer moi-même la nouvelle, la prochaine fois qu'il m'appellera.

– Gerty va bientôt t'appeler, elle aussi, pour parler de l'affaire avec toi.

– Un avocat qui veut parler de l'affaire de Richie…, murmure-t-il comme pour lui-même.

– Eh ouais, dis-je en riant. C'est dingue, non ?

– Tiffy, dit-il d'une voix brusquement grave. Je ne sais pas comment te remercier.

– Je t'en prie, c'est…

– Non, sérieusement, m'interrompt-il. Je ne peux pas te dire à quel point ça… ça me touche. Et je sais que Richie t'en sera infiniment reconnaissant, lui aussi.

– Je n'ai fait que transmettre sa lettre à une amie avocate, tu sais.

– C'est déjà énorme, Tiffy. Personne n'en a fait autant pour mon frère par pure gentillesse.

Je me tortille nerveusement sur le canapé.

– Eh bien, dis à Richie qu'il me doit une lettre.

– Il t'écrira pour te remercier, j'en suis certain. Il faut que je me remette au travail, mais… Merci. Je suis tellement content que ce soit toi, Tiffy. Quand je pense que j'aurais pu me retrouver avec le dealer ou le type aux hérissons…

– Pardon ?

– Non, rien. À bientôt, Tiffy.

32

Leon

Nouvelle série de notes (Tiffy en utilise presque toujours plusieurs, sinon elle manque de place) :

Leon, j'aimerais savoir… Qui sont nos voisins ??? Je n'ai presque jamais croisé le type bizarre qui vit au N° 5 (au fait, tu crois qu'il est au courant, pour le trou dans son pantalon de survêt ?). L'appart N° 1, je crois que c'est celui des deux vieilles qui passent une partie de l'après-midi sur le banc de l'arrêt de bus, à lire des journaux de faits divers. Mais qui habite aux N° 2 et 4 ?

Je t'embrasse.

L'appartement N° 4 est occupé par un quinquagénaire plutôt sympa, mais qui souffre d'une malencontreuse addiction au crack. J'ai toujours considéré le N° 2 comme l'appart des renards.

Je t'embrasse.

Écrit au dos d'un manuscrit posé sur la table basse :

Ah, oui ! Les renards. Dis donc, j'espère qu'ils paient bien leur loyer. Tu as remarqué que Ramona-la-renarde avait eu trois renardeaux ?!

Ramona-la-renarde ? Et à propos de loyer, ça fait six mois que tu as emménagé si j'en crois mon portable (il a émis un rappel sonore qui a réveillé la moitié de l'hôpital). C'est la fin de ton bail, non ? Tu veux rester ?

Puis, ajouté le même jour, avant de repartir au travail :

J'aurais dû écrire : « Tu veux rester, j'espère ? » C'est vrai que grâce à la vente des écharpes de M. Prior et à cette nouvelle avocate brillante et gratuite, je n'ai plus besoin de cet argent supplémentaire. Mais, même si ça n'a pas été facile, j'ai fini par m'habituer à ta déco. Pas sûr de pouvoir survivre sans le pouf poire, et ce n'est qu'un exemple parmi tant d'autres.

Sous cette note, Tiffy a dessiné une famille de renards rassemblée sur un canapé, ainsi qu'une plaque sur laquelle on peut lire : « Appartement N° 2 ». Chacun des renards a droit à une description détaillée :

Ramona-la-renarde ! C'est la maman renarde. La chef de meute, si tu préfères. Elle donne les ordres et elle donne la vie.

Renée-la-renarde. La sous-chef de meute. Son resto préféré, c'est le coin puant à côté du local à poubelles.

Raphaëlle-la-renarde, également surnommée Raphaëlle-la-monte-en-l'air. Fonceuse et fantasque, il n'est pas rare de la surprendre en train d'escalader l'immeuble pour tenter d'y pénétrer par une fenêtre.

Romuald-le-renard, également surnommé Romuald le rouquemoute (même si ce sont tous des renards roux, Romuald a un tempérament de roux, et c'est une spécialiste qui te le dis).

Les renardeaux de Ramona n'ont pas encore été baptisés par mes soins. Puis-je te confier cette lourde tâche ?

Puis, juste en dessous :

Oui, s'il te plaît, le pouf poire et moi aimerions beaucoup rester encore un peu. Ça te convient si je rempile pour six mois ?

Je t'embrasse.

Six mois de plus, ça me convient parfaitement. Affaire conclue.

La conversation se poursuit sur une note posée à côté d'une *shepherd's pie* sérieusement entamée.

Je n'ai pu faire autrement que de voir le contenu de la poubelle de recyclage quand je l'ai sortie, aujourd'hui. Tout va bien ?
Amitiés.

La *shepherd's pie* a été entièrement dévorée, mais le plat est toujours là, et une nouvelle note Post-it collée juste à côté :

Ouais, ne t'en fais pas, en fait je vais vraiment bien. Juste une purge de souvenirs liés à mon ex (j'aurais dû faire ça il y a longtemps). En plus, ça a libéré plein de place sous le lit pour stocker de nouvelles écharpes. (Au cas où tu te poserais la question, je ne milite plus pour le retour de l'ex mais je continuerai quand même à te faire des bons gâteaux).
Bises.

Ah oui ? Ça m'arrange, pour tout te dire, parce que je ne suis plus vraiment partisan de son retour. Plus d'espace pour les écharpes ? Bonne nouvelle ! Hier, je me suis pris le pied dans une espèce de cache-nez… Il traînait par terre, prêt à faire trébucher l'imprudent.
Je t'embrasse.

Oups, désolée, désolée. Je sais que je dois arrêter de laisser traîner mes affaires dans la chambre ! Sinon – et toutes mes excuses si tu trouves la question BEAUCOUP trop personnelle –, as-tu ENTIÈREMENT renouvelé ton stock de caleçons ? D'un seul coup, tous ceux que je connaissais, avec leurs amusants personnages cartoonesques, n'apparaissent plus jamais sur le séchoir.
Au fait, à propos d'ex… Tu as des nouvelles de Kay ?
Bises.

Nouvelle double note Post-it. En de rares occasions, il m'arrive de manquer de place, moi aussi. Il a fallu que je me creuse la cervelle pour écrire cette note :

J'ai vu Kay le week-end dernier, au mariage d'un ami commun. C'était bizarre. Mais sympa. On a bavardé en amis, et ça m'a conforté dans l'idée que j'avais pris la bonne décision. Richie avait raison : cette histoire était finie bien avant qu'on ne se sépare.

Sur une note plus légère : oui, en effet, j'ai procédé au renouvellement de ma garde-robe. Je me suis rendu compte que je ne m'étais pas acheté de nouvelles fringues depuis… longtemps (cinq ans ?). J'ai aussi brusquement pris conscience qu'une femme vivait dans cet appartement et voyait les vêtements exposés sur le séchoir.

On dirait que je ne suis pas le seul à avoir fait des emplettes… J'ai un faible pour la robe bleue et blanche suspendue derrière la porte de la chambre. Je verrais bien une fille du Club des cinq *partir à l'aventure avec ça.*

Je t'embrasse.

Merci. Le moment semble idéal pour porter une robe d'aventurière. C'est l'été, je suis célibataire, les renards batifolent sur les trottoirs, les pigeons roucoulent sur les gouttières… La vie est belle.

Je t'embrasse.

33

Tiffy

Assise sur le balcon, je pleure toutes les larmes de mon corps, comme une petite fille qui a fait tomber son cornet de glace. À tue-tête, bouche grande ouverte, avec filets de salive et sanglots hachés.

Les souvenirs indésirables se manifestent désormais à tout moment et sans lien apparent avec ce que je suis en train de faire ou de penser, surgissant de nulle part et me laissant à moitié K.-O., déstabilisée, comme si un boxeur me suivait à la trace et m'envoyait un direct à la mâchoire quand ça lui chantait. Celui-là m'a fait particulièrement mal : j'étais tranquillement en train de réchauffer un potage, et d'un seul coup – BAM ! Prends ça dans la tronche – ça m'est revenu en mémoire : ce soir de février où Justin a débarqué avec Patricia dans l'appartement. C'était juste avant son message Facebook. Il m'a jeté un regard parfaitement dégoûté, daignant à peine m'adresser la parole. Puis, alors que Patricia enfilait son manteau dans l'entrée, il m'a dit au revoir en m'embrassant sur la bouche, une main fermement plaquée sur ma nuque. Comme si je lui appartenais. L'espace d'un instant, alors que je revivais cette scène, j'ai eu le sentiment cauchemardesque que c'était toujours le cas.

Donc. Bien que je sois fondamentalement plus heureuse que je ne l'étais avec lui, ces remontées intempestives de souvenirs gâchent un peu la fête. J'ai manifestement quelques comptes à régler avec mon passé amoureux, et mes stratégies de diversion ne fonctionnent plus. Il faut que je réfléchisse sérieusement à tout ça.

Et pour réfléchir, j'ai besoin de Mo et Gerty. Ils arrivent ensemble, une heure environ après avoir reçu mon texto. Alors que Gerty nous sert du vin blanc, je me sens gagnée par la nervosité. Je n'ai plus envie de parler. Une fois lancée, pourtant, c'est comme si je ne pouvais plus m'arrêter ; tout sort en vrac, dans un enchevêtrement de mots et d'émotions : les souvenirs acides, ma rencontre avec Justin et les premiers jours de notre histoire… tout y passe jusqu'à l'énorme bouquet de la semaine dernière.

Mon débit échevelé finit par s'épuiser et je bois d'un trait le reste de mon vin en guise de conclusion. Je me sens comme mon verre : complètement vidée.

– Ne tournons pas autour du pot, dit Gerty, qui n'a jamais tourné autour du moindre pot depuis que je la connais. Ton ex est taré et il sait où tu vis.

Mon cœur se met à battre bizarrement ; j'ai l'impression d'avoir une bestiole coincée dans la poitrine.

Mo lance à Gerty le genre de regard que d'ordinaire seule Gerty a le droit le lancer.

– Je vais parler, dit Mo, et toi tu te charges de remplir son verre, d'accord ?

Gerty le regarde avec la tête de quelqu'un qui vient de prendre une gifle. Mais quand elle détourne le visage dans ma direction, je vois qu'elle sourit.

Bizarre.

– Je regrette tellement d'avoir dit à Justin qu'on irait boire un verre en octobre, dis-je.

Mo est à l'écoute, visage calme et patient.

– Tu es sûre d'avoir vraiment dit ça ? Moi, je crois que c'est plutôt la façon dont il a interprété tes paroles. Quoi qu'il en soit, rien ne t'oblige à le revoir. Tu ne lui dois rien.

– Je n'ai pas imaginé tout ce que je viens de vous raconter, hein ? dis-je brusquement. Vous vous en souvenez, vous aussi ?

Mo hésite un instant avant de répondre, mais Gerty fonce tête baissée :

– Bien sûr qu'on s'en souvient. Je me souviens de chaque putain de minute, Tiffy. Ce mec était ignoble avec toi. Il savait toujours tout mieux que toi. Il passait son temps à contrôler tes faits et gestes et à te faire la leçon. Tout était toujours ta faute avec lui, et il ne laissait jamais tomber une dispute avant que tu te sentes coupable et que tu lui présentes des excuses. Il te jetait comme une vieille chaussette et revenait dans ta vie sans crier gare en jouant le grand jeu. Il te disait que tu étais en surpoids et givrée, il te faisait croire que tu étais incroyablement chanceuse d'être avec lui et que personne d'autre ne voudrait de toi, alors que tout le monde peut voir que tu es une putain de déesse et que ce minable ne t'arrive pas à la cheville. Crois-moi, il aurait dû s'estimer infiniment heureux d'être aimé d'une femme comme toi. Justin était horrible. On le *détestait*. Et si tu ne m'avais pas interdit de te donner mon opinion sur ce connard, je t'aurais répété jour après jour ce que je viens de te dire.

– Oh…, dis-je d'une toute petite voix.

– Et toi, c'est comme ça que tu ressentais les choses ? demande Mo, l'air d'un bricoleur qui s'efforce de réparer les dégâts causés par une bombe à l'aide d'un tournevis.

– Je… Je me rappelle que je me sentais heureuse avec lui, dis-je. Et, en même temps, tu vois… affreusement malheureuse.

– Il n'était pas ignoble avec toi *en permanence*, commence Gerty.

– Il n'aurait pas pu te garder aussi longtemps sans alterner le chaud et le froid, poursuit Mo. Justin n'est pas bête, loin de là. Il a cette forme d'intelligence qui permet de cerner rapidement les manques de l'autre et de les utiliser à son avantage. Il savait comment faire pour…

– … te manipuler, finit Gerty à sa place.

Mo fait la grimace. Sans doute aurait-il choisi un autre terme.

– Mais je crois qu'on a été heureux ensemble, à une époque, dis-je.

J'ignore pourquoi il me semble important de le préciser. Peut-être parce que je n'aime pas l'idée que tout le monde me prenne pour une idiote énamourée d'un type qui la traitait aussi mal que l'affirme Gerty.

– Bien sûr, dit Mo avec un petit hochement de tête. Surtout au début.

– Oui, voilà. Au début.

Pendant un moment, on se contente de siroter notre vin en silence. Je me sens bizarre. Comme si je n'arrivais pas à verser les larmes qui s'accumulent derrière mes yeux. Je les sens monter et me piquer le nez, mais quelque chose les retient de couler.

– En tout cas, merci, dis-en regardant mes pieds. D'avoir essayé de me prévenir, je veux dire. Et pardon de vous avoir… enfin, vous voyez… de vous avoir empêchés d'en parler.

– Ne t'en fais pas pour ça, dit Mo. Même si on a dû faire quelques compromis, au moins il n'a jamais réussi à t'isoler de nous. Il fallait que tu prennes conscience de tout ça par toi-même, Tiffy. Bien sûr, on a été tentés d'employer la manière forte pour t'arracher à ses griffes, mais tu aurais fini par retourner vivre avec lui, parce que ça n'aurait pas été *ta* décision.

Je trouve finalement le courage de relever la tête pour jeter un coup d'œil à Gerty, qui soutient mon regard. Le sien est intense ; j'imagine à quel point ça a dû être difficile pour elle de tenir parole, de ne jamais me dire tout le mal qu'elle pensait de Justin.

Mo n'y est certainement pas pour rien. Dieu sait comment, il a dû la convaincre de ne pas intervenir, de me laisser comprendre par moi-même ce qu'ils avaient compris depuis longtemps. Et il a bien fait : j'aurais sûrement mal réagi s'ils m'avaient dit de quitter Justin. Je les aurais envoyés balader et j'aurais tout fait pour leur prouver qu'ils avaient tort. Cette pensée me soulève le cœur.

– Je sais que ce n'est pas facile, mais tu es sur la bonne voie, dit Mo. Félicitations, Tiffy ! ajoute-t-il en choquant son verre contre le mien. Continue à réfléchir à tout ça. Quand un épisode de ta vie avec Justin te revient en mémoire, ne le repousse pas. Si c'est difficile de revivre tout ça, c'est surtout important. Souviens-toi, c'est un processus douloureux, mais libérateur. Alors fais de ton mieux.

Mo a raison. Ce n'est pas seulement douloureux quand les souvenirs refont brusquement surface, mais aussi quand ils me laissent tranquille : une semaine sans flashback – ou sans que Justin trouve le moyen de surgir dans ma vie –, et le doute s'installe. Je flanche. Je remets tout en question et me persuade que j'ai tout inventé.

Heureusement, Mo est toujours là pour en parler avec moi. Je lui raconte les incidents tels que je me les rappelle : disputes sonores, mais aussi subtiles manœuvres de déstabilisation et moyens plus subtils encore pour rogner le champ de mon indépendance. Au-delà de tout ça, je ne comprends pas comment j'ai pu être aussi aveugle. Rien que cet aspect du problème risque d'être long à digérer.

Dieu merci, je peux compter sur mes amis et mon colocataire dans cette période chaotique. Bien entendu, Leon ignore tout de ce que je traverse, mais on dirait qu'il a senti que j'avais besoin de me changer les idées : je trouve de plus en plus fréquemment de bons petits plats préparés à mon intention, et si on reste un peu trop longtemps sans communiquer, c'est souvent lui qui démarre une nouvelle série de notes. Avant, c'était toujours moi qui faisais ça. J'ai l'impression qu'initier la conversation ne lui est pas naturel, et ça me touche d'autant plus.

Je découvre une note sur le frigo en rentrant du travail avec Rachel, qui s'est invitée à dîner (elle dit que je lui dois un nombre infini de dîners parce que je lui ai pourri la vie avec *Vivre au crochet !*) :

On ne peut pas dire que ma quête du bon Johnny White avance à grands pas… J'ai pris une sérieuse cuite avec Johnny White IV dans un pub vraiment glauque des alentours d'Ipswich. Notre mémorable rencontre aux abords de la douche a bien failli se répéter : je n'ai pas entendu l'alarme de mon portable et je suis parti très en retard au travail.

Je t'embrasse.

Rachel, qui a lu par-dessus mon épaule, lève un sourcil.

– Mémorable, hein ?

– Oh, arrête un peu. Tu sais ce qu'il veut dire.

– En effet, dit-elle. Ce qu'il entend par là, c'est : « L'image de ton corps sexy en petite culotte me hante l'esprit. Et toi, tu penses à moi, nu sous la douche ? »

Je lui balance un oignon.

– Tiens, rends-toi utile et coupe ça en dés, dis-je.

Mais je ne peux pas m'empêcher de sourire.

SEPTEMBRE

34

Leon

Déjà septembre. Les températures rafraîchissent doucement. Jamais je n'aurais cru possible que le temps puisse filer aussi vite alors que Richie est derrière les barreaux. Mais c'est pareil pour lui. Il dit que les journées s'écoulent normalement, désormais. Les aiguilles ont cessé de lambiner sur les horloges de la prison et il ne sent plus passer chaque minute.

Tout ça grâce à Gerty. Je ne l'ai pas rencontrée souvent, mais on se parle tous les deux à trois jours au téléphone. Parfois, son assistant participe à la conversation. Il abat un travail considérable. C'est tout simplement formidable.

Gerty est si brusque qu'elle en devient parfois presque impolie, mais je l'aime bien. Elle passe pas mal de temps dans l'appartement, et il lui arrive même de me laisser un mot, elle aussi. Impossible, toutefois, de confondre ses notes avec celles de Tiffy, tant le style diffère, à l'image de ces deux notes Post-it plaquées côte à côte sur le comptoir de la cuisine :

Salut ! Désolée pour tes deux journées de gueule de bois. Inutile de faire un grand effort d'imagination pour nourrir mon empathie… La prochaine fois que tu rouleras sous la table, avale donc des Pringles oignon fromage (dès que tu sors du coma). Conseil d'amie ! Quant à tes cheveux… Non, mon cher, IMPOSSIBLE qu'ils bouclent davantage au lendemain d'une cuite ! C'est tout simplement inenvisageable, parce que la gueule de bois n'a AUCUN bon côté. Et même si je ne sais pas vraiment à quoi tu ressembles, en me fiant au peu que j'ai pu en voir (sans commentaires !), je dirais que plus tes cheveux sont bouclés, plus tu as l'air cool.

Baisers.

Leon, dites à Richie de m'appeler. Je lui ai envoyé dix pages de questions et j'attends toujours ses réponses. Merci de lui rappeler que je suis une femme pressée qui d'ordinaire est grassement payée pour ce genre de services.

G.

De retour d'une visite à Richie, je fais un petit détour pour rencontrer un Johnny White. Il vit dans une maison de retraite du nord de Londres, et j'ai très vite eu la conviction que ce n'était pas notre homme. Sa femme et ses sept enfants constituaient un indice assez parlant, sans toutefois être décisif. Mais je n'ai plus eu le moindre doute lorsqu'il m'a dit, au détour d'une conversation hachée, n'avoir servi que trois semaines dans l'armée avant d'être renvoyé à Londres avec une jambe gangrénée.

La semaine suivante, l'état de M. Prior se dégrade. Je ne m'attendais pas à en être affecté à ce point. À son grand âge, c'est une chose à laquelle il fallait pourtant s'attendre. Mon boulot, c'est de l'aider à finir sa vie dans les meilleures conditions possibles. Ça l'a toujours été, depuis le jour où j'ai fait sa connaissance. Mais j'aurais tellement voulu retrouver son grand amour avant qu'il nous quitte… Peut-être est-ce aussi une façon de faire mon boulot, après tout. Encore trois Johnny White à rencontrer, mais les cinq échecs précédents ne m'inclinent pas à l'optimisme.

J'ai été naïf de croire que je pouvais le retrouver. D'ailleurs, je suis à peu près certain que Kay m'en a fait le reproche, à l'époque où j'ai eu cette idée.

Sur le chauffe-eau :

Si tu lis cette note, c'est sans doute que tu t'es aperçu, toi aussi, que le chauffe-eau ne fonctionne plus. Mais pas de panique, Leon, j'ai une excellente nouvelle ! J'ai déjà appelé le plombier, qui est une plombière, et qui passera demain pour réparer tout ça. En attendant, tu vas devoir prendre une douche ATROCEMENT GLACÉE. Mais puisque tu es venu jeter un œil au chauffe-eau, il se pourrait bien que tu aies déjà vécu cette cruelle expérience, auquel cas le pire est derrière toi. Je te conseille de te lover dans le pouf poire avec une tasse de thé pommes épices bien chaud (oui, j'ai acheté une nouvelle variété de thé aux fruits. Non, on n'en avait pas déjà beaucoup trop) et notre adorable plaid teint au nœud. C'est ce que j'ai fait et ça a fonctionné comme sur des roulettes.

Bisous.

Je ne suis pas sûr d'avoir envie que ce soit *notre* plaid teint au nœud, s'il s'agit bien de cette chose élimée et bariolée que je me fais un devoir d'enlever chaque matin du lit avant de m'y coucher. C'est sans nul doute un des pires objets de l'appartement.

Je m'installe dans le pouf poire avec le dernier thé aux fruits en date et je pense à Tiffy, assise au même endroit il y a seulement quelques heures. Cheveux mouillés, épaules nues. Enroulée dans une serviette et couverte de ce même plaid.

Il n'est pas si affreux, après tout. On ne peut pas dire qu'il manque de caractère, en tout cas. C'est… original. Unique en son genre. Je commence peut-être même à lui trouver un certain charme.

35

Tiffy

C'est ma première séance avec quelqu'un d'autre que Mo. Lui-même m'a conseillé de prendre rendez-vous. Il a dit que je ferais des progrès beaucoup plus rapides en suivant une psychothérapie en bonne et due forme – en parlant à quelqu'un avec qui je n'ai aucun lien affectif. Après ça, Rachel m'a appris quelque chose qui a achevé de me convaincre : si incroyable que cela puisse paraître, les avantages sociaux du personnel de Butterfingers comprennent jusqu'à quinze séances chez le psy, entièrement aux frais de l'entreprise. Allez savoir pourquoi ils sont prêts à offrir ça plutôt qu'un salaire vaguement décent. Peut-être en ont-ils marre de voir leurs employés quitter la boîte à cause du stress.

Me voici donc dans le cabinet de la psy. C'est très étrange. Cette psy-qui-n'est-pas-Mo s'appelle Lucie et porte un immense pull de cricket en guise de robe, ce qui me la rend immédiatement sympathique et me conduit à lui demander où elle fait ses emplettes. On parle un moment des meilleures boutiques de fringues vintage à South London, puis elle m'offre un verre d'eau et… nous y voilà. Face à face sur des chaises identiques dans le silence de son cabinet. Je ne sais pas pourquoi, mais je suis extrêmement nerveuse.

– Alors, Tiffy, qu'est-ce qui vous amène ? demande Lucie.

J'ouvre la bouche et la referme aussitôt. Mon Dieu, il y a tellement de choses à expliquer. Par où commencer ?

– Dites-moi ce qui vous a donné envie de décrocher votre téléphone et de prendre rendez-vous.

– L'homme avec qui je vivais m'a fait du mal et a piétiné beaucoup de choses en moi. J'ai envie de réparer les dégâts, quels qu'ils soient, dis-je avant de m'interrompre brusquement, interloquée.

Comment ai-je pu lancer une chose aussi intime à une femme que je connais depuis cinq minutes ? C'est très embarrassant.

Lucie conserve néanmoins un visage parfaitement neutre.

– Bien sûr, dit-elle. Vous voulez bien m'en dire un peu plus là-dessus ?

– Ça y est ? Tu es guérie ? me demande Rachel en posant une tasse sur mon bureau, si fort qu'une pluie de café brûlant s'abat sur sa main.

Ô café, élixir des surmenés. Récemment, il a supplanté le thé dans mon cœur, signe que je dors décidément trop peu. J'envoie un baiser à Rachel qui part s'asseoir devant l'écran de son ordinateur. Comme d'habitude, on poursuit la conversation sur messagerie instantanée.

Tiffany [09:07] : C'était étrange. Je lui ai tout de suite déballé des trucs super embarrassants.

Rachel [09:08] : Tu lui as parlé du soir où tu t'es vomi sur les cheveux, dans le bus de nuit ?

Tiffany [09:10] : Mince, j'ai oublié.

Rachel [09:11] : Et la fois où tu as fracturé la bite de ce type, à l'université ?

Tiffany [09:12] : Je ne relève même pas.

Rachel [09:12] : C'est ce qu'il a dit, lui aussi ?

Tiffany [09:13] : Je suis censée rire, là ?
Rachel [09:15] : Bon, en tout cas, je suis rassurée de constater que j'en sais plus sur tes secrets honteux que cette impostrice… Imposteuse ? Charlatane ? Enfin, bref. Vas-y, raconte.
Tiffany [09:18] : Elle n'a pas dit grand-chose. En fait, elle parle encore moins que Mo. Je croyais qu'elle allait m'expliquer ce que je faisais de travers, or c'est moi qui ai pigé des trucs toute seule… ce que j'aurais tout à fait pu accomplir sans l'avoir devant moi, d'ailleurs. Que Justin se montrait cruel avec moi, parfois. Et qu'il voulait tout contrôler. Des trucs moches dans ce genre-là.
Rachel [09:22] : Je tiens à te dire que j'ai officiellement revu mon jugement sur Justin. Gerty a raison. Ce type est une ordure.
Tiffany [09:23] : Tu as conscience que tu viens d'écrire « Gerty a raison » ?
Rachel [09:23] : Je t'interdis formellement de lui raconter ça.
Tiffany [09:23] : Capture d'écran déjà envoyée, désolée.
Rachel [09:24] : Petite garce. Et sinon, tu comptes retourner chez ta psy ?
Tiffany [09:24] : Trois séances cette semaine.
Rachel [09:24] : Fichtre.
Tiffany [09:25] : Tu sais, vu que le premier flashback s'est produit pendant qu'on s'embrassait, l'ermite et moi, j'ai peur que…
Rachel [09:26] : Oui ? Mais encore ?
Tiffany [09:26] : Et si ça se reproduisait chaque fois ? Si Justin m'avait en quelque sorte reprogrammée pour que JE NE PUISSE PLUS JAMAIS EMBRASSER UN HOMME ?
Rachel [09:29] : Ça fout carrément la trouille.
Tiffany [09:30] : Merci, Rachel.
Rachel [09:31] : Tu devrais consulter pour ça. Tu ne connais pas une psy ?
Tiffany [09:33] : [emoji pas ravi] Merci, Rachel.

Rachel [09:34] : Oh, arrête. Je sais que ça t'a fait rire. Je t'ai vue, Tiffy ! Tu t'es marrée et tu as essayé de déguiser ça en quinte de toux quand le directeur est passé.
Tiffany [09:36] : Tu crois que la ruse a fonctionné ?

– Tiffy ? Vous avez une minute ?

Merde, c'est le directeur éditorial. Et « Vous avez une minute ? » n'augure jamais rien de bon. Si c'était urgent mais pas problématique, il se serait contenté de beugler ce qu'il voulait à travers la pièce. Ou alors il m'aurait envoyé un e-mail orné d'un de ces points d'exclamation rouges passifs-agressifs. Mais « Vous avez une minute ? » est synonyme de tête-à-tête, de confidentialité, et je dois m'attendre à bien pire qu'une simple réprimande pour m'avoir vue ricaner en lisant les messages de Rachel.

Qu'est-ce qu'a encore fait Katherin ? A-t-elle posté une photo de son vagin sur son compte Twitter, comme elle menace systématiquement de le faire chaque fois que je lui transmets une nouvelle proposition d'interview à la demande de Martin ?

Ou est-ce au sujet d'un de ces très nombreux livres que j'ai totalement délaissés, prise dans la joyeuse tourmente qui souffle sur *Vivre au crochet !* ? Je n'arrive même plus à me souvenir de leurs titres. J'ai interverti les dates de publication comme si je jouais au bonneteau, omettant totalement de soumettre les changements à la direction éditoriale. Je néglige certains livres depuis si longtemps qu'ils ont dû partir à l'impression sans que l'auteur ait écrit le moindre mot.

– Bien sûr, dis-je en reculant mon fauteuil d'une poussée que j'espère vive et professionnelle.

Je le suis dans son antre et il ferme soigneusement la porte derrière moi.

– Tiffy, commence-t-il, une fesse posée sur le bord de son bureau, je sais que vous avez été très occupée, ces derniers mois.

Je déglutis.

– Oh, pas de problème. Ça me plaît quand il y a de l'action. Merci, en tout cas.

Il me lance un regard incertain, ce qui est bien compréhensible, vu que j'ai répondu à peu près n'importe quoi.

– Vous avez fait de l'excellent travail avec le bouquin de Katherin, reprend-il. C'est un joli coup. Il fallait du flair pour humer cette nouvelle tendance, et du talent pour la faire éclore.

Je reste un moment sans voix, passablement perplexe. Je n'ai jamais humé cette tendance, pas plus que je ne l'ai fait éclore. Je publie des livres sur le crochet depuis que j'ai commencé à travailler chez Butterfingers.

– Heu… merci, dis-je d'une voix rendue hésitante par un léger sentiment de culpabilité.

– Nous sommes tellement impressionnés par le travail que vous avez fourni, ces derniers temps, que nous souhaitons vous proposer un poste d'éditrice.

Il faut quelques bonnes secondes pour que ces mots me pénètrent l'esprit. Et quand ils arrivent enfin à bon port, j'émets un hoquet des plus singuliers.

– Est-ce que ça va ? me demande-t-il, l'air un peu alarmé.

Je m'éclaircis la voix et me mets à couiner :

– Très bien ! Merci ! C'est juste que je ne m'attendais pas…

À être promue un jour. En fait, je pensais que ça n'arriverait jamais. J'avais cessé d'y croire.

– C'est parfaitement mérité, dit-il avec un sourire indulgent.

Je parviens à lui rendre son sourire, mais je ne sais pas trop comment je suis censée réagir. Ce que j'ai *vraiment* envie de faire, c'est de demander combien d'argent va me rapporter cette promotion. J'y renonce finalement, consciente qu'il n'existe pas de façon digne de poser une telle question. Au lieu de quoi je le remercie chaleureusement, ce qui me donne le sentiment d'être pitoyable, parce que ces remerciements serviles ne sont pas très dignes non plus quand on songe que, franchement, j'aurais dû être nommée éditrice il y a déjà deux ans. Je me redresse de toute ma hauteur et lui adresse un sourire plus résolu.

– Je ferais bien de retourner au travail, dis-je.

Ce genre de phrase fait toujours bon effet auprès de la direction.

– Absolument, dit-il. La RH vous fera parvenir l'avenant avec toutes les infos concernant votre nouvelle rémunération, etc.

Ce « etc. » sonne agréablement à mes oreilles.

Bravo pour la promotion ! Mieux vaut tard que jamais, pas vrai ? Je t'ai préparé des champignons Stroganoff pour fêter ça.

Je souris en lisant la note collée sur le frigo. En ce moment, ma note préférée est le dessin de Leon qui représente le type de l'appartement N° 5, assis sur un énorme tas de bananes (on ne sait toujours pas pourquoi son box sert d'entrepôt à un nombre impressionnant de cageots de bananes).

Je pose le front sur la porte du Frigidaire pendant quelques secondes, puis passe doucement les doigts sur l'épaisse couche de petits mots en prenant soin de ne pas faire tomber les aimants. Il y a tant d'histoires et d'émotions entassées sur cette porte : plaisanteries, secrets partagés, anecdotes, joies et peines de nos existences qui se croisent et évoluent en parallèle – ou, va savoir, en phase ?

J'attrape un stylo.

Merci ☺. L'appartement a été le témoin d'un grand nombre de danses de la victoire, j'ai pensé que tu voudrais en être informé. Tu sais, des trémoussements franchement embarrassants, voire carrément grotesques, ponctués de pitoyables tentatives de moonwalk. Je ne sais pas pourquoi, je t'imagine mal faire ça…

Puis-je savoir ce que tu as de prévu ce week-end ? Je suppose que tu vas encore dormir chez ta mère. Je me demandais si ça te dirait qu'on aille boire un verre pour fêter mon triomphe.

Baisers.

Attendre sa réponse me fait regretter, pour la première fois, qu'on n'utilise pas WhatsApp pour communiquer, comme les gens normaux. Ce soir, je donnerais n'importe quoi pour voir ces deux coches bleues apparaître à côté de ma note Post-it.

Le lendemain, de retour du travail, je me précipite vers le réfrigérateur. Et là, soigneusement collé sous ma note :

Tu te trompes : je prends moi-même plaisir à exécuter un moonwalk de temps à autre, du coin-cuisine jusqu'au canapé.
Malheureusement, impossible de prendre un verre avec toi à cause de ma quête du parfait Johnny White. Le prochain sur ma liste vit à Brighton.

Puis, en dessous, mais écrit avec une encre d'une autre couleur :

Tu vas sans doute trouver que c'est une idée absurde, mais si tu n'as rien contre une escapade en bord de mer, tu pourrais peut-être m'accompagner ?

Je reste un moment plantée devant le frigo, radieuse.

J'aimerais beaucoup t'accompagner ! D'autant que j'adore les stations balnéaires. Ça légitimise le port du canotier et de l'ombrelle, deux merveilleux accessoires que je n'ai pas assez l'occasion d'utiliser. Où veux-tu qu'on se retrouve ?
Baisers.

La réponse met deux jours à atterrir sur la porte du frigo. Je me demande si Leon a la trouille et qu'il regrette son audace. Mais, finalement, écrit d'une main rapide à l'encre bleue :

Victoria Station à 10 h 30 samedi. Rendez-vous est pris !
Je t'embrasse.

36

Leon

Rendez-vous est pris ? Rendez-vous est pris ? ! Et pourquoi pas *rendez-vous galant est pris*, tant que j'y étais ! Pour aller avec son canotier et son ombrelle.

Qu'est-ce qui m'est passé par la tête ? J'aurais dû écrire *À plus* ou *À samedi*, tout simplement. Mais non, il a fallu que j'écrive *Rendez-vous est pris*. Ça donne l'impression que c'est une sorte de *rencard*, de sortie pour mieux se connaître... et plus si affinités. Ce qui n'est pas le cas. Sans doute pas le cas.

Je me frotte les yeux et me balance d'un pied sur l'autre. Au-dessus de moi s'élève le panneau des départs de Victoria Station, autour duquel se presse une foule d'une centaine de personnes. Si les gens ont les yeux rivés sur la liste des trains en partance, les miens ne quittent pas la sortie du métro. J'aurais peut-être dû venir à poil pour que Tiffy me reconnaisse. Au fond, ça n'aurait pas été une si mauvaise idée : la température est anormalement haute pour une journée de septembre et mon jean me tient excessivement chaud.

Je vérifie que l'itinéraire depuis la gare de Brighton est bien téléchargé sur mon portable. Je vérifie l'heure. Je vérifie le quai de départ de notre train. Je recommence à me balancer d'un pied sur l'autre.

Lorsqu'elle arrive enfin, impossible de la rater. Elle porte une veste jaune canari et un pantalon moulant. D'un roux ardent, ses cheveux tombent sur ses épaules et ondulent à chacun de ses pas. Elle est plus grande que la plupart des gens qui vont et viennent autour d'elle, et les quelques centimètres de ses sandales à talons, du même jaune que sa veste, achèvent de la distinguer du commun des mortels. Elle semble pourtant inconsciente de l'attention qu'elle suscite sur son passage, ce qui rend la rend d'autant plus séduisante.

Tiffy sourit et agite la main lorsqu'elle m'aperçoit. Je la regarde s'approcher et compose un sourire niais. J'hésite soudain entre la poignée de main, la brève accolade et une bise… J'aurais facilement pu passer les dix dernières minutes à débattre cet épineux sujet. Au lieu de quoi, j'ai attendu qu'elle soit là, juste en face de moi, les joues rosies par la chaleur étouffante qui règne dans la gare.

J'hésite toujours et elle recule le haut du corps ; trop tard pour la prendre dans mes bras. Trop tard pour l'embrasser. Pas envie de lui serrer la main.

Tiffy : Salut.

Moi : Bonjour.

Et ensuite, en même temps :

Tiffy : Désolée, je suis en retard…

Moi : Je n'avais jamais vu ces chaussures avant…

Tiffy : Pardon, vas-y.

Moi : Ne t'inquiète pas, tu n'es pas franchement en retard.

Heureusement que nos phrases se sont chevauchées. Certes, je connais la plupart des chaussures de son imposante collection. Cela dit, fallait-il vraiment en faire le sujet des tout premiers instants de notre tout premier face-à-face ? Autant lui tendre la main et lancer : « Bonjour, Leon Twomey, psychopathe. »

On marche côte à côte jusqu'au quai de départ. Je n'arrête pas de jeter de petits regards dans sa direction. Allez savoir pourquoi, je n'arrive pas à me faire à sa taille. Je ne l'imaginais pas aussi grande.

Tiffy tourne à son tour les yeux vers moi et sourit quand nos regards se croisent.

Tiffy : Pas ce à quoi tu t'attendais ?

Moi : Pardon ?

Tiffy : Je parle de moi. Je suis différente de ce que tu imaginais ?

Moi : Oh, je...

Tiffy lève un sourcil.

Tiffy : Avant de m'avoir vue le mois dernier, bien sûr.

Moi : Eh bien, je n'ai pas vraiment pris le temps de te regarder, ce jour-là.

Je vois qu'elle se retient de rire.

Moi : Mais c'est vrai que quand on s'est... rencontrés dans la salle de bains, je ne m'attendais pas à ce que tu sois aussi...

Tiffy : Imposante ?

Moi : J'allais dire nue. Mais grande aussi, oui.

Cette fois-ci, elle se marre.

Tiffy : J'étais moins nue que toi.

Moi (avec une grimace d'embarras) : Merci de me le rappeler. Je suis désolé de t'avoir...

Aaahh. Comment finir cette phrase ? Je suis désolé de t'avoir... montré mes fesses ? C'est peut-être mon imagination, mais ses joues semblent passer du rose au rouge.

Tiffy : Sérieusement, Leon, c'était ma faute. Tu te douchais en toute innocence.

Moi : Ça arrive à tout le monde d'avoir une panne d'oreiller.

Tiffy : Surtout quand on a descendu une bouteille entière de gin la veille au soir.

On est à bord du train, maintenant, et la conversation connaît une pause tandis qu'on progresse dans l'allée centrale, à la recherche d'une place. Elle s'arrête devant des sièges répartis autour d'une table, et en une fraction de seconde je décide qu'il sera moins étrange d'être face à face que l'un à côté de l'autre. Mais à peine me suis-je glissé sur mon siège que je comprends mon erreur : cette configuration est très… les yeux dans les yeux.

Elle retire sa veste et révèle un chemisier couvert d'énormes fleurs vertes. Ses bras sont nus et le chemisier s'ouvre en V, bas sur sa poitrine. L'adolescent qui sommeille en moi se réveille brusquement et je reprends juste à temps le contrôle de mon regard.

Moi : Donc, tu disais… Une bouteille entière de gin ?

Tiffy : Eh ouais… En fait, j'étais à cette soirée de boulot, pour le lancement d'un livre, et Justin a débarqué alors que personne ne l'avait invité. Ce qui, eh bien, a eu des répercussions très alcoolisées.

Moi : Ton ex ? Ce n'est pas… bizarre ?

Tiffy se tripote les cheveux et semble un peu mal à l'aise.

Tiffy : C'est ce que je me suis dit au début, moi aussi. Je me suis demandé s'il m'avait suivie ou un truc tordu dans le genre. Mais s'il avait voulu me voir, rien ne l'empêchait de m'attendre tout simplement à la sortie du travail. Il pouvait même venir à l'appart, vu qu'apparemment il connaît mon adresse… Le bouquet de fleurs, tu te souviens ? Non, je suis parano, voilà tout.

Moi : C'est ce qu'il t'a dit ? Que tu étais parano ?

Tiffy (après quelques secondes de silence) : Non, il n'a pas dit ça. Pas aussi directement, en tout cas.

Moi (avec un temps de retard) : Attends… Tu ne lui as jamais donné ton adresse ?

Tiffy : Non. Je ne sais pas trop comment il l'a trouvée. Sans doute sur Facebook, ou un truc dans le genre.

Elle lève les yeux au ciel comme si tout ça n'était pas bien grave, mais j'ai du mal à voir la situation sous cet angle. Il y a un truc qui cloche avec ce Justin. J'ai la désagréable impression d'avoir vu des types comme ça passer dans la vie de ma mère. Des hommes qui expliquent aux femmes qu'elles sont folles lorsqu'elles se mettent à émettre des doutes sur leur comportement ; qui savent où elles vivent alors qu'elles ont pris soin de ne rien leur en dire.

Moi : Vous êtes restés longtemps ensemble ?

Tiffy : Environ deux ans. Mais c'était très passionnel, très intense. Séparations à répétition, éclats de voix, crises de larmes, et tout, et tout.

Elle semble surprise par ce qu'elle vient de dire, ouvre la bouche comme pour nuancer ses propos, se ravise finalement.

Moi : Et tes amis ne l'appréciaient pas, c'est ça ?

Tiffy : Mo et Gerty n'ont jamais pu l'encadrer. Ils se sont tout de suite méfiés de lui. Gerty dit qu'elle ne l'a pas senti dès le premier regard, alors qu'elle ne lui avait même pas encore adressé la parole.

Gerty monte d'un cran supplémentaire dans mon estime.

Tiffy : Ouais, tout ça pour dire que Justin a surgi de façon totalement inattendue et qu'il a essayé de m'entraîner ailleurs pour aller boire un verre. Je suppose qu'il voulait se justifier et me convaincre de revenir avec lui.

Moi : Tu as refusé ?

Elle acquiesce d'un signe de tête.

Tiffy : Je lui ai dit que je n'étais pas prête et qu'il devait attendre pour qu'on discute de tout ça. Au moins deux mois.

Elle se tourne vers la fenêtre et bat des paupières en regardant Londres s'éloigner derrière la vitre.

Tiffy (baissant la voix) : Je n'ai pas réussi à lui dire non une fois pour toutes. Justin est comme ça, c'est difficile de lui résister. Il est très… Je ne sais pas. C'est le genre d'homme qui capte toute l'attention quand il entre dans une pièce, tu vois ? Il en impose.

J'essaie d'ignorer les sirènes d'alarme qui se mettent à beugler sous mon crâne. Ce qu'elle me raconte ne me plaît pas du tout. Je n'avais pas perçu tout ça à travers ses notes, mais peut-être n'a-t-elle pris conscience de certaines choses que récemment. Il peut se passer pas mal de temps avant qu'une personne victime de cruauté mentale comprenne et admette le mal qu'on lui a fait.

Tiffy : Enfin, bref ! Désolée. Pfff… Quelle histoire.

Elle sourit.

Tiffy : C'est une conversation qui manque un peu de légèreté pour une première rencontre.

Moi : On a déjà fait connaissance.

Tiffy : C'est vrai. Il y a eu notre « mémorable rencontre aux abords de la douche ».

Moi : Ce que je voulais dire, c'est que j'ai l'impression qu'on se connaît depuis une éternité.

Ça me vaut un joli sourire.

Tiffy : Ouais, c'est dingue, non ? J'ai la même impression. C'est sûrement pour ça que c'est si facile de se parler.

Oui, c'est facile de discuter avec elle. Ce qui est sans doute encore plus surprenant pour moi, parce qu'il ne doit pas y avoir plus de trois personnes sur cette terre avec qui je me sens suffisamment à l'aise pour parler.

37

Tiffy

Je ne sais pas ce qui m'a pris de m'épancher comme ça. Sur les petits mots que je laisse à Leon, je n'ai jamais rien dit du retour brutal de ces souvenirs ou de ma décision de consulter un psy – ces notes sont pour moi un moment de quiétude et de détente que je n'ai aucune envie de gâcher avec toute cette noirceur liée à Justin. Mais, maintenant qu'on se trouve face à face, lui parler de ce qui m'occupe l'esprit me semble naturel. Avec Leon, j'éprouve cette sensation d'être écoutée sans être jugée qui donne envie, vous savez… de se confier.

On se laisse doucement glisser dans le silence tandis que le train file en rase campagne. J'ai l'impression que Leon aime cette paix : pas de malaise quand la conversation vient inévitablement à se tarir, car le silence semble faire partie de sa nature. C'est curieux, parce que quand il parle, il est présent, intéressant, avec cette façon à la fois réservée et intense qu'il a de s'exprimer.

Je profite qu'il a le visage tourné vers la fenêtre, ses yeux plissés filtrant les éclats du soleil, pour l'observer à la dérobée. Il a un côté débraillé avec son vieux T-shirt gris, et quelque chose me dit que ce collier en corde ne doit pas souvent quitter son cou. Je me demande ce qu'il signifie pour lui. Leon ne semble pas être le genre d'homme à porter un bijou ou un accessoire de mode, sinon pour des raisons sentimentales.

Il surprend et soutient un instant mon regard. Un papillon a dû s'endormir dans mon ventre, et voilà qu'il se réveille. Soudain, le silence n'est plus aussi confortable.

– Comment va monsieur Prior ? dis-je à brûle-pourpoint.

Leon semble pris au dépourvu.

– Monsieur Prior ?

– Le tricoteur aux doigts de fée qui m'a sauvé la vie. Je l'ai rencontré, quand je suis venue à Saint-Marks. Tu sais, le soir où tu étais occupé à m'éviter…

– Ah…

Il se masse la nuque et contemple ses genoux, puis relève les yeux avec un petit sourire bancal qui s'efface si vite que j'ai failli ne pas le voir.

– Ce n'était pas très glorieux de ma part.

– Hum…, fais-je en composant un visage outrageusement sévère. Est-ce que je te fais peur, Leon ?

– Un peu.

– Un peu ! Pourquoi ?

Il déglutit et repousse les mèches qui lui barrent le visage. Il a l'air tout nerveux, d'un seul coup, et c'est parfaitement adorable.

– Tu es très…

Sa main trace une arabesque dans l'air.

– Exubérante ? Envahissante ? Fantasque ?

Leon secoue la tête avec une petite grimace.

– Non… Ce n'est pas ce que je voulais dire.

J'attends.

– Écoute, reprend-il, est-ce qu'il t'est déjà arrivé d'avoir tellement envie de lire un livre que tu n'arrives pas à l'ouvrir ?

– Oh, absolument. Ça m'arrive tout le temps. Si j'avais une once de retenue, je n'aurais jamais été capable de lire le dernier tome de Harry Potter. L'attente était *douloureuse.* Je me posais un tas de questions, genre : et s'il n'est pas à la hauteur des précédents ? et si l'histoire n'est pas du tout ce que j'espère ?

– Eh bien justement, dit-il en me désignant d'un geste de la main. Je crois que c'est un peu comme ça que je ressens les choses...

– Et c'est moi le bouquin ?

– Oui. C'est toi le bouquin.

Je baisse les yeux vers mes mains, posées bien à plat sur mes cuisses, en faisant des efforts désespérés pour ne pas sourire.

– Quant à monsieur Prior, dit Leon en se tournant un instant vers la fenêtre, je n'ai pas trop le droit de parler de la santé de mes patients.

– Oh, bien sûr, je comprends. En tout cas, j'espère qu'on va trouver son Johnny White à Brighton. Monsieur Prior est un homme tout à fait charmant. Son histoire mérite un heureux dénouement.

Tandis qu'on poursuit notre voyage, entre conversations détendues et silences confortables, je lance de plus en plus de petits coups d'œil discrets à Leon. À un moment, nos regards se croisent dans le reflet de la vitre, et on détourne tous les deux le visage, comme si on avait vu quelque chose qu'on n'aurait pas dû voir.

Alors que le train ralentit à l'approche de Brighton, j'en suis presque à me dire que toute forme d'embarras a disparu entre nous. Mais lorsque Leon se lève et étire les bras pour attraper le sac à dos rangé au-dessus de son siège, son T-shirt remonte et dévoile la bande noire de son boxer Calvin Klein. Brusquement gênée, je me découvre une passion pour la table qui nous sépare.

Nous sortons de la gare sous un pâle soleil de septembre ; l'automne qui fuyait Londres semble avoir trouvé refuge à Brighton.

Des rangées de petites maisons blanches s'étirent le long des rues, avec ici et là le genre de pubs et de cafés que tout Londonien rêve de voir pousser dans son quartier.

M. White a donné rendez-vous à Leon au bout de la jetée. À notre arrivée sur le front de mer, je laisse échapper un petit cri d'excitation. La jetée s'avance dans l'eau gris-bleu, et soudain j'ai l'impression d'entrer dans un de ces tableaux victoriens où des baigneurs affublés de maillots qui leur descendent jusqu'aux genoux s'adonnent aux joies balnéaires. C'est parfait. Je plonge la main dans mon sac et en sors mon grand chapeau de paille souple des années 1950.

Leon me jette un regard amusé.

– Quel chapeau, dit-il tandis que je le visse sur ma tête.

– Quelle journée, dis-je en ouvrant grands les bras. Nul autre couvre-chef ne saurait lui rendre justice.

Il me sourit.

– On va sur la jetée ?

Je hoche furieusement la tête, les bordures de mon chapeau s'agitant comme les ailes d'un pingouin.

– On va sur la jetée !

38

Leon

On repère sans mal Johnny White VI. Un très vieil homme, seul au bout de la jetée, assis derrière le garde-corps, avec les pieds qui pendouillent dans le vide. Je m'étonne que personne ne lui ait dit d'aller s'asseoir ailleurs. Ça m'a l'air assez dangereux. Tiffy, en revanche, ne semble pas inquiète. Elle fait des petits bonds ravis, une main sur son chapeau.

Tiffy : Regarde ! Mon premier Johnny White ! Je parie que c'est le bon. Ça se sent, ces choses-là !

Moi : Impossible. On ne peut pas gagner du premier coup.

Mais je dois admettre qu'un résident de Brighton a plus de chances d'être une bonne pioche qu'un fumeur de marijuana retranché dans une caravane.

Tiffy a atteint le bout de la jetée avant que j'aie le temps de décider de la façon la plus sûre d'aborder le vieil homme, qu'une approche trop brusque pourrait faire basculer dans la Manche. La voilà qui escalade déjà le garde-corps et s'assoit à côté de lui.

Tiffy : Bonjour. Vous êtes monsieur White ?

Il se tourne vers elle, un sourire jusqu'aux oreilles.

J.W. VI : C'est bien moi. Mais vous n'avez pas une tête à vous appeler Leon !

Moi (parvenant à hauteur du garde-corps) : C'est moi qui vous ai contacté, monsieur White. Ravi de faire votre connaissance.

J.W. VI me considère d'un regard bienveillant.

J.W. VI : Tout le plaisir est pour moi, jeune homme. Vous voulez vous joindre à nous ? C'est mon endroit préféré.

Moi : Ce n'est pas… dangereux ?

Comme en réponse, Tiffy se met à balancer les pieds au-dessus de l'eau.

Moi : Je veux dire, les gens ne s'inquiètent pas de vous voir assis là ? Ils n'ont pas peur que vous tombiez ?

J.W. VI : Vous savez, tout le monde me connaît, ici.

Comme pour m'en convaincre, il tourne le haut du corps et adresse un joyeux signe de la main au vendeur de barbe à papa qui lui répond d'un doigt d'honneur tout aussi enjoué. Un petit rire secoue les épaules de Johnny White.

J.W. VI : Alors, quel est ce projet familial dont vous vouliez me parler ? Êtes-vous le petit-fils que j'ai perdu de vue depuis longtemps ?

Moi : C'est peu probable, monsieur White. Quoique pas entièrement impossible.

Tiffy se tourne et me jette un regard intrigué. Mais le moment me semble mal choisi pour lui parler des secrets qui ponctuent mon histoire familiale. Je me passe la main sur la nuque, un peu gêné par la chaleur. Elle est plus forte ici, avec le soleil qui se réverbère sur l'eau, et je sens quelques gouttes de transpiration perler à la naissance de mes cheveux.

Tiffy : Nous sommes là pour un ami… Monsieur Prior, ça vous dit quelque chose ?

Une mouette passe au-dessus de nous en criant et je vois Johnny VI tressaillir un peu.

J.W. VI : Je crains qu'il ne faille m'en dire un peu plus.

Moi : Notre ami s'appelle Robert Prior. Je crois qu'il a servi dans le même régiment que vous pendant la...

Le sourire de Johnny VI s'efface brusquement. D'un geste de la main, il me fait signe d'arrêter.

J.W. VI : Je vous prie de m'excuser, mais j'aime autant qu'on en reste là. Cette époque n'est pas... mon sujet de conversation préféré.

Tiffy (d'une voix très douce) : Et si on allait se mettre à l'ombre, monsieur White ? Ma peau réagit mal au soleil.

Elle tend les bras pour lui montrer sa peau laiteuse qui rosit déjà. Un sourire revient éclairer le visage de Johnny White VI.

J.W. VI : Une vraie Anglaise ! Dans le temps, les filles à la peau de porcelaine, on appelait ça une rose anglaise, vous savez.

Il se tourne vers moi.

J.W. VI : C'est une bien belle rose que vous avez là, jeune homme. Vous avez eu de la chance de la trouver. On n'en fait plus, des comme ça.

Tiffy : Je ne suis pas...

Moi : En fait, on est simplement...

Tiffy : Colocataires.

Il nous regarde alternativement, l'air peu convaincu.

J.W. VI : Si vous le dites. En tout cas, si le soleil vous incommode, la meilleure façon de se rafraîchir, c'est de piquer une tête.

Moi : Je n'ai pas pensé à prendre un maillot de bain.

Mes mots se chevauchent une nouvelle fois avec ceux de Tiffy :

Tiffy : Je suis partante, mais seulement si vous m'accompagnez monsieur !

Je la dévisage un instant. Je ne suis pas sûr que se baigner en septembre, et sans maillot de surcroît, soit une bonne idée. Mais Johnny VI semble ravi à l'idée de faire trempette. Elle est déjà en train de l'aider à franchir le garde-corps en sens inverse. Je me précipite pour éviter le drame : cet homme a largement passé l'âge de faire de telles acrobaties et la chute fatale lui pend au nez.

Je suis les deux intrépides qui se fraient un passage jusqu'à l'eau, slalomant entre les chaises longues. Je m'arrête un instant pour retirer chaussures et chaussettes. Délicieuse fraîcheur des cailloux polis sous mes pieds nus. Les rayons obliques du soleil font flamboyer les cheveux de Tiffy. Face à la mer, Johnny White retire sa chemise.

Et voilà que… Aaahh… Tiffy fait de même.

39

Tiffy

Ça faisait bien trop longtemps que je n'avais pas ressenti ça. En fait, si on m'avait posé la question quelques mois plus tôt, j'aurais dit que des moments aussi intenses ne pouvaient exister qu'avec Justin. La poussée d'adrénaline qui accompagne ces élans merveilleusement spontanés, cette sensation d'être *en vie* quand on s'abandonne à l'imprévu et qu'on fait taire ces petites voix intérieures qui parlent de raison… Dieu que ça m'a manqué. Riant et trébuchant, la vue masquée par une pluie de cheveux, je me tortille hors de mon jean moulant tandis que M. White balance son short en direction d'une chaise longue qui nous tient lieu de vestiaire.

Leon reste en retrait, à quelques mètres de nous. Je me retourne et vois qu'il sourit aussi. M. White n'est plus vêtu que de son slip.

– Prêt, monsieur White ?

Une petite brise s'est levée ; mes cheveux me fouettent les joues et le vent chatouille la peau nue de mon ventre.

M. White n'a pas besoin qu'on le lui dise deux fois. Il a déjà de l'eau jusqu'aux mollets – quelle énergie pour un homme d'au moins quatre-vingt-dix ans ! Je me tourne à nouveau vers Leon, qui n'a retiré que ses chaussures et ses chaussettes. Il fait une drôle de tête, difficile à interpréter.

– Allez, Leon ! Viens !

Je cours vers l'eau en lui faisant signe de nous rejoindre.

– C'est absurde ! me crie-t-il.

J'ouvre grands les bras :

– Qu'est-ce qui te retient ?

Je me fais peut-être des idées, d'autant qu'il est assez loin, mais on dirait bien que ses yeux ont du mal à rester sur mon visage. Je réprime un sourire.

– Allez, venez ! crie Johnny White, déjà en train de nager la brasse. Elle est merveilleusement bonne !

– Je n'ai pas de maillot ! répond Leon.

– Et alors ? Quelle différence ça fait ? crié-je en pointant le doigt sur mes sous-vêtements noirs, – pas de dentelle cette fois-ci.

Je suis dans l'eau jusqu'aux hanches, à présent, et sa morsure fraîche m'arrache une grimace.

– Peut-être aucune pour les femmes, mais ce n'est pas tout à fait pareil pour…

J'imagine que Leon finit sa phrase, mais je n'entends pas les derniers mots. Je me retrouve brusquement sous l'eau, frappée par une douleur cinglante à la cheville. Je pousse un cri perçant et avale une gorgée si salée que ça me brûle la gorge. Mes mains battent instinctivement la surface de l'eau et mon pied valide finit par toucher le fond. Mais quand l'autre l'imite, à la recherche d'équilibre, la douleur est si vive qu'elle me fait à nouveau basculer. Je suis ballottée dans tous les sens. J'ai dû me faire une entorse à la cheville, me souffle l'écho lointain de ma conscience. *Ne panique pas*, ajoute-t-il, mais c'est trop tard : je bois la tasse et crache de l'eau avec la sensation de m'étouffer, les yeux et la gorge en feu. Je n'arrive pas à regagner le rivage, incapable de trouver mon équilibre tant la douleur est vive chaque fois que j'essaie de nager…

Quelqu'un tâche de m'attraper. Je sens des mains tâtonner sur mon corps à la recherche d'une prise ; quelque chose cogne contre ma cheville douloureuse, mais le cri que je pousse reste bloqué dans ma gorge, comme si elle était obstruée. Leon me tire hors de l'eau, m'attirant contre lui. Je passe les bras autour de son corps et il manque de couler avec moi, avant de parvenir finalement à repartir en nage indienne, un bras solidement enroulé autour de ma taille, m'entraînant vers la plage jusqu'à ce qu'on ait pied.

Tout tourne autour de moi et je n'arrive pas à respirer. Je m'agrippe désespérément à son T-shirt, prise de haut-le-cœur et de quintes de toux aqueuses, tandis qu'il m'allonge sur les galets de la plage. Je suis à bout de forces, le genre d'épuisement qu'on ressent après une nuit passée à rendre tripes et boyaux, quand garder les yeux ouverts devient un exploit.

J'entends la voix de Leon, lointaine et irréelle :

– Tiffy... Tiffy...

Impossible d'arrête de tousser. J'ai tellement d'eau dans la gorge ; je ne cesse d'en vomir par giclées sur les galets brillants, contrainte de fermer les yeux pour ne pas voir chavirer le décor, la tête si lourde que c'est à peine si je parviens à la soulever. Reléguée au second plan, ma cheville m'inflige une douleur pulsative.

J'émets des hoquets rauques. J'ai l'impression d'avoir le corps inondé, rempli à ras bord d'eau salée. Leon a dégagé mon visage des cheveux que l'eau y avait plaqués, et je sens ses doigts qui s'enfoncent doucement dans la chair de mon cou, comme pour vérifier quelque chose. Il m'enveloppe ensuite dans ma veste et me frotte les bras à travers le tissu ; ça me brûle la peau et je tente de me dégager, mais il me tient fermement contre lui.

– C'est fini, dit-il. Tout va bien, maintenant.

Au-dessus de moi, son visage apparaît par intermittence.

– Je pense que tu t'es fait une entorse à la cheville, Tiffy. Et tu as avalé une grande quantité d'eau, mais ce n'est rien de grave, d'accord ? Essaie de respirer plus lentement, si tu peux.

Je fais de mon mieux. Derrière lui, je distingue à présent le visage inquiet de Johnny VI. Il a déjà remis son pantalon et je vois sa bonne tête s'engouffrer dans son pull.

– Vous connaissez un endroit bien chaud où elle pourrait s'allonger un moment ? lui demande Leon.

– Le Bunny Hop Inn, répond sans hésiter M. White. Je connais bien la gérante, poursuit le vieil homme. Elle nous ouvrira une chambre, pas de problème.

– Parfait, dit Leon d'une voix calme.

Son visage s'approche du mien :

– Tu veux bien que je te soulève dans mes bras, Tiffy ?

Lentement, le crâne dans un étau, je hoche la tête. Leon m'attrape sous les aisselles et les genoux, et je sens que je quitte mon lit de galets. Ma respiration se fait plus lente et je laisse ma tête reposer contre sa poitrine. La plage défile autour de moi dans un flou coloré ; visages tournés dans notre direction comme autant de points roses et bruns posés sur un fond bariolé de parasols, de serviettes et de chaises longues. Je ferme les yeux au bout de quelques secondes.

Leon pousse un juron entre ses dents.

– Où sont les marches ?

– Par là, dit Johnny White, quelque part à ma gauche.

On traverse la rue et j'entends le va-et-vient de la circulation. Leon respire fort et sa poitrine se soulève contre ma joue. Par comparaison, ma respiration semble avoir retrouvé un semblant de normalité, et cette étrange sensation de lourdeur dans les poumons a diminué.

– Babs ! Babs ! s'écrie M. White, tandis qu'on pénètre dans une pièce, sans doute l'entrée de l'hôtel.

Il y a de l'agitation autour de moi et, l'espace d'un instant, je me sens affreusement gênée. Je me tortille pour retrouver la terre ferme, mais je suis prise d'un vertige et j'agrippe à nouveau le T-shirt de Leon, qui trébuche sous l'effet de la fatigue.

– Reste tranquille, dit-il. On est presque arrivés.

Je pousse un hurlement. Ma cheville vient de cogner contre la rampe. Il laisse échapper un nouveau juron et relève un peu les bras pour que ma tête retrouve sa poitrine.

– Pardon, pardon, dit-il en grimpant les marches.

Je distingue des murs roses ornés de tableaux aux cadres kitsch, tout en dorures tarabiscotées, puis une porte s'ouvre et Leon me pose sur un lit merveilleusement moelleux. Des visages inconnus passent dans mon champ de vision dont une femme en tenue de maître-nageur. Leon me soutient le dos avec son avant-bras pendant qu'il arrange les oreillers derrière moi.

– Tu peux t'asseoir ? me demande-t-il doucement.

J'essaie de parler, mais je me mets à tousser.

– Prends ton temps, dit-il tandis que je roule sur le côté.

Il ramène mes cheveux trempés derrière mes épaules et tourne la tête :

– Vous auriez d'autres couvertures ?

Quelqu'un étend sur moi une couverture épaisse et rêche, peut-être deux. Leon s'efforce une nouvelle fois de me redresser.

– Ce serait mieux si tu avais le dos à la verticale, dit-il.

Son visage est tout près du mien. Je vois la barbe naissante qui assombrit à peine ses joues. Il me regarde droit dans les yeux. Les siens, d'un brun doux, tendre, m'évoquent du chocolat au lait.

– Tu crois que tu peux faire un nouvel essai ?

Je me redresse contre les oreillers, tentant sans grand succès d'agripper la couverture avec mes doigts glacés.

– Que dirais-tu d'une tasse de thé pour te réchauffer ? demande Leon, balayant déjà l'assemblée du regard à la recherche de quelqu'un qui pourrait en apporter.

Un des inconnus qui m'entourent s'éclipse par la porte entrouverte. Johnny White semble s'être éclipsé, lui aussi – mon Dieu, j'espère qu'il a pu se réchauffer –, mais la pièce est encore encombrée comme un hall de gare. Je me remets à tousser et tourne le visage pour échapper à tous ces regards.

– Laissons-la respirer un peu, dit Leon. Si tout le monde veut avoir la gentillesse de sortir... Oui, ajoute-t-il en réponse à une question que je n'entends pas, ne vous en faites pas.

Il se lève pour accompagner les gens vers la sortie.

Plusieurs personnes donnent des conseils hâtifs, les voix se mélangent un peu. La gérante dit à Leon de ne pas hésiter à l'appeler en cas de besoin. Enfin, la chambre se vide.

– Je suis désolée, dis-je tandis que Leon ferme la porte.

Une nouvelle quinte de toux ponctue ces mots.

– Désolée de quoi ? C'est moi qui suis désolé pour toi. Comment te sens-tu ?

– Gelée et un peu courbatue.

– Je ne t'ai pas vue disparaître sous l'eau. Tu te souviens si tu t'es cogné la tête sur un galet ou autre chose ?

Il retire ses chaussures et va s'asseoir en tailleur à l'autre bout du lit. Je me rends compte qu'il grelotte, lui aussi. L'eau imprègne ses vêtements et les plaque sur sa peau.

– Mon Dieu, tu es trempé jusqu'aux os, Leon !

– J'aimerais m'assurer que tu n'as pas d'œdème cérébral, et après ça je me change, d'accord ?

Je lui adresse un faible sourire.

– Non, dis-je. Je ne crois vraiment pas m'être cogné la tête, juste tordu la cheville.

– Tant mieux pour ta tête. Et tu peux me dire dans quelle ville on est ?

– À Brighton.

Je promène le regard autour de moi.

– Et non pas chez ma mère comme pourrait le faire croire tout ce papier peint à fleurs.

C'est la phrase la plus longue que j'aie prononcée depuis que j'ai bu la moitié de la Manche, et je la paie d'une belle quinte de toux. Mais en voyant le visage de Leon s'éclairer d'un petit sourire de travers, je me dis que le jeu en valait la chandelle.

– Je vais considérer que l'humour est le signe d'un cerveau qui fonctionne bien, dit-il. Ça fait une bonne réponse. Peux-tu me donner ton nom de famille et ton second prénom, s'il te plaît ?

– Tiffany Rose Moore.

– Je ne connaissais pas ton deuxième prénom. Rose... comme la rose anglaise dont a parlé Johnny VI. Ça te va bien.

– Tu n'es pas censé me poser des questions dont tu connais les réponses ? C'est peut-être tout ce liquide qui se balade dans mon cerveau qui m'a soufflé ce prénom.

– Je me demande si je ne préférais pas quand tu étais à moitié dans les vapes, Tiffy.

Il se penche vers moi et pose la main sur ma joue. Sa paume ne fait que m'effleurer, mais c'est un geste aussi doux qu'inclassable. J'ai du mal à soutenir le regard qu'il plante au fond de mes yeux pour vérifier quelque chose. Enfin, je suppose.

– Tu te sens somnolente ? demande-t-il.

– Heu... Pas vraiment, non. Je suis fatiguée, mais ce n'est pas ce que j'appellerais un état de somnolence.

Il hoche la tête et reste un instant immobile, comme s'il ne pouvait se résoudre à retirer sa main.

– Je vais passer un coup de fil à une de mes collègues médecin. Elle est interne et vient de faire ses quatre mois aux urgences.

Elle a dû voir un paquet d'entorses et je suis sûr qu'elle saura m'expliquer comment faire pour examiner ta cheville. Ça te convient comme ça ? Je pense que ce n'est qu'une belle foulure, mais mieux vaut s'assurer qu'il n'y a rien de plus sérieux.

C'est étrange de l'écouter parler avec un des médecins qui travaillent dans la même unité que lui. Il n'est pas différent du Leon que je connais – aussi posé que quand il discute avec moi, et avec ce léger accent chantant qui fleure bon l'Irlande –, mais il a l'air plus… adulte.

Des rides soucieuses sont revenues plisser son front et il se penche à nouveau sur le lit, déplaçant le bas des couvertures pour dégager ma cheville et une partie de ma jambe.

– Ça te va si je joue au médecin pour qu'on sache si tu as besoin d'aller aux urgences ?

Je déglutis.

– Oui… Vas-y.

Il presse doucement les doigts sur diverses parties de ma cheville, jusqu'à ce que je me raidisse brusquement sous l'effet de la douleur.

– Excuse-moi, dit-il en posant sa main fraîche sur le bas de ma jambe.

J'ai aussitôt la chair de poule et remonte la couverture, un peu gênée. Leon fait bouger très délicatement mon pied d'un côté puis de l'autre, le regard passant de ma cheville à mon visage.

– Si tu devais noter ta douleur entre zéro pour même pas mal, et dix pour une douleur insupportable, dit-il, combien tu mettrais ?

– Je ne sais pas. Disons, six.

En réalité, je pense *huit, huit, huiiiit !*, mais je n'ai pas envie qu'il me prenne pour une mauviette.

Un coin de sa bouche se relève légèrement, et j'ai comme l'impression d'avoir été percée à jour. Je regarde ses mains se déplacer sur ma peau tandis qu'il poursuit l'examen de ma cheville, et je me demande pourquoi je n'ai jamais pris conscience du caractère si intime de ce genre de manipulations médicales ; à quel point c'est une affaire de toucher, presque de caresses. C'est vrai que d'ordinaire, ça se pratique dans le cabinet d'un médecin, pas en petite tenue sur le grand lit d'une chambre d'hôtel.

– D'accord..., dit Leon en reposant précautionneusement mon pied. Je dirais que tu t'es officiellement foulé la cheville. Je ne suis pas certain que ça vaille la peine d'attendre cinq heures aux urgences. Sauf si tu préfères y aller, bien sûr.

Je décline la proposition d'un mouvement de tête. J'ai le sentiment d'être entre de bonnes mains, ici.

Quelqu'un frappe à la porte et une femme d'une cinquantaine d'années entre avec deux mugs fumants et une pile de vêtements.

– Oh, parfait. C'est très gentil à vous, dit Leon avant de la débarrasser des tasses et de m'en donner une.

C'est un chocolat chaud, et ça sent merveilleusement bon.

– J'ai pris la liberté de les faire à l'irlandaise, dit la femme avec un clin d'œil. Je m'appelle Babs, ajoute-t-elle. Bienvenue dans mon hôtel. Comment vous sentez-vous ?

Je prends une profonde inspiration qui fait trembler le haut de mon corps.

– Beaucoup mieux depuis que je suis ici. Merci infiniment pour votre hospitalité.

– Vous voulez bien rester auprès d'elle le temps que je me change ? lui demande Leon.

– Je n'ai pas besoin qu'on me...

Mais une énième quinte de toux m'empêche de terminer ma phrase.

– Ne la quittez pas des yeux, dit Leon du ton d'un médecin qui passe ses consignes à une infirmière.

L'instant d'après, il disparaît dans la salle de bains.

40

Leon

Je m'adosse à la porte de la salle de bains, les yeux clos. Pas de commotion cérébrale et une simple foulure. Ça aurait pu être pire. Bien pire.

Maintenant que je suis seul et que la pression retombe, je prends conscience d'avoir froid. Je retire mes vêtements trempés et me fais couler une douche bien chaude. Avant de me glisser dans la cabine, je prends le temps d'envoyer un rapide message de remerciement à Socha. Mon portable a miraculeusement survécu à la baignade – juste un peu de buée sous l'écran.

Une fois sous la douche, je reste le temps qu'il faut pour arrêter de grelotter. Je me répète que Babs est avec Tiffy, mais ça ne m'empêche pas de m'habiller à toute allure. Je ne prends même pas le temps de passer une ceinture pour retenir le pantalon mille fois trop grand que Babs a eu la gentillesse de me trouver. Tant pis, il me tombera à mi-fesses, façon rappeurs des années 1990.

Quand je retourne dans la chambre, Tiffy a réuni ses cheveux en chignon. Un soupçon de rose est revenu colorer ses joues et ses lèvres. Elle me sourit et un drôle de mouvement se produit dans ma poitrine. Difficile à décrire. Comme le pêne d'un verrou qui coulisse dans sa gâche. Ou *hors* de sa gâche ?

Moi : Alors, ce chocolat chaud à l'irlandaise ?

Tiffy pousse l'autre mug vers moi, encore intact sur la table de chevet.

Tiffy : Goûte le tien et tu m'en diras des nouvelles.

Des petits coups se font entendre à la porte. Je prends la tasse et vais ouvrir. C'est Johnny VI, la mine très inquiète et vêtu comme moi d'un pantalon si grand qu'il en devient comique.

J.W. VI : Comment va notre Tiffy ?

« Notre », hein ? Quelque chose me dit que Tiffy est le genre de personne que les gens adoptent facilement, même s'ils ne la connaissent que depuis quelques heures ou qu'ils la croisent une fois tous les trente-six du mois.

Tiffy : Je vais bien, monsieur White ! Ne vous inquiétez pas.

Mais une quinte de toux vient aussitôt démentir ces mots. Johnny VI fait un pas timide vers le lit, l'air accablé.

J.W. VI : Je suis vraiment confus. Je me sens responsable de ce qui vous est arrivé. C'est moi qui ai eu l'idée de piquer une tête. J'aurais dû m'assurer que vous saviez nager !

Tiffy : Mais je *sais* nager, monsieur White. J'ai perdu l'équilibre à cause de ma cheville et j'ai paniqué, voilà tout. Si vous voulez absolument que ce soit la faute de quelqu'un, alors c'est celle de ce fichu caillou qui m'a bousillé la cheville.

Les mots de Tiffy semblent faire du bien à Johnny VI, qui retrouve un peu d'allant.

Babs : En tout cas, vous restez dormir ici, tous les deux. Pas de protestation, c'est moi qui vous invite.

On proteste tout de même : Tiffy assure qu'elle n'a pas besoin de garder le lit, mais les sons étranges et vaguement inquiétants qu'elle se met à produire, à mi-chemin entre l'expectoration et le hoquet sifflant, portent un coup sévère à son argumentation.

Moi : Pourquoi pas pour Tiffy, si vous insistez, mais il n'y a pas de raison que je reste, maintenant qu'elle…

Babs : Taratata ! Ça ne change rien pour moi, n'est-ce pas ? Et puis il faut que quelqu'un veille sur Tiffy, et je ne suis pas vraiment qualifiée. Mes connaissances médicales s'arrêtent à peu près aux vertus d'un verre de whisky. John, tu veux que je te reconduise chez toi ?

Johnny VI essaie à son tour de refuser, mais Babs obtient gain de cause après de longs palabres et finit par quitter la chambre avec lui. Je laisse échapper un soupir de soulagement.

Tiffy : Ça va, Leon ?

Moi : Très bien. C'est juste que je n'ai pas beaucoup de goût pour…

Tiffy : L'agitation ?

Je hoche la tête.

Elle me sourit et remonte les couvertures sous son menton.

Tiffy : Tu es infirmier. Ça ne doit pas être de tout repos.

Moi : L'unité de soins palliatifs n'est pas le service le plus agité, même si je cours souvent d'une chambre à l'autre. Et il faut toujours être en alerte. Mais c'est différent, parce que c'est mon travail. Et j'ai besoin de calme une fois mon service terminé.

Tiffy : Tu es un introverti.

Je fais la grimace. Je ne suis pas très fan des tests de personnalité, genre Myers-Briggs.

Tiffy : Moi, c'est tout le contraire. J'ai besoin d'être entourée. Je suis incapable de comprendre ce qui m'arrive avant d'avoir appelé Gerty, Mo ou Rachel.

Moi : Tu veux appeler quelqu'un maintenant ?

Tiffy : Oh, merde, mon portable était dans mon…

Son regard se pose sur ses vêtements, en tas dans un coin de la pièce. Tiffy bat des mains, ravie de la bonne surprise.

Tiffy : Tu veux bien me passer mon pantalon ?

Je m'exécute et la regarde fouiller les poches à la recherche de son téléphone.

Moi : Je vais aller nous chercher quelque chose à manger. Tu as besoin d'être tranquille pendant combien de temps ?

Tiffy écarte quelques mèches de son visage et me dévisage un instant en silence, portable à la main. Ce drôle de verrou se remet à coulisser dans ma poitrine. Je me demande quelle porte il essaie d'ouvrir.

Tiffy : Une demi-heure ?

Moi : Va pour une demi-heure.

41

Tiffy

– Est-ce que tu vas bien ? Tu es allée aux urgences ?

C'est la première chose que me demande Mo. De son côté, Gerty s'intéresse aux dessous de l'affaire :

– Pourquoi ne nous as-tu jamais parlé de ce qui s'est passé dans cette salle de bains ? Est-ce que tu es amoureuse de ce type avec qui tu partages un lit, mais que tu nous le caches parce que tu vas finir par coucher avec lui ?

– Oui, je vais bien, et non je ne suis pas allée aux urgences, mais Leon a examiné ma cheville en s'aidant des conseils d'une de ses collègues médecin. J'ai juste besoin de repos, d'après lui. Ou de whisky, d'après la directrice de l'hôtel. Je pense que je vais suivre les deux traitements.

– Et maintenant, réponds à ma question, dit Gerty.

– Non, je ne suis pas amoureuse de lui, dis-je en changeant de position sur le lit. Et je ne vais pas coucher avec lui. On est amis, c'est tout.

– Il a une copine ?

– Plus maintenant, en fait. Mais…

– Désolé, intervient Mo, mais je voudrais simplement éclaircir un point. Est-ce que ta cheville a été examinée par un vrai…

– Oh, ferme-la, Mo ! l'interrompt Gerty. Elle est avec un infirmier. Elle a bu la tasse et elle s'est foulé la cheville, je pense qu'elle va s'en remettre. Tiffy, tu es certaine de ne pas souffrir d'une sorte de syndrome de Stockholm ?

Mo revient à la charge :

– Il y a une grande différence entre un infirmier urgentiste et un infirmier en soins pallia…

Cette fois-ci, c'est moi qui l'interromps :

– Pourquoi tu me parles du syndrome de Stockholm, Gerty ?

– Cet homme a flairé la jeune femme en position de faiblesse. Il t'a fourni un toit alors que tu étais à la rue et ne t'a laissé d'autre choix que de dormir dans son lit, et maintenant tu penses que tu es amoureuse de lui.

– Non, je ne pense *pas* être amoureuse de lui. Comme je viens de te l'expliquer, je le considère comme un ami.

– Mais tu as accepté une escapade en bord de mer avec lui, réplique Gerty. Ça vaut largement un dîner aux chandelles.

– Tiffy, dit Mo, tu as l'air d'aller bien, mais je voudrais juste m'en assurer. Je suis sur le site Allô Médecins, là : tu veux bien te lever et essayer de t'appuyer sur ta cheville pour…

– Tu crois qu'un psy qui l'examine avec l'aide de Google vaut mieux qu'un infirmier qui l'examine avec l'aide d'un médecin ? lui lance Gerty.

– C'est juste une innocente sortie entre amis, dis-je, ce qui est à peu près l'inverse de ce que je crois.

Je ne suis pas certaine d'apprécier cette nouvelle habitude qu'ont Mo et Gerty de répondre ensemble au téléphone. J'ai appelé Mo parce que je voulais parler à Mo. Non que j'aime moins parler à Gerty, mais c'est une expérience entièrement différente, et pas forcément de celles qu'on a envie de vivre juste après avoir échappé à la noyade.

– Il faut que tu m'expliques une nouvelle fois cette histoire de Johnny White, dit Gerty.

Je regarde l'heure sur l'écran de mon portable. Il reste tout juste cinq minutes avant que Leon revienne avec notre déjeuner.

– Écoutez, il faut que je vous laisse, dis-je. Mais, Mo, je vais bien, ne t'inquiète pas. Et, Gerty, réfrène tes instincts protecteurs, s'il te plaît. Leon n'essaie pas de coucher avec moi, il n'élabore pas de ruses diaboliques pour que je devienne sa chose et il ne va pas m'enfermer dans son sous-sol, d'accord ?

– Fais attention à toi, parvient à glisser Mo juste avant que Gerty ne raccroche (elle n'a pas une passion pour les au revoir).

Je compose immédiatement le numéro de Rachel.

– Donc, ce qu'il faut retenir de tout ça, c'est que tu n'as pas encore réussi à passer un moment avec ce Leon sans enlever presque tous tes vêtements.

Elle parvient toujours à me faire rire.

– Je te conseille de rester habillée à partir de maintenant. Il va finir par penser que tu es une… Comment ça s'appelle, déjà, quand on aime se montrer à poil ? Tu sais, comme ces pervers en imper dans les parcs ?

– Hé ! fais-je d'un ton indigné. Je ne suis pas comme ça !

– Je dis simplement tout haut ce que tout le monde pense tout bas, ma chère. Et sinon, c'est sûr que tu ne vas pas clamser, hein ?

– Je ne pense pas, Rachel. Juste courbatue et fatiguée.

– Bon, d'accord. Dans ce cas, profite bien de ton séjour gratuit à l'hôtel et appelle-moi si tu te surprends à dégrafer accidentellement ton soutif pendant le dîner.

On frappe à la porte.

– Merde, il faut que je raccroche. Salut, Rachel !

Je laisse tomber le téléphone à côté de moi et me redresse sur le lit. J'ai réussi à enfiler le pull que Babs m'a passé. Au moins, je suis décente jusqu'à la taille, maintenant.

– Entre !

Leon apparaît avec un sourire et un grand sac qu'il brandit fièrement. Une odeur de fish and chips emplit la chambre.

– Voilà ce qu'on doit manger quand on est au bord de la mer ! dis-je les yeux fermés et respirant à pleins poumons.

– Et ce n'est pas fini…, annonce Leon en plongeant la main dans le sac en plastique.

Il en extrait un second sac, en papier celui-là, qu'il me tend d'un air satisfait. Je regarde aussitôt ce qu'il contient : des cupcakes Red Velvet, avec leur glaçage crémeux au fromage.

– Des gâteaux ! Les meilleurs gâteaux du monde !

– Ordre du médecin. Enfin… ma collègue Socha a dit : « Va lui acheter quelque chose à manger. » Le choix du fish and chips et des cupcakes relève d'une initiative personnelle.

Ses cheveux sont presque secs ; le sel les a bouclés encore plus qu'avant la baignade forcée, et ses oreilles peinent à contenir leur appétit de liberté. Il surprend mon regard et s'efforce de les discipliner avant de me lancer un sourire penaud.

– Tu n'es pas censée me voir avec cette dégaine, dit-il.

– Oh, parce que c'est comme ça que toi, tu es censé me voir ! dis-je en désignant d'un geste vague mon pull informe, le maquillage qui a coulé sur la peau blafarde de mon visage et cette tignasse emmêlée qui me donne l'air d'une folle. J'adore le look « rat mouillé », tu ne savais pas ?

– Plutôt le look sirène, non ?

– C'est drôle que tu dises ça, parce que j'ai justement une queue de sirène là-dessous, dis-je en tapotant la couverture qui recouvre mes jambes. Une sirène qui se noie, c'est tout moi.

Ça fait sourire Leon, qui dispose la nourriture entre nous sur le lit. Il enlève ses chaussures et s'assoit avec moi en prenant soin de rester à distance de ma cheville enflée.

Le fish and chips est à tomber par terre. C'est exactement ce dont j'avais envie, même si je ne l'ai su qu'au moment où j'ai senti cette odeur s'échapper du sac. Leon a rapporté à peu près tout ce qui peut accompagner un fish and chips : purée de pois cassés, beignets d'oignons, sauce curry, oignons marinés. On n'en laisse pas une miette. On fait aussi un sort aux cupcakes, même si les dernières bouchées demandent une volonté de fer.

– C'est vraiment épuisant de frôler la mort, dis-je, soudain prise d'une impérieuse envie de dormir.

– Fais une sieste, propose Leon.

– Tu n'as pas peur que je m'endorme et que je ne me réveille jamais ? dis-je, la pièce disparaissant déjà derrière mes paupières merveilleusement lourdes.

– Ne t'inquiète pas, dit-il, je vais simplement te réveiller toutes les cinq minutes pour m'assurer que tu n'as pas de traumatisme crânien.

Mes yeux s'ouvrent d'un coup.

– Toutes les cinq minutes ?

Il rit comme un gamin, rassemblant déjà ses affaires.

– Allez, repose-toi. On se voit dans quelques heures.

– Je suis choquée, dis-je alors qu'il passe la porte. Les infirmiers ne devraient pas faire ce genre de plaisanteries.

Mais je ne crois pas qu'il m'ait entendue. J'entends la porte se renfermer derrière lui juste avant de sombrer dans le sommeil.

Le sursaut qui me fait bondir au réveil se paie d'une vive douleur à la cheville. Je pousse un cri et roule des yeux affolés autour de moi. Papier peint à fleurs. C'est ma chambre d'ado ? Qui est cet homme près de la porte, en train de lire dans un fauteuil…

– Tu lis un *Twilight* ?!

Leon pose le livre sur ses cuisses et me regarde avec une mimique étonnée.

– Tu es passée du sommeil à la réprobation en un temps record, Tiffy.

– En voyant ce bouquin dans tes mains, j'ai cru que je faisais un rêve bizarre.

– C'est tout ce que Babs avait à proposer. Comment te sens-tu ?

Je prends le temps de considérer sa question. Ma cheville irradie une douleur lancinante et ma gorge affreusement irritée semble gorgée de sel, mais je n'ai plus mal à la tête. Cela dit, je sens que mes abdos vont me faire payer toutes ces quintes de toux.

– Beaucoup mieux, je dois dire.

Il accueille ces mots d'un sourire. Quand il est sérieux, ses traits fins lui donnent un air un peu sévère, mais quand il sourit ses yeux sombres s'allument et ses lèvres s'attendrissent, découvrant de belles dents.

Je regarde l'heure sur mon portable (essentiellement un prétexte pour détourner le regard) et je prends soudain conscience d'être au lit, cheveux ébouriffés et en culotte, une portion non négligeable de mes jambes nues dépassant de sous la couverture.

– Mon portable a pris l'eau ou il est vraiment 18 h 30 ?

– Tu avais besoin de dormir, dit Leon.

– Qu'est-ce que tu as fait pendant tout ce temps ?

Il me montre son marque-page. À vue de nez, il ne lui reste pas plus de deux chapitres à lire.

– Pour quelqu'un qui se trouve si peu séduisante, cette Bella Swan a un succès fou avec les garçons, dit-il. Hormis son père, tout le monde tombe amoureux d'elle.

Je hoche gravement la tête.

– Ce n'est pas une partie de plaisir, d'être Bella Swan.

– La pauvre… Tu veux essayer de marcher sur ce ballon qui te tient lieu de cheville ?

– Et si je restais plutôt au lit jusqu'à la fin des temps ?

– Tu gagnes un bon dîner et un verre de whisky si tu arrives à descendre jusqu'en bas.

Je lui jette un regard. Le sien est parfaitement calme, et je comprends qu'il doit être un excellent infirmier.

– Marché conclu, dis-je. Mais il faut d'abord que tu te tournes pour que je puisse enfiler mon pantalon.

Une Tiffy en sous-vêtements serait du réchauffé pour lui, mais il a l'élégance de n'en rien dire, se contentant de pivoter dans son fauteuil avant de rouvrir *Twilight*.

42

Leon

Il ne faut surtout pas que tu sois bourré. J'ai beau me répéter ça en boucle, ça ne m'empêche pas de continuer à siroter mon whisky. Un whisky on the rocks, affreux. Du moins ça le serait si Babs n'avait insisté pour nous l'offrir, ce qui l'a tout de suite rendu un peu moins imbuvable.

On s'est installés autour d'une table en bois bancale avec vue sur la mer. La flamme d'une grosse bougie plantée dans une théière vacille entre nous. Tiffy est conquise par le bougeoir théière : la voilà bientôt engagée dans une conversation animée sur la décoration d'intérieur avec le personnel du restaurant.

Sa cheville blessée repose sur un coussin, jambe à l'horizontale. Ordre de Socha. Mais c'est de sa propre initiative qu'elle vient de poser son autre pied sur le coussin : à présent, c'est tout son corps qui s'étire presque à l'horizontale, ses cheveux coiffés en arrière incendiés par le soleil couchant qui lévite au-dessus de la mer. On dirait une peinture de la Renaissance. Le whisky a redonné des couleurs à ses joues et la touche de rouge qu'il a posée sur sa peau, à la naissance des seins, attire mon regard dès qu'elle détourne le sien.

Je n'ai pensé qu'à elle toute la journée, même avant l'incident à la plage. La quête du bon Johnny White est passée au second plan alors que ce projet était, hier encore, ce que Kay appelait ma « fixation ». Désormais, c'est de partager cette quête avec Tiffy qui lui donne toute sa valeur.

Elle me parle de ses parents et de sa mère en particulier. De temps en temps, elle renverse la tête sur le dossier de sa chaise et laisse cascader ses cheveux dans le vide, les yeux à demi clos.

Tiffy : L'aromathérapie est la seule activité qu'elle n'a pas abandonnée. À une époque, maman s'est lancée dans la fabrication de bougies artisanales, mais on ne peut pas gagner sa vie avec ça, et au bout d'un moment elle en a eu ras le bol. Elle a déclaré qu'elle allait se remettre à acheter ses bougies à la Foir'Fouille et que le premier qui la ramènerait avec un « Je te l'avais bien dit ! » allait comprendre sa douleur. Après ça, elle a traversé une phase bizarre où elle participait à des séances de spiritisme.

Moi : Des séances de spiritisme ?

Tiffy : Ouais, tu sais, quand les gens se réunissent autour d'une table pour tailler le bout de gras avec les morts.

Un serveur se présente devant la chaise où reposent les pieds de Tiffy. Il y jette un coup d'œil vaguement intrigué, mais ne fait aucun commentaire. On a le sentiment qu'ils en voient de toutes sortes, ici, et ce n'est pas une cliente qui dîne avec les pieds en l'air qui va pertuber leur service.

Serveur : Vous désirez un dessert ?

Tiffy (posant la main sur son ventre) : Oh, non merci. Je ne peux plus rien avaler.

Serveur : Babs dit que c'est offert par la maison.

Tiffy (sans l'ombre d'une hésitation) : Un pudding au caramel, s'il vous plaît.

Moi : Deux, s'il vous plaît.

Tiffy : Tous ces trucs gratuits… C'est comme dans un rêve. Je devrais me noyer plus souvent.

Moi : Je préfère nettement que tu restes en vie.

Elle relève la tête pour me regarder bien en face avec ses yeux un peu fermés et fatigués par cette étrange journée, et soutient mon regard juste assez longtemps pour me faire perdre pied.

Je me racle la gorge. J'avale ma salive. Je cherche désespérément quelque chose à dire.

Moi : Alors comme ça, ta mère participait à des séances de spiritisme ?

Tiffy : Oh, ouais. Du coup, pendant près de deux ans quand j'étais au collège, je trouvais tous les rideaux tirés le soir après l'école, et une bande de farfelus qui disaient : « Esprit, es-tu là ? Fais-toi connaître, s'il te plaît » et : « Frappe un coup pour Oui, deux coups pour Non. » Je crois que les prétendues manifestations de l'au-delà étaient en fait le bruit de mon cartable que je balançais sous l'escalier, quand je revenais de l'école.

Moi : Et après le spiritisme, elle s'est tournée vers quoi ?

Tiffy fouille dans ses souvenirs, le front plissé, quand le pudding arrive. C'est énorme et ça baigne dans la sauce caramel. Elle pousse un cri ravi qui me crispe aussitôt. Ridicule. Je ne peux pas être attiré par une femme qui glapit de plaisir à la vue d'un dessert. Il faut que je me reprenne. Encore une gorgée de whisky.

Tiffy (la bouche pleine de pudding) : Elle a conféctionné des rideaux pendant un moment, mais il fallait investir trop d'argent pour le matériel avant d'espérer gagner quoi que ce soit, du coup les rideaux sont devenus des napperons. Et après ça, elle est passée à l'aromathérapie.

Moi : C'est pour ça que tu as tellement de bougies parfumées ?

Elle sourit.

Tiffy : Ouais. Celles dans la salle de bains ont été choisies avec soin pour leur parfum propice à la relaxation.

Moi : C'est drôle, elles ont l'effet contraire sur moi. Il faut que je les déplace chaque fois que je veux prendre une douche.

Elle me lance un regard insolent par-dessus sa cuiller.

Tiffy : Certaines personnes sont irrécupérables, et même l'aromathérapie ne peut rien pour elles. Tu sais, c'est ma mère qui a choisi mon parfum. Selon elle, il « reflète et met en valeur ma personnalité ».

Je me souviens du lendemain de son installation, quand je suis rentré de l'hôpital et que son parfum flottait dans l'appartement, entre bouquet de fleurs et marché aux épices... Ça m'avait semblé tellement étrange de sentir chez moi l'odeur de quelqu'un d'autre. Et maintenant, ça fait partie de ma vie. Ce qui me semblerait étrange, aujourd'hui, c'est de ne plus être accueilli par cette odeur, matin après matin.

Moi : Et de quoi se compose-t-il donc, ce parfum qui reflète et met en valeur ta personnalité ?

Tiffy (sans hésiter) : Note dominante de rose, ensuite musc, et enfin clou de girofle. Ce qui, à en croire ma mère, évoque...

Son nez se fronce un peu tandis qu'elle réfléchit.

Tiffy : L'espoir, le feu, la force.

Ce portrait d'elle-même semble beaucoup l'amuser.

Tiffy : C'est moi, à ce qu'il paraît.

Moi : Ça me semble assez juste.

Elle lève les yeux au ciel comme si je venais de dire une énormité.

Tiffy : Fauchée, bavarde, lunatique me correspondraient mieux. C'est sans doute ce qu'elle a voulu dire.

Moi (éméché pour de bon, cette fois-ci) : Et moi, qu'est-ce qui me caractérise ?

Tiffy incline légèrement la tête de côté. Elle plonge une nouvelle fois son regard dans le mien, avec une intensité qui me donne autant envie de détourner le visage que de me pencher au-dessus du bougeoir théière, quitte à me brûler, pour l'embrasser furieusement.

Tiffy : Eh bien… L'espoir. Ça te correspond plus qu'à moi, je trouve. Ouais, l'espoir, c'est sûr et certain. Ton frère a besoin que tu en aies.

Ça me prend au dépourvu. Si peu de gens comprennent vraiment Richie, et plus rares encore sont ceux capables de l'évoquer au détour d'une phrase, sans que j'aie moi-même mis le sujet sur le tapis. Elle m'observe, curieuse de ma réaction, comme prête à embrayer sur autre chose si elle sentait la question trop sensible pour moi. Je souris. Ça fait du bien de parler de lui comme ça. Comme si c'était normal. Comme si c'était un sujet comme un autre.

Moi : Si je comprends bien, il faut que je me trouve un après-rasage qui sent la rose ?

Elle secoue la tête avec une mimique incrédule.

Tiffy : La gamme des senteurs est sans doute différente pour les hommes. Je crains de n'être versée que dans l'art de la parfumerie féminine, cher ami.

J'ai envie de revenir à la charge, de savoir comment elle me voit, mais c'est délicat à demander sans paraître ridiculement narcissique. Alors on laisse le silence s'installer. La flamme hésite entre Tiffy et moi au-dessus de la théière, sculptant de nouvelles dégoulinades de cire, et je me remets à siroter mon whisky.

43

Tiffy

Je ne suis pas ivre, mais pas entièrement lucide non plus. Pourtant, je n'ai pas bu grand-chose. Il paraît que nager dans la mer donne faim. En tout cas, manquer de s'y noyer vous rend sensible aux effets de l'alcool. Le whisky de contrebande qu'on nous a servi y est sans doute aussi pour quelque chose.

Je n'arrête pas de glousser. Aucun doute, Leon a un coup dans le nez, lui aussi : ses épaules ont cessé d'être raides, et son sourire un peu bancal ne quitte plus ses lèvres. Il semble aussi avoir oublié le combat qu'il menait contre ses boucles rebelles, qui en profitent pour jaillir de la masse de cheveux ramenés en arrière, se tortillant librement de chaque côté de son visage.

Il me parle de son enfance à Cork et des « pièges à crétin » que Richie et lui imaginaient pour se venger de l'insupportable compagnon de leur mère (d'où mes gloussements).

– Attends, attends… Vous tendiez du fil de pêche à travers le salon ? Tout le monde devait se prendre les pieds dedans, non ?

Leon secoue vigoureusement la tête.

– Non, non ! En fait, on revenait en douce après que maman nous avait couchés. Whizz rentrait toujours tard du pub. On a appris un tas de gros mots en écoutant cet abruti se vautrer de tout son long.

J'éclate de rire.

– Il s'appelait Whizz ?

– Mouais. Même si j'imagine que ce n'est pas le prénom qui figure sur ses papiers d'identité.

Son visage retrouve une certaine gravité.

– C'était un des pires qu'a connu maman. Il était horrible avec elle, toujours en train de la rabaisser, de lui expliquer à quel point elle était stupide. Parfois, elle finissait par le mettre dehors, mais elle le laissait revenir. Elle suivait des cours pour adultes à l'époque où elle l'a rencontré, mais il a réussi à la décourager.

Mon visage se ferme. L'histoire des pièges à crétin n'est plus si drôle, d'un seul coup.

– Et ton père dans tout ça ?

Leon est presque autant à l'horizontale que moi, maintenant. Pieds croisés aux chevilles sur la chaise où reposent aussi les miens, il fait tourner son whisky devant la flamme de la bougie, le verre tenu du bout des doigts. Les clients ont presque tous déserté le restaurant et les serveurs nettoient discrètement les tables, à l'autre bout de la salle.

– Il est parti aux États-Unis juste après la naissance de Richie. J'avais deux ans. Je ne me souviens pas de lui. Il ne me reste rien de mon père sinon peut-être… une vague silhouette et…

Il balaie l'air de sa main libre.

– … un vague sentiment. Maman ne parle presque jamais de lui. Tout ce que je sais, c'est qu'il était plombier et qu'il a passé sa jeunesse à Dublin.

J'ouvre de grands yeux. Ça me paraît inimaginable d'en connaître aussi peu sur son père, et pourtant Leon a prononcé ces mots d'un ton presque indifférent. Il remarque la surprise sur mon visage et hausse les épaules.

– En savoir plus sur mon père ne m'a jamais vraiment préoccupé. Je me souviens que ça perturbait Richie quand il était ado, mais je ne sais pas si ça le travaille encore. En fait, on n'en parle jamais, tous les deux.

J'ai le sentiment que le sujet mériterait d'être approfondi, mais je ne veux pas être insistante, au risque de gâcher la soirée. Je tends le bras à travers la table et pose la main sur son poignet. Il me lance un autre regard surpris, intrigué. Le serveur s'approche de notre table, sentant peut-être que notre conversation risque de vagabonder toute la nuit s'il n'intervient pas d'une manière ou d'une autre. Il se met à débarrasser les derniers reliquats de notre repas et ma main se résout à quitter le poignet de Leon.

– On devrait aller se coucher, tu ne crois pas ? dis-je.

– Oui, sans doute, répond Leon avant de se tourner vers le serveur. Babs est encore là ?

L'homme secoue la tête.

– Elle est rentrée chez elle.

– Ah... Elle a dit qu'on pouvait dormir à l'hôtel, cette nuit, mais elle ne nous a pas donné la clef de la seconde chambre.

Le serveur se tourne vers moi, puis de nouveau vers Leon, puis encore vers moi.

– Heu... c'est-à-dire que... Dans son esprit vous étiez... Heu...

Il faut un moment à Leon pour saisir la situation. Quand le déclic se produit, il pousse un grognement sourd et se prend la tête dans les mains.

– Ce n'est pas grave, dis-je en essayant de réprimer les rires étouffés qui me secouent les épaules, on a l'habitude de faire lit commun.

– D'accord..., dit le serveur qui se remet à nous regarder alternativement, l'air plus perplexe que jamais. Alors, c'est bon ?

– On ne fait pas lit commun *en même temps*, lui dit Leon. On dort dans le même lit, mais *à des moments différents*.

– D'accord…, répète le serveur. Donc, heu… Du coup, est-ce que… ? Vous avez besoin que je fasse quelque chose ?

– Non, ne vous inquiétez pas, dit Leon avec un sourire résigné. On va se débrouiller. Je dormirai par terre, voilà tout.

– C'est un grand lit, tu sais. On peut y dormir à deux.

À peine ai-je prononcé ces mots que je pousse un cri perçant : prise d'une folle ambition, j'ai cru pouvoir quitter la table en m'appuyant sur ma cheville foulée. En un éclair, Leon est auprès de moi. Il réagit très vite pour quelqu'un qui a bu une quantité non négligeable de whisky.

– Ça va, lui dis-je, mais je le laisse glisser un bras sous mes épaules pour me soutenir, tandis que je sautille sur mon pied valide jusqu'à l'escalier.

– Oh, et puis merde, dit-il quand on arrive devant la première marche.

Et là-dessus il me soulève de terre et m'allonge dans ses bras.

La surprise m'arrache un nouveau cri, suivi d'un immense éclat de rire. Je ne lui demande pas de me reposer – je suis très bien là où je suis. Pour la seconde fois, je vois défiler la rampe en bois verni et les dorures rococo des cadres, tandis qu'il hisse mon mètre quatre-vingt-trois vers ce qui est désormais *notre* chambre.

Il ouvre la porte avec le pied et me pose délicatement sur le lit. La pièce est presque entièrement plongée dans le noir, seulement éclairée par la lumière d'un réverbère qui dessine des triangles jaunes sur la couverture et éclabousse d'or les cheveux de Leon. Ses grands yeux bruns ne me quittent pas tandis qu'il retire doucement son bras, encore coincé sous ma nuque, pour que ma tête puisse reposer confortablement sur les oreillers.

Il reste immobile, le visage à quelques centimètres du mien. On se regarde, absorbés, aimantés. Presque rien ne nous sépare, l'épaisseur d'un souffle, peut-être de deux. L'instant s'attarde, tendu, suspendu, chargé de possibles. Comme le grondement d'un tonnerre encore lointain, une petite frayeur rompt brièvement le charme – et si je n'arrivais pas à faire ça sans paniquer ? –, mais l'envie de l'embrasser est plus forte et la frayeur est vaincue, complètement oubliée. Je sens l'haleine de Leon sur mes lèvres, je vois ses cils dans la pénombre.

Et puis il ferme les yeux et se redresse un peu, détournant le visage avec un bref soupir comme s'il avait retenu sa respiration.

Je laisse tomber la tête sur les oreillers, incertaine soudain : ce regard aimanté, ces lèvres sur le point de se toucher... Tout ça n'a-t-il existé que dans mon imagination ?

Une sensation de chaleur intense court sur ma peau et mon cœur palpite. Il me jette un regard de côté, les yeux encore fiévreux, la peau du front à peine plissée. Non, je n'ai rien imaginé. Je suis *sûre* qu'il était sur le point de m'embrasser. Peut-être est-ce ma faute s'il y a finalement renoncé, j'ai dû faire quelque chose de travers... Après tout, je manque un peu de pratique. Ou alors l'ombre de Justin a étendu son influence maléfique et gâche les baisers avant même qu'ils ne soient consommés.

Leon s'allonge près de moi, les jambes hors du lit, l'air affreusement mal à l'aise. Tandis qu'il tripote son T-shirt, je me demande si je ne devrais pas prendre l'initiative, me coller à lui et tourner son visage pour l'embrasser. Oui, mais... Et si j'avais mal interprété ce moment de trouble ? Si c'était une de ces situations où je ferais mieux de laisser tomber ?

– On devrait peut-être dormir, dis-je.

– Ouais, répond-il dans un murmure.

Je me racle la gorge. Bon, eh bien je suppose qu'on va en rester là.

Il esquisse un mouvement emprunté, assez pour que son bras frôle le mien. Je l'entends respirer plus fort quand nos peaux se touchent. L'instant d'après, il se lève et s'éloigne vers la salle de bains, me laissant seule avec ma chair de poule et mon cœur affolé, les yeux rivés au plafond.

44

Leon

Son souffle ralentit. Je risque un regard en coin ; j'arrive tout juste à distinguer le battement calme de ses cils, derrière lesquels se cache sans doute un rêve. Bon, elle dort. Je respire lentement pour essayer de me détendre.

Pourvu, pourvu que je n'aie pas tout gâché.

Qu'est-ce qui m'a pris de la porter dans l'escalier ? De l'allonger sur le lit ? Ça me ressemble si peu de faire des choses pareilles. C'est qu'il m'a semblé que… Je ne sais pas. Tiffy est si impétueuse que ça en devient contagieux. Sauf que ma nature profonde me rattrape au moment crucial ; la spontanéité m'abandonne, remplacée par ma sempiternelle indécision. Par ma sempiternelle peur. Tiffy a trop bu et elle est blessée. On n'embrasse pas une fille ivre et blessée. Elle me l'aurait reproché. Ou pas ? Peut-être pas, après tout. Peut-être en avait-elle envie, elle aussi.

Richie a la réputation d'être le plus sensible de nous deux, le plus romantique, mais en réalité ça a toujours été moi. Il me traitait de femmelette quand on était adolescents, lui draguant tout ce qui bougeait et moi bloqué sur cette fille dont j'étais amoureux depuis le primaire et à qui je n'osais pas adresser la parole.

Je repense au moment où nos bras se sont frôlés. Il a suffi que j'effleure sa peau pour chavirer. Mes yeux se posent sur le plafond, sur les murs… Des taches de lumière jaune me font prendre conscience que les rideaux sont restés ouverts.

Allongé sous la couette à côté de Tiffy, mes pensées dérivent vers Kay et je songe qu'il y a bien longtemps que j'ai cessé d'être amoureux d'elle. Bien longtemps que je ne me suis pas senti proche d'elle, que je n'ai pas eu le sentiment qu'elle faisait vraiment partie de ma vie. Hormis quelques disputes, plus fréquentes vers la fin, notre relation n'était pas désagréable. C'était simple, tranquille. Mais j'avais oublié cette sensation, au début d'une rencontre, quand penser à quelqu'un vous consume entièrement. Avec Kay, il ne restait même pas une braise de ce feu des débuts. Les cendres étaient froides depuis… un an ? Plus, peut-être ?

Mon cerveau est trop plein de panique, de regrets et de vapeurs d'alcool pour que je puisse dormir. Je contemple le plafond. J'écoute la respiration de Tiffy. J'imagine tous les scénarios qui auraient pu se produire : si j'avais essayé de l'embrasser et qu'elle m'ait repoussé, si au contraire elle…

Mieux vaut ne pas développer celui-là. Mes pensées s'aventurent déjà dans des zones indécentes.

Tiffy se tourne, entraînant la couette avec elle. La moitié de mon corps est désormais exposé à l'air libre. Mais je ne peux pas lui contester ce supplément de couette. C'est important qu'elle ait bien chaud après avoir frôlé la noyade.

Un autre mouvement et elle s'enroule comme un friand, me privant presque entièrement de protection. À présent, seul mon bras droit est couvert. Totalement impossible de dormir comme ça.

Je dois me résoudre à tirer pour récupérer ma moitié de couette, ou au moins un petit bout. Un premier essai timide ne donne rien : c'est comme une partie de tir à la corde. Tiffy ne lâche pas un pouce de terrain. Même endormie, elle a du caractère.

Je vais devoir opter pour la manière forte : tirer d'un coup sec et déterminé. Avec un peu de chance, elle ne se réveillera pas. Elle semble profondément endormie et…

Tiffy : Aïe !

Amarrée à la couette, elle a roulé vers moi, entraînée par le mouvement, et nous voilà face à face dans la pénombre, à une distance aussi effrayante qu'alléchante.

Ma respiration s'accélère. Ses joues sont toutes roses, ses yeux lourds de sommeil. Avec un temps de retard, mon cerveau enregistre le *Aïe !* qu'elle vient de pousser. Le mouvement a dû lui faire mal à la cheville.

Moi : Pardon ! Pardon !

Tiffy (un peu désorientée) : Tu as essayé de me piquer la couette ?

Moi : Non ! Je voulais juste en récupérer un bout.

Elle a du mal à garder les yeux ouverts. J'ai tellement envie de l'embrasser. Et si c'était le bon moment ? Elle a sans doute dessaoulé. Mais sa cheville douloureuse lui arrache une grimace et je me sens totalement lamentable.

Tiffy (d'une voix endormie) : En récupérer un bout ?

Moi : En fait, tu te l'étais en quelque sorte… accaparée.

Tiffy : Oh ! Je vois… Désolée. La prochaine fois, tu n'auras qu'à me réveiller et me demander. Je me rendormirai aussitôt.

Moi : Ah, d'accord. Oui, bien sûr, c'est ce que je ferai. Encore désolé.

Tiffy me lance un regard mi-amusé mi-endormi et remonte la couette sous son menton, prête à reprendre le cours de ses rêves. Je me tourne pour lui cacher mon sourire d'adolescent énamouré : elle a dit « la prochaine fois ».

45

Tiffy

Il fait jour lorsque je me réveille, ce qui est bien moins agréable qu'on le prétend souvent. On a oublié de tirer les rideaux, hier soir. Je roule sur moi-même pour tourner le dos à la lumière et remarque que le côté droit du lit est vide.

Ce qui est parfaitement normal, non ? Je me réveille chaque matin dans le lit de Leon, mais *sans* Leon. Mon cerveau engourdi de sommeil enregistre l'information, l'entérine, avant de se raviser : *Heu… attends une seconde…*

Il y a un mot sur son oreiller.

Parti à la recherche d'un petit déj. Je reviens vite, les bras chargés de pâtisseries.

Je souris et regagne mon côté pour consulter l'heure sur mon portable, posé sur la table de chevet.

Merde. Une tonne d'appels manqués, tous émis par un numéro inconnu. C'est quoi, ce délire ?

Le cœur battant, je sors du lit tant bien que mal, me cognant la cheville au passage et lâchant un cri aigu, suivi de quelques jurons d'une bienfaisante vulgarité. J'interroge ma boîte vocale avec un mauvais pressentiment, l'estomac brusquement contracté par une sensation de catastrophe imminente. C'est comme si… Comme si la journée d'hier était trop belle pour être vraie. Quelque chose de grave s'est produit, jamais je n'aurais dû accepter l'invitation de Leon, jamais je n'aurais…

– Tiffy, est-ce que ça va ? J'ai vu que tu as failli te noyer sur la page Facebook de Rachel.

C'est Justin. Je me fige tandis qu'il me parle dans le creux de l'oreille.

– Écoute, Tiff, je sais que tu me fais la gueule en ce moment, mais j'ai besoin de savoir que tu vas bien. Rappelle-moi.

D'autres messages du même acabit suivent. Douze, pour être précis. J'avais supprimé son numéro de ma liste de contacts après une séance très *Girl Power* chez la psy, ce qui explique la mention « numéro inconnu » associée à cette flopée de messages. Je crois qu'au fond de moi j'avais compris qu'il s'agissait de lui. Personne ne m'a jamais bombardée d'appels comme ça, sauf Justin, en général après une dispute ou une séparation.

– Tiffy, c'est ridicule. Où es-tu ? Si je le savais, je viendrais sur-le-champ pour m'assurer que tu n'as rien. Appelle-moi, d'accord ?

Je frissonne. Je me sens… affreusement mal. L'impression d'avoir fait quelque chose de répréhensible, comme si tout ce que j'ai vécu hier avec Leon n'aurait jamais dû se produire. *Imagine que Justin sache où tu es allée et ce que tu as fait ?*

J'essaie de me reprendre : c'est absurde de ressentir ça, même si je ne peux pas m'en empêcher. J'ai à nouveau l'impression d'être folle et ça me fait peur.

Je décide de lui écrire un texto :

Je vais bien, je me suis juste foulé la cheville. Ne m'appelle plus, s'il te plaît.

La réponse est presque instantanée :

Quel soulagement ! Voilà ce qui se passe quand ton Justin n'est pas là pour veiller sur toi ! Sérieusement, tu m'as fichu une sacrée frousse. Je vais être bien sage et respecter tes règles, donc plus de contact jusqu'en octobre. Sache simplement que je penserai à toi.
Je t'embrasse fort.

Je reste là, portable à la main, incapable de détacher mon regard du message pendant de longues secondes. *Voilà ce qui se passe quand ton Justin n'est pas là pour veiller sur toi.* Comme si j'étais une pauvre fille infoutue de me débrouiller seule.

Qu'il aille se faire foutre. Je bloque son numéro et efface tous ses messages téléphoniques.

Je rejoins la salle de bains à cloche-pied. Ce n'est pas la façon la plus digne d'aller d'un point à un autre – les pendeloques des appliques baroques répondent à mes bonds par de petits tintements –, mais je trouve des vertus thérapeutiques au martèlement de mon pied valide sur le sol de la chambre. *Boum, boum, boum, boum. Sale, abruti, de, Justin.* Je conclus ce mantra en claquant la porte de la salle de bains derrière moi, avec une violence qui me calme un peu.

Heureusement que Leon est parti chercher notre petit déjeuner. D'abord parce qu'il n'a pas vu ce lever chaotique, et ensuite parce que avec un peu de chance, il va revenir avec quelques viennoiseries hautement caloriques qui vont me remonter le moral.

Une fois douchée et habillée avec les vêtements de la veille, je sautille jusqu'au lit sur lequel je m'écroule sans grâce, la tête enfoncée dans les oreillers. Pfff… Hier, je me sentais gaie et légère, et me voilà affreusement mal dans ma peau. J'ai l'impression d'être sale, comme souillée par les messages de Justin. N'empêche qu'il y a du progrès : j'ai bloqué son numéro, ce que je n'aurais jamais réussi à faire quelques mois plus tôt. Peut-être devrais-je me réjouir d'avoir reçu tous ces appels qui m'ont donné la motivation nécessaire pour accomplir cette action salutaire.

Je me redresse sur les coudes et tends la main vers la note de Leon, écrite sur le papier à lettres de l'hôtel. Au bas de la feuille, imprimé dans une élégante police, figure le nom de l'établissement où j'ai passé ma première nuit avec Leon.

Que ce soit sur un Post-it ou sur le papier à lettres d'un hôtel, son écriture reste la même ; toujours ces minuscules lettres arrondies et méticuleusement tracées. Prise d'une embarrassante bouffée de sentimentalité, je plie la feuille en deux et m'apprête à la glisser dans mon sac quand de petits coups hésitants retentissent sur la porte.

– Entre, Leon !

Il porte un immense T-shirt sur lequel est inscrit en grosses lettres : BRIGHTON, BELLES FILLES ET GALETS !

Lorsque mon esprit encore engourdi finit par saisir la blague, mon humeur connaît une spectaculaire amélioration. Rien de tel qu'un homme vêtu d'un T-shirt ridicule pour égayer une journée, surtout lorsqu'il tient à la main un très prometteur sac en papier orné des mots *Patisserie Valerie*.

– Quelle élégance ! dis-je. Encore une trouvaille de Babs ?

– Mon styliste personnel, répond Leon.

Il me tend le sac de pâtisseries et s'assoit au bout du lit, ramenant ses cheveux en arrière. Il est redevenu nerveux. Pourquoi ces petits gestes qui trahissent sa nervosité sont si adorables ?

– Tu n'as pas eu trop de mal avec la douche ? finit-il par demander, désignant d'un mouvement de tête mes cheveux mouillés. Avec ta cheville foulée, je veux dire.

– Je l'ai prise style flamant rose, dis-je en repliant une jambe sous moi.

Il sourit. Parvenir à lui faire décrocher un de ces délectables sourires tordus me donne le sentiment d'avoir gagné à un jeu auquel j'ignorais jouer.

– Par contre, la porte ne ferme pas à clef. J'ai cru que tu allais prendre ta revanche en me surprenant sous la douche, mais le destin en a décidé autrement, désolée.

Leon émet une sorte de *hummm* étranglé et croque dans son croissant pour se donner une contenance. Je réprime un sourire. Il semblerait que je ne puisse résister au plaisir de le rendre mal à l'aise.

– De toute façon, tu m'as quasiment vue nue à deux reprises, dis-je encore, incapable de m'arrêter. Ça n'aurait pas été une grande découverte pour toi.

Il me regarde cette fois-ci.

– Voir *quasiment*, dit-il avec emphase, n'est pas pareil que voir *tout court*. La nuance est essentielle. C'est la différence entre « à demi nue » et « toute nue ». Ça change tout.

Oh, ce frisson au creux du ventre… J'ignore au juste de quoi était fait ce moment de tension, hier soir avant de dormir, mais le désir entrait dans sa composition, j'en suis plus certaine que jamais. L'atmosphère en est à présent saturée.

– C'est toi qui n'as plus rien à découvrir, reprend Leon. Tu m'as *carrément* vu à poil, pas *quasiment*.

– Je t'avoue m'être demandé, ce matin-là… Quand on s'est croisés dans la salle de bains, est-ce que tu…

Il disparaît si vite dans la salle de bains que c'est à peine si je l'entends marmonner une excuse. Un sourire se forme sur mes lèvres tandis que l'eau de la douche se met à couler. Eh bien, il faut croire que j'ai ma réponse. Rachel va être aux anges.

46

Leon

Je n'ai jamais autant réfléchi avant d'écrire une de ces notes. C'était *tellement* plus simple quand je me contentais de griffonner ce qui me passait par la tête à une amie que je n'avais pas rencontrée. Désormais, j'élabore avec soin des messages destinés à une femme qui occupe la plupart de mes pensées.

C'est un supplice. Stylo à la main, je m'assois devant le bloc de notes Post-it et j'oublie d'un seul coup tout ce que je voulais dire. Les notes de Tiffy lui ressemblent : facétieuses, bavardes, joyeuses. Un peu provocantes et terriblement séduisantes. Voici la première que j'ai trouvée après notre week-end à Brighton, écrite au dos d'une liste de courses et fixée sur la porte de la chambre avec de la Patafix :

Eh bien, salut, coloc. Comment s'est passé le retour à la vie nocturne ? J'ai vu que Ramona et consorts ont encore fouillé les poubelles en notre absence, les fripons.

J'aimerais te remercier à nouveau de m'avoir sortie de la mer avant que je ne la boive entièrement. Sois gentil de sombrer dans une étendue d'eau à un moment ou un autre, pour que je puisse te rendre la pareille. Au nom de l'équité, tu comprends ? Et aussi parce que le look « M. Darcy dans la scène du lac » te va décidément très bien.

Baisers.

Les miennes manquent de naturel, de spontanéité. On sent que chaque mot a été pesé à n'en plus finir. Je les écris dès que je rentre du travail, puis les réécris en catastrophe au moment d'y retourner, avant de passer la nuit à les ressasser et à les regretter… jusqu'au matin suivant, où je découvre immanquablement une réponse de Tiffy qui me fait oublier mes doutes et me remplit de joie. Et le cycle se répète.

Mercredi, j'ai trouvé le courage de laisser ce mot sur le bar de la cuisine :

Des projets pour le week-end ?

Aussitôt dans le bus, le doute m'a assailli : c'était une note très concise, non ? Trop pour être claire ? Trop pour être polie ? Incompréhensible et d'une brièveté insultante ? Pourquoi était-il si difficile de trouver le ton juste ?

Mais ce matin, je me sens beaucoup mieux :

Ce week-end, je serai seule chez nous. Ça te dirait de passer et de me préparer tes fameux champignons Stroganoff ? Je ne les ai dégustés que réchauffés, et je parie que c'est encore meilleur quand ils sortent du four.

J'attrape un bloc de Post-it et je griffonne :

Bouchées au chocolat pour le dessert ?

Richie : Tu es nerveux, pas vrai ?

Moi : Non ! Non, pas du tout.

Richie me rit au nez. Il est de bonne humeur, comme souvent depuis que Gerty a décidé d'assurer sa défense. Il lui téléphone au moins tous les deux jours pour parler de l'audience en appel qui approche à grands pas. Richie a beaucoup de choses à voir avec son avocate ; il dit que ces nombreux coups de fil sont absolument nécessaires. Éléments de preuves réexaminés. Nouveaux témoins. Et les images de la caméra de surveillance du Aldi enfin récupérées.

Moi : Bon, d'accord... Un peu nerveux.

Richie : Tu vas assurer, mec. Tu sais qu'elle te kiffe. Alors, c'est quoi, le plan ? Tu passes à l'attaque ce soir ?

Moi : Bien sûr que non. C'est beaucoup trop tôt.

Richie : Tu vas raser tes poils disgracieux, au cas où ?

Je le laisse se marrer tout seul de sa petite plaisanterie, à laquelle je ne daigne pas répondre.

Richie : Tiffy déchire, mec. Tu as eu la main heureuse avec cette fille. Maintenant que tu l'as, ne la laisse plus partir.

Moi : Je ne suis pas encore sûr « de l'avoir ».

Richie : Quoi ? Tu penses que... À cause de son ex, tu veux dire ?

Moi : Elle ne l'aime plus, mais... Apparemment, c'est compliqué. Ce type n'est pas net et je m'inquiète un peu pour elle.

Richie : Comment ça, pas net ? Il s'est comporté comme un connard avec elle ?

Moi : Mmm.

Richie : Il a été violent avec elle ?

Cette pensée me rend malade.

Moi : Je pense, oui, même si j'ignore quelle forme ça a pris. Tiffy en parle sans en parler, tu vois ? Elle n'entre pas dans les détails, mais... Je ne le sens pas du tout, ce type.

Richie : Putain, mec. Tu crois qu'elle a une sorte de trouble de stress post-traumatique ?

Moi : C'est ce que tu crois, toi ?

Richie : Tu parles au roi des nuits baignées d'angoisse et de sueur. Je n'en sais rien, je ne l'ai jamais rencontrée... Mais si elle revit un sale truc qu'elle a subi pendant des mois ou des années, tout ce que tu peux faire c'est être là pour elle et attendre qu'elle soit prête à tourner la page.

Le traumatisme du procès, du verdict et de l'incarcération avait frappé Richie au bout de six semaines de détention. Mains qui tremblent, crises de panique, réminiscences traumatiques... Ce qui l'agaçait le plus, c'était de tressaillir au moindre bruit. Pour lui, un trouble comme ça n'aurait dû affecter que les gens dont le traumatisme est lié à des bruits violents. Les soldats, par exemple.

Richie : Et ne décide pas à sa place, d'accord ? C'est à elle de juger si elle se sent capable d'oublier son connard d'ex et de vivre autre chose... alors fais-lui confiance, mec.

Moi : Tu sais que tu es quelqu'un de bien, Richie ?

Richie : Reste dans cet état d'esprit et touches-en un mot au juge dans trois semaines, frérot.

J'arrive à l'appartement aux alentours de 17 heures. Tiffy est sortie – elle est avec Mo et Gerty. Ça fait bizarre d'être là un week-end. J'ai l'impression d'être chez elle.

Tout compte fait, je m'abstiens de raser le moindre poil de mon corps, mais je passe un temps inhabituellement long à me préparer. Je ne peux pas m'empêcher de me demander où je vais dormir ce soir. Chez maman, dans ma chambre d'ado, ou ici ? Après tout, on a déjà dormi ensemble à Brighton...

J'hésite à lui envoyer un texto pour l'informer que je rentrerai chez ma mère ce soir, afin d'éviter tout malaise. Mais je me ravise finalement : pourquoi rendre les armes avant même d'avoir livré bataille ? Et puis ce serait une façon de décider à sa place, non ? Je suis donc les conseils de Richie et accepte de laisser les choses se faire naturellement.

Bruit de clef dans la serrure. J'essaie de me relever d'un bond du pouf poire, mais même avec des cuisses en acier ce serait peine perdue. Tiffy me trouve dans une position assez humiliante, à demi accroupi, peinant à m'extraire de cette masse ondulante.

Tiffy (visiblement amusée par le spectacle) : C'est comme des sables mouvants, hein ?

Elle est belle. Un haut bleu près du corps et une jupe vaporeuse qui tombe sur des chaussures rose vif qu'elle tente de retirer en s'appuyant sur son pied valide.

Ma dignité de bipède recouvrée, je me précipite pour l'aider. Mais elle me repousse d'un geste de la main, se hissant sur le comptoir de la cuisine pour se faciliter la tâche. Sa cheville semble toutefois plus souple, plus flexible, signe que c'est en voie de guérison.

Elle me regarde, sourcil levé.

Tiffy : Tu mates mes chevilles ?

Moi : Intérêt purement médical.

Avec un sourire, elle se laisse glisser de son perchoir et claudique jusqu'à la cuisinière.

Tiffy (penchée sur la sauteuse) : Ça sent *tellement* bon.

Moi : Je me suis dit que des champignons Stroganoff te feraient plaisir. Une intuition.

Elle me sourit par-dessus son épaule, et je meurs d'envie de m'approcher par-derrière, de l'entourer de mes bras et de poser un baiser sur sa nuque. Je renonce toutefois à la tentation, cette manœuvre à revers me semblant aussi présomptueuse qu'inappropriée.

Tiffy : Au fait, c'était dans notre boîte aux lettres.

Du doigt, elle désigne une petite enveloppe blanche à mon nom, posée sur le comptoir. Je l'ouvre. C'est une invitation rédigée d'une écriture ronde et appliquée, quoiqu'un brin hésitante.

Cher Leon,

Je fête mon anniversaire de huit ans dimanche à la maison. Viens, s'il te plaît !!! Ton amie Tiffy qui aime le tricot peut venir elle aussi. C'est super tard pour te prévenir, alors pardon, mais l'autre invitation (la vraie !!) a été perdue par une infirmière complètement NULLE, et ensuite à Saint-Marks ils ont dit qu'ils ne pouvaient pas nous donner ton adresse mais qu'ils allaient te l'envoyer, alors ils ont intérêt à l'avoir fait. Enfin bref, viens, s'il te plaît !!!

Millions de bisous,

Holly.

Sourire aux lèvres, je passe la carte à Tiffy.

Moi : Peut-être pas ce que tu avais prévu de faire demain ?

Tiffy (l'air ravi) : Elle se souvient de moi !

Moi : Elle avait fait une fixette sur toi. Mais ne te sens pas obligée de m'accompagner.

Tiffy : Tu plaisantes ? Bien sûr que je vais y aller. On ne fête ses huit ans qu'une seule fois dans sa vie, Leon.

47

Tiffy

Jamais je n'aurais imaginé que manger des bouchées au chocolat puisse être une activité aussi sexuellement chargée. On est sur le canapé face à notre télévision (en réalité une sorte de miroir fumé), verre de vin à la main et jambes qui se touchent. Je suis à deux doigts d'aller m'asseoir sur ses genoux. À cet instant, je ne vois pas d'autre endroit où j'aurais plus *envie* d'être.

– Allez, dis-je en lui donnant un petit coup de genou. Dis-moi la vérité.

Leon a le regard un peu fuyant. J'approche mon visage du sien et mes yeux plissés parcourent ses traits à toute vitesse – yeux, bouche, yeux, bouche. Je vois qu'il fait comme moi – ce rapide yeux-bouche-yeux-bouche qui semble avoir le pouvoir de rapprocher les êtres –, et on reste suspendus dans l'instant comme sur une balançoire au sommet de sa course, attendant que la gravité nous remette en mouvement et ressentant déjà l'impulsion sur le point de nous entraîner. Plus l'ombre d'un doute, cette fois-ci : je *sais* qu'il a envie de m'embrasser.

– Allez, dis-moi.

Il incline imperceptiblement la tête, mais je me recule légèrement au dernier moment pour faire durer le plaisir. L'esquive lui arrache un soupir, entre amusement et frustration.

– Beaucoup plus petite, finit-il par concéder, reculant lui aussi le haut de son corps et piochant dans l'assiette de bouchées au chocolat.

Je le regarde lécher ses doigts couverts de chocolat. C'est dingue : j'ai toujours trouvé ridicule ces scènes de film soi-disant sexy où quelqu'un lèche un truc sur sa main, et voilà que Leon me fait voir d'un tout autre œil cette toilette féline.

– Plus petite ? C'est tout ? Mais ça, tu me l'as déjà dit.

– Boulotte, en fait.

– Boulotte !

Ça valait bien un glapissement outré. Voilà le genre de choses que je cherchais à lui faire dire.

– Alors, comme ça, tu pensais que j'étais boulotte, hein ?

– C'est juste… ce que je m'étais imaginé ! lance-t-il avec un petit mouvement qui nous rapproche à nouveau.

Me voilà presque collée à lui, et il passe familièrement le bras autour de ma taille. Je ferme les yeux un instant, savourant le moment.

– Donc, tu me voyais boulotte. Et quoi d'autre ?

– Je pensais que tu t'habillerais bizarrement.

– C'est le cas, non ? dis-je en projetant le menton vers le coin de la pièce où sèchent mon sarouel rouge vif et un pull tricoté aux couleurs de l'arc-en-ciel, cadeau de Mo pour mon dernier anniversaire (même si je n'irais pas jusqu'à les combiner).

– J'imaginais excentrique moche, mais en fait c'est excentrique cool, dit Leon. Tes vêtements font un peu peur quand on les voit sur un cintre, mais sur toi c'est élégant. Un style unique, qui reflète bien ta personnalité.

J'éclate de rire.

– Eh bien… Merci, Leon.

– Et toi ? dit-il, retirant le bras qui entourait ma taille pour remplir nos verres.

– Et moi quoi ?

– Tu m'imaginais comment ?

– J'ai triché, dis-je avec une grimace d'excuse. Je suis allée sur ta page Facebook pour voir à quoi tu ressemblais.

Leon me regarde d'un air choqué, le verre en route vers sa bouche.

– Je n'ai même pas pensé à faire ça !

– Ça ne m'étonne pas, dis-je. Moi, si quelqu'un s'apprêtait à emménager dans mon appart et à dormir dans mon lit, je voudrais savoir à quoi il ressemble. Mais toi, tu n'es pas vraiment intéressé par les apparences, je me trompe ?

Il prend le temps d'y réfléchir.

– Ton apparence m'a intéressé une fois qu'il a été question qu'on se rencontre. Mais avant ça, qu'est-ce que ça pouvait bien changer, la tête que tu avais ? La règle d'or de notre colocation était qu'on ne devait jamais se rencontrer.

– Déjà une règle d'or enfreinte, dis-je en riant malgré moi.

– Pourquoi dis-tu ça ? C'était la seule, non ?

Je repousse sa question d'un geste de la main, peu pressée de lui révéler la règle d'or de la colocation selon Gerty, ni le nombre de fois où j'ai songé à l'enfreindre.

– Laisse tomber.

– Aaahh…, grogne soudain Leon, qui vient de lire l'heure sur mon horloge Peter Pan posée au sommet du frigo. Minuit et demi, c'est tard.

Il me jette un regard ennuyé.

– Je n'ai pas vu le temps passer.

Je hausse les épaules.

– Pas grave.

– Je ne peux pas rentrer chez ma mère à cette heure-ci. Le dernier train était à minuit dix.

Il a l'air sincèrement navré.

– Je n'ai qu'à… dormir sur le canapé, si ça ne t'embête pas.

– Sur le canapé ? Mais pourquoi ?

– Ben… pour te laisser le lit.

– Le canapé est minuscule. Tu vas devoir te mettre en position fœtale si tu ne veux pas avoir les jambes qui dépassent.

J'ai le cœur qui cogne dans la poitrine.

– Tu as ton côté et j'ai le mien, dis-je encore. On a toujours respecté la règle du chacun-son-côté-du-lit, non ? Pourquoi ne pas s'y tenir ?

Il scrute mon visage comme s'il essayait de lire dans mes pensées.

– C'est juste un lit, dis-je en m'approchant à nouveau tout près de lui. Ce ne sera pas la première fois qu'on dormira ensemble.

– Je ne suis pas sûr que… que ce sera aussi naturel qu'à Brighton, bredouille Leon d'une voix un peu étranglée.

Avant d'avoir le temps d'y réfléchir, je me penche vers lui et presse les lèvres contre sa joue. Et je recommence, encore et encore, traçant un chemin de baisers de sa pommette jusqu'à la lisière de sa bouche.

Je recule le visage pour croiser son regard et ses yeux rendent à ma peau frissonnante les baisers que j'ai initiés. À présent, c'est comme si mon corps tout entier palpitait. Nos bouches se touchent presque, et ce soir nul éclair de panique ne dresse de mur dans cet infime espace. Seule m'emplit la merveilleuse impatience d'assouvir mon désir de lui.

Alors, enfin, je l'embrasse.

Tandis que je picorais sa joue, j'imaginais déjà notre premier vrai baiser, à pleine bouche et dans les règles de l'art, lent et doux. Le genre de baiser à la fois tendre et sexy, le genre de baiser qui prend son temps et qui n'a pas peur de montrer ses sentiments. Mais quand arrive le moment fatidique, il apparaît clairement qu'il y a eu bien trop d'attente et de bouchées au chocolat pour qu'on puisse freiner nos ardeurs. Cela reste un vrai premier baiser, à pleine bouche et dans les règles de l'art, mais du genre qui annonce un déshabillage imminent. Du genre qui se produit généralement en trébuchant jusqu'au premier lit ou canapé venu. C'est donc sans surprise que je découvre, lorsqu'on se désunit un instant pour prendre une goulée d'air, que je le chevauche, mes cheveux cascadant de chaque côté de nos corps impatients. Ma jupe longue est remontée sur mes cuisses et ses mains plaquées sur mon dos m'attirent contre lui, aussi collée qu'il est possible de l'être à un autre être humain.

La pause est brève. Le temps de pivoter pour laisser tomber mon verre vide sur la table basse et déplacer ma cheville foulée à la recherche d'une position plus confortable, nos bouches voraces se trouvent à nouveau et mon corps répond avec un appétit que je crois n'avoir jamais éprouvé. Une de ses mains vient m'envelopper la nuque, effleurant mon sein au passage, et cette simple caresse fait monter un cri qui s'étrangle dans ma gorge. Toutes les sensations semblent tourner en surrégime.

Je n'ai pas la moindre idée de ce qui va arriver ensuite. En fait, je me laisse complètement aller, happée par le moment présent, et j'en suis infiniment reconnaissante – toute crainte d'une intrusion de mon passé amoureux, en pensée ou en images, s'est volatilisée. Le corps de Leon est chaud, ferme, et je ne pense à rien d'autre qu'à retirer tous ces vêtements qui se mettent entre nous. Quand je commence à le déshabiller, ses mains viennent enserrer ma taille pour que je puisse me redresser et déboutonner plus facilement sa chemise dont il se débarrasse en quelques mouvements rapides, la balançant par-dessus le bras du canapé et l'envoyant voler sur une lampe où elle s'accroche sans conviction, pendouillant comme un drapeau privé de vent. Mes mains parcourent sa poitrine, ses épaules, émerveillées et comme incrédules de pouvoir le toucher où bon me semble. J'interromps mes caresses pour retirer mon haut avec des gestes hâtifs et révéler un caraco de soie.

Une inspiration sèche gonfle sa poitrine et je me penche pour l'embrasser encore, mais ses mains se posent sur le haut de mes bras, maintenant sous son regard le fin caraco dont le décolleté suit les contours de mon soutien-gorge.

– Regarde-moi ça…, murmure-t-il d'une voix sourde, tendue. Tu es magnifique.

– Ce n'est pas comme si tu découvrais quoi que ce soit, dis-je, plongeant déjà vers sa bouche.

Il me repousse à nouveau pour me regarder plus longtemps et je laisse échapper une plainte impatiente. Mais bientôt il tend le cou et ses lèvres s'animent au creux de mon épaule, passent ma clavicule et dégringolent vers mes seins, et lorsqu'il parsème de baisers tout ce que sa bouche peut en atteindre, je renonce à toute forme de protestation.

Les mains de Leon s'aventurent sous ma jupe et rencontrent bientôt la soie de ma culotte. Je porte des dessous chics, c'est indéniable. Peut-être n'avais-je pas planifié ce qui est en train de se produire, mais je n'avais pas non plus laissé les choses complètement au hasard.

Je me redresse pour me débarrasser du caraco, qui n'est plus qu'un obstacle. Il va falloir que je cesse de chevaucher Leon si on veut parvenir à retirer le reste de nos vêtements, mais je n'en ai aucune envie. Malgré de louables efforts, mon esprit ne parvient pas à se projeter au-delà des dix prochaines secondes, et je décide de m'en remettre à Leon pour la logistique de nos ébats.

– Lit ? dit-il d'une voix étouffée, ses lèvres se promenant quelque part dans mon cou.

J'approuve d'un hochement de tête, mais grogne presque aussitôt mon désaccord quand il cherche à se libérer du poids de mon corps. Lorsque nos lèvres se touchent, je sens son sourire se dessiner sous ma bouche.

– Il va falloir que tu bouges si on veut avoir une chance d'atteindre le lit, dit-il en se tortillant sous moi.

Je réponds d'un nouveau grognement désapprobateur qui semble l'amuser, son rire résonnant dans l'espace que forment nos lèvres jointes.

– Canapé ? propose-t-il.

C'est mieux. Je savais bien que Leon trouverait la solution. À contrecœur, je glisse de côté pour lui permettre de bouger. Ses mains tâtonnent sur le haut de ma jupe, à la recherche d'un bouton ou d'une fermeture Éclair.

– Attends, dis-je en me contorsionnant pour faire apparaître la fermeture cachée dans la couture, le long de ma hanche.

Leon grommelle quelque chose à propos des « diaboliques fringues féminines » et m'aide à retirer la jupe ouverte par mes soins. De nouveau, mon désir fébrile se heurte à son regard scrutateur, dont l'expression fait rougir encore davantage la peau échauffée de mes joues. Sa respiration s'accélère quand je défais sa ceinture et il ne me quitte pas des yeux tandis que je déboutonne son jean.

– Un coup de pouce, peut-être ? dis-je, sourcil levé, tandis que je peine à venir à bout de sa braguette.

– À toi de jouer, dit-il en joignant les mains sous sa nuque. Prends ton temps.

Je souris, et quelques secondes plus tard il m'aide à retirer son pantalon avant de m'attirer à lui. Bientôt ce n'est plus qu'un désordre de membres enchevêtrés, de coussins éparpillés et de chair malaxée sur le canapé bien trop petit pour l'effervescence de notre désir. Nos baisers sont entrecoupés de rires, à présent.

Chaque fois qu'une partie de son corps entre en contact avec le mien, j'ai l'impression que mes terminaisons nerveuses ont été reprogrammées pour ressentir cinq fois plus fort qu'en temps normal.

– Qui a eu l'idée du canapé ? demande Leon.

Son visage est à hauteur de mes seins, qu'il dévore à travers le soutien-gorge. Je suis dans une position terriblement inconfortable, mais l'excitation relègue les soucis pratiques au vingt-cinquième plan. Il faut qu'il me donne un coup de coude dans l'estomac lors d'une manœuvre un peu trop audacieuse pour que je siffle la fin de la partie.

– Lit, dis-je fermement.

– Voilà une parole sage, approuve-t-il.

Mais il nous faut encore près de dix minutes pour s'arracher du canapé, dont Léon sort le premier. Alors que je m'apprête à l'imiter, il se penche pour me soulever dans ses bras.

– Je peux marcher sans problème, dis-je.

– C'est la tradition, maintenant. Sans compter que ça ira plus vite.

Il a raison : quelques secondes suffisent pour rejoindre la chambre. Il me dépose sur le lit et tombe sur moi dans le même mouvement. Ses lèvres se plaquent contre les miennes, une main se faufile dans le bonnet de mon soutien-gorge, l'autre dans ma culotte. Plus de rires, à présent. C'est à peine si je peux respirer tant j'ai envie de lui. Je ne peux pas attendre. Pas une seconde de plus.

C'est alors que quelqu'un sonne à la porte.

48

Leon

On se fige l'un comme l'autre. Je lève la tête pour regarder Tiffy. Ses joues sont rouge vif, ses lèvres gonflées par nos baisers, ses cheveux roux éparpillés par un gracieux hasard sur les oreillers blancs. Incroyablement sexy.

Moi : Tu attends quelqu'un ?

Tiffy : Quoi ? Non !

Moi : Tous les gens susceptibles de me rendre visite savent que je ne suis pas là le week-end. C'est forcément pour toi !

Tiffy : Ne me demande pas de… de réfléchir à quoi que ce soit pour le moment. J'en suis tout simplement incapable.

Je l'embrasse, comme si ça pouvait faire partir l'intrus, mais la sonnerie retentit pour la seconde fois. Je pousse un juron, roule sur le côté et essaie de me calmer.

Tiffy roule aussi et la voilà de nouveau sur moi.

Tiffy (dans le creux de mon oreille) : On n'a qu'à attendre que le visiteur mystère se lasse.

Voilà qui me convient parfaitement. Elle a un corps hallucinant. Un corps qui défie la raison. Je ne peux pas m'empêcher de le toucher, de le parcourir en tous sens. J'ai conscience de m'éparpiller comme un gamin qui veut goûter tous les bonbons à la fois, mais c'est plus fort que moi. Idéalement, il me faudrait au moins dix mains supplémentaires.

Nouveau *driiiiiing*, crispant. Et encore un autre cinq secondes plus tard. Tiffy se laisse tomber sur son côté du lit avec une sorte de rugissement sourd.

Tiffy : Putain, mais c'est qui ?

Moi : On devrait aller voir.

Normalement, les visiteurs sonnent à l'Interphone, à la porte de l'immeuble.

La main de Tiffy se pose sur mon ventre et son doigt trace une ligne de mon nombril jusqu'à mon boxer, où il disparaît jusqu'à l'ongle. Mon esprit se vide entièrement. Envie d'elle. Envie d'elle. Envie d'elle. Envie…

Dring, dring, dring, driiiiiing !

Tiffy : Et merde, j'y vais !

Moi : Non, laisse-moi y aller. Je peux me nouer une serviette autour de la taille et faire comme si je sortais de la douche.

Elle me considère un instant, l'œil vaguement suspicieux.

Tiffy : Je ne sais pas comment tu fais pour penser à un truc pareil. Moi, mon cerveau a cessé de fonctionner. De toute évidence, tu es beaucoup plus désirable que je ne le suis.

Elle est allongée devant moi, entièrement nue à l'exception d'un petit morceau de soie. Ne pas lui sauter dessus demande une grande force intérieure (et l'intervention intempestive d'un trouble-fête).

Moi : Tu es très désirable, crois-moi.

Elle m'embrasse, longuement, au son horripilant de la sonnette. Le doigt qui appuie sur le bouton ne s'accorde plus la moindre pause. Enfoncé en permanence, au risque de nous rendre fous. Qui que soit cette personne, je la déteste cordialement.

La mort dans l'âme, je repousse doucement Tiffy et vais chercher une serviette dans la salle de bains en marmonnant des grossièretés. Il faut que je me ressaisisse. Je vais ouvrir la porte, assommer d'un coup de poing le casse-pieds qui nous a interrompus et retourner faire l'amour à Tiffy. Un plan simple et efficace.

J'ouvre la porte et réalise un peu tard que mes cheveux sont secs, ce qui, convenons-en, est rarement le cas quand on sort de la douche.

Je suis sûr de n'avoir jamais croisé l'homme qui se tient devant moi. Mais, vu son physique, plus très sûr de vouloir l'assommer d'un coup de poing. Il est grand et on sent qu'il passe beaucoup de temps à s'entretenir. Cheveux châtains, barbe parfaitement taillée, chemise de bonne facture. Regard plein de colère.

Soudain, j'ai un mauvais pressentiment. Je commence à regretter de n'avoir qu'une serviette de bain pour tout vêtement.

Moi (d'une voix un peu sèche) : Qu'est-ce que je peux faire pour vous ?

Il semble désorienté : Je ne suis pas chez Tiffy ?

Moi : Si. Je suis son colocataire.

L'homme au regard plein de colère n'a pas du tout l'air ravi d'apprendre ça : Et elle est là ?

Moi : Désolé, vous vous appelez comment déjà ?

Long, long regard noir.

L'homme au regard plein de colère : Je m'appelle Justin.

Ah.

Moi : Non, elle n'est pas là ce soir.

Justin : Je croyais qu'elle avait cet appartement pour elle toute seule, le week-end.

Moi : C'est elle qui vous l'a dit ?

J'ai l'impression qu'il accuse le coup l'espace d'un instant. Cela dit, il donne bien le change.

Justin : Ouais, elle m'en a parlé la dernière fois qu'on s'est vus. Votre arrangement. Le partage du lit et tout le reste.

Très peu probable qu'elle lui ait parlé de ça, vu ce qu'elle m'a dit de lui. Clairement pas le genre de chose que ce type apprécierait. D'ailleurs, son langage corporel extrêmement agressif semble confirmer que ça ne lui plaît pas du tout, qu'elle partage son lit avec un autre.

Moi : Je préfère qu'on parle d'un partage de chambre. Mais oui, en effet, d'ordinaire l'appartement est à elle le samedi et le dimanche. Sauf que là, elle est partie en week-end.

Justin : Où est-elle ?

Je hausse les épaules avec un air d'ennui, tout en me redressant au maximum pour qu'il se rende compte que je suis aussi grand que lui. Ça a un petit côté homme des cavernes, mais ça n'en reste pas moins assez satisfaisant.

Moi : Comment voulez-vous que je le sache ?

Justin : Vous me laissez entrer ?

Je ne l'ai pas vue venir, celle-là.

Moi : Pardon ?

Justin : J'aimerais juste jeter un œil à l'appart.

Il fait déjà mine d'entrer, comme si la question était réglée. J'imagine que c'est comme ça qu'il obtient toujours ce qu'il veut : en se servant lui-même si on ne lui donne pas tout de suite ce qu'il réclame.

Je ne bouge pas d'un pouce, lui bloquant le passage.

Moi : Non, désolé. Ce n'est pas possible.

S'il n'avait pas senti mon hostilité jusque-là, maintenant c'est fait. J'ai l'impression de le voir retrousser les babines pour montrer les dents. Il était déjà remonté quand j'ai ouvert la porte, et là il est comme un chien qui tire sur sa laisse, prêt à bondir et à mordre.

Justin : Et pourquoi ?

Moi : Parce que c'est mon appartement et que je n'y laisse pas entrer les gens que je ne connais pas.

Justin : C'est aussi l'appartement de Tiffy, et Tiffy est ma…

Moi : Votre quoi ?

Justin abandonne son mensonge. Il doit se douter que je sais au moins si elle est ou non en couple.

Justin : C'est compliqué. Mais on est très proches, elle et moi. Je peux vous assurer que ça ne l'ennuierait pas que je regarde où elle vit, que je m'assure que ses conditions de logement correspondent à ses besoins. J'imagine que tout est en règle avec le propriétaire, pour la sous-location ? Qu'il vous a donné son accord dûment écrit et signé ?

De quoi je me mêle ? Je rêve, ou ce type me menace ? De fait, je n'ai pas l'accord du propriétaire pour sous-louer l'appartement. Ça fait des années qu'on ne s'est pas parlés et je n'ai pas jugé utile de le contacter pour évoquer mon arrangement avec Tiffy… d'autant qu'il aurait sans doute refusé. Mais ce n'est sûrement pas avec ce type que je vais discuter de ça.

Moi : Vous ne pouvez pas entrer, point final.

Justin serre les poings et quelque chose dans ses yeux m'incite à la prudence. Je me sens plutôt vulnérable avec cette serviette qui ne demande qu'à tomber au premier mouvement brusque. Et je ne pense pas que Tiffy aimerait qu'on en vienne aux mains.

Moi (adoptant un ton de complicité masculine) : Écoute, mec, je suis avec une fille, là.

Justin a un mouvement de recul. Visiblement, il ne s'attendait pas à ça.

Justin : Ah ouais ?

Moi : Ouais. Du coup, j'apprécierais si tu pouvais nous laisser poursuivre…

Justin : Qui c'est ?

Oh, putain…

Moi : Qu'est-ce que ça peut bien te faire ? Si je te dis qu'elle s'appelle Molly ou Victoria, ça t'avancera à quoi ?

Justin : Tant que ce n'est pas Tiffy…

Moi : Pourquoi veux-tu que ce soit Tiffy ? Je viens juste de te dire que…

Justin : Ouais, je sais. Elle est partie en week-end. Sauf que je sais qu'elle n'est pas avec ses parents, et Tiffy ne quitte jamais Londres toute seule, sauf pour aller voir ses parents.

Il essaie brusquement de forcer le passage, mais je m'y étais préparé. Je le repousse avec le poids de mon corps, raidi en prévision d'une attaque, et le choc manque de le faire tomber.

Moi : Tu fous le camp, d'accord ? Je ne sais pas ce qui ne tourne pas rond chez toi, mais en posant le pied dans mon appart sans autorisation, tu viens de te mettre hors la loi. Alors, si tu ne veux pas que j'appelle les flics – si ma copine ne l'a pas déjà fait –, tu dégages de chez moi tout de suite.

Je vois ses narines se dilater sous l'effet de la colère. Il a envie de se battre et il a toutes les peines du monde à contenir sa rage. Pas franchement sympathique, le Justin. Et plus je le regarde, plus je suis d'humeur bagarreuse, moi aussi. J'en viens presque à espérer qu'il me décoche un coup de poing.

Mais rien de tel ne se produit. Son regard s'échappe un instant vers la porte de la chambre, puis balaie la scène de crime – mon jean abandonné par terre, ma chemise qui recouvre en partie la ridicule lampe singe de Tiffy… Dieu merci, aucun vêtement de son ex n'est visible depuis la porte d'entrée. À tous les coups, il les reconnaîtrait. Quelle pensée déplaisante…

Justin : Dis à Tiffy que je reviendrai.

Moi : La prochaine fois, je te conseille d'appeler avant pour t'assurer qu'elle est bien là. Et qu'elle a envie de te voir.

Je conclus ma tirade d'un beau claquement de porte.

49

Tiffy

Certes, personne ne se réjouirait de voir son ancien mec faire irruption en plein passage à l'acte avec le nouveau. Personne ne souhaiterait que ça arrive, c'est certain, sauf peut-être pour assouvir quelque étrange fantasme sexuel.

Mais si par extraordinaire une telle chose se produisait, personne ne serait bouleversé à ce point.

Je tremble, et pas seulement des mains. Mon corps tout entier tremble, des genoux jusqu'aux épaules. J'essaie de me rhabiller aussi calmement que possible, terrifiée à l'idée que Justin débarque dans la chambre et me trouve en culotte. Mais la peur qu'il m'entende prend bientôt le dessus et je m'écroule sur le lit, seulement vêtue d'un énorme pull orné d'un Père Noël (la première chose qui m'est tombée sous la main).

La porte d'entrée qui claque me fait sursauter comme si un coup de feu venait d'être tiré. C'est ridicule. Mon visage est baigné de larmes et je suis profondément effrayée.

Leon frappe doucement à la porte de la chambre.

– Il est parti, dit-il. Je peux entrer ?

Je prends une grande respiration tremblotante, puis essuie mes joues mouillées.

– Ouais, entre.

Il me regarde et, comme moi quelques minutes plus tôt, ouvre la penderie et attrape les premiers vêtements qui lui tombent sous la main. Une fois habillé, il vient s'asseoir au bord du lit. Je lui suis reconnaissante d'avoir enfilé quelque chose. Tout à coup, je n'ai plus envie d'être en présence d'un homme nu.

– Il est parti pour de bon ?

– Je l'ai vu quitter l'immeuble par la fenêtre de la cuisine, dit Leon. Il a fichu le camp.

– Mais je sais qu'il va revenir. Et l'idée de le revoir me fait horreur, Leon. Je ne peux pas... Je le hais.

À nouveau, j'inspire profondément – respiration hachée, hoquetante –, tandis que les larmes se remettent à couler.

– Pourquoi était-il tellement en colère ? dis-je. Je me demande s'il a toujours été comme ça... Si j'ai simplement oublié...

Je tends la main vers Leon ; j'ai besoin de trouver refuge dans des bras bienveillants. Il vient s'allonger derrière moi et je me love contre lui, son corps comme une carapace.

– Il se rend compte que tu lui échappes, dit Leon d'une voix douce. Il a la trouille de te perdre pour de bon.

– Eh bien, désolée, mais je ne reviendrai pas, cette fois-ci.

Leon pose un baiser sur mon épaule.

– Tu veux que j'appelle Mo ? Ou Gerty ? Que je leur demande de passer ?

– J'aimerais simplement que tu restes avec moi, Leon. Tu veux bien ?

– Avec grand plaisir.

– J'ai juste envie de dormir.

– Alors ainsi soit-il.

Il se saisit de mon plaid teint au nœud et nous en recouvre, avant de se contorsionner pour éteindre la lampe de chevet.

– Bonne nuit, Tiffy. Réveille-moi si tu en ressens le besoin.

J'ignore comment j'ai accompli cet exploit, mais j'ai dormi d'un trait, n'ouvrant les yeux qu'au son du martèlement matinal que notre voisin du dessus m'inflige chaque jour, à partir de 7 heures (difficile de savoir exactement ce qu'il fait au-dessus de ma tête, mais je parie pour une furieuse séance d'aérobic avec sauts de grenouille au programme. Ça pourrait m'énerver, mais c'est beaucoup plus efficace que mon réveil, les jours de boulot).

Leon n'est plus là. Les yeux irrités d'avoir pleuré, j'essaie de me remémorer les événements de la veille. Je suis en train de faire défiler le film de la soirée – notre premier baiser, le délicieux épisode du canapé, la désolante arrivée de Justin – quand Leon passe la tête dans l'entrebâillement de la porte.

– Du thé ?

– Tu en as fait ?

– Non, la fée du logis s'en est chargée. Mais ne t'inquiète pas, je lui ai dit que tu l'aimais très fort.

Je souris et le haut de son corps apparaît.

– Je peux entrer ?

– Bien sûr. C'est aussi ta chambre.

– Pas quand tu es là, dit-il en me tendant une tasse fumante dans laquelle je trempe aussitôt les lèvres.

Il est parfaitement à mon goût. C'est la première fois qu'il me prépare un thé, mais – tout comme je sais qu'il boit le sien avec beaucoup de lait – il sait comment j'aime le mien.

– Je suis désolée pour hier soir, dis-je.

Leon secoue la tête.

– Pourquoi désolée ? Tu n'y es pour rien, après tout.

– Ouais, enfin… J'ai vécu avec lui, et personne ne m'y a obligée. C'était de mon plein gré.

J'ai dit ça d'un ton léger, mais le visage de Leon se crispe un peu.

– Dans ce genre d'histoires, le « plein gré » ne dure qu'un temps. Il existe bien des façons de contraindre quelqu'un à rester dans un couple, ou de lui faire croire que c'est ce qu'il désire.

Je l'observe un moment. Il est assis de trois quarts au bord du lit, avant-bras sur les genoux et mains autour de son mug Wallace & Gromit. Il a dû se peigner, c'est la première fois que je le vois aussi bien coiffé ; cheveux ramenés en arrière, soigneusement passés derrière les oreilles et bouclant sur la nuque en spirales.

– Tu as l'air de bien connaître le sujet, dis-je prudemment.

Il regarde droit devant lui, à présent.

– Ma mère…, répond-il en guise d'explication.

Après un temps d'arrêt, il ajoute :

– Elle a souvent vécu avec des hommes qui la maltraitaient.

Le terme me fait tressaillir et Leon le remarque.

– Désolé, dit-il, je ne voulais pas te choquer.

– Il ne m'a jamais frappée ou menacée physiquement, dis-je précipitamment, soudain embarrassée.

Et moi qui fais tout un plat parce que mon ex était un peu dominateur et directif, alors que la mère de Leon a subi des…

– Je ne parlais pas de ce genre de violences, dit Leon. Je parlais de maltraitance émotionnelle. On peut battre quelqu'un physiquement, mais aussi psychologiquement.

Alors, ce serait ça que j'ai vécu avec Justin ?

La réponse jaillit aussitôt en moi, avant que j'aie le temps d'y réfléchir et de la tempérer avec toutes sortes d'excuses, de nuances, de circonstances atténuantes : oui, c'est ça que j'ai vécu avec Justin. Bien sûr que c'est ça. Voilà donc ce que ma psy, Mo et Gerty n'ont cessé de me dire depuis des mois sans mettre les points sur les i, n'est-ce pas ? J'avale une gorgée de thé, planquée derrière mon mug.

– C'était terrible d'être le témoin impuissant de ces mauvais traitements, dit Leon, le regard perdu dans la fumée de son thé. On pourrait dire que ma mère est en convalescence, aujourd'hui. Elle se fait aider par des professionnels, et par quelques bons amis. Elle s'attaque à la racine du problème.

– Moi aussi, dis-je timidement, j'ai décidé de consulter, heu… une professionnelle. J'ai commencé à voir une psy, récemment.

Il hoche la tête.

– C'est bien. Ça va t'aider.

– Ça m'aide déjà. C'est Mo qui me l'a conseillé. Quand Mo te conseille quelque chose, tu as intérêt à l'écouter, parce qu'il ne se trompe littéralement jamais.

D'ailleurs, je ne dirais pas non à un de ces petits câlins audio avec Mo. Leon voit mon regard fouiller la chambre à la recherche de mon portable et désigne du doigt la table de chevet.

– Je te laisse téléphoner tranquille, dit-il. Et ne t'en fais pour l'anniversaire de Holly, c'est sans doute la dernière chose que…

Il s'interrompt devant ma mimique indignée.

– Tu crois que je vais manquer l'anniversaire de Holly à cause de ce qui s'est passé hier soir ?

– C'est juste que… Je pensais que ça t'avait affectée et…

– Non, dis-je en secouant vigoureusement la tête, pas question de laisser Justin gâcher les bons moments de ma vie.

Il me sourit et ses yeux s'attardent sur mon visage.

– Bon, ben… Alors d'accord. Merci de m'accompagner.

– Il faut qu'on parte tôt pour avoir le temps de lui trouver un cadeau ! dis-je alors qu'il vient de quitter la chambre.

– Quoi ?! répond Leon à travers la porte, le ton offusqué. La bonne santé n'est pas un cadeau suffisant ?

– Tu ne vas pas t'en sortir comme ça ! On va aller chez Claire's et lui trouver un bijou.

50

Leon

Holly vit avec sa maman dans une maison mitoyenne exiguë et légèrement décrépite de Southwark. La peinture s'écaille ici et là et des photos encadrées attendent, alignées le long des murs, que quelqu'un se charge de les fixer. C'est un endroit chaleureux, juste un peu fatigué.

Lorsqu'on est arrivés devant la maison, des ribambelles de gamins ont déboulé dans nos jambes par la porte grande ouverte. Je me suis senti un brin submergé par toute cette agitation. Je n'ai pas tout à fait digéré les événements de la veille, comme si l'adrénaline tardait à refluer après mon altercation avec Justin. Tiffy a fini par signaler l'incident à la police. J'aimerais qu'elle n'en reste pas là, qu'elle essaie d'obtenir une injonction d'éloignement. Mais c'est à elle de décider si elle veut entreprendre cette démarche. Elle n'a pas besoin de moi pour savoir ce qu'elle doit faire.

Tiffy me précède dans le petit salon encombré de chapeaux à paillettes, de bonbons et de guirlandes multicolores. Un garçon haut comme trois pommes est en larmes, sans doute victime d'un aîné turbulent.

Moi : Tu vois Holly ?

Tiffy se dresse sur la pointe de son pied valide.

Tiffy : C'est elle, là, avec le costume de *Star Wars* ?

Moi : *Star Trek*. Et non, ce n'est pas elle. Peut-être là, regarde, le squelette devant la porte de la cuisine.

Tiffy : Je suis presque sûre que c'est un garçon. Dis donc, tu ne m'avais pas dit que c'était une fête costumée.

Moi : Tu as lu l'invitation comme moi !

Sans daigner répondre, Tiffy se penche pour ramasser un chapeau de cow-boy abandonné dont elle me coiffe d'autorité.

Je me tourne vers un miroir pour constater les dégâts. Le chapeau, bien trop petit, repose en équilibre précaire au sommet de mon crâne. Horrifié, je le pose aussitôt sur celui de Tiffy. L'effet est beaucoup plus réussi. Bien sûr, c'est très cliché, la cow-girl sexy, mais ça fonctionne toujours.

Tiffy se regarde à son tour dans le miroir et enfonce davantage le chapeau sur son crâne.

Tiffy : Bon, puisque tu ne veux pas être un cow-boy, tu seras un sorcier.

Elle se saisit d'une cape ornée d'un croissant de lune oubliée au dos d'une chaise et m'en couvre les épaules. Sentir ses doigts frôler la peau de mon cou, lorsqu'elle la noue sous mon menton, suffit à me faire remonter le temps de quelques heures jusqu'à nos ébats sur le canapé. L'occasion est particulièrement mal choisie pour de telles pensées, mais les doigts de Tiffy, qui se faufilent maintenant sous ma chemise pour rejouer leur partition de la veille, ne m'aident pas à les chasser.

Je lui saisis les poignets.

Moi : On ne peut pas faire ça ici.

Elle lève un sourcil, l'air faussement innocent.

Tiffy : Faire quoi ?

Au moins, si elle a l'intention de me tourmenter de cette façon, c'est qu'elle doit se sentir mieux.

Je finis par repérer Holly, assise avec une copine sur les marches de l'escalier, et je comprends pourquoi elle était si difficile à trouver. Elle est métamorphosée. Ses yeux, d'abord. Un regard vif, plein de vie. Et puis cette chevelure dense et brillante qui lui tombe sur le visage et qu'elle repousse entre deux phrases d'un souffle impatient. Elle est même presque rondelette.

Holly : LEON !

Elle se laisse glisser sur les fesses jusqu'au pied de l'escalier avant de se relever d'un bond, plissant les yeux pour fouiller la pièce du regard.

Holly : Où est Tiffy ?

Holly est déguisée en reine des neiges, comme à peu près toutes les fillettes occidentales depuis la sortie du film. Elle est sans doute un peu âgée pour ce costume, mais puisqu'elle était occupée à être malade pendant que ses copines étaient occupées à être des petites filles, on peut comprendre qu'elle ait envie de rattraper le temps perdu.

Moi : Elle est venue te souhaiter un bon anniversaire, elle aussi. Elle est juste partie faire un tour aux toilettes.

Cette réponse semble la satisfaire et elle reporte son attention sur moi, passant le bras sous le mien pour m'entraîner vers une assiette de minifriands à la saucisse sans nul doute tripotés par tout un tas d'enfants aux mains sales.

Holly : Ça y est, vous sortez ensemble, Tiffy et toi ?

Je gobe un minifriand pour lui faire plaisir et baisse les yeux vers ma petite reine des neiges. Elle attend ma réponse, gobelet en plastique rempli de jus de fruits tropical à quelques centimètres de la bouche.

Quand le silence se prolonge, Holly lève les yeux au ciel avec cette petite mimique qui n'appartient qu'à elle, comme pour me convaincre que c'est bien elle et non un sosie un peu plus potelé.

Holly : Oh, je t'en *prie*, Leon. Vous êtes faits l'un pour l'autre !

Je jette des regards nerveux autour de moi, inquiet que Tiffy puisse l'entendre. Mais je souris malgré moi.

Dans un coin de ma tête, je pense à la façon dont je réagissais quand quelqu'un faisait ce type de remarques à propos de Kay et moi. Une réaction qui me valait généralement d'être accusé d'« engagement-phobie » par Kay. Il est vrai que ces commentaires venaient rarement d'une enfant précoce.

Moi : Eh bien justement, il se trouve que…

Holly : Ha ! Je le savais ! Tu lui as déjà dit que tu l'aimes ?

Moi : C'est encore un peu tôt pour ça.

Holly : Pas si ça fait déjà des mois et des mois qu'on est amoureux de la fille.

Silence.

Holly : Ce qui est ton cas, soit dit en passant.

Moi (d'une voix douce, patiente) : Je ne suis pas sûr de ça, Holly. En fait, on était amis.

Holly : Des amis amoureux.

Moi : Holly…

Holly : Est-ce qu'au moins tu lui as dit que tu la trouvais super ?

Moi : Elle le sait forcément.

Holly plisse les yeux et plante son regard dans le mien.

Holly : Tu en es *sûr*, Leon ?

Je me sens légèrement déstabilisé. Oui, j'en suis sûr, enfin… je crois. Tiffy le sait… Elle s'en doute, au moins. Si je l'ai embrassée, c'est forcément que… Non ?

Holly : T'es carrément pas doué pour dire aux gens ce que tu penses vraiment d'eux. Nul, en fait. Regarde, tu ne m'as même pas dit clairement que j'étais ta patiente préférée. Mais moi je le sais bien.

Elle ouvre les mains, paumes vers le ciel et bras pliés, haussant les épaules avec une mimique qui semble dire « exemple parfait ». J'essaie de ne pas sourire.

Moi : D'accord, je vais tâcher d'être plus clair avec elle.

Holly : C'est plus la peine. De toute façon, je vais lui dire.

Et elle file sur ces mots, avant que j'aie le temps de la retenir. Merde.

Moi : Holly ! Holly ! Ne lui dis rien qui…

Je finis par les trouver en grande conversation dans la cuisine, où Holly semble clore un long discours. Tiffy s'est penchée vers l'avant pour mieux l'écouter. Ses cheveux roux ont des reflets dorés sous la lumière crue du plafonnier.

Holly : Je voulais juste que tu saches que c'est quelqu'un de bien, et que *toi aussi*, tu es quelqu'un de bien. Vous êtes tous les deux des personnes gentilles.

Elle se hisse sur la pointe des pieds et ajoute comme pour elle-même, mais assez fort pour que je l'entende :

Holly : En fait, c'était débile cette histoire de paillasson.

Tiffy lève vers moi des yeux interrogateurs.

Je presse les lèvres tandis qu'une sensation chaude, fondante, s'installe au creux de ma poitrine. Je viens les rejoindre et passe le bras autour des épaules de Tiffy, mon autre main ébouriffant les beaux cheveux de Holly, étrange et clairvoyante petite fille.

51

Tiffy

Mo et Gerty passent à l'appartement dans l'après-midi, après que Leon est parti chez sa mère, et je leur raconte l'incident de la veille au soir entre deux réconfortantes gorgées de vin. Mo ponctue son écoute de savants hochements de tête, lents et empathiques, tandis que Gerty se contente de déverser des tombereaux d'insultes sur Justin. Il y a de belles trouvailles, dans le tas, aussi inventives que cruelles. Je me demande si elle n'en met pas de côté en prévision d'occasions comme celle-là.

– Tu veux dormir chez nous, ce soir ? demande Mo. Je peux te céder mon lit.

– Merci, Mo, mais ça va aller, dis-je. Je n'ai pas envie de fuir, tu comprends ? Et puis je sais qu'il n'a pas l'intention de me frapper ou de me découper en rondelles.

Mo n'a pas l'air d'en être aussi convaincu que moi.

– Appelle-nous s'il y a le moindre problème, même en pleine nuit, et on t'enverra un taxi, dit Gerty en finissant son vin. Et passe-moi un coup de fil demain matin. Il faut que tu me dises comment c'était au pieu avec Leon.

Je la regarde avec de grands yeux.

– Quoi ?!

– Je le savais ! J'ai senti que vous aviez couché ensemble, dit-elle d'un ton satisfait.

– Eh bien, en fait, on n'a pas fait l'amour, dis-je en lui tirant la langue. Décidément, ton flair n'est plus ce qu'il était.

Elle plisse les yeux, comme si mon visage était sa boule de cristal.

– Mais il y a eu des baisers, des caresses et des vêtements qui volent, dit-elle.

– À l'endroit même où tu es assise.

Gerty fait un bond comme si elle venait d'apercevoir une mygale sur un coussin, puis époussette son jean skinny avec une grimace de dégoût.

– À propos, dit-elle en ignorant nos rires moqueurs, on va rencontrer ton Leon mardi. Ça nous permettra de le cuisiner un peu et de voir si ses intentions sont aussi nobles qu'elles devraient l'être.

– Attends une minute… Vous allez quoi ?

– On doit faire le point sur l'affaire de son frère.

– Et Mo assistera à cette réunion, parce que…

– Parce que j'ai envie de rencontrer Leon, dit-il comme si ça coulait de source. Quoi ? ajoute-t-il devant mon air pas franchement ravi. Pourquoi je serais le seul à ne pas le rencontrer ?

– D'accord, mais… mais… C'est *mon* coloc.

– Et *mon* client, fait valoir Gerty en ramassant son sac sur le bar de la cuisine. Écoute, Tiffy, rencontrer Leon a peut-être été toute une histoire pour toi, mais nous on lui envoie juste un SMS et on se retrouve autour d'un brunch, comme les gens normaux. Pas de quoi en faire un plat.

Malheureusement, je n'ai pas grand-chose à redire à ça. Et je ne peux pas non plus leur reprocher de se montrer trop protecteurs avec moi, vu les circonstances. Sans eux, sans ce zèle amical, je serais probablement encore en train de pleurer dans l'appartement de Justin. Cela dit, j'ai l'impression qu'entre Leon et moi il est encore un peu tôt pour l'étape « Je te présente mes amis », et il y a quelque chose d'agaçant dans leur façon de s'ingérer dans ma vie privée. Mais tout est pardonné quand je rentre du travail mardi soir et que je trouve cette note sur la table basse :

LES MAUVAIS TRAITEMENTS QUE TU AS SUBIS NE SONT PAS LE FRUIT DE TON IMAGINATION (te rappelle Mo).

Mais tu as réussi à traverser ces épreuves, et ça t'a rendue plus forte (ajoute Gerty avec quelques grossièretés à l'intention de Justin que je te laisse le soin d'imaginer).

Tu es une femme adorable, profondément aimable, et je veux que tu saches que je ne te ferai jamais de mal (ça, c'est de moi).

Je t'embrasse fort,

Leon.

– Tu vas m'aimer de tout ton cœur, me dit Rachel.

Elle s'est mise sur la pointe des pieds pour me parler au-dessus de mon mur de plantes.

Je me frotte les yeux. Je viens d'avoir Martin au téléphone, qui préfère désormais m'appeler plutôt que de traverser le couloir. Sans doute s'imagine-t-il que ça lui donne l'air important. Mais il faut voir le bon côté des choses : ça me permet de filtrer ses appels, et si je dois lui répondre je peux faire des grimaces à Rachel tout en lui parlant, ce qui rend nos conversations infiniment plus agréables.

– Pourquoi ? Tu m'as acheté un château ?

Elle me fixe un instant du regard.

– C'est trop bizarre que tu dises ça.

Je la dévisage à mon tour avec de grands yeux.

– Ne me dis pas que tu m'as vraiment acheté un château !

– Certainement pas, répond-elle, retrouvant ses esprits. D'autant que si j'avais les moyens d'acheter un château, il serait pour moi, désolée. Cela dit, il est bien question d'un château dans la nouvelle que je suis venue t'annoncer.

J'attrape mon mug et pivote sur mon fauteuil pour libérer mes jambes, emprisonnées sous le bureau. Cette conversation nécessite une bonne tasse de thé, et la mienne est presque vide. On emprunte notre itinéraire habituel pour rejoindre la cuisine : contournement habile de la photocopieuse pour éviter les quartiers de la direction, halte de quelques secondes derrière le pilier du couloir principal afin d'échapper à la vigilance de Hana, réglage fin de notre angle d'approche pour s'assurer qu'aucun être indésirable ne traîne dans la cuisine.

– Allez, vas-y ! Vas-y ! Raconte ! dis-je à Rachel une fois en sécurité devant la bouilloire.

– Bon, tu te souviens de ce dessinateur à qui j'ai commandé les illustrations de *Décorêveur d'intérieur* ? Tu sais, Lord machin ?

– Bien sûr. L'Aristocrayon, dis-je.

C'est comme ça qu'on l'appelle, Rachel et moi.

– Ouais, eh ben, l'Aristocrayon m'a proposé la solution parfaite pour la séance photo de Katherin.

Le département marketing a décidé de mettre en avant les créations présentées dans le livre de Katherin, mais les médias traditionnels ne montrant pas beaucoup d'enthousiasme pour *Vivre au crochet !* – ils ont encore du mal à comprendre que l'intérêt de youtubeurs comme Tasha Chai-Latte puisse être le signe d'un succès qui se dessine –, on va nous-mêmes financer une séance photo et « semer les images dans les médias sociaux », comme dit notre cher Martin. Tasha a promis d'en publier sur son blog et, à un peu plus d'une semaine de la date de sortie, l'organisation de cette séance photo est devenue un sujet de tension pour les départements marketing et RP.

– Le mec possède un château au pays de Galles, poursuit Rachel sur un ton triomphal. Et il veut bien nous le prêter pour faire les photos.

– On peut avoir un château sans débourser un sou ?

– Absolument. Ce week-end. Et parce que ça fait un paquet de kilomètres à se farcir en voiture, il m'a dit qu'on pourra y passer la nuit de samedi soir ! *Nuit au château !* Et le mieux dans tout ça, c'est que Martin ne peut pas me mettre sur la touche au prétexte qu'une graphiste n'a rien à faire dans une séance photo… parce que l'Aristocrayon insiste pour que je vienne avec Katherin !

Elle bat des mains, radieuse.

– Et tu es aussi du voyage, bien entendu, vu que Katherin refuse de faire quoi que ce soit si tu n'es pas là pour la protéger des infâmes Hana et Martin. Week-end au château !

Je lui fais signe de la mettre en sourdine. Elle s'est mise à chanter beaucoup trop fort et à exécuter une sorte de danse du château (toute en déhanchements). On a beau être seules dans la cuisine, on n'est jamais à l'abri d'une apparition intempestive d'un membre de la direction. C'est comme ce qu'on dit sur les rats londoniens : même si on ne les voit pas souvent, il y en a toujours un à moins de deux mètres de vous.

– Ça nous laisse deux jours pour trouver des mannequins prêts à travailler bénévolement, dit Rachel avant de se figer, comme sous l'effet d'une pensée lumineuse. Tu sais quoi ? Je suis presque tentée de ne rien dire à Martin. Je n'ai pas envie qu'il commence à m'apprécier ou je ne sais quoi. Ça mettrait en péril tout l'équilibre de cette boîte.

– Si, Rachel, dis-lui ! C'est une super idée.

Je le pense vraiment. Mais elle a raison pour Katherin : elle refusera d'y aller si je ne viens pas, et ça veut dire que je vais être absente tout le week-end. J'espérais voir Leon. Qu'on puisse passer du temps ensemble. Enfin… vous voyez. Nus.

Rachel décèle une réserve derrière mon sourire de façade.

– Ah, je vois…, dit-elle.

– Non, non, c'est génial, dis-je précipitamment. Un week-end avec toi et Katherin, on va forcément s'éclater. À nous la vie de château !

Rachel verse l'eau bouillante dans nos mugs et s'adosse au réfrigérateur, scrutant mon visage.

– Tu l'aimes vraiment bien, ce garçon, pas vrai ?

Je plonge les sachets de thé dans l'eau, prenant tout mon temps pour ne pas croiser son regard. C'est vrai, je l'aime bien. C'en est presque effrayant. Surtout agréable-effrayant, mais aussi un peu effrayant-effrayant.

– Si tu as envie de le voir ce week-end, dit Rachel, tu n'as qu'à l'emmener dans tes bagages.

– Tu proposes qu'il nous accompagne ? Comment veux-tu que je fasse passer ça auprès de la compta ?

– Physiquement, il est comment déjà, ton bourreau des cœurs ? demande Rachel en se déplaçant pour que je puisse prendre du lait dans le frigo. Grand, belle gueule avec la peau sombre et un sourire sexy, c'est bien ça ?

Il n'y a que Rachel pour dire « bourreau des cœurs » sans une once d'ironie.

– Tu crois qu'il accepterait de poser gratuitement ?

Je manque de vider entièrement la bouteille de lait dans ma tasse. Rachel sourit et me passe une feuille d'essuie-tout pour tamponner ma main éclaboussée.

– Leon ? Tu veux qu'il pose pour nous ?

– Pourquoi pas ?

Parce qu'il détesterait sûrement ça. Ou peut-être pas, après tout. Il semble tellement se moquer de ce que les autres pensent de lui, se retrouver sur Internet avec un bonnet tricoté sur la tête ne lui ferait sans doute ni chaud ni froid. Mais l'inviter au château de l'Aristocrayon reviendrait à lui proposer de partir en week-end – un week-end en bonne et due forme, quoique sans doute un peu particulier – et ça aurait un côté… sérieux. Sérieux comme dans « C'est sérieux, avec lui ? ». Une boule se forme dans ma gorge à cette pensée et je me sens gagnée par un début de panique. Je parviens à dominer mon angoisse, furieuse contre moi-même.

– Vas-y, insiste Rachel. Propose-lui. Je te parie qu'il va accepter si c'est ça ou ne pas te voir du week-end. Et je me charge de vendre l'idée à Martin. De toute façon, une fois que je lui offrirai ce château sur un plateau, il me mangera dans la main.

J'ai le plus grand mal à trouver le bon angle pour aborder le sujet. Je pensais que ça viendrait naturellement au cours de notre conversation téléphonique, mais curieusement les thèmes « château » et « mannequinat » ne se présentent pas une seule fois au cours de la discussion. Et maintenant ma montre indique 19 h 40 : plus que cinq minutes avant que Leon soit contraint de raccrocher pour commencer son service.

Je n'ai pas renoncé à lui poser la question, mais ce n'est pas si simple. Depuis le soir où Justin s'est présenté à la porte de l'appartement, les choses ont changé entre Leon et moi. Ça va au-delà de l'attirance sexuelle, à présent. Au-delà d'une entreprise de séduction par notes Post-it interposées. Et sans que je sache au juste pourquoi, je trouve ça vaguement terrifiant. Quand je pense à lui, j'ai de brûlantes bouffées de joie, des élans de bonheur, qu'une sorte de panique claustrophobe se dépêche de chasser. Mais il s'agit sans doute d'une séquelle de ma relation avec Justin, et franchement je n'ai pas l'intention de laisser le passé me gâcher le présent.

Je rassemble mon courage :

– Et sinon, pour ce week-end…, dis-je finalement.

Le vent me fait frissonner et je ferme les pans de mon cardigan avec ma main libre. Je suis sur le balcon, qui devient décidément mon endroit préféré pour les appels du soir.

– …tu as quelque chose de prévu ?

– Nnnnn…, grommelle Leon, et je suis à peu près certaine que c'est un « non ».

Tout occupé à se nourrir, Leon est encore moins bavard qu'à l'ordinaire. Mais je ne lui en veux pas le moins du monde, d'autant que ça pourrait bien jouer en ma faveur : avant de faire l'objet d'un éventuel débat, la proposition que je m'apprête à lui soumettre doit d'abord être entendue dans son intégralité.

– En fait, je dois me rendre au pays de Galles pour le boulot, ce week-end. On va prendre des photos des créations de Katherin dans un château. Il faut que je l'accompagne, parce que je suis devenue sa dame de compagnie, et que malgré mon salaire de misère tout le monde s'attend à ce que je bosse les samedis et les dimanches si on me le demande.

Petit moment de silence à l'autre bout du fil, puis :

– Mmcord…

Pour autant que je puisse en juger, il ne semble pas agacé. Maintenant que j'y songe, pourquoi le serait-il ? Ce n'est pas comme si on avait prévu quelque chose et que je lui faisais faux bond, ni comme si je ne voulais pas le voir. Je dois m'absenter pour le boulot, et si quelqu'un peut comprendre ça, c'est bien Leon. Je me détends un peu.

– Mais comme j'ai envie de passer des moments avec toi, dis-je avant d'avoir le temps de trop réfléchir à la façon de présenter les choses, Rachel a eu une idée potentiellement pourrie, mais qui en fait peut se révéler super marrante.

– Mmm ? fait Leon d'un ton un tantinet inquiet.

Il a entendu suffisamment d'histoires sur Rachel pour savoir que ses brillantes idées riment généralement avec flots d'alcool et écarts de conduite.

– Que dirais-tu d'un week-end tous frais payés avec moi dans un château gallois… en échange de quelques heures de pose où tu porteras les créations de Katherin ? Les photos seront diffusées sur les réseaux sociaux pour promouvoir son livre…

J'entends un bruit inquiétant dans l'écouteur, comme si Leon s'étouffait. Je sens le rouge me monter aux joues.

– Tu trouves que c'est la pire chose qu'on t'ait jamais proposée, c'est ça ?

Je ne sais pas ce qui m'a pris de lui demander ça. Leon aime les soirées calmes à la maison autour d'un verre de vin, certainement pas s'exhiber devant l'objectif d'un photographe.

– Non, ce n'est pas une idée si horrible, bredouille-t-il. Il faut simplement que… que je m'y fasse.

Je me tais pour lui donner le temps de formuler sa réponse (de m'envoyer balader avec diplomatie). L'attente est insoutenable et finalement, alors que je n'ai plus le moindre doute sur l'issue de cette embarrassante conversation :

– Bon, d'accord, dit Leon.

Je me rends compte que je retenais mon souffle et prends une savoureuse goulée d'air frais. Romuald-le-renard vagabonde sous le balcon et une voiture de police passe à proximité, sirènes hurlantes.

– Alors c'est d'accord ? dis-je, incrédule, une fois le calme revenu pour qu'on puisse s'entendre. Tu veux bien le faire ?

– Ça me semble un prix raisonnable à payer pour le plaisir de partir en week-end avec toi. Et puis il n'y a que Richie qui pourrait se moquer de moi s'il tombait sur ces photos, et il n'a pas accès à Internet.

– Je suis contente que tu viennes, dis-je doucement.

– Tu vas jouer les mannequins, toi aussi ?

– Oh, Martin me trouve sûrement trop dodue pour ça, dis-je avec un haussement d'épaules. Je serai juste là pour Kathpronner.

– Vais-je avoir le plaisir de rencontrer ce Martin dont tu me dis tant de bien ? Et, heu… Tu seras juste là pour quoi ?

– Kathpronner. Chaperonner Katherin. Une trouvaille de Rachel. Ouais, c'est Martin qui va tout organiser. Et comme il sera aux commandes, il va être particulièrement insupportable.

– Parfait, dit Leon. Sache qu'entre deux poses lascives je réfléchirai au meilleur moyen de causer la perte de ce sinistre individu.

OCTOBRE

52

Leon

Me voilà donc posant entre deux armures, vêtu d'un pull tricoté au crochet, le regard savamment perdu dans le vide.

Ma vie a pris une tournure assez étrange depuis que Tiffy y est entrée. Sortir des sentiers battus ne m'a jamais fait peur, mais ces derniers temps je m'étais… encroûté. Bien installé dans mes petites habitudes, comme Kay me le faisait souvent remarquer.

Avec Tiffy dans les parages, impossible de rester dans cet état.

Elle aide Katherin à mettre les vêtements en valeur sur les trois mannequins. Les deux autres sont des adolescentes maigrichonnes ; Martin les regarde comme si elles étaient comestibles (et il semble affamé). Elles sont sympas, mais on vient de discuter en long et en large de la dernière saison du *Meilleur pâtissier* et on commence à avoir du mal à trouver de nouveaux sujets de conversation. J'attends avec impatience que Tiffy intervienne pour ajuster mon pull en laine avec de petits gestes pleins de douceur, trop sensuels pour n'être destinés qu'à en parfaire le tombé.

L'Aristocrayon papillonne autour de ses invités. C'est un homme affable et distingué ; son château est un peu délabré, mais les chambres sont confortables et offrent des vues spectaculaires sur la campagne galloise, alors tout le monde est content.

Tout le monde, sauf Martin. J'avais promis à Tiffy de causer sa perte, mais la plaisanterie semble se retourner contre moi : quand Martin n'est pas trop occupé à saliver devant les deux autres mannequins, on jurerait qu'il cherche le meilleur moyen de me faire passer par-dessus les murailles du château. Je ne sais pas ce qu'il a contre moi. En dehors de Rachel, personne ici n'est au courant, pour Tiffy et moi – on s'est dit que ce serait plus simple comme ça. C'est à se demander s'il ne nous aurait pas percés à jour. Mais même si c'était le cas, pourquoi ça l'agacerait à ce point ? Ce type passe son temps à me fusiller du regard.

Peu importe. Je me contente de faire ce qu'on me demande sans entrer dans son jeu. Et puis je suis content d'être là avec Tiffy. Ça me rassure qu'elle ait quitté l'appartement pour le week-end – j'avais un mauvais pressentiment au sujet de Justin. Mais ce n'est que reculer pour mieux sauter. Je sais qu'il va revenir à un moment ou un autre. Il n'en avait visiblement pas terminé avec elle, quand il s'est décidé à faire demi-tour, samedi dernier. Et pourtant, il n'a donné aucun signe de vie depuis. Ni fleurs, ni texto, ni apparition surprise à une adresse que Tiffy ne lui a jamais communiquée. Vu le personnage, je ne serais pas surpris qu'il attende son heure en préparant un mauvais coup. Ce genre de types ne renoncent pas si facilement.

Je réprime un bâillement (plusieurs, en fait). Je suis debout depuis de longues, longues heures. Mes yeux se posent sur Tiffy. Elle porte des bottes en caoutchouc et un jean bleu teint au nœud, affalée de travers sur un fauteuil tout droit sorti de *Game of Thrones* sur lequel je ne suis pas certain qu'on soit censé s'asseoir (il se trouve sous une collection d'armes médiévales et ressemble plus à une pièce de musée qu'à un pouf poire de style moyenâgeux).

Elle change de position et son cache-cœur s'entrouvre, dévoilant la naissance de ses seins. J'avale ma salive et me remets à regarder dans le vide, peaufinant mon air pénétré auquel le photographe semble tenir.

Martin : Allez, vingt minutes de pause !

Je fonce droit sur Tiffy avant qu'il ait le temps de me réquisitionner pour toutes sortes d'activités dont le seul but semble être de m'éloigner d'elle (jusqu'à présent, j'ai passé mes pauses à déplacer des piques et des fléaux d'armes, à aspirer des traces de boue laissées par le chien de l'Aristocrayon et à soigner une écorchure sur le doigt d'une des ados maigrichonnes).

Moi (m'approchant du trône de Tiffy) : Ce Martin commence à me courir sur le système. C'est quoi, son problème avec moi ?

Tiffy hausse les épaules, pivote les jambes et se lève d'un bond.

Tiffy : Honnêtement, je n'en ai pas la moindre idée. C'est vrai qu'il encore plus insupportable avec toi qu'avec nous.

Rachel (à voix basse derrière moi) : Fuyez ! Fuyez ! Il arrive !

Tiffy n'a pas besoin qu'on le lui dise deux fois. Elle m'attrape par la main et m'entraîne en direction du hall d'entrée, sorte d'immense caverne en pierre d'où s'élèvent pas moins de trois escaliers.

Katherin (lancée à notre poursuite) : Ne me laissez pas seule avec lui !

Tiffy : Montre-lui ce que tu as dans le ventre, Katherin ! Tu n'as qu'à imaginer que c'est le fantôme d'un député conservateur des années 1970 qui revient te hanter !

Je ne me retourne pas pour regarder la tête que fait Katherin, mais j'entends distinctement le rire moqueur de Rachel. Tiffy me pousse dans une niche richement décorée qui a dû jadis abriter une statue, et plaque un fougueux baiser sur ma bouche.

Tiffy : C'est insupportable de te regarder comme ça pendant des heures. Non seulement ça me frustre, mais j'éprouve aussi une féroce jalousie envers toute personne qui fait de même.

J'ai l'impression de siroter une substance chaude qui me réchauffe la poitrine et dessine un sourire sur mes lèvres. Ne sachant trop que dire, je l'embrasse à mon tour. Son corps se colle au mien et me pousse contre les pierres froides tandis que ses mains se joignent derrière ma nuque.

Tiffy (contre ma bouche) : Le week-end prochain.

Moi : Hmm ?

(Je suis occupé à l'embrasser.)

Tiffy : On sera ensemble, juste toi et moi. Seuls dans notre appartement. Et si quelqu'un ose nous déranger, que ce soit un ex indésirable ou une ado qui s'est fait un bobo au doigt, je les ferai exécuter en place publique.

J'interromps nos baisers et cherche son regard. Ne lui ai-je donc pas dit ? Je lui ai forcément dit… non ?

Tiffy : Quoi ? Pourquoi tu me regardes comme ça ?

Moi : L'audience en appel de Richie aura lieu vendredi. Du coup, j'ai prévu de rester chez ma mère, le week-end prochain. Je ne te l'ai pas dit ?

Je ressens une petite angoisse familière. Ça va être le départ d'une conversation désagréable – j'ai oublié de lui dire quelque chose, ça change tout son programme, elle…

Tiffy : Non ! Tu es sérieux, là ?

Mon ventre se crispe. Je veux l'attirer contre moi, mais elle repousse ma main, les yeux écarquillés.

Tiffy : Tu ne me l'as pas dit, Leon ! Je… Je ne savais pas. Je suis vraiment désolée, mais… Le lancement du livre de Katherin…

J'ai du mal à comprendre, là. Pourquoi c'est elle qui est désolée, maintenant ?

Tiffy : Je voulais venir, mais on organise une grosse réception pour le lancement du bouquin de Katherin, vendredi. Oh, je n'y crois pas… Pourquoi faut-il que ça tombe le même jour ? Tu voudras bien demander à Richie de m'appeler ? Je voudrais lui présenter mes excuses de vive voix.

Moi : T'excuser pour quoi ?

Tiffy lève au ciel des yeux impatients.

Tiffy : Mais de ne pas pouvoir assister à son appel !

Je la dévisage. Plisse les yeux. Me détends quand je comprends qu'en fait elle ne m'en veut pas.

Moi : Je n'ai jamais pensé que tu…

Tiffy : Tu plaisantes ? Tu croyais que je m'en fichais, ou quoi ? C'est le sort de Richie qui va se jouer !

Moi : Tu avais vraiment l'intention de venir ?

Tiffy : Oui, Leon. J'y tenais.

J'enfonce mon doigt dans sa joue.

Tiffy (en riant) : Aïe ! Qu'est-ce que tu fais ?

Moi : Tu es réelle ? Un véritable être humain de sexe féminin ?

Tiffy : Oui, je suis réelle, espèce d'idiot.

Moi : Permets-moi d'en douter. Comment pourrais-tu être à la fois aussi gentille et aussi jolie ? Tu es une créature mythologique, c'est ça ? Tu vas te transformer en harpie quand sonneront les douze coups de minuit ?

Tiffy : Arrête un peu. Tu as une piètre opinion des femmes, ou quoi ? C'est tout à fait normal que je veuille assister au procès. Je sais que ça compte énormément pour toi, et puis Richie est un peu mon ami. Après tout, c'est à lui que j'ai parlé en premier.

Moi : Heureusement que tu ne l'as pas rencontré en premier. Il est beaucoup plus beau que moi.

Elle me regarde d'un air soupçonneux.

Tiffy : C'est pour ça que tu ne m'as pas donné la date de son procès en appel ?

Mes chaussures raclent nerveusement le sol. Je pensais lui en avoir parlé. Elle me presse le haut du bras.

Tiffy : Je te taquine, Leon ! Je sais bien que tu croyais me l'avoir dit.

Je songe à tous ces mois à s'échanger des notes et des restes de repas. Tous ces mois sans véritablement la connaître. Tous ces mois où elle n'était qu'un adorable fantôme. C'est tellement différent, maintenant que je l'ai rencontrée. Je n'arrive pas à croire que j'ai perdu tout ce temps – pas seulement ces mois sans la voir ni la toucher, mais tout ce qu'il y a eu avant ça ; toutes ces années indécises et floues où, installé dans le confort de mes habitudes, j'attendais.

Moi : N'empêche que j'aurais dû m'assurer que je te l'avais bien dit. D'ailleurs, il faut qu'on s'organise, si on veut passer du temps ensemble. On ne peut pas continuer à compter sur une semi-noyade ou un accident de salle de bains pour se voir avec un peu moins de vêtements sur le dos.

Je m'interromps. Une idée vient de me traverser l'esprit : et si je troquais de temps à autre le service de nuit contre le service de jour ? Si je restais avec elle une soirée – une nuit – par semaine ? Je suis sur le point de lui proposer mon idée quand quelque chose dans son regard m'en dissuade. Ses yeux se sont agrandis, graves, nerveux peut-être, et je me fige, soudain convaincu que ce n'est pas la chose à dire. Après quelques secondes, Tiffy brise le silence :

Tiffy (gaiement) : Et si on mettait nos emplois du temps respectifs sur le frigo ? Sur un calendrier commun, par exemple.

Oui. C'est sans doute une meilleure solution. Plus appropriée à une relation qui en est encore à ses balbutiements. Je crois que je me suis légèrement emballé.

Heureusement que je n'ai rien dit.

53

Tiffy

Je fixe le lointain plafond de la chambre, ou plutôt l'épaisse couche de toiles d'araignée qui le recouvre. Il fait un froid de gueux (un comble dans un château) malgré une couette, trois couvertures et la chaleur corporelle de Rachel à ma gauche, sorte de radiateur en forme de femme.

La journée qui s'achève s'est révélée particulièrement frustrante. Ce n'est pas si commun de dévorer du regard l'objet de son désir pendant huit heures d'affilée sans pouvoir le toucher, ou presque. Pour être honnête, j'ai passé le plus clair de mon temps à imaginer que le sortilège d'un ancien mage gallois s'échappait d'une fiole brisée par mégarde et se réactivait. Que tous les occupants du château se volatilisaient dans un nuage crémeux, sauf Leon et moi, nus comme des vers (les habits se sont aussi volatilisés sous l'effet du sortilège) dans ce décor truffé d'endroits excitants pour faire l'amour.

Cela dit, les séquelles de ma relation avec Justin n'ont manifestement pas fini de me pourrir la vie, et tandis que les choses progressent avec Leon, je sens l'aiguille de mes émotions quitter un peu plus souvent *l'agréable-effrayant* pour pointer en direction de *l'effrayant-effrayant*. Par exemple, quand Leon a parlé de s'organiser pour qu'on puisse se voir plus souvent, ce sentiment de panique – l'impression angoissante d'être soudain piégée, acculée – m'a paralysée un instant. Mais lorsque la peur n'obscurcit pas mes pensées et ne travestit pas mes émotions, j'ai vraiment confiance en lui. En l'avenir de notre rencontre. C'est vers lui que se dirigent mes pensées quand je me sens bien. Il renforce ma détermination à tourner la page des années Justin, parce que je n'ai pas envie d'en porter le poids quand je suis dans ses bras. Avec Leon, je veux être légère, sans attache, libre comme l'air. Nue, aussi.

– Arrête ça, maugrée Rachel dans son oreiller.

– Arrêter quoi ?

Si j'avais su qu'elle était encore éveillée, j'aurais partagé toutes ces réflexions avec elle.

– Ta frustration sexuelle me rend nerveuse, dit Rachel, me tournant le dos et embarquant avec elle les trois quarts de la couette.

Bien trop frigorifiée pour être magnanime, je tire comme une sourde mais ne récupère que quelques malheureux centimètres.

– Je ne suis pas frustrée.

– Oh, je t'en prie. Je parie que tu attendais que je m'endorme pour te frotter contre ma jambe.

Je lui balance un coup de pied qui lui arrache un cri.

– Ma frustration sexuelle ne peut pas t'empêcher de dormir, dis-je, reconnaissant implicitement son existence. Si une telle chose était possible, personne n'aurait pu trouver le sommeil à l'époque victorienne.

Elle se tourne vers moi et m'observe un instant, les yeux plissés.

– Tu es bizarre, dit-elle, roulant à nouveau dans l'autre sens. Fais donc le mur et va retrouver ton amoureux.

– Ce n'est pas mon amoureux, dis-je machinalement, comme on apprend à le faire dès le plus jeune âge.

– Ton amant, ton petit copain, ton soupirant, ta moitié, ton gros bébé d'amour, ton…

– C'est bon, je m'en vais, dis-je dans un murmure outré, avant de repousser la couette et les trois couvertures d'un nouveau coup de pied.

Hana ronfle doucement dans l'autre lit. En fait, elle a l'air plutôt sympa quand elle dort, mais il faut dire que c'est difficile d'avoir l'air d'une garce quand on bave sur son oreiller.

Avec Leon, on a échafaudé un plan pour se voir après l'extinction des feux. Il partage sa chambre avec le photographe, ce qui rend la pièce inadaptée à nos projets. Mais, une fois Hana et le photographe endormis, rien ne nous empêche de nous glisser hors de nos lits respectifs et de partir explorer ensemble les recoins du château. L'idée était de se reposer un peu, puis de se retrouver à 3 heures du matin. Mais je n'ai pas réussi à dormir. Trop de pensées coupables. Au fond, c'est sans doute aussi bien comme ça : la tête d'une femme au réveil est loin d'être aussi gracieuse que ce que voudrait nous faire croire Hollywood, et j'ai sûrement bien fait de rester éveillée dans ce lit, l'esprit accaparé par des images indignes d'une honnête citoyenne.

En revanche, je n'avais pas prévu qu'on se gèlerait les miches à ce point ! Je m'étais imaginée le rejoignant en chemise de nuit et sous-vêtements sexy – j'ai pensé à emporter un négligé –, mais me voilà attifée d'un pantalon de pyjama polaire, d'épaisses chaussettes en laine et de trois pulls bien chauds dont ma vie pourrait dépendre. Je tente de rattraper le coup en me barbouillant les lèvres de gloss et en redonnant du volume à mes cheveux, et me voilà prête à fuguer.

La porte de la chambre grince tellement qu'on frôle le cliché, mais Hana ne se réveille pas. Je me glisse dans l'ouverture dès qu'elle est assez grande pour me laisser passer, puis referme derrière moi, les plaintes ancestrales de ses gonds m'arrachant toute une gamme de grimaces.

J'ai rendez-vous avec Leon dans la cuisine, un lieu choisi pour l'excuse simple et efficace qu'il nous fournira si quelqu'un nous surprend (vu le nombre de biscuits que je boulotte au travail, personne n'aura de mal à croire que j'ai besoin d'une petite collation au milieu de la nuit). Je traverse d'un bon pas le couloir moquetté, gardant à l'œil les chambres qui le bordent, prête à me cacher derrière une armure si une porte s'ouvrait.

Personne. L'allure enlevée que je me suis imposée m'ayant légèrement réchauffée, je décide de monter les marches quatre à quatre pour faire fondre le givre qui semble recouvrir ma peau, et c'est hors d'haleine que je fais mon entrée dans la cuisine.

Cette pièce est la seule du château qui a été dorlotée par son propriétaire. Elle a été rénovée récemment et, pour mon plus grand bonheur, une énorme cuisinière à bois trône contre le mur du fond. Je m'approche, pose une main prudente sur la fonte émaillée… Elle est encore chaude ! Je me plaque aussitôt contre sa paroi, à la manière d'une ado qui serait tombée sur un membre des One Direction dans une boîte de nuit et qui n'aurait pas l'intention de repartir sans lui.

– Je me demande si je ne devrais pas être un peu jaloux, dit une voix familière dans mon dos.

Je regarde par-dessus mon épaule. Leon se tient dans le cadre de la porte, les cheveux soigneusement coiffés en arrière et vêtu d'un grand T-shirt qui tombe sur un bas de survêtement.

– Si la température de ton corps est supérieure à celle de cette cuisinière, je suis à toi, lui dis-je, me tournant pour me réchauffer les fesses et l'arrière des jambes.

Et pour mieux le regarder.

En quelques pas tranquilles, détendus, Leon franchit l'espace qui nous sépare. Il y a en lui une confiance discrète, une assurance paisible dont il ne fait jamais étalage. Mais quand elle perce dans ses attitudes, presque malgré lui, c'est incroyablement sexy. Il m'embrasse et ma température corporelle gagne encore quelques précieux degrés.

– Tu n'as pas eu de problème pour faire le mur ? dis-je lorsque nos lèvres se séparent.

– Larry le photographe a le sommeil très lourd, dit-il, retrouvant aussitôt le chemin de ma bouche qu'il embrasse doucement.

J'ai déjà le cœur qui cogne dans la poitrine. La tête me tourne aussi, comme si tout le sang qui circule dans mon cerveau avait décidé d'aller voir ailleurs. À peine le baiser rompu, Leon place ses mains sous mes fesses et me soulève. J'atterris sur la cuisinière et j'entoure Leon de mes jambes, chevilles croisées dans son dos. Il se presse contre moi.

Peu à peu, je prends conscience de la chaleur résiduelle de la fonte qui traverse mon pantalon de pyjama et commence à me rôtir l'arrière-train.

– Ahh… Ça crame, dis-je en m'accrochant à son cou pour soustraire mes fesses à la brûlure.

Accrochée à lui comme un koala à son bambou, Leon me transporte jusqu'à l'îlot central où il se met à me couvrir de baisers – dans le cou, sur les seins, sur la bouche encore, dans le creux de l'épaule, sur la bouche, encore et encore… C'est comme un vertige léger, une chaleur diffuse dans laquelle se fondent mes pensées. Ses mains trouvent l'étroite ouverture entre mes pulls et mon bas de pyjama, et quand ses paumes tièdes glissent sur ma peau je ne pense plus à rien.

Leon se recule brusquement pour croiser mon regard.

– Ça craint de faire l'amour sur une surface où on prépare à manger ? demande-t-il, le souffle court.

– Non ! C'est parfait ! C'est propre ! Hygiénique ! dis-je en l'attirant à nouveau contre moi.

– Tant mieux, grogne-t-il, et me voilà soudain débarrassée de mes trois pulls à la fois.

Mais je n'ai plus froid. En fait, je pourrais être en tenue beaucoup plus légère. Qu'est-ce qui m'a pris de laisser le négligé dans la valise ?

J'arrache le T-shirt de Leon puis baisse son pantalon de jogging qui finit par rejoindre le reste de nos vêtements sur le carrelage de la cuisine. Alors que je me colle à lui, Leon interrompt nos ébats.

– Tout va bien ?

Sa voix rauque trahit l'effort que lui coûte cette pause. Je l'embrasse en guise de réponse.

– Alors, c'est oui ? demande-t-il, sa bouche collée à la mienne.

– Oui, tout va bien. Et maintenant, arrête de parler.

Il ne formule aucune objection. Je suis presque entièrement nue, lui aussi, et je n'ai plus rien en tête que mon envie de lui. On est tellement proches, peau contre peau. La victorienne sexuellement frustrée qui sommeille en moi éprouve une incommensurable gratitude lorsque Leon me tire doucement par les hanches, son corps entre mes jambes. Ça y est. C'est maintenant. Ça arrive enfin.

Et là, ça me tombe dessus. Le passé me submerge.

Je me crispe. Il ne s'en rend pas compte tout de suite, et pendant trois secondes parfaitement atroces, ses mains continuent à se déplacer sur mon corps. Comment décrire ce que je ressens ? Une forme de panique, sans doute, mais je reste complètement immobile et étrangement passive. Je suis tétanisée, piégée, et j'éprouve la sensation étrange qu'une partie essentielle de mon être manque à l'appel.

Les mains de Leon se font hésitantes, puis remontent lentement et viennent encadrer mon visage. Doucement, il relève ma tête pour croiser mon regard.

– Ah…, dit-il.

Alors qu'il désenchevêtre son corps du mien, je me mets à trembler. J'ai toujours l'impression d'être incomplète, amputée d'un morceau de moi qui ne semble pas vouloir reprendre sa place. J'ignore d'où me vient cette affreuse sensation – en l'espace d'un instant, une étreinte sur laquelle j'ai fantasmé toute la semaine a cédé la place à… un souvenir. Au fantôme d'un corps qui n'était pas celui de Leon. À des mains qui me caressaient, elles aussi, mais dont je ne voulais pas sur ma peau.

– Tu préfères que je te laisse un peu tranquille ou que je te prenne dans mes bras ? demande-t-il simplement en reculant d'un pas.

– Dans tes bras, parviens-je à articuler.

Il ramasse un pull au sol et le pose sur mes épaules avant de me serrer contre lui, ma tête pressée sur sa poitrine. Rien dans son attitude ne trahit la frustration qu'il éprouve forcément, sinon le martèlement sourd de son cœur qui bat contre mon oreille.

– Je suis désolée, Leon.

– Tu n'as pas à t'excuser quand ça t'arrive, Tiffy. Tu n'y es pour rien, d'accord ?

Je souris à travers mes larmes qui se mettent à couler sur sa peau.

– D'accord.

54

Leon

Je ne suis pas d'une nature colérique. D'ordinaire, je suis plutôt de bonne composition et il en faut beaucoup pour me faire sortir de mes gonds. C'est toujours moi qui empêche Richie de se battre (en général pour voler au secours d'une femme… qui n'a pas nécessairement besoin de son aide). Aujourd'hui pourtant, une sorte d'instinct primitif semble se réveiller en moi, et je dois faire de gros efforts pour ne rien laisser paraître de la fureur qui bouillonne dans mes veines. C'est de douceur qu'a besoin Tiffy, et non du corps crispé et des gestes brusques d'un homme en colère.

Mais disons les choses comme elles sont : j'ai envie de frapper ce type. Je ne sais pas au juste ce qu'il a fait à Tiffy, quel odieux souvenir l'a une nouvelle fois rattrapée, mais ça l'a replongée dans quelque chose de suffisamment perturbant pour la faire trembler comme un chaton frigorifié.

Elle émerge du refuge de mes bras, essuie ses larmes.

Tiffy : Je suis déso… Heu, je veux dire… Salut.

Moi : Salut. Tu veux une tasse de thé ?

Elle hoche la tête. J'ai envie de la garder contre moi, mais la serrer dans mes bras alors qu'elle semble vouloir en sortir n'est sans doute pas une bonne idée. Je me rhabille et vais remplir la bouilloire.

Tiffy : C'était…

J'attends. L'eau se met à chauffer avec un grondement doux.

Tiffy : C'était horrible. Je ne comprends même pas ce qui s'est passé.

Moi : Quelque chose que tu avais oublié t'est revenu en mémoire ?

Elle secoue la tête, visage fermé.

Moi : Un événement dont tu as déjà parlé avec ta psy, alors ?

Tiffy : Ce n'était pas un souvenir précis, tu vois ? Pas comme si des images s'étaient mises à défiler dans ma tête… C'était plutôt comme…

Moi : Comme la mémoire musculaire ?

Elle lève les yeux vers moi.

Tiffy : Ouais, c'est exactement ça. Une sorte de mémoire du corps.

Je verse l'eau bouillante sur les sachets puis ouvre le réfrigérateur à la recherche de lait, marquant un temps d'arrêt à la vue d'une myriade de plateaux chromés garnis de cupcakes roses.

Tiffy vient me rejoindre et passe le bras autour de ma taille.

Moi : Tu as vu, il y a écrit « F & J » dans le glaçage.

Tiffy : Ooh. Ça doit être pour la fête de mariage prévue après notre départ.

Moi : Tu crois qu'ils les ont comptés ?

Ça fait rire Tiffy. Plutôt un rire mouillé de larmes qu'un éclat de rire en bonne et due forme, mais c'est déjà ça.

Tiffy : Sûrement. Quoique… Il y en a vraiment beaucoup.

Moi : Trop, non ? À vue de nez, je dirais… trois cents.

Tiffy : Personne n'invite trois cents personnes à son mariage. Sauf les gens célèbres, ou les Indiens.

Moi : Tu crois que c'est une célébrité indienne qui se marie demain au château ?

Tiffy : Un Aristocrayon ne divulgue pas ce genre d'informations, voyons.

Je me saisis délicatement de deux cupcakes et en donne un à Tiffy. Ses yeux sont encore un peu rouges, mais elle a retrouvé le sourire et gobe le petit gâteau en à peine deux bouchées. Quelque chose me dit qu'elle a besoin de sucre.

On déguste notre larcin en silence pendant un petit moment, adossés à la tiédeur de la cuisinière à bois.

Tiffy : Donc... de ton point de vue, heu... professionnel...

Moi : Mon avis d'infirmier en soins palliatifs ?

Tiffy : En tant que titulaire d'un diplôme médical...

Oh, non. Ce genre de conversation n'est jamais satisfaisante pour personne. Les gens s'imaginent qu'on ressort de l'école d'infirmier en ayant acquis les connaissances nécessaires pour exercer la médecine dans tous les domaines, et qu'on s'en souvient parfaitement cinq ans plus tard.

Tiffy : Est-ce que je vais péter un câble chaque fois qu'on est sur le point de faire l'amour ? Parce que c'est carrément l'idée la plus déprimante qui soit.

Moi (prudemment) : Je ne pense pas. Ça risque juste de prendre du temps avant que tout rentre dans l'ordre. Il faut comprendre ce qui déclenche ces crises et trouver un moyen de les éviter en attendant que tu fasses la paix avec ton passé.

Tiffy : Je ne suis pas une femme... Enfin, je ne voudrais pas que tu ailles imaginer qu'il... Ce que je veux dire, c'est qu'il n'a jamais été violent avec moi, tu vois.

Voilà une affirmation que j'aimerais bien contester. Il semblerait au contraire qu'il lui ait fait subir bien des violences. Mais ce n'est pas à moi de lui dire ces choses-là et je me contente de faire main basse sur un autre cupcake pour qu'elle puisse mettre un peu de sucre sur ses plaies.

Moi : Je ne vais rien imaginer, Tiffy. Je veux simplement que tu te sentes mieux.

Elle me dévisage un instant, puis, sans crier gare, m'enfonce vivement son doigt dans la joue.

Moi : Hé !

Cette manœuvre subreptice est bien plus déstabilisante que je ne l'avais imaginé lorsque je l'ai moi-même exécutée, hier, sur la joue de Tiffy.

Tiffy : Tu n'es pas réel, n'est-ce pas ? Beaucoup trop gentil pour faire illusion.

Moi : Je ne suis pas gentil. Je suis un vieux bougon qui n'apprécie personne, ou presque.

Tiffy : Ou presque ?

Moi : Il existe de rares exceptions.

Tiffy : Et ces exceptions, tu les choisis selon quels critères ?

Je hausse les épaules, mal à l'aise.

Tiffy : Vraiment. Sérieusement. Pourquoi moi ?

Moi : Hum… Eh bien, je suppose que… qu'il y a des gens avec lesquels je me sens bien. Ils ne sont pas légion, mais tu étais l'une de ces rares personnes avant même qu'on se rencontre en chair et en os.

Tiffy m'observe un moment, tête légèrement inclinée, soutenant mon regard si longtemps que je me tords les mains nerveusement, pressé de passer à un autre sujet. Elle finit par se pencher doucement vers moi et pose un baiser au goût de sucre sur mes lèvres.

Tiffy : On a mis du temps à se rencontrer, mais ça valait la peine d'attendre, tu verras.

Comme si j'en avais jamais douté.

55

Tiffy

Je me renverse sur le dossier de mon fauteuil, détournant le regard de l'ordinateur. J'ai les yeux rivés à cet écran depuis bien trop longtemps – les photos prises au château ont été sélectionnées par le supplément « Art de vivre » du *Daily Mail*, et ça me fait un drôle d'effet. Katherin est officiellement devenue une célébrité. Je n'en reviens pas de la vitesse à laquelle tout ça est arrivé. Bien sûr, je n'ai pas pu m'empêcher de lire les commentaires des lectrices… qui pour la plupart trouvent Leon très sexy sur ces photos. Certes, elles ne m'apprennent rien, mais il y a quelque chose d'à la fois horrible et délicieux à voir toutes ces femmes saliver devant « mon » homme.

Je lui ai envoyé le lien. Qu'est-ce que ça va lui faire, de lire ça ? Encore faudrait-il qu'il en soit capable. Si je me prends à espérer que Leon soit technologiquement inapte pour faire défiler l'article du *Daily Mail* jusqu'à la page des commentaires, c'est que certains d'entre eux mériteraient presque d'être classés X. Et puis il y a aussi ces quelques remarques racistes qui accompagnent presque inévitablement tout article ouvert aux commentaires anonymes. Une bêtise en entraînant une autre, la discussion dérape vite en débat/pugilat sur le réchauffement climatique – vrai danger pour la planète ou conspiration de gauchistes de tous poils ? –, et avant d'avoir eu le temps de comprendre ce qui m'arrivait, j'ai été aspirée par le trou noir du cyberspace, gâchant une demi-heure de mon temps à lire les posts abracadabrants de gens que je ne connais ni d'Ève ni d'Adam et qui s'écharpent à propos de Donald Trump et de la taille des oreilles de Leon.

J'ai rendez-vous avec ma psy après le travail.

Comme toujours, Lucie garde un silence à la limite du malaise, jusqu'à ce que je me mette à lui raconter des trucs horribles, douloureux, auxquels j'évite soigneusement de penser. Comme les trésors d'ingéniosité déployés par Justin pour me faire croire que j'étais à demi amnésique, de sorte à mettre tout un tas de choses étranges sur le compte de ma mémoire soi-disant lacunaire. Je me souviens de la façon dont il était subtilement parvenu à me donner le sentiment que faire l'amour était une chose que je lui devais.

Mais Lucie – qui écoute sans doute des choses similaires à longueur de journée – se contente de hocher la tête. Ou bien elle l'incline un peu de côté. Et parfois, dans les cas extrêmes, quand j'ai réussi à sortir des mots au prix d'une douleur quasi physique, elle va jusqu'à prononcer un « oui » d'encouragement.

Cette fois-ci, alors que la séance touche à sa fin, elle me demande si j'ai l'impression de progresser. Je lui réponds d'abord avec une sorte de politesse machinale – « Oh, les séances me font un bien fou, merci beaucoup » –, un peu comme quand le coiffeur vous demande si vous aimez la coupe qu'il vient de vous faire. Lucie me fixe du regard sans piper mot et je finis par m'interroger sur les progrès que j'ai accomplis. Il y a encore deux mois, refuser d'aller boire un verre avec Justin était une sorte d'exploit et je dépensais une quantité considérable d'énergie à ériger un mur mental pour contenir mes souvenirs. Je n'étais même pas prête à reconnaître qu'il s'était montré systématiquement cruel avec moi. Et voilà où j'en suis aujourd'hui, expliquant à une psy-qui-n'est-pas-Mo que ce n'est pas ma faute si j'ai été maltraitée par Justin, non pas pour m'en convaincre mais parce que j'en suis enfin convaincue.

J'écoute des chansons de Kelly Clarkson dans le métro qui me ramène chez moi. Je me redresse sur mon siège et me regarde dans la vitre, tête haute, comme lors de ce premier trajet vers mon nouveau chez-moi, le jour où j'ai dit adieu à l'appartement de Justin. Oui, j'ai les yeux un peu gonflés et rougis comme il se doit après une séance chez le psy, mais je ne porte pas de lunettes de soleil. Vous voulez que je vous dise ? Je suis extrêmement fière de moi.

La question de savoir comment Leon va réagir aux photos publiées dans le *Daily Mail* trouve sa réponse sous forme de note Post-it collée sur le Frigidaire.

Je ne t'ai rien préparé pour le dîner. Trop célèbre pour ces basses besognes. (Mais j'ai commandé à manger sur Deliveroo pour fêter le succès de Katherin et de son éditrice. Délicieuse nourriture thaïlandaise dans le frigo pour toi.)
Je t'embrasse.

Bon, il semblerait que la gloire ne lui soit pas montée à la tête, ce qui est une bonne chose. J'enfourne les barquettes dans le micro-ondes en fredonnant « Stronger (What Doesn't Kill You) » et vais chercher un stylo pendant que les molécules d'eau s'agitent derrière la vitre. Leon travaille jusqu'à mercredi et va ensuite chez sa mère ; on ne se verra pas avant l'appel de Richie qui a lieu vendredi. En attendant le grand jour, il s'occupe : demain matin, il rend visite au dernier Johnny White de sa liste, son plan étant de monter le plus tôt possible dans un train pour Cardiff, de sorte à rentrer à temps pour faire une petite sieste avant de repartir au travail. Il a enfin fini *La Cloche de détresse,* signe indéniable qu'il ne dort pas pendant la journée, et semble tenir le coup grâce à une consommation effrénée de café (d'ordinaire, le paquet n'est pas entamé à ce point, si tôt dans le mois).

J'opte pour une note concise :

Heureuse de constater que tu gardes les pieds sur terre malgré ta nouvelle vie sous les projecteurs. Même si, pour ma part, je ne suis pas certaine de le vivre aussi bien : j'avoue être affreusement jalouse de ces myriades de femmes qui te trouvent « à croquer tout cru » derrière leur clavier, et j'ai décidé que je préfère nettement être la seule à te dévorer du regard.

Je croise les doigts pour que Johnny VIII soit notre homme !

Plein de baisers.

Quand la réponse arrive le lendemain soir, je comprends que Leon est épuisé. Quelque chose dans son écriture trahit sa fatigue – c'est plus relâché que d'habitude, comme s'il n'avait plus l'énergie nécessaire pour serrer le stylo entre ses doigts.

Johnny VIII n'est pas notre homme. Très désagréable et homophobe, en fait. Sans compter qu'il m'a fait manger un paquet de Figolu périmés.

Richie te passe le bonjour. Il va bien. Il tient le coup.

Je t'embrasse.

Hum… Richie tient peut-être le coup, mais je ne suis pas certaine que ce soit le cas de Leon.

56

Leon

Je vais être en retard au travail. Conversation de près de vingt minutes avec Richie sur le stress post-traumatique. Il n'avait pas vraiment les moyens de téléphoner aussi longtemps, mais c'est la première fois depuis des semaines qu'on parle d'autre chose que du procès en lui-même, ce qui est curieux vu qu'il retourne au tribunal dans trois jours. J'ai l'impression qu'il en a tellement discuté avec Gerty qu'il a besoin de changer de sujet.

Je lui ai aussi parlé de Justin et d'une éventuelle injonction d'éloignement. Pour lui, la question est entendue : c'est à Tiffy d'en décider. Il ne faut surtout pas qu'elle ait l'impression que je cherche à lui dicter sa conduite. « À elle d'en arriver seule à cette conclusion », a dit Richie. N'empêche, l'idée que son ex sache où elle vit ne me plaît pas du tout.

Je suis réellement en retard, maintenant. Je boutonne ma chemise dans l'escalier de l'immeuble. Avec le temps, je suis devenu un expert des départs en catastrophe. Tout se joue dans la capacité à faire des choix difficiles pour grappiller quelques précieuses secondes. Renoncer à emporter un petit dîner, par exemple. Un sacrifice dont je ne mesurerai l'ampleur qu'aux alentours de 23 heures, quand je me précipiterai dans la cuisine, le ventre criant famine, et que je trouverai la boîte à biscuits entièrement vide, pillée par les infirmiers de jour.

Type louche de l'appartement N° 5 : Leon !

Je lève les yeux alors que la porte de l'immeuble claque derrière moi et vois le type louche de l'appartement N° 5 (l'homme qui entasse des cageots de bananes dans son box et qui, selon Tiffy, se lance chaque matin dans une furieuse séance d'aérobic à 7 heures pétantes) penché sur son balcon.

Moi (surpris qu'il connaisse mon prénom) : Oui ?

Type louche de l'appartement N° 5 : Je savais bien que vous n'étiez pas vraiment infirmier !

Moi : Heu… D'accord. Désolé, je suis très en retard…

Le type louche de l'appartement N° 5 semble vouloir me montrer quelque chose sur son téléphone portable, qu'il agite dans ma direction. Comme si je pouvais distinguer quoi que ce soit à cette distance.

Type louche (d'une voix triomphante) : Vous êtes une célébrité !

Moi : Je vous demande pardon ?

Type louche : Vous êtes dans le *Daily Mail*, avec un de ces pulls de tarlouze que portent les stars du showbiz !

Moi : Le mot « tarlouze » est un terme offensant. Et maintenant, il faut que j'y aille. J'espère que la photo avec le bonnet vous plaira davantage !

Je déguerpis sur ces mots et décide, tout compte fait, que la vie de célébrité n'est pas faite pour moi.

M. Prior est réveillé depuis suffisamment longtemps pour que je lui montre les photos. Il ne va pas tarder à se rendormir, mais comme je sais que ça va l'amuser, je me dépêche de télécharger les images sur le compte Facebook du *Daily Mail*.

Hum… Quatorze mille « J'aime » pour une photo où je regarde dans le vide, vêtu d'un T-shirt noir et d'une énorme écharpe tricotée. Bizarre.

M. Prior : Quelle allure, Leon !

Moi : Eh bien… merci.

M. Prior : Dites-moi, mon cher, se pourrait-il qu'une belle jeune femme de ma connaissance soit parvenue à vous convaincre de vous humilier de la sorte ?

Moi : Heu… oui, en effet. C'était une idée de Tiffy.

M. Prior : Ah, votre sympathique colocataire. Et… votre petite amie, aussi ?

Moi : Non, non. Pas ma petite amie. Pas encore.

M. Prior : Ah non ? La dernière fois qu'on a évoqué le sujet, vous m'aviez pourtant l'air assez épris.

Je jette un coup d'œil aux résultats des dernières analyses de M. Prior en prenant soin de ne rien laisser transparaître de mes émotions. Insuffisance hépatique. Pas bon. Pas inattendu, mais pas bon quand même.

Moi : Je suis… Oui, je suis… ce que vous venez de dire. Je n'ai simplement pas envie de brusquer les choses. Je ne pense pas qu'elle en ait envie, elle non plus.

M. Prior fronce les sourcils et ses petits yeux malicieux disparaissent presque entièrement sous les plis du visage.

M. Prior : Puis-je vous donner un conseil, Leon ?

Je l'invite à poursuivre d'un petit hochement de tête.

M. Prior : Ne laissez pas votre tempérament… introverti vous empêcher d'exprimer vos sentiments. Dites-lui clairement ce que vous ressentez pour elle. Une éditrice préfère sûrement les livres ouverts aux livres fermés.

Moi : Vous me voyez comme un livre fermé ?

M. Prior lisse machinalement le couvre-lit et je remarque que ses mains tremblent. Je m'efforce de ne pas penser au pronostic.

M. Prior : Vous êtes un homme pondéré. Réservé. Je suis certain que ça fait partie de votre charme, mais il ne faut pas que cela érige une barrière entre vous et cette jeune femme. Voyez-vous, je n'ai pas dit ce que j'éprouvais à mon… J'ai gardé mes sentiments pour moi, et aujourd'hui je regrette de ne pas avoir exprimé ce que j'avais sur le cœur lorsqu'il était encore temps. Ça aurait pu changer ma vie. Je n'ai pas eu à me plaindre, mais… la peur, la timidité et la pudeur vous font perdre un temps fou, quand vous êtes jeune.

Impossible de faire un pas sans que quelqu'un me prodigue des conseils, en ce moment. Mais M. Prior a touché un point sensible. Après notre séjour chez l'Aristocrayon, il m'avait semblé plus sage de ne rien précipiter avec Tiffy. N'empêche, je me tiens peut-être trop sur la réserve. Il semblerait que ce soit dans ma nature. Et voilà que je regrette de ne pas lui avoir parlé de mon idée de reprendre le service de jour, une fois par semaine. Tout de même, j'ai passé le week-end dans un château glacial et j'ai posé vêtu d'un grand gilet tricoté au pied d'un arbre battu par le vent, tout ça pour ses beaux yeux. Si ça c'est être un livre fermé…

Richie : Tu n'es pas quelqu'un de *naturellement* ouvert.

Moi : Si ! Bien sûr que si ! Je suis… avenant. Peut-être pas démonstratif, mais… communicatif. Dire que je suis un livre fermé est très exagéré.

Richie : Tu ne t'en sors pas trop mal pour discuter de trucs perso avec moi, mais ça ne compte pas, vu qu'on est frangins. Et puis en général, ce n'est pas toi qui abordes ce genre de sujets en premier. Tu devrais prendre exemple sur moi, mec. Je n'ai jamais joué au type mystérieux et inaccessible. J'ai toujours été cash avec les filles, et personne ne s'en est jamais plaint.

Je me sens un peu déstabilisé. J'avais l'impression que tout se passait bien avec Tiffy, et maintenant j'ai des doutes. Pourquoi ai-je raconté ça à Richie ? J'aurais dû deviner qu'il irait dans le sens de M. Prior : à dix ans, il écrivait des chansons d'amour qu'il chantait aux filles dans les couloirs de l'école.

Moi : Qu'est-ce que je suis censé faire, alors ?

Richie : Putain, mec, dis-lui simplement que tu es dingue d'elle et que tu as envie que ça devienne officiel entre vous. Ça se voit que tu l'adores… Ça ne doit pas être si difficile que ça de mettre les choses au clair. Bon, il faut que je te laisse. Gerty m'a *encore* demandé de lui raconter minute par minute ce qui s'est passé après ma soirée au Daffie's. Je te jure, mec, je ne suis pas sûr que cette femme soit humaine.

Moi : Cette femme est…

Richie : C'est bon, c'est bon. Pas un mot contre elle ! Ce que je voulais dire, c'est qu'elle est surhumaine.

Moi : Tant mieux.

Richie : Sans compter que c'est une bombe.

Moi : Richie, ne t'avise pas de…

Il se marre comme un gamin et je me surprends à sourire. Je ne peux jamais garder mon sérieux quand il éclate de rire comme ça.

Richie : Je vais être sage, je vais être sage. Mais si elle arrive à me sortir d'ici, je l'invite à dîner. Ou je la demande en mariage.

Mon sourire se fane un peu et j'ai un pincement d'angoisse, comme si je prenais soudain conscience que l'audience en appel va vraiment avoir lieu. Là, dans seulement deux jours. Je me refuse à imaginer l'acquittement de Richie, mais mon cerveau se passe de sa propre autorisation et ne cesse de jouer la scène tant espérée : le ramener à l'appartement et le regarder s'asseoir dans le pouf poire de Tiffy, une bière à la main. Le regarder redevenir mon petit frère.

Je n'arrive pas à trouver les mots pour lui exprimer ce que je ressens. Ne te fais pas de faux espoirs, Richie ? Mais comment pourrait-il s'empêcher d'espérer ? En tout cas, moi je n'y parviens pas, malgré tous mes efforts. Alors quoi ? Il faudra rester fort s'ils te déclarent une nouvelle fois coupable ? Tout aussi ridicule. Rien de ce que je pourrais dire ne couvrira l'étendue de mes émotions. De nos émotions. Aucune parole ne sera à la hauteur de ce qui va se jouer après-demain.

Moi : À vendredi, Richie.

Richie : Pour moi, tu es un livre ouvert, Lee. Mon bouquin préféré. Allez, à vendredi, frangin.

57

Tiffy

On est vendredi matin. C'est le grand jour.

Leon est chez sa mère – ils vont se rendre ensemble au tribunal. Rachel et Mo sont chez moi. Mo nous accompagne à la fiesta en l'honneur du livre de Katherin. Vu tout ce que j'ai fait pour ce bouquin, même Martin n'y trouvera rien à redire.

Gerty est là aussi, mais elle ne fait qu'un passage éclair. Arrivée en même temps que Mo, elle m'a brièvement serrée dans ses bras avant de m'expliquer à cent à l'heure la façon dont va se dérouler l'audience. Elle est déjà coiffée de sa ridicule perruque d'avocate, échappée d'un tableau du XVIIIe siècle.

Mo est parfaitement craquant dans son smoking. J'adore quand il se met sur son trente et un. Ça fait un peu le même effet que ces chiots déguisés en humains. Il n'est visiblement pas très à l'aise dans ses beaux vêtements, et je vois bien qu'il brûle d'envie de retirer au moins ses souliers vernis. Mais Gerty montre les dents s'il ose faire mine de les délacer, et le pauvre Mo se ravise aussitôt, la queue basse. Il est manifestement soulagé quand elle finit par s'en aller.

– Pour ta gouverne, Mo et Gerty baisent carrément ensemble, dit Rachel en me passant la brosse à cheveux.

Je lance un regard choqué à son reflet (on partage le même miroir, cet article faisant cruellement défaut dans mon nouvel appartement. On aurait dû se préparer chez Rachel, dont la chambre est meublée d'une gigantesque penderie miroir – un modèle choisi pour des raisons essentiellement sexuelles, je suppose. Mais Rachel refuse de laisser Gerty pénétrer chez elle).

– Mo et Gerty ne baisent *pas* ensemble, dis-je, retrouvant mes esprits et lui arrachant la brosse des mains.

J'ai l'ambition de dompter ma crinière pour reproduire une coupe lisse et soyeuse présentée dans *Transformez votre salle de bains en salon de coiffure !*, un excellent ouvrage publié l'année dernière par Butterfingers. L'auteure m'a promis que c'était facile à réaliser, mais ça fait un quart d'heure que je suis bloquée à l'étape N° 2 et on doit partir dans une demi-heure.

– Bien sûr que si, dit Rachel comme si elle énonçait une évidence. Tu sais que j'ai le pif pour ces choses-là.

Je me retiens juste à temps de lui informer que Gerty pense elle aussi avoir le don de deviner qui couche avec qui. J'ai d'autant moins envie qu'elles s'affrontent sur le terrain de la divination sexuelle que je n'ai pas encore couché avec Leon : pas question de voir ma vie intime devenir l'enjeu d'une compétition entre mes meilleures amies.

– Ils vivent ensemble, dis-je, la bouche truffée d'épingles à cheveux. Ça a créé une sorte de familiarité entre eux.

– Le genre de familiarité qui s'installe quand deux personnes se sont retrouvées à poil dans le même lit, insiste Rachel.

– C'est une idée à la fois étrange et répugnante. De toute façon, je suis à peu près certaine que Mo est asexué.

Aussitôt ces mots prononcés, je vais vérifier que la porte de la salle de bains est bien fermée et que Mo se trouve hors de portée de nos commérages. Il est sagement assis dans le salon, l'air de s'ennuyer ferme. Ça fait une heure qu'il alterne cette expression d'ennui et un visage patient, selon qu'il se sait ou non observé.

– C'est ce que *tu* veux croire, répond Rachel, à cause de la relation fraternelle que tu as avec lui. Mais laisse-moi te dire qu'il n'a rien d'asexué. Il a dragué ma copine Kelly à une fête, l'été dernier.

– Ce genre de révélations est au-dessus de mes forces pour le moment ! dis-je en crachant les épingles à cheveux dans le lavabo.

Je les avais mises dans ma bouche beaucoup trop tôt. Elles n'entrent en action qu'à l'étape N° 4 et l'étape N° 3 reste encore une énigme pour moi.

– Viens par ici, dit Rachel.

Je pousse un soupir de soulagement. Enfin !

– Tu m'as bien laissée mariner, dis-je tandis qu'elle s'empare de la brosse et répare les dégâts, un œil sur les instructions.

– Comment veux-tu apprendre si on fait tout à ta place ?

Il est 10 heures du matin. Ça fait une drôle d'impression d'être aussi habillée à une heure pareille. Allez savoir pourquoi, je m'angoisse à l'idée de renverser du thé sur ma belle tenue. Ça serait sûrement différent si je buvais un martini – c'est bizarre de boire dans un mug quand on porte une robe de cocktail.

Rachel s'est surpassée : mes cheveux sont parfaitement lisses et brillants, noués sur la nuque en une série de mystérieuses torsades, exactement comme sur la photo du livre. Ce triomphe capillaire a toutefois un effet secondaire : une copieuse portion de ma poitrine est désormais exposée. J'ai essayé cette robe les cheveux dénoués, sans voir tout ce que dévoilaient ses épaules dénudées et son décolleté en cœur. Oh, et puis je m'en fiche. Je suis un peu la reine de la réception, moi aussi. Disons la princesse – après tout, c'est moi qui ai acquis les droits du livre et qui l'ai accouché. Je suis tout à fait autorisée à porter une tenue indécente.

L'alarme du téléphone me rappelle que je dois vérifier si Katherin est dans les temps. Je compose son numéro, notant au passage qu'elle est au-dessus de ma mère dans la liste de mes contacts les plus appelés.

– Tu es prête ? dis-je en guise de bonjour.

– Presque ! J'ai fait une petite retouche à ma tenue et...

– *Quelle* petite retouche ? dis-je d'un ton soupçonneux.

– Oh, trois fois rien. C'est juste que quand je l'ai réessayée chez moi, je me suis rendu compte à quel point cette robe était ennuyeuse à la lumière du jour. Beaucoup trop sérieuse et convenue, tu vois. Je n'aurais jamais dû laisser Martin et sa bande la choisir pour moi. Du coup, j'ai légèrement modifié la ligne d'ourlet et le décolleté.

Je suis sur le point de lui dire tout le mal que je pense de cette initiative, mais je me ravise *in extremis*. D'une part, les dégâts sont déjà faits et très probablement irréversibles – si elle a donné des coups de ciseaux au bas de la robe, on ne pourra pas revenir en arrière. Et d'autre part, l'indécence de ma propre tenue se remarquera beaucoup moins si Katherin se présente vêtue d'une robe dont le décolleté et la longueur ont été retouchés par ses soins, c'est-à-dire, selon toute vraisemblance, d'une robe parfaitement scandaleuse.

– Bon, d'accord. On passe te prendre à la demie.

– Sensass ! lance-t-elle, au second degré je pense, bien que je n'en sois pas sûre.

Je raccroche, regardant l'heure au passage sur l'écran du portable. Dix minutes avant le départ (pour arriver à l'heure, je dois prendre en compte le temps qu'il faut à Rachel pour se préparer, une opération toujours deux fois plus longue que prévu. Bien entendu, elle pointera du doigt le fait qu'elle a dû me coiffer, mais la véritable raison est ailleurs : Rachel s'est autoproclamée championne du contouring, ne daignant s'intéresser à ses yeux et à ses lèvres qu'au bout de près de trois quarts d'heure passés à modeler son visage à l'aide d'un savant jeu d'ombres et de lumières).

Je suis sur le point d'envoyer un texto à Leon pour prendre de ses nouvelles quand le téléphone fixe se met à sonner.

– Putain, c'est quoi cette sonnerie ? aboie Rachel depuis la salle de bains.

– C'est notre ligne fixe ! dis-je en me précipitant vers la zone d'où semble provenir le son (autour du frigo, je pense).

Mais se précipiter est une entreprise périlleuse dans cette tenue. La robe enfle sérieusement à partir de la taille et je frôle la chute à au moins deux reprises, lorsque mes pieds nus se prennent dans le tulle. Ma cheville foulée en fait les frais et la douleur m'arrache quelques regrettables blasphèmes. Marcher ne me pose plus de problème, mais mon pied blessé n'apprecie pas que je prenne de la vitesse. Cela dit, foulure ou pas, mes pieds n'ont jamais montré le moindre goût pour la course.

– C'est votre *quoi* ? demande Mo d'un ton amusé.

– Notre ligne fixe, dis-je à nouveau, occupée à déplacer les innombrables objets qui encombrent le plan de travail.

– Tu aurais pu me prévenir qu'une faille temporelle nous avait ramenés dans les années 1990, lance Rachel au moment où je trouve enfin le téléphone.

– Tiffy ?

Je fronce les sourcils.

– Richie ? Est-ce que tout va bien ?

– Je ne vais pas te mentir, Tiffy. Je me fais dessus. Pas littéralement, même si ça n'est peut-être qu'une question de temps.

– J'espère que ton interlocuteur s'éclate en écoutant le dernier CD de Blur ! crie Rachel.

– Ne quitte pas, Richie, dis-je en emportant le sans-fil dans la chambre pour être au calme.

Une fois la porte refermée d'un coup sec, je m'assois au bord du lit, arrangeant comme je peux les plis de ma robe pour éviter de la froisser ou d'y faire un accroc.

– Tu n'es pas censé être en route pour le tribunal ? dis-je. À bord d'un fourgon ou je ne sais quoi ? Ils n'ont pas oublié la date de ton audience, au moins ?

J'ai entendu suffisamment d'histoires glaçantes de la bouche de Gerty pour savoir que les détenus ne sont pas toujours en mesure d'honorer leur rendez-vous devant la cour, coincés dans leur cellule à cause d'une erreur administrative. Richie a beau avoir été récemment déplacé dans une autre prison, plus lugubre encore mais plus proche du Palais de justice, il lui reste à effectuer le trajet qui le sépare du tribunal.

– Non, non, dit Richie, j'ai déjà fait ma petite balade en fourgon. Une vraie partie de plaisir, crois-moi. Je ne sais pas ce qu'ils ont foutu, mais je suis resté cinq heures dans le panier à salade ! J'ai l'impression qu'on était à l'arrêt la moitié du temps… Enfin bref, je suis au dépôt maintenant, c'est la prison du Palais de justice. Je n'ai pas vraiment le droit de passer un coup de fil, mais la surveillante est irlandaise et il semblerait que je lui rappelle son fils. Je crois qu'elle a eu pitié quand elle a vu ma tête – apparemment, j'ai un teint qui tire sur le vert. Elle m'a dit d'appeler ma copine, mais comme je n'en ai pas, j'ai pensé à toi, vu que tu es la copine de Leon et que ça s'en rapproche un peu, tu vois ? C'était toi ou Rita, l'amoureuse que j'avais à l'école et avec qui je n'ai jamais officiellement rompu.

– Doucement, Richie, doucement. Ça part dans tous les sens, là. Qu'est-ce qui t'arrive ? Tu perds tes nerfs ?

– C'est un truc de mamie, de perdre ses nerfs. Je ne perds pas mes nerfs, Tiffy, je suis glacé d'épouvante.

– C'est beaucoup plus viril, en effet. Plus film d'horreur. Moins « J'ai mes vapeurs parce que mon corset est trop serré ».

– Exactement.

– Gerty est avec toi ?

– Je ne l'ai pas encore vue. Elle doit être occupée à faire ce que font les avocats. Je suis abandonné à mon triste sort, pour l'instant.

À son habitude, il parle d'un ton léger et fait preuve d'autodérision, mais le tremblement de sa voix raconte une toute autre histoire.

– Personne ne t'abandonne, Richie, dis-je d'une voix ferme. On est tous là pour toi. Et souviens-toi, la première fois qu'on s'est parlés au téléphone, tu m'as dit que tu t'acclimatais doucement à la prison. Eh bien, c'est ce qui peut t'arriver de pire, maintenant. Prolonger ton séjour dans un endroit où tu as déjà passé le plus dur.

– Et si je vomis dans le tribunal ?

– Eh bien, l'audience sera suspendue le temps que quelqu'un fasse un peu de ménage, et ensuite ça reprendra là où ça s'est arrêté. Et puis ce n'est pas en voyant un type vomir de peur que les jurés vont être convaincus d'avoir affaire à un dangereux braqueur, si tu veux mon avis.

Ça lui arrache un petit rire étranglé, suivi de quelques secondes de silence.

– Je ne veux pas que Leon soit déçu, dit-il finalement. Il y croit tellement… Je ne peux pas supporter l'idée de lui infliger ça une seconde fois. À la fin du premier procès, si tu avais vu sa tête… C'était horrible. Je n'ai jamais rien vu de plus terrible.

– Tu ne l'as jamais déçu, Richie.

Mon cœur bat à toute allure. Chaque mot est important, dans une situation pareille.

– Leon sait que tu es innocent. Il n'a aucun doute là-dessus. Tu ne l'as jamais laissé tomber et il ne te laissera jamais tomber. C'est… C'est la justice qui vous a laissés tomber, tous les deux. Mais elle a une chance de rattraper son erreur, aujourd'hui.

– J'aurais dû accepter mon sort. Tirer ma peine jusqu'à ce qu'on veuille bien me libérer et le laisser vivre sa vie. Si le procès tourne mal, ça va être encore pire qu'avant pour Leon.

– Même si tu n'avais pas fait appel de ta condamnation, il se serait battu pour te faire innocenter. Jamais il n'acceptera que son frère soit victime d'une si grande injustice. C'est si tu avais baissé les bras que tu l'aurais blessé.

Il prend une profonde respiration.

– Voilà, c'est ça qu'il faut faire, Richie. Respirer. J'ai entendu dire que ça aide beaucoup les gens qui ont les nerfs délicats. Ta surveillante irlandaise n'aurait pas des sels, par hasard ?

Ça me vaut un autre petit rire, un peu moins étranglé cette fois-ci.

– Tu me traites de mauviette ? demande-t-il.

– Je crois du fond du cœur que tu es un homme courageux, Richie.

– Ah… tu es une brave fille, Tiffy.

– Brave fille ? Et pourquoi pas gentil toutou, tant que tu y es ?

Ce coup-ci, il éclate de rire, et j'oublie un instant qu'il m'appelle d'un endroit infiniment sinistre.

– Dis-moi, Richie… Maintenant que tes genoux ont cessé de s'entrechoquer, tu veux bien rembobiner jusqu'au moment où tu as dit que j'étais « la petite amie de Leon » ?

Il ne répond pas immédiatement.

– Je suis allé vite en besogne, c'est ça ? demande-t-il finalement.

– Un peu. Enfin… Disons qu'on n'a pas encore abordé le sujet. On s'est beaucoup rapprochés, mais il n'y a rien d'officiel.

– Il est raide dingue de toi, Tiffy. Il a peut-être du mal à te le dire, mais…

Quelque chose m'étreint brièvement, une morsure d'angoisse. Moi aussi, je suis folle de lui. Je passe le plus clair de mon temps à penser à Leon – il lui arrive même de venir faire un tour dans mes rêves. Mais… je ne sais pas. Je me sens tellement piégée à l'idée qu'il veuille que je sois *sa* petite amie.

Je réajuste ma robe en me demandant si ce n'est pas moi qui ai les nerfs trop délicats. C'est ridicule, à la fin. Quand j'y pense la tête froide, j'ai envie qu'il prenne une place officielle dans ma vie et de le présenter aux gens que j'aime. C'est ce que désire toute personne qui éprouve des sentiments forts pour une autre, non ? Et pourtant…

Qu'en dirait Lucie ?

Eh bien, rien du tout, sans doute. Elle me laisserait mijoter jusqu'à ce que je trouve moi-même la réponse. Jusqu'à ce que je comprenne que cette étrange peur d'être piégée, prisonnière de l'autre, est très certainement liée au fait que j'ai vécu avec un homme qui a toujours agi comme si je lui appartenais.

– Tiffy ? dit Richie. Je crois qu'il faut que je raccroche.

– Oh, pardon, bien sûr, dis-je en redescendant brusquement sur terre.

Qu'est-ce qui me prend de m'inquiéter du statut de ma relation amoureuse alors que Richie est sur le point de jouer son avenir dans un tribunal ?

– Je croise les doigts, Richie, et je pense très fort à toi. J'aimerais être là avec vous.

– Peut-être à bientôt dans votre appartement, dit-il d'une voix qui s'est remise à trembler. Et sinon… prends bien soin de Leon, d'accord ?

Cette fois-ci, j'accueille sa demande sans angoisse.

– Je te le promets, dis-je. Tu peux compter sur moi.

58

Leon

Je déteste ce costume. La dernière fois que je l'ai porté, c'était pour me rendre dans ce même Palais de justice où je m'apprête à revenir. Après le verdict, je l'avais balancé au fond de la penderie de maman, tenté de le brûler comme s'il était contaminé. Heureusement que je me suis abstenu. Pas les moyens de réduire un costard en cendres chaque fois que le système judiciaire se plante lamentablement. Cet appel risque de ne pas être notre dernier recours.

Maman tremble et sanglote. J'essaie d'être fort, mais songer que je vais devoir la soutenir dans la salle d'audience m'est insupportable. Ça serait plus simple avec n'importe qui d'autre, mais c'est affreux avec maman. J'ai d'autant moins envie de materner ma mère que je me sens moi-même démuni. Ça me met presque en colère de la voir comme ça, même si ça me serre aussi le cœur.

Je sors mon portable pour voir si j'ai des messages.

Je viens tout juste de discuter avec Richie. Il a appelé à l'appart – besoin de se faire remonter le moral. Il tient le coup. Vous allez tous tenir le coup, quoi qu'il arrive. Envoie-moi un texto si tu as besoin de me parler. Je peux m'éclipser quelques minutes pour t'appeler. Je pense à toi, Tiffy.

Une sensation de chaleur m'envahit un instant, tellement réconfortante après une matinée à baigner dans une peur glacée. Ça me rappelle que je suis décidé à lui exprimer clairement mes sentiments. À donner un côté plus officiel à notre relation, avec déjeuner chez nos parents respectifs, etc.

Maman : Chéri ?

Je jette un dernier regard au miroir, mais c'est un Richie à l'allure plus élancée et aux cheveux plus longs que je vois. Je n'arrive pas à me sortir cette image de la tête : son visage lorsque le juge a prononcé le verdict ; ses yeux écarquillés et l'effroi qui a cédé la place à un grand vide dans son regard.

Maman : Leon ? Chéri ?

Moi : J'arrive.

Salut, salle d'audience. Comme on se retrouve.

Il y a quelque chose de terriblement banal, ici. Rien à voir avec le bois patiné et les plafonds voûtés des films américains. Triste mobilier au placage écaillé, amas de dossiers sous la lumière froide de plafonniers rectangulaires, moquette râpée et bancs fatigués sur lesquels une poignée de journalistes et d'avocats patientent avec un air d'ennui. Une étudiante en droit inspecte l'étiquette de sa bouteille de jus de fruits. Un journaliste cherche une prise pour charger son portable.

C'est curieux. Encore quelques mois plus tôt, j'aurais eu envie de leur hurler dessus : *Un peu de respect ! Vous pourriez au moins faire semblant d'être intéressés par ce qui va se jouer dans cette salle. La vie d'un homme risque de basculer pour la seconde fois dans l'horreur !* Mais tout ça fait partie du rituel si singulier dont ces lieux sont chaque jour le théâtre, mélange de trivial et de sacré qui ne me dérange plus autant, maintenant que je connais un peu mieux les règles du jeu ; maintenant que Richie est assisté d'une avocate qui les maîtrise parfaitement.

Vêtu d'une longue toge noire qui lui donne l'air d'un personnage de Harry Potter, un homme rabougri fait son entrée, flanqué de Richie et d'un gardien de prison armé. Richie n'est pas menotté, c'est déjà ça. Mais il a l'air brisé. J'avais beau m'y attendre, c'est terrible de le voir comme ça. Il s'est remis à faire de l'exercice en prison, ces derniers mois, et il aurait l'air costaud si ses épaules affaissées ne donnaient pas l'impression qu'il ploie sous la masse des muscles. J'ai du mal à reconnaître le Richie qui était entré par la même porte l'année dernière, tête haute, visiblement sûr qu'un innocent n'avait rien à craindre d'un procès. Du mal à reconnaître ce frère qui a grandi à mes côtés, toujours soucieux de faire aussi bien que son aîné, toujours là quand j'avais besoin de lui.

C'est à peine si je parviens à poser mes yeux sur lui tant ça me fait mal, cette peur qui trouble son regard. Puisant la force je ne sais où, je compose un sourire d'encouragement lorsqu'il tourne le visage vers nous. Le gardien de prison le conduit dans un box vitré et l'y abandonne, seul face à la cour et au public dans sa cage en verre.

On attend. Le journaliste est parvenu à brancher son portable et continue à faire défiler les pages d'un site bien que l'usage du téléphone soit strictement interdit, comme le rappelle l'énorme pancarte fixée au mur auquel il s'adosse. L'étudiante qui se passionnait pour l'étiquette de sa bouteille de jus de fruits s'intéresse à présent aux peluches de son écharpe en laine.

Richie essaie de regarder ailleurs, mais ses yeux reviennent constamment se poser sur nous. Il faut que je continue à sourire. Gerty est là, penchée sur un dossier. J'ai beau l'avoir vue manger du chinois dans ma cuisine, ce ridicule accoutrement la rend presque indiscernable des autres avocats. Je sens mes poils se hérisser à la seule vue de sa robe noire et de sa perruque. C'est devenu un réflexe animal, une défiance instinctive dont je vais avoir du mal à me défaire. Il ne faut pas que j'oublie qu'elle est dans notre camp, maintenant.

Homme rabougri à la toge noire : La Cour ! Veuillez vous lever !

Tout le monde s'exécute. Sans surprise, les trois juges qui font leur entrée semblent sortis du même moule : trois hommes blancs d'une cinquantaine d'années, chaussés de souliers qui coûtent sans doute plus cher que la voiture de ma mère. Je m'efforce de ravaler la haine que je sens monter en moi tandis qu'ils prennent place dans leurs confortables fauteuils, puis feuillettent les documents posés devant eux. Après de longues secondes, ils daignent lever les yeux vers Gerty et l'avocat général. Mais aucun d'entre eux n'a le moindre regard pour mon frère.

Juge N° 1 (le président de la cour) : Sommes-nous prêts à ouvrir les débats ?

59

Tiffy

Katherin est une minuscule et lointaine silhouette, une marionnette vêtue de noir qui occupe seule la scène. Derrière elle, trois écrans la scindent en gros plans ; trois images agrandies au point d'en devenir un peu effrayantes. Une caméra se polarise sur ses mains, de sorte que les invités puissent suivre la façon dont elle manie le crochet. Les deux autres se concentrent sur les expressions du visage.

C'est bluffant. La foule est captivée. Tout le monde est bien trop habillé pour une réception en pleine journée, mais Katherin tenait absolument à ce que l'élégance soit de rigueur pour le lancement de son livre. En dépit de ses valeurs antibourgeoises, elle adore trouver une excuse pour porter une tenue chic. Des femmes en robe de cocktail lèvent des yeux fascinés vers l'énorme visage de Katherin qui s'anime sous le plafond voûté. Des hommes en smoking rient de bon cœur à ses traits d'esprit. Je surprends même une trentenaire en robe de satin bleu qui imite le rapide mouvement de ses mains, un canapé au fromage de chèvre en guise de crochet.

Malgré toute cette agitation, toute cette absurdité distrayante, je n'arrête pas de penser à Richie et au tremblement de sa voix, plus tôt au téléphone. Si je m'éclipsais, je crois que personne ne s'en apercevrait. Ma tenue serait sans nul doute incongrue dans une salle de tribunal, mais je pourrais faire un détour par l'appartement et me changer avant de prendre un taxi pour le Palais de justice…

Un murmure perçant me vrille soudain l'oreille.

– Regarde ! lance Rachel en me donnant un coup de coude dans les côtes.

– Aïe ! Quoi ?

– Là ! Regarde ! C'est Tasha Chai-Latte !

Je suis des yeux la direction qu'indique son doigt. Une jeune femme vêtue d'une robe de cocktail lilas vient de se mêler à la foule des invités, traînant dans son sillage un jeune homme d'une beauté stupéfiante (vraisemblablement son petit ami) et une armoire à glace en smoking (vraisemblablement son garde du corps).

Rachel a raison, c'est bien elle. Je l'ai suffisamment regardée sur YouTube pour reconnaître d'un simple coup d'œil ces pommettes délicatement saillantes. Malgré moi, quelque chose me chatouille le ventre – je suis une vraie midinette quand je croise une célébrité.

– Je n'arrive pas à croire qu'elle soit venue !

– Martin va être aux anges, dit Rachel. Tu penses qu'elle me laisserait prendre une photo avec elle ?

Dominant la foule, une gigantesque Katherin sourit à ses invités. Sur un autre écran, ses mains présentent le carré qu'elle vient de terminer.

– Fais juste gaffe à ne pas te faire assommer par le gros balèze en smoking.

– Oh, regarde ! s'exclame Rachel. Elle va filmer !

Tandis que son ravissant chevalier servant tripote les boutons d'une caméra dernier cri, Tasha sort un miroir de poche pour s'assurer que rien ne cloche avec ses cheveux et son maquillage, puis se tamponne les lèvres du bout du doigt.

– Tu te rends compte ? s'excite Rachel qui ne tient plus en place. Elle va diffuser l'événement sur sa chaîne YouTube. Tu crois que Katherin va dire un mot sur toi dans son petit speech de remerciement ? Tu vas être *célèbre* !

– On se calme, Rachel, dis-je en échangeant un regard avec Mo, qui a accumulé une impressionnante quantité de canapés sur son assiette.

En fin stratège, il profite de ce que la plupart des invités s'intéressent à la démonstration de Katherin pour faire main basse sur le buffet.

Le petit ami de Tasha braque la caméra sur le visage de la célèbre influenceuse, soudain tout sourire, comme si elle n'avait jamais douté de la perfection de sa coupe et de son maquillage.

– On se rapproche, on se rapproche, dit Rachel en poussant Mo en direction de Tasha.

Je fends la foule derrière Rachel et Mo, l'air faussement désinvolte, jusqu'à me trouver suffisamment proche pour l'entendre.

– … une femme extraordinaire ! est en train de dire Tasha à la caméra. Et regardez-moi cet endroit. N'est-ce pas tout simplement *magnifique* ? Oh, les amis, j'ai tellement de chance d'être là et de pouvoir partager ce moment avec vous, en direct ! Vous savez à quel point c'est important pour moi de soutenir les véritables artistes, et c'est précisément ce qu'est Katherin !

La démonstration se termine sur les écrans géants, saluée par une impressionnante salve d'applaudissements. D'un geste impatient, Tasha demande à son sublime esclave de faire une nouvelle prise. Je suppose que c'était juste un tour de chauffe avant le live.

– Et maintenant, quelques remerciements ! lance Katherin dans son micro.

– Ça y est, ton quart d'heure de gloire est arrivé, murmure Rachel d'un ton surexcité. Elle va parler de toi, *c'est sûr.*

Mon estomac se noue un peu. Je ne suis pas certaine d'avoir envie qu'elle me remercie publiquement – il y a *beaucoup* de gens dans cette salle, auxquels risquent de s'ajouter les quelques millions d'abonnés de la chaîne YouTube de Tasha Chai-Latte. J'arrange ma robe et me hisse sur la pointe des pieds, une main sur l'épaule de Mo.

Il s'avère rapidement que je me suis inquiétée pour rien. Katherin commence par remercier tous les membres de sa famille et de son cercle d'amis, une liste tellement interminable que je me demande si elle ne fait pas ça dans le seul but d'embêter Martin, ce qui lui ressemblerait bien. L'attention de ses admirateurs se relâche nettement, les invités se mettant en quête de champagne et de petits-fours.

– Et enfin, dit Katherin avec emphase dans son micro, il y a deux personnes que je voudrais remercier tout spécialement, sans qui *Vivre au crochet !* n'aurait jamais vu le jour. Deux personnes qui n'ont pas compté leurs heures pour permettre à ce livre d'exister. Et, plus important encore, deux personnes qui ont toujours cru en moi, bien avant que je n'aie la chance de pouvoir réunir autant de monde pour une démonstration.

J'échange un long regard avec Rachel.

– Ça ne peut pas être moi, dit-elle. La plupart du temps, elle n'arrive même pas à se souvenir de mon prénom.

– Tiffy et Rachel travaillent respectivement en tant qu'éditrice et graphiste sur mes livres depuis trois ans, et c'est en grande partie à elles que je dois mon succès.

La foule applaudit.

– Je ne les remercierai jamais assez d'avoir rendu ce livre aussi bon – et aussi beau – que possible. Rachel ! Tiffy ! Vous voulez bien venir me rejoindre, s'il vous plaît ? J'ai quelque chose pour vous.

On se regarde un instant, pétrifiées. Je crois que Rachel est en hyperventilation. Jamais je n'ai autant regretté un choix vestimentaire. Il faut que je me monte sur scène devant mille personnes, vêtue d'une robe qui couvre à peine mes mamelons.

Mais tandis qu'on se fraye un passage jusqu'à la gloire (ce qui prend un sacré bout de temps vu l'endroit où on se trouvait), je ne peux m'empêcher de remarquer le sourire de Katherin sur les écrans géants. Elle semble vraiment émue, les gros plans de son visage révélant même une certaine humidité dans la zone oculaire. Mon Dieu. Je n'ai pas l'impression de mériter une telle reconnaissance. Bien sûr, ça fait des mois que je travaille presque à temps complet sur *Vivre au crochet !*, mais je me suis aussi beaucoup plainte d'elle et de son bouquin, et je lui ai proposé une avance assez modeste sur ses droits d'auteur.

Je me retrouve sur scène avant d'avoir pris conscience de ce qui m'arrivait. Katherin plaque un gros baiser sur ma joue et me tend un énorme bouquet de lys.

– Allez, avoue, chuchote-t-elle à mon oreille. Tu pensais que je vous avais oubliées, toutes les deux. Le succès ne m'est pas encore monté à ce point à la tête, tu sais.

Le fracas des applaudissements résonne contre le plafond voûté et semble bientôt venir de tous les côtés. Je souris, croisant les doigts pour que la force de ma volonté suffise à maintenir le décolleté à hauteur de mamelons et à préserver le peu de pudeur que je n'ai pas encore abdiquée. La lumière des projecteurs est si violente, ici, qu'une myriade de motifs colorés apparaît chaque fois que je bats des paupières. Et quand mes yeux parviennent à rester ouverts, tout est soit d'un blanc cru et brillant, soit noir et nébuleux, comme si quelqu'un avait trafiqué le contraste.

C'est sans doute pour ça que je remarque la bousculade avec un temps de retard, lorsque la vague atteint les premiers rangs : têtes qui se tournent, murmures réprobateurs, personnes qui trébuchent comme si on les avait poussées. Au bout de quelques secondes, une silhouette s'extrait de la masse et saute d'un bond sur scène.

Aveuglée par les projecteurs, j'ai du mal à distinguer le visage du responsable de cette agitation. Les lys tanguent devant mes yeux et je décide qu'il est temps de quitter les feux de la rampe. Reste encore à descendre de cette scène en talons hauts, si possible sans me fouler une nouvelle fois la cheville.

Je ne vois pas le visage du trublion, mais reconnais parfaitement sa voix. Et là, tout le reste disparaît autour de moi.

– Vous pouvez me passer le micro ? demande Justin avec autorité.

Parce que bien entendu, contre toute probabilité, contre toute plausibilité, la silhouette qui a joué des coudes pour parvenir jusqu'ici était la sienne.

– J'ai quelque chose à dire.

Sous l'effet de la surprise, Katherin lui passe le micro avant de réfléchir à son geste. Elle me jette un regard hésitant au moment où il s'en empare, mais c'est trop tard : le micro est dans sa main. C'est tout Justin : il demande, il obtient.

– Tiffy Moore, dit-il, regarde-moi.

De fait, je regarde délibérément ailleurs. Comme s'il la manœuvrait à l'aide de fils, ma tête se tourne vers lui et nos yeux se rencontrent. Le voilà devant moi. Mâchoire carrée, barbe parfaitement taillée, larges épaules sous sa veste de smoking. Regard cajoleur qui fouille le mien comme si j'étais la seule femme au monde. Pas la moindre trace du type tordu dont je parle à ma psy. Le Justin qui se tient face à moi est un homme tel qu'on les rêve.

– Tiffy Moore…, reprend-il.

J'ai l'horrible impression de glisser hors de moi-même. Comme si je basculais dans un monde alternatif à la *Pile et face* et que soudain toutes traces de mon autre vie, celle où je n'ai ni besoin ni envie de Justin, menaçaient de disparaître.

– J'étais perdu sans toi.

Il marque un temps d'arrêt. Un silence mou, écœurant, qui s'étire comme une guimauve. Comme la dernière note d'une chanson qu'on a trop entendue.

Justin pose un genou à terre.

D'un seul coup, je prends conscience de la réaction de la foule – un concert de *ooh* et de *aah* – et je distingue les visages qui m'entourent. La grimace médusée de Rachel. La bouche bée de Katherin. J'ai une envie désespérée de prendre mes jambes à mon cou. Mais pour qu'elles se mettent en mouvement, encore faudrait-il que je parvienne à surmonter cet état de sidération qui me paralyse. D'ailleurs, plus personne n'esquisse le moindre geste, sur scène. C'est comme si on s'était figés pour former une sorte d'étrange tableau.

– Je t'en prie…, parvins-je à articuler.

Pourquoi ce ton implorant ? Je veux reformuler, mais il ne m'en laisse pas le temps.

– Tu es la femme de ma vie, dit-il.

Il parle d'une voix douce, presque basse, qui emplit pourtant la salle à travers le micro.

– Il m'a fallu du temps pour le comprendre, trop de temps, mais aujourd'hui je le sais. Je n'arrive pas à croire que j'ai pu douter de nous, Tiffy. Tu es tout ce dont je peux rêver, et bien plus encore.

Il incline la tête de côté, plissant à peine les yeux et esquissant un sourire, une combinaison que j'ai longtemps trouvée irrésistible.

– Je ne mérite sans doute pas une femme aussi merveilleuse que toi, j'en ai conscience, mais…

Quelque chose vibre en moi, comme une corde tendue sur le point de rompre. Je me souviens des mots de Gerty, quand elle a dit qu'il savait parfaitement me manipuler. Qu'il savait quels ressorts actionner pour obtenir de moi ce qu'il voulait. Et c'est exactement ce qu'il est en train de faire.

– Tiffany Moore, poursuit-il, veux-tu m'épouser ?

Il y a quelque chose dans son regard – ce sont toujours ses yeux qui finissaient par me faire rendre les armes. Je n'arrive pas à parler et le silence semble se nouer un peu plus autour de ma gorge à chaque seconde qui passe. Le sentiment d'être à deux endroits à la fois, d'être deux femmes dans un même corps, est aigu, comme si j'étais à moitié endormie, flottant entre rêve et conscience. Justin est là, devant moi, humble et amoureux, tel que je l'ai toujours rêvé.

Ma bouche s'ouvre enfin, mais sans micro ma voix se brise sur le barrage fleuri des lys. Moi-même, je ne parviens pas à entendre ma réponse.

– Elle a dit oui ! s'écrie Justin en se relevant, bras écartés comme pour m'y accueillir. Elle a dit oui !

La foule rugit comme un seul homme. Tout ce bruit, c'est trop pour moi. Je ferme les yeux, mais la brûlure des projecteurs traverse mes paupières et éclate dans la nuit en points colorés. Soudain, Justin est partout autour de moi, m'entourant comme s'il avait mille bras, me serrant tout contre lui, sa bouche dans mes cheveux. Et ça ne me semble même pas étrange : cette sensation de son corps contre le mien, son odeur, sa chaleur… tout ça m'est parfaitement, horriblement familier.

60

Leon

Me Constantine : Madame Wilson, en tant que premier expert appelé à la barre, pourriez-vous commencer par éclairer la cour sur votre domaine de compétence ?

Mme Wilson : Ça fait plus de quinze ans que je suis spécialisée dans l'analyse et le traitement des images de vidéosurveillance. Je travaille pour les principales sociétés de criminalistique du pays, et c'est mon équipe qui a optimisé les images qui viennent de vous être présentées.

Me Constantine : Je vous remercie pour ces précisions, madame Wilson. Et forte de votre expérience, que pouvez-vous nous dire sur les deux courts extraits que nous venons de voir ?

Mme Wilson : Il y a beaucoup de choses à dire. Pour commencer, il ne s'agit pas du même homme sur les deux extraits.

Me Constantine : Vraiment ? Vous semblez absolument certaine de ce que vous avancez.

Mme Wilson : Oh, aussi certaine qu'on peut l'être. Déjà, la couleur du sweat-shirt à capuche diffère d'un extrait à l'autre. Seul l'un des deux est noir. On s'en rend très bien compte une fois l'image optimisée. Le vêtement est beaucoup plus opaque sur le premier extrait, parce que le noir est justement une couleur dense, opaque.

Me Constantine (s'adressant au greffier) : Pouvons-nous visionner les deux extraits côte à côte sur l'écran, je vous prie ?

Mme Wilson : Et prêtez un peu attention à leurs démarches respectives ! Je veux bien qu'elles se ressemblent si on y jette un coup d'œil rapide, une honnête imitation en quelque sorte, mais un expert ne saurait s'y tromper. Le premier type est visiblement bou… ivre. Voyez comme il zigzague. C'est tout juste s'il ne fonce pas dans le distributeur. Alors que l'autre type… regardez… Il marche beaucoup plus droit et sort son couteau avec un geste précis, sans tâtonner ou hésiter. Tandis que sur l'autre extrait, on voit notre premier type qui… Tenez, là ! Il manque de faire tomber ses cannettes de bière !

Me Constantine : Et sur les nouvelles images vidéo prises à l'extérieur du magasin Aldi, nous pouvons voir cette démarche… zigzagante encore plus clairement.

Mme Wilson : Absolument.

Me Constantine : Madame Wilson, parlons à présent des individus que nous voyons marcher peu de temps après le passage de la première silhouette, désormais identifiée comme étant celle de M. Twomey… Parmi ces individus, vous est-il possible d'identifier l'homme qui sort un couteau dans l'épicerie ?

Me Turner : Ce ne sont là que des suppositions.

Juge Whaite : Nous allons laisser madame Wilson répondre, monsieur l'avocat général. La défense fait appel à l'avis technique de l'experte qu'elle a citée.

Me Constantine : Madame Wilson, au vu de ces images, un de ces individus peut-il être l'homme que l'on voit ensuite sortir un couteau dans l'épicerie ?

Mme Wilson : Bien sûr. Le dernier type à droite. Sa capuche est baissée et il n'imite pas la démarche de monsieur Twomey sur ces images, mais regardez la façon dont son épaule gauche s'affaisse chaque fois qu'il pose le pied gauche à terre. Une caractéristique qu'on retrouve chez le braqueur. Et regardez comme il se masse l'épaule – le même geste que fait le type dans l'épicerie, juste avant de sortir son couteau.

Me Turner : Nous sommes ici pour examiner un appel formé à l'encontre d'une décision de justice prononcée lors du procès de monsieur Twomey. En quoi est-il pertinent de chercher à impliquer une tierce personne impossible à identifier ?

Juge Whaite : Je comprends votre point de vue, monsieur l'avocat général. Bien, maître Constantine, avez-vous d'autres questions à poser à votre experte ? Des questions pertinentes dans le cadre de l'affaire qui nous occupe, j'entends ?

Me Constantine : Non, monsieur le président. Je ne vois pas ce que madame Wilson pourrait ajouter pour nous offrir un éclairage plus éclatant sur l'innocence de mon client.

L'avocat général étouffe un rire dans sa main. Gerty lui jette un regard glacial. Je me souviens de la façon dont ce Turner avait rabaissé Richie, lors du premier procès, le traitant de criminel endurci, de voyou sans foi ni loi. L'accusant de n'être qu'un enfant attardé qui croyait pouvoir prendre de force tout ce dont il avait envie. Je le vois pâlir sous le regard féroce de Gerty.

Je croise les yeux de Richie et, pour la première fois de la journée, lui adresse un sourire spontané.

Je sors prendre l'air pendant une suspension d'audience et allume mon portable. Les battements de mon cœur ne sont pas plus rapides que d'habitude, juste plus… sonores. Plus lourds. Tout est amplifié. Quand le ciel s'éclaircit, le soleil est dur, aveuglant. C'est dingue comme ça se passe bien, là-dedans. Gerty est un vrai bulldozer. Elle ne lâche rien. Tout ce qu'elle dit est si… convaincant. Les juges n'arrêtent pas d'opiner de la perruque. Le juge Whaite ne faisait jamais ça lors du premier procès.

J'ai si souvent imaginé ce qui est en train de se passer. J'en ai rêvé et maintenant c'est la réalité. J'espère que je ne vais pas me réveiller.

Quelques textos de Tiffy. Je lui envoie une brève réponse, les mains moites, un peu inquiet qu'un excès d'optimisme puisse porter malheur à Richie. Faute de pouvoir l'appeler, je me rabats sur la page Facebook de Tasha Chai-Latte – Tiffy m'écrit qu'elle filme l'événement. Je repère une vidéo prise à l'Islington Hall qui a déjà des milliers de vues et vais m'asseoir sur un banc, ignorant les quelques paparazzis qui font le pied de grue devant le Palais de justice, à l'affût d'une image qui pourrait leur rapporter quelque argent.

Je clique sur le triangle blanc. C'est le discours de remerciement de Katherin. Je souris en l'écoutant citer Tiffy et Rachel. D'après Tiffy, le rôle des éditeurs dans le succès d'un livre est rarement mis en avant, et celui des graphistes encore moins. Je les regarde monter sur scène, toutes les deux, et leurs visages radieux en disent long.

La caméra fait une légère embardée. Une bousculade. Quelques cris – des *hé!* et des *ho!* de protestation. Un homme émerge bientôt de la foule et saute sur scène.

Oh non, pas lui.

Je suis pris d'une soudaine envie de quitter le Palais de justice et de foncer à Islington. Je me redresse sur le banc, la gorge sèche, et regarde la vidéo défiler sur l'écran de mon téléphone.

Le film s'arrête après que Tiffy a dit oui.

Étonnant comme ça fait mal. Tellement mal. Peut-être ne sait-on vraiment ce qu'on éprouve pour une femme que lorsqu'elle accepte d'épouser un autre homme.

61

Tiffy

Justin m'entraîne en coulisse. Je n'oppose aucune résistance, parce que je veux m'éloigner à tout prix du bruit assourdissant, des lumières aveuglantes et du regard de la foule. Mais aussitôt derrière les lourds rideaux, je libère d'un geste brusque la main par laquelle il me tient. Il l'agrippait si fort que je me suis fait mal au poignet. On se trouve juste au bord de la scène, dans un espace étroit délimité par des murs sombres. Un homme vêtu de noir, talkie-walkie en main, nous lance un regard irrité avant de reporter son attention sur le tas de câbles enroulés à ses pieds.

– Tiffy ? dit Justin.

Il y a dans sa voix quelque chose de feint, une vulnérabilité forcée qui ne me trompe pas.

– Putain, Justin, mais qu'est-ce que tu…

Je tremble de tous mes membres ; difficile de parler, mais aussi de rester debout, surtout sur des talons aiguilles.

– C'était quoi, ce délire ?

– Comment ça, c'était quoi ? demande-t-il en essayant de me prendre la main.

Derrière nous, le rideau s'écarte brusquement. Je tourne la tête et vois Rachel qui déboule en coulisse, balançant ses escarpins à talons avant de se précipiter vers moi.

– Tiffy !

Je pivote et la laisse me prendre dans ses bras. Justin fait un pas en arrière et nous observe en silence, yeux froncés. Certaine qu'il prépare déjà son prochain coup, je plonge le visage dans la masse épaisse des cheveux tressés de Rachel, essayant de toutes mes forces de retenir mes larmes.

– Tiffy ? appelle une autre voix.

C'est celle de Mo, mais je n'arrive pas à savoir d'où elle vient.

– Regarde, dit Justin d'un ton bienveillant, tes amis sont venus te féliciter !

Mais sa posture est raide, ses épaules tendues.

– Mo ? Mo, tu es où ?

Il apparaît derrière Justin, à travers un second rideau qui communique avec la partie principale des coulisses. Il ne porte plus sa veste de smoking et ses cheveux sont en désordre comme s'il avait couru. En un clin d'œil, il est auprès de moi. Du côté de la scène, on entend la voix étouffée de Katherin qui tente vaillamment de ramener l'attention du public sur *Vivre au crochet !*.

Justin regarde notre trio soudé. Rachel a toujours un bras autour de ma taille et j'appuie la tête contre son épaule.

– Tu sais que je n'ai pas dit oui, dis-je d'une voix faible.

Les yeux de Justin s'agrandissent.

– Qu'est-ce que tu racontes ? demande-t-il comme s'il tombait des nues.

Je secoue la tête. Je vois clair dans son jeu – je n'ai pas oublié ce sentiment tenace, dès que j'étais en sa présence, de tout faire de travers.

– Tu ne réussiras pas à me faire douter, Justin. Tu ne me feras pas croire ce que tu veux que je croie, alors que je sais pertinemment que c'est faux.

Quelque chose change imperceptiblement dans son regard. Peut-être songe-t-il : *J'y suis déjà parvenu à de multiples reprises, Tiffy. Tu ne vas pas m'échapper comme ça.*

– C'est fini, tout ça, dis-je encore. Et tu sais comment ça s'appelle, ce genre de manipulation mentale ? Ça s'appelle le « détournement cognitif ». Et c'est une forme de violence, Justin. Oui, parfaitement. Cette façon de remettre en cause la perception que j'ai des choses est une putain de violence psychologique !

Touché. Je ne suis pas certaine que Rachel et Mo puissent s'en rendre compte, mais je vois qu'il accuse le coup. La Tiffy qu'il connaît n'aurait jamais utilisé les termes « détournement cognitif », « manipulation mentale » ou « violence psychologique ». Une décharge d'excitation inquiète me traverse en voyant sa confiance vaciller, comme quand on s'avance tout au bord d'un quai au moment où un train traverse la gare à toute allure.

– Je t'assure que tu as dit oui, Tiffy.

La lumière d'un projecteur se glisse dans l'entrebâillement du rideau, barrant d'un trait jaune le visage voilé de pénombre de Justin.

– Je t'ai entendue le dire ! Et puis de toute façon… Tu veux être ma femme, n'est-ce pas ? On est faits l'un pour l'autre, Tiffy.

Il cherche à me prendre la main, mais le comédien n'arrive plus à faire croire à son personnage. La pièce a été jouée trop souvent et le public ne voit plus que les ficelles. J'ai un mouvement de recul et, rapide comme l'éclair, Rachel repousse sa main d'une violente tape.

Justin reste calme en apparence. Il ne cherche pas à nous intimider physiquement. Quand il reprend la parole, sa voix est douce, blessée :

– Pourquoi tu as fait ça ?
– Tu ne la touches pas, lance sèchement Rachel.
– Je crois que tu devrais partir, Justin, intervient Mo.
– Qu'est-ce qui se passe, ici ? demande Justin en s'adressant à moi, toujours avec douceur. Tes amis m'en veulent parce que je me suis intéressé à une autre femme ? Tout le monde peut faire une erreur, et Dieu sait que je la regrette…

Il continue à avancer insensiblement vers moi, centimètre par centimètre, mais avec Rachel qui me serre contre elle et Mo planté de l'autre côté, bras croisés, on forme un bloc et je me sens protégée.

– Je voudrais te demander quelque chose, dis-je brusquement.
– Tout ce que tu veux, Tiffy.

Le type en noir nous jette un nouveau regard agacé, un câble enroulé autour du poignet.

– Vous n'avez rien à faire ici, dit-il au moment où des applaudissements nourris crépitent derrière le rideau.

Je l'ignore, les yeux toujours sur Justin.

– Comment tu as su que je serais là aujourd'hui ?
– Comment je l'ai su ? Eh bien… comme tout le monde, j'imagine ! Cet événement était annoncé partout sur les réseaux sociaux. À moins de vivre dans une zone blanche, difficile de ne pas être au courant !
– Supposons. Mais qui t'a dit que *moi*, je serais là ? Tu n'étais même pas censé savoir que je travaillais sur ce bouquin.

Je sais que ce n'est pas normal, et lui aussi. Je le vois dans son regard qui se trouble. À cette main nerveuse qu'il passe dans ses cheveux avec une nonchalance feinte.

– Et qui t'a dit que je serais dans ce pub de Shoreditch ? Qui t'a dit que je serais sur ce bateau de croisière ?

Justin est mal à l'aise. Il ricane et me lance un regard hostile, plein de morgue, le premier de la soirée. Je le trouve bien plus convaincant dans ce registre. Bien plus proche du Justin dont je me souviens, ces derniers temps.

L'espace d'un instant, il reste indécis, comme sur le point de tomber le masque, puis se reprend et opte pour un grand sourire.

– Bon, j'avoue…, dit-il d'un ton penaud. C'est ton pote Martin qui m'a filé les tuyaux.

On dirait un petit garçon pris le doigt dans le pot de confiture. Espiègle et si mignon, parfaitement inoffensif – en un mot adorable.

– Il sait à quel point je tiens à toi et il a voulu m'aider à sauver notre couple.

– C'est une blague…, laisse échapper Rachel entre ses dents.

Je lève les yeux vers elle, abasourdie. Elle fusille Justin du regard, plus effrayante que jamais, ce qui n'est pas peu dire.

– Mais… comment tu connais Martin ?

Justin et Martin de mèche… Je n'en reviens pas.

– Silence ! grommelle le type en noir, sans doute un ingénieur du son.

Tout le monde l'ignore.

– On s'est rencontrés quand on est allés manger un morceau avec des gens de ton boulot, tu te souviens ? Mais si… dans ce restau indien, insiste Justin quand je fronce les sourcils. Peu importe comment j'ai su où tu étais, reprend-il avec un tendre sourire. Ce qui compte, c'est qu'on se soit retrouvés. On ne pourrait pas aller dans un endroit plus calme, Tiffy ? Juste toi et moi ?

Je ne me souviens pas de la soirée dont il parle. J'ai raté la plupart des soirées entre collègues quand on vivait ensemble, parce que Justin refusait d'y aller et qu'il refusait aussi que j'y aille sans lui.

– Je ne veux aller nulle part avec toi, dis-je, la voix entrecoupée de sanglots secs. Et je ne veux certainement pas qu'on se marie. Ce que je veux, c'est que tu me laisses tranquille.

Je me suis si souvent imaginé prononcer ces mots. Dans ce petit film que je me faisais, Justin recevait ces paroles comme si le ciel lui tombait sur la tête. Je voyais l'expression d'abord incrédule, puis douloureuse, qui déformait ses traits. La main qu'il plaquait sur sa bouche. Les larmes qui inondaient ses yeux. Je me le figurais anéanti, pleurant et essayant de me serrer contre lui. J'avais même peur qu'il s'accroche à moi et refuse de me laisser partir.

Mais il semble juste perplexe. Irrité. Comme si on l'avait trompé sur la marchandise et que tout ça était au fond assez injuste.

– Tu ne penses pas ce que tu dis.

– Oh si, elle le pense, intervient Mo.

Il a parlé d'une voix courtoise, mais terriblement ferme.

– Un peu, qu'elle le pense, renchérit Rachel.

– Non, dit Justin en secouant la tête. Tu ne peux pas faire ça. Tu dois nous laisser une chance, Tiffy.

– Une chance ? dis-je avec un rire nerveux. Combien de fois ai-je accepté de revenir alors que tu m'avais jetée dehors ? Hein ? Combien, Justin ? Des chances, tu en as eu bien plus que tu n'en mérites. Je ne veux plus te voir. Plus jamais.

Son front se plisse un peu.

– Quand on s'est vus en août dans ce pub de Shoredtich, tu m'as dit qu'on discuterait de tout ça dans deux mois. Tu vois, j'ai fait comme tu m'as demandé. On est bien en octobre, non ?

– Bien des choses peuvent changer en l'espace de deux mois, Justin. J'ai beaucoup réfléchi. Et je me suis beaucoup… souvenue.

À nouveau ce trouble dans son regard. Cette lueur inquiète, presque effrayée. Il essaie encore de me prendre la main, et cette fois-ci Rachel lui assène une formidable gifle.

Justin trébuche en arrière, le visage figé dans une grimace de stupeur presque comique.

– Je n'aurais su dire mieux, marmonne Mo en nous entraînant toutes les deux quelques mètres plus loin, vers le désordre de câbles.

L'ingénieur du son clipse avec humeur son talkie-walkie sur la poche poitrine de son blouson et s'avance vers celui qu'il a manifestement identifié comme la source principale du tapage, le forçant à reculer davantage.

– Vous, lance-t-il à Justin d'une voix ferme. Dehors !

Retrouvant son équilibre, Justin maintient l'homme à distance d'un poing menaçant et jette un rapide coup d'œil par-dessus son épaule pour localiser la sortie. Puis son regard fouille la pénombre et vient se planter dans le mien.

L'espace d'un instant, Rachel, Mo et l'ingénieur du son s'effacent de ma conscience et je reste seule avec Justin dans cet espace exigu – seule avec sa présence athlétique que l'élégance un peu raide du smoking rend plus imposante encore –, et j'ai une bouffée de panique, comme si j'étais à court d'oxygène. Cela ne dure qu'une seconde ou deux, et pourtant c'est encore pire que tout ce qui s'est passé avant.

Puis Justin disparaît derrière le rideau noir et je me laisse aller, tremblante, contre les corps groupés de Rachel et Mo. Il est parti. C'est fini. Mais il a laissé derrière lui cette présence irrespirable, et tandis que mes mains moites s'accrochent désespérément à mes amis, je sens monter en moi une peur vertigineuse : et si, quel que soit le nombre de fois où je le vois partir, je n'arrivais jamais à me débarrasser de lui ?

62

Leon

Impossible de réfléchir. Impossible de faire quoi que ce soit, sinon respirer. Et encore... Dieu sait comment, je parviens à me mettre debout et à faire fonctionner mes jambes jusqu'à la salle d'audience. J'adresse des sourires mécaniques à Richie. Je note l'éclat de son regard, l'espoir qui anime son visage. Mais je ne ressens rien.

Je dois être sous le choc. Je ne vais sûrement pas tarder à reprendre mes esprits et à concentrer à nouveau mon attention sur ce qui se passe ici. Je n'en reviens pas que quelque chose soit parvenu à me distraire de cette audience cruciale. Soudain, je me sens furieux contre Tiffy : pourquoi a-t-il fallu qu'elle choisisse précisément cette journée pour me larguer et retourner dans les bras de son ex ? Je ne peux m'empêcher de songer à maman, à la façon dont elle acceptait toujours de revenir vivre avec ces sales types malgré tout ce que Richie et moi pouvions lui dire pour l'en dissuader.

Je m'efforce de ne pas oublier qu'au fond maman ne voulait pas partager la vie de ces brutes. Mais si elle ne valait pas grand-chose à leurs yeux, elle valait encore moins à ses propres yeux. La peur d'être seule la ramenait toujours vers eux.

Mais Tiffy n'est pas seule. Elle est entourée d'amis bienveillants. Elle a Mo, Gerty, Rachel… et moi.

Richie. Pense à Richie. Richie a besoin de moi, et il a besoin de moi *maintenant*. Pas question de le perdre à nouveau. Pas question de le perdre, lui aussi.

La plaidoirie conclusive de Gerty m'arrache à mes pensées. Elle est si talentueuse qu'on ne peut s'empêcher d'écouter ses arguments, de suivre son raisonnement. Et puis d'un seul coup, sans tambour ni trompette, c'est terminé. Tout le monde se lève. Les juges quittent la salle. Richie lance un regard pensif par-dessus son épaule avant d'être reconduit en cellule.

Dans la salle des pas perdus, Gerty marche un peu devant moi, tapotant l'écran de son portable. Maman n'arrête pas de faire craquer ses doigts. Elle me jette un regard de côté alors qu'on atteint l'entrée du bâtiment.

Maman : Lee ? Qu'est-ce qui ne va pas ?

Un hoquet de surprise semble répondre à ma place. Gerty vient de se figer, main sur la bouche, les yeux rivés sur son téléphone. Je m'approche et mon regard se voile davantage lorsque je reconnais la vidéo sur son écran.

Gerty : Oh, non…

Maman (d'un ton nerveux) : Quoi ? Qu'est-ce qui se passe ?

Moi : C'est Tiffy.

Maman : Ta petite amie ? Il lui est arrivé quelque chose ?

Gerty : Impossible. Elle ne ferait *jamais* ça.

Moi : La preuve que si. Ça arrive tout le temps. On a envie de retrouver ce qu'on connaît et qu'on a peur de perdre, c'est humain. Il ne faut pas que je lui en veuille.

Le silence de Gerty en dit long. Soudain, je suis pris d'une envie impérieuse de foutre le camp.

Moi : J'imagine que le verdict ne sera pas annoncé durant le week-end ?

Gerty : Non, les juges devraient se prononcer au cours de la semaine prochaine. Je t'appellerai aussitôt que…

Moi : Merci.

Et je fous le camp.

Je marche et marche encore. Pas de larmes. Juste la gorge sèche et les yeux qui brûlent. C'est aussi l'angoisse du verdict qui me met dans cet état, mais mon esprit est accaparé par cette image de Justin qui crie : « Elle a dit oui ! », bras ouverts devant la foule conquise.

Tiffy… Comme si je n'avais pas assez mal comme ça, je me repasse les plus belles scènes de notre histoire. Les centaines de notes échangées, Brighton, les bouchées au chocolat sur le canapé, l'anniversaire de Holly, les baisers furieux contre la cuisinière à bois du château… Mon cœur se serre lorsque je repense à son corps soudain glacé, hanté par Justin. Mais je dois m'endurcir et cesser d'éprouver de la compassion pour elle. Je n'ai pas envie de l'aimer. Pour le moment, j'ai juste envie de me sentir trahi.

Sauf que ça ne marche pas trop. Je la revois toute tremblante et…

Et c'est parti. Voilà que je me mets à pleurer. Je savais bien que les larmes finiraient tôt ou tard par s'en mêler.

63

Tiffy

L'odeur des lys est suffocante. Mo tient le bouquet dans ses bras tandis qu'on attend, blottis les uns contre les autres, dans cet espace sombre et encombré. Je baisse les yeux pour voir si le pollen des fleurs n'a pas taché ma tenue et vois la soie ondoyer comme une mer rose pâle. Tout le bas de ma robe est parcouru de vaguelettes, tellement je tremble.

Je ne me souviens pas exactement de ce qu'a dit Justin avant de partir. En fait, toute cette conversation semble s'effacer doucement de ma mémoire. Peut-être n'était-ce qu'un rêve. Peut-être suis-je toujours au milieu de la foule, inquiète de savoir si Katherin va citer mon nom dans son discours de remerciement. Si c'est du canard ou du poulet dans ces petits roulés.

– Et si… s'il attendait là-derrière ? dis-je tout bas à Rachel en pointant du doigt le rideau noir derrière lequel Justin vient de disparaître.

– Tiens ça, Mo, dit-elle.

« Ça » désignant la jeune femme qui tremble dans sa robe.

Sur scène, on entend Katherin prendre congé sous les vivats de la foule.

Mo, très protecteur, enroule son bras autour du mien tandis que je regarde Rachel s'engouffrer derrière le rideau.

– Tu es en sécurité, murmure-t-il.

Il n'ajoute pas un mot, m'enveloppant dans un de ces silences dont il a le secret et qui vous étreignent comme un câlin. Au-delà des lourds rideaux qui nous séparent de la scène vibre un autre monde dans lequel la foule continue à se divertir, à boire du champagne. Le bruit des applaudissements nous parvient étouffé, semblable à la pluie qui frappe un trottoir.

– Ce n'est pas un moulin, ici, dit l'ingénieur du son quand Rachel réapparaît. C'est réservé aux techniciens, putain.

Rachel se tourne vers lui et il a un mouvement de recul. Qui pourrait lui reprocher cette petite dérobade ? Elle a revêtu son visage de guerrière, et elle est franchement terrifiante.

– Pas d'ex psychopathe en vue, dit-elle en revenant se coller à moi.

Katherin surgit à ce moment-là, manquant de renverser Mo sur sa lancée.

– La vache, dit-elle, c'était un peu théâtral, non ?

Elle me caresse l'épaule avec une sorte de tendresse maternelle.

– Ça va ? J'imagine que ce Roméo était…

– L'ancien mec de Tiffy, termine Rachel. C'était déjà un connard et maintenant c'est devenu un connard harceleur.

Elle se tourne vers moi.

– À propos de connard, je crois qu'il va falloir qu'on dise deux mots à Martin.

– Pas maintenant, Rachel, dis-je d'une voix suppliante. Reste un peu avec moi, d'accord ?

Son regard s'adoucit.

– Bien sûr. Mais ai-je la permission de le pendre par les burnes, plus tard ?

– Accordée. En revanche, évite d'évoquer les parties génitales de Martin, s'il te plaît. Beurk… Dégueu !

– Je n'en reviens pas qu'il ait donné ton emploi du temps à cette *crevure*. Tu devrais porter plainte contre lui, Tiffy.

– Une injonction d'éloignement serait la moindre des choses, intervient calmement Mo.

– À l'encontre de Martin ? dis-je d'une voix faible. L'ambiance va en prendre un coup, au bureau.

Mo me regarde dans les yeux.

– Tu as très bien compris ce que je voulais dire.

– On pourrait peut-être sortir de cette grotte, maintenant ? dis-je.

– Bonne idée, approuve Katherin.

À l'abri du regard de Rachel, l'ingénieur du son lève les yeux au ciel avec une mimique qui semble dire « Enfin ! ».

– Il faut que je reste pour serrer quelques mains, reprend Katherin, mais pourquoi vous n'utiliseriez pas la limo ?

– Je te demande pardon ? dit Rachel en la fixant du regard.

– L'idée n'est pas de moi, se défend Katherin, l'air penaud. Les RP l'ont commandée en croyant me faire plaisir. Le chauffeur attend dans la rue, vous ne pouvez pas le rater. Ça serait dommage que personne ne s'en serve, mais je préfère mourir que d'être vue dans une de ces bagnoles à rallonge. Ça risquerait de me coûter ma carte membre des anciens du mouvement trotskiste international.

– Merci, Katherin, dit Mo.

J'émerge brièvement de la brume qui enveloppe mon cerveau pour m'émerveiller que la directrice des RP ait décidé de son propre chef de raquer pour une limousine. Sa radinerie est légendaire.

– Bon, eh bien… il ne nous reste plus qu'à traverser une salle noire de monde pour regagner la sortie, lance Rachel avec un sourire forcé.

– Avant toute chose, tu dois appeler la police et lui signaler les agissements de Justin, me dit Mo. Et il faut que tu lui parles de tout ce qu'il a fait avant. Les fleurs, ses autres apparitions, l'aide de Martin…

Je laisse échapper un petit grognement, quelque part entre la plainte et la protestation.

– Fais-le, Tiffy, dit Rachel en me tendant son téléphone.

Traverser la foule relève du chemin de croix. Les gens n'arrêtent pas de me donner des petites tapes amicales dans le dos, de me sourire, de me féliciter. Au début, j'essaie de leur expliquer que je n'ai pas dit oui, que je ne compte pas me marier, que Justin n'est pas mon fiancé, mais ils ne m'écoutent pas – soit que le bruit les en empêche, soit qu'ils préfèrent la version romantique –, et au bout de quelques mètres je cesse de les détromper.

La limousine attend à l'angle de la rue. Entre le capot et le coffre de cet engin, il y a suffisamment d'espace pour faire un footing. C'est grotesque. La directrice des RP a sûrement l'intention de demander un très gros service à Katherin.

– Monsieur, s'il vous plaît ? lance Rachel à travers la vitre du chauffeur, de cette voix d'ordinaire réservée aux barmen.

La vitre se baisse.

– Bonjour… Katherin ne va pas pouvoir rentrer avec vous et elle nous a proposé d'utiliser vos services à sa place.

L'intérieur de cette voiture est encore plus ridicule que l'extérieur. Il y a des banquettes en cuir deux fois plus longues que le canapé de Leon, un petit bar éclairé en violet, deux écrans de télévision et des haut-parleurs aux quatre coins de l'habitacle.

– Putain, regarde-moi cette horreur, dit Rachel. Ils feraient mieux de nous donner un salaire décent au lieu de dépenser du fric pour ça.

On reste un moment silencieux tandis que la limousine se met en branle.

– Eh bien, reprend Rachel, je crois qu'on sera tous d'accord pour dire que la journée a pris un tour inattendu.

J'ignore pourquoi, ces mots font céder les digues fragiles qui retenaient encore mes larmes. Je me mets à pleurer dans mes mains, tête renversée sur le cuir gris de la banquette, m'abandonnant aux sanglots qui me secouent bientôt. Mo me presse doucement le bras.

Un grésillement se fait entendre dans les haut-parleurs et la voix du chauffeur emplit bientôt l'habitacle :

– Tout va bien là-derrière ? On dirait que quelqu'un a une crise d'asthme !

– Oui, tout va bien ! répond Rachel pendant que je pleure comme une madeleine avec des hoquets éperdus et des sifflements de pneu crevé, m'efforçant de reprendre ma respiration entre deux sanglots. Mon amie a juste une réaction parfaitement normale au mariage forcé qu'elle vient de subir devant des milliers de gens.

Les haut-parleurs restent muets pendant quelques secondes, puis le chauffeur reprend la parole :

– Mince, alors. Les Kleenex sont sous le bar.

J'appelle Leon une fois rentrée à l'appartement, mais il ne décroche pas. La tourmente dans laquelle j'ai été prise ne m'a pas fait oublier que le sort de son frère se joue aujourd'hui, et j'ai désespérément envie d'en savoir plus que le *Tout se passe bien* de son dernier texto. Bien comment ? Est-ce que c'est terminé ? Quand les juges rendront-ils leur décision ?

J'ai tellement envie de lui parler. Pour être plus précise, j'ai envie de me blottir contre lui, de humer sa délicieuse odeur pendant qu'il me caresse le creux des reins, *puis* de lui parler.

J'ai encore du mal à croire que tout ça s'est réellement passé. Du mal à croire que Justin ait osé. Comment a-t-il pu me faire une chose pareille ? Quand je pense qu'il n'a pas hésité à m'acculer sur scène, à me mettre dans cette situation tellement embarrassante, devant tous ces gens… Qu'est-ce qu'il s'imaginait ? Que j'allais sagement jouer le rôle qu'il m'avait attribué dans son scénario, parce que tel était son désir ?

Songer qu'il a fait appel à Martin pour me suivre à la trace donne à cette histoire une dimension encore plus perturbante. Et dire qu'il essayait de me faire passer pour une folle parce que je doutais du côté fortuit de ces rencontres… Tout ça était en fait soigneusement planifié, calculé. Mais dans quel but ? S'il me voulait, il lui suffisait de me prendre. J'étais à lui, corps et âme. J'aurais fait n'importe quoi pour Justin. Pourquoi me pousser à partir, si c'est pour essayer ensuite de me récupérer ?

Rachel n'est pas venue chez moi. Elle doit garder sa petite nièce, ce soir – passer d'une morveuse à une autre. Mais Mo est bien là et m'a promis de rester jusqu'à demain, ce qui est adorable de sa part. Même si, pour être honnête, c'est avec Leon que j'ai envie d'être en ce moment.

Ça m'étonne presque de ressentir ça avec autant de clarté, de certitude. J'ai envie d'être avec Leon. J'ai besoin de lui, de ses petits gestes nerveux, de son sourire un peu tordu, de sa façon de tout rendre plus beau et lumineux par sa simple présence. Après ce qui s'est passé aujourd'hui, je me dis que si *l'agréable-effrayant* doit parfois se transformer en *effrayant-effrayant* tandis que je réapprends la vie à deux, ma foi… qu'est-ce que ça peut bien faire ? Si je cède devant cette peur, si je la laisse se mettre entre Leon et moi, alors Justin aura gagné.

Et Leon vaut la peine que je me batte pour lui. Il en vaut *tellement* la peine. J'attrape mon téléphone et compose une nouvelle fois son numéro.

64

Leon

Trois appels manqués de Tiffy.

Je ne veux pas lui parler. Pas envie de l'entendre s'expliquer, se justifier. Je n'ai pas cessé un instant de marcher depuis que j'ai quitté le Palais de justice. Marcher, droit devant moi. À moins que je ne tourne en rond ? Le fait est que je suis passé devant plusieurs Starbucks qui m'ont semblé curieusement identiques. On se croirait dans un roman de Dickens, dans cette partie de Londres. Rues pavées et murs de briques noircis par la pollution, petits rubans de ciel entre deux bâtiments trop rapprochés, fenêtres crasseuses qui ne reflètent plus le soleil. Pourtant, inutile de marcher bien longtemps pour rejoindre le monde pimpant de la City. Au détour d'une rue, je me retrouve face à moi-même, reflet d'un homme égaré dans la façade miroir de quelque société financière.

J'ai une tête à faire peur. Épuisé et flottant dans mon costume fripé. Je n'ai jamais été à mon avantage en costume. J'aurais dû mieux soigner ma présentation. La famille d'un prévenu doit prendre garde à ces choses-là : faire mauvaise impression devant les juges peut nuire à l'image qu'ils se font de l'accusé.

Mais j'ai déjà dû limiter les dégâts avec maman, pour qui l'élégance consiste à porter des talons encore plus ridiculement hauts qu'à l'ordinaire.

Je me fige, stupéfait d'avoir eu une pensée aussi malveillante. Cruelle et nourrie de préjugés. Ça me trouble que mon cerveau puisse produire de tels jugements. J'ai beaucoup travaillé sur moi-même pour lui pardonner, et j'ai accompli de gros progrès. Du moins c'est ce que je croyais. Parce que pour le moment, il suffit que je pense à elle pour sentir monter la colère.

Je ne suis qu'une boule de rage, aujourd'hui. Un de ces types furieux qu'on croise parfois dans la rue. Furieux d'avoir été heureux comme un gosse en voyant les juges écouter l'avocate de mon frère, alors que c'est la moindre des choses, d'autant que Richie n'aurait jamais dû se retrouver dans le box des accusés. Furieux de ne pas avoir su montrer mes sentiments à temps et de m'être fait doubler par un type qui donne des cauchemars à Tiffy, mais qui sait manifestement s'y prendre pour la reconquérir avec de grands gestes romantiques. Ça, pour lui montrer ses sentiments, il les lui a montrés ! C'est sûr que maintenant, plus personne n'ignore ce qu'il ressent pour elle.

Je pensais vraiment qu'elle en avait fini avec lui. Mais je ne serais pas le premier à m'être fait des illusions.

Coup d'œil à mon portable : Tiffy m'a envoyé un texto. Trop douloureux de l'ouvrir, sauf que la tentation est forte. J'éteins le téléphone. Comme ça, c'est réglé.

J'hésite à rentrer chez moi, mais Tiffy est partout dans l'appartement. Son odeur, ses objets adorables et ridicules, une part de gâteau qui traîne sur une assiette, les vêtements que je l'ai vue porter… toutes ces petites choses qui dessinent sa présence en creux. Et puis chez moi c'est aussi chez elle, et même si elle compte mettre un terme à la colocation, elle finira bien par rentrer à un moment ou un autre. L'appartement est à elle, ce soir et ce week-end. Je peux retourner chez maman, bien sûr, mais curieusement je me sens aussi furieux contre elle que contre Tiffy. Sans compter que l'idée de dormir dans la chambre que j'ai partagée autrefois avec Richie m'est insupportable, aujourd'hui. Je ne peux pas être là où est Tiffy, je ne peux pas être là où Richie n'est pas.

Je n'ai nulle part où aller. Plus de chez-moi. Je continue à marcher.

Cette idée de partager mon appartement, mon lit avec une inconnue, je la regrette. Jamais je n'aurais dû laisser quelqu'un entrer dans mon intimité. Jamais je n'aurais dû ouvrir mon intérieur à une femme et lui permettre de le remplir avec toutes ces couleurs, toute cette vie. Je me débrouillais très bien avant Tiffy. J'étais peinard. Maintenant, mon appartement est devenu *notre* appartement, et quand elle ne sera plus là je ne verrai que ce qui manque. Plus de pâtisseries moelleuses sur la plaque du four, plus de livres sur des maçons férus de décoration, plus de foutu pouf poire à motif cachemire. Juste un espace rempli d'absence. Comme la chambre qu'on partageait, Richie et moi.

Et si ce n'était pas complètement perdu ? Je peux peut-être encore l'arracher à ce type. La sauver d'une vie avec Justin. Qu'elle ait répondu favorablement à sa demande en mariage ne signifie pas forcément qu'elle va l'épouser. Après tout, refuser était loin d'être évident devant tous ces gens qui retenaient leur souffle. Elle a été prise au dépourvu, et avec la pression de la foule… Je sens une dangereuse bouffée d'espoir m'envahir et fais de mon mieux pour la refouler. On ne sauve pas les gens contre leur gré. C'est à eux de se sauver. Tout ce qu'on peut faire, c'est les aider quand ils sont prêts.

Je devrais manger quelque chose. Je n'ai rien avalé depuis… Depuis quand ? Hier soir, peut-être ? Hier soir me semble déjà si loin. Maintenant que j'y pense, mon ventre se met à gargouiller.

Je m'engouffre dans le premier Starbucks. Je bois du thé noyé dans du lait. Deux filles assises sur le même fauteuil regardent la vidéo de la demande en mariage. Je croque sans enthousiasme dans un sandwich trop cher en contemplant le mur.

Un barista vient nettoyer les tables. Le regard qu'il pose sur moi me fait prendre conscience des larmes qui se sont remises à couler sur mes joues. Je n'arrive pas à m'arrêter de pleurer, peut-être que je n'essaie pas véritablement. Au bout d'un moment, de plus en plus de têtes se tournent dans ma direction. Coups d'œil rapides, qui se veulent discrets. Curiosité compatissante. Je décide de lever le camp. Envie d'être seul.

Je me suis remis à marcher. Ces souliers sont peut-être chics, mais ils me râpent l'arrière du talon. Je songe avec nostalgie aux chaussures fatiguées mais si confortables que je porte au travail, et il m'apparaît bientôt que je n'erre plus au hasard de mes pas. Je vais quelque part. Un hôpital a toujours besoin d'un infirmier supplémentaire.

65

Tiffy

Appel de Gerty, je décroche sans réfléchir. Simple réflexe.

– Allô ?

J'ai du mal à reconnaître ma voix, curieusement atone.

– Putain, mais qu'est-ce qui ne tourne pas rond chez toi, Tiffany ? Hein ? Qu'est-ce qui ne tourne pas rond ?

Le choc déclenche une nouvelle salve de sanglots.

– Passe-la-moi, dit Mo.

Mes larmes se tarissent d'un coup quand je vois l'expression de son visage. Il semble furieux. Mo n'a jamais l'air furieux.

– Et toi, Gerty, qu'est-ce qui ne tourne pas rond chez toi ? lance-t-il dans le téléphone… Ah ouais ? Tu as regardé une vidéo, et alors ? Il ne t'est pas venu à l'idée de demander à Tiffy ce qui s'est réellement passé ? D'accorder le bénéfice du doute à ta meilleure amie avant de lui hurler dessus ?

Mes yeux s'agrandissent. Une vidéo ? Quelle vidéo ?

Et d'un seul coup, ça me revient à l'esprit. Merde. Tasha Chai-Latte ! Elle filmait l'événement pour sa chaîne YouTube. Toute la scène a dû être immortalisée. Martin a dû organiser la venue de la youtubeuse, et en parler à Justin. Pas étonnant que

Justin ait voulu s'assurer que tout le monde sache quelle avait été ma « réponse » – c'était pour la caméra.

Je repense aussi à notre week-end au château. Quelques jours plus tôt, Justin avait débarqué chez nous à l'improviste et s'était cassé les dents sur un Leon à moitié nu. Je comprends mieux l'attitude hostile de Martin au pays de Galles.

– Mo, dis-je d'un ton affolé, demande à Gerty où est Leon.

– Rappelle-le.

– Tiff, son téléphone est manifestement éteint, répond gentiment Mo.

– Rappelle ! dis-je en faisant les cent pas entre le canapé et le coin-cuisine.

Mon cœur bat si fort qu'on dirait qu'il cherche à se faufiler entre les côtes de ma cage thoracique. L'idée que Leon ait pu voir cette vidéo – qu'il puisse croire que je veux épouser Justin – m'est insupportable.

– Toujours éteint..., dit Mo, mon portable collé à l'oreille.

– Essaie d'appeler avec ton téléphone, dis-je. Il filtre peut-être mes appels. Il doit me détester.

– Mais non, dit Mo. Il est sûrement déboussolé, triste peut-être, mais je suis sûr qu'il ne te déteste pas.

– Gerty m'en a bien voulu, elle.

Le front de Mo se ride un peu.

– Quand elle n'a plus sa perruque d'avocate sur la tête, Gerty a tendance à juger à l'emporte-pièce, dit-il. Elle en a conscience et elle travaille sur ce problème.

– Ce qui m'inquiète, c'est que Leon ne me connaît pas encore assez bien pour savoir que je ne lui ferais jamais une chose pareille, dis-je en me tordant les mains. Il doit être horriblement déçu...

Je n'arrive plus à parler, la gorge nouée par l'émotion.

– Quoi qu'il pense ou ressente à l'heure qu'il est, ça finira par s'arranger quand il connaîtra la vérité, m'assure Mo. Il faut simplement attendre qu'il soit prêt à t'écouter. Entre l'audience de Richie et cette vidéo, il a eu son lot d'émotions, aujourd'hui.

– Je sais ! me mets-je à aboyer. Je *sais*, d'accord ? Tu crois que j'ai oublié à quel point cette journée était importante pour lui ?

Mo ne dit rien et j'essuie mes larmes.

– Pardon. Je suis tellement injuste avec toi, Mo. Tu as été génial, comme toujours. En fait, c'est contre moi que je suis en colère. Parce que… Je suis bien tombée amoureuse de lui, non ?

– De Justin, tu veux dire ?

– Ouais. Je ne suis pas en train de dire que ce qui s'est passé aujourd'hui est entièrement ma faute, hein. Je sais qu'il est le principal responsable de ce désastre, mais je ne peux pas m'empêcher de penser que si je ne m'étais pas laissé séduire par son petit numéro, si je n'avais pas été aussi naïve… on n'en serait pas là. Enfin, franchement, Mo… Pour autant que je le sache, aucune de tes anciennes copines n'a essayé de te forcer à l'épouser ! Aucune n'a voulu torpiller l'histoire que tu as eue après elle. Je sais qu'il n'y a personne en ce moment dans ta vie, mais tu vois ce que je veux dire.

– Hum…, fait Mo.

Je m'essuie une nouvelle fois les yeux et cherche son regard.

– Attends, ne me dis pas que toi et Gerty…

– Alors, tu as deviné ? dit Mo, l'air plutôt mal à l'aise.

– C'est Rachel qui a deviné, mais je ne voulais pas la croire. Pas un mot à Gerty, mais Rachel est bien plus douée qu'elle au jeu du qui couche avec qui. Oh, et puis si, dis-lui, après tout. Qu'est-ce que j'en ai à foutre de la blesser ? dis-je férocement.

– Elle est en train de t'appeler, dit Mo en me présentant l'écran de mon téléphone.

– Pas envie de lui parler.

– Tu veux que je réponde à ta place ?

– Fais ce que tu veux. C'est toi qui couches avec elle.

Mo me lance un long regard qui m'accompagne jusqu'au canapé, sur lequel je me laisse lourdement tomber. Je me comporte comme une gamine, je sais, mais savoir que Gerty et Mo sont en couple me donne l'impression qu'il la soutient. Et là, j'ai envie de HURLER contre Gerty. Elle aurait pu me défendre auprès de Leon, lui dire que jamais je ne lui ferais une chose aussi dégueulasse, l'encourager à m'appeler avant de se forger une opinion définitive. Mais elle ne l'a pas fait.

– Elle n'arrive pas à trouver Leon, dit Mo au bout d'un moment. Mais elle voudrait vraiment te parler. Pour s'excuser.

Je refuse d'un signe de tête. Ma colère ne va pas se calmer d'un coup de baguette magique, simplement parce qu'elle veut s'excuser.

– Elle a obtenu le droit de passer un coup de fil à Richie quand on l'aura ramené en prison, dit Mo après avoir écouté Gerty un moment.

Il n'a pas mis la conversation sur haut-parleur, mais j'entends le débit nerveux d'une minuscule voix, lointaine et métallique, sortir de l'écouteur.

– Elle dit qu'elle lui expliquera ce qui s'est passé avec Justin pour qu'il puisse rétablir la vérité auprès de Leon.

Il plisse doucement les yeux, comme si ça l'aidait à mieux comprendre les explications de Gerty.

– Les détenus ont le droit d'appeler un numéro, n'importe lequel, lors de leur première nuit en cellule, et le retour en prison après l'audience est considéré comme une première nuit. Elle va demander à Richie d'utiliser ce coup de fil pour essayer de joindre Leon sur son portable. Il ne sera sans doute pas à même de l'appeler avant tard ce soir, voire demain matin, mais ça reste le meilleur moyen de lui faire passer le message si tu n'arrives pas à le contacter avant ça.

– Demain matin ? Mais on n'est qu'en fin d'après-midi.

Mo m'adresse une mimique désolée.

– Je crois que c'est le mieux qu'on puisse faire.

Donc, un détenu n'ayant droit qu'à un seul appel depuis sa prison reste notre meilleure chance de joindre Leon. Parfaitement absurde.

– De toute façon, Leon a éteint son portable, dis-je d'une voix lasse. Il ne répondra pas.

– Il finira par se raisonner et il le rallumera, assure Mo. Ne serait-ce que par crainte de manquer un appel de son frère.

Je suis assise sur le balcon, enveloppée dans deux plaids, dont celui que j'ai chiné au marché de Brixton et qui couvre d'ordinaire notre lit.

Leon pense que mon ex est parvenu à me reconquérir, et maintenant que la phase de panique désespérée est passée, je me dis qu'il pourrait croire un peu plus en moi, lui aussi.

Certes, il a quelques raisons d'accorder du crédit au scénario du pire – c'est arrivé plusieurs fois par le passé, et il le sait. N'empêche. Jamais je ne lui aurais donné de faux espoirs. Jamais je n'aurais entamé une histoire avec lui si je n'avais eu le sentiment que j'étais prête à passer à autre chose. Je voulais que ça fonctionne et je faisais de mon mieux pour ça : les interminables conversations avec Mo, les horribles souvenirs auxquels je tâchais de faire face, la psychothérapie. J'essayais vraiment. Sincèrement. Mais Leon n'y croyait sans doute pas. Je suppose qu'il me trouvait trop détruite pour imaginer que ça puisse fonctionner ; qu'il ne me pensait pas capable de réparer les dégâts.

Gerty tente de me joindre toutes les dix minutes environ, mais je n'ai toujours pas décroché. Elle me connaît depuis huit ans, et Leon depuis moins d'un an. Si j'en veux à Leon de ne pas assez croire en moi, alors j'en veux huit fois plus à Gerty.

J'arrache les tristes petites feuilles jaunissantes d'une des plantes du balcon, m'efforçant d'oublier que Justin sait où j'habite. Sans doute une autre faveur de Martin-les-bons tuyaux. Il lui a suffi d'attendre que ma fiche de paie soit déposée sur mon bureau pour lire l'adresse inscrite sur l'enveloppe.

Putain de merde. Je savais que ce type n'était pas net. Ce n'est pas pour rien qu'il me sort par les trous de nez.

Je baisse les yeux vers mon portable, qui s'est remis à vibrer sur la table d'appoint branlante du balcon. Sa surface en bois est couverte d'un mélange de fientes blanchâtres et de cette crasse collante, typiquement londonienne, qui finit par tapisser tout objet abandonné à l'extérieur. Le prénom de ma meilleure amie a rallumé l'écran, et je décroche avec une poussée de colère.

– Quoi ? dis-je sans desserrer les dents.

– Je suis nulle, je sais, dit Gerty qui parle à toute vitesse pour m'empêcher de l'interrompre. Je n'arrive pas à croire que j'ai pu imaginer une chose pareille. J'aurais dû savoir que tu ne te laisserais plus avoir par Justin. J'aurais dû te faire confiance, Tiffy, et je suis profondément désolée.

Je reste un moment silencieuse, déconcertée. Je me suis souvent disputée avec Gerty, mais c'est bien la première fois que je l'entends s'excuser spontanément, sans que sa reddition ait fait l'objet d'une longue négociation.

– J'aurais dû te faire confiance, reprend-elle. Croire que tu pouvais y arriver. D'ailleurs, je veux que tu saches que je le crois.

– Que je pouvais arriver à faire quoi ? dis-je, regrettant aussitôt de ne pas avoir trouvé des mots plus rageurs.

– À tourner définitivement la page avec Justin. Tiffy, est-ce que ça va ? demande Gerty.

– Eh bien, pas trop, en fait.

Je sens que ma lèvre se met à trembler et je la mords sans pitié.

– Je suppose que…

– Richie n'a pas encore regagné sa prison, dit aussitôt Gerty. Tu sais comme l'administration peut être lourde. Il risque d'attendre jusqu'à minuit dans sa cellule du Palais de justice avant qu'ils se décident à le transférer. Et même une fois là-bas, la prison est tellement mal gérée que je ne sais pas quand je pourrai le joindre ni s'ils lui permettront de passer le coup de fil auquel il a droit. Mais si je l'ai au téléphone, je lui raconterai ce qui s'est passé et je lui demanderai de le dire à Leon.

Je baisse les yeux vers ma montre : il est à peine 20 heures et le temps se traîne abominablement.

– Je suis vraiment, vraiment fâchée contre toi, Gerty.

Je le précise, parce que je sais qu'elle pourrait en douter au ton de ma voix. J'ai simplement l'air triste, fatiguée et pressée de me réconcilier avec ma meilleure amie.

– Absolument, dit Gerty. Et tu as raison de l'être. Je m'en veux terriblement. J'ai été minable, Tiffy. Et si ça peut te mettre du baume au cœur, sache que Mo ne m'adresse plus la parole.

– Ça ne me met pas de baume au cœur, dis-je. Ou alors juste un peu. Je ne veux pas que tu deviennes une pestiférée.

– Tu ne peux pas trouver autre chose ? La peste, ça me dégoûte un peu.

– Brebis galeuse ?

– Non plus.

– Paria ? Persona non grata ? C'est à prendre ou à laisser, Gerty. Tu n'es pas en position de négocier.

– Je prends. De toute façon, je suis résignée à vivre une existence de honte et de déshonneur. Ma disgrâce est amplement méritée et je l'accepte.

Le silence qui succède à ces mots n'a plus rien d'hostile. Je cherche à puiser quelque parole cinglante dans ma réserve de colère, mais son contenu semble s'être évaporé.

– Je déteste Justin, dis-je d'un ton accablé. Tu sais qu'à mon avis il a surtout fait ça pour nous séparer, Leon et moi. Je ne pense pas qu'il veuille m'épouser. C'est juste qu'il ne supporte pas l'idée que je sois avec quelqu'un d'autre. Je suis sûre qu'il m'aurait encore larguée, une fois qu'il aurait été certain de m'avoir récupérée.

– Ce type mériterait qu'on le châtre, dit fermement Gerty. Il n'a cessé de te faire du mal depuis que tu le connais. Sache qu'il m'est arrivé plusieurs fois de souhaiter sa mort. Tu ne sais pas ce que c'est, de regarder sa meilleure amie se faire maltraiter sans rien pouvoir faire. De regarder ce salopard essayer d'effacer tout ce qu'il y a de tiffanyesque en toi.

Je tripote nerveusement mon plaid teint au nœud.

– Tu sais, Gerty, tout ce qui vient de se passer m'a fait réaliser que… j'ai des sentiments pour Leon.

Je renifle et sèche mes larmes.

– J'aurais juste voulu qu'il me demande si j'avais bel et bien dit oui. Même s'il pense que c'est le cas, j'aurais voulu qu'il ne renonce pas comme ça à moi, à nous, sans même se battre.

– C'est encore tout frais pour lui, dit Gerty. Mets-toi à sa place, il est sûrement sous le choc de ce qu'il a cru voir sur cette vidéo, et épuisé émotionnellement après des heures d'audience. Ça fait des mois qu'il pensait à cette journée. Donne-lui un peu de temps, d'accord ? Quand il aura repris ses esprits, tu retrouveras peut-être le Leon qui croit en toi.

Je secoue doucement la tête en roulant une feuille jaune entre mes doigts.

– Je ne pense pas que ça arrivera, Gerty.

– Aie un peu foi en lui, Tiffy. Après tout, n'est-ce pas ce que tu attends de Leon, toi aussi ? Qu'il croie en toi ?

66

Leon

Je glisse de chambre en chambre, transparent, comme si j'étais le fantôme de l'hôpital. Comment suis-je censé me concentrer suffisamment pour faire une prise de sang alors que même respirer me demande un effort ? Heureusement, c'est le genre de soin que je peux réaliser les yeux fermés. Vive les tâches routinières. Vive la sécurité des habitudes.

Au bout de quelques heures, je me rends compte que j'évite soigneusement les Coraux.

C'est là que se trouve M. Prior, en train de mourir.

Mais un interne, qui s'apprête à administrer de la morphine à un patient des Coraux, finit par faire appel à moi pour valider la dose. C'est la procédure. Bon, fini de se planquer. Me voilà filant le long des murs éraflés des couloirs gris pâle dont je connais par cœur chaque centimètre carré. Je ne suis pas sûr de pouvoir en dire autant des murs de mon appartement.

Je m'immobilise brusquement. Un homme en costume tabac semble attendre quelque chose ou quelqu'un, assis à l'entrée des Coraux. Les avant-bras posés sur les genoux, il contemple ses chaussures. Curieux. Les visites ne sont pas autorisées, la nuit.

Il est très âgé, avec une belle masse de cheveux blancs et un air familier.

Je connais cette posture : c'est celle d'un homme qui rassemble son courage. Je l'ai adoptée suffisamment de fois à l'extérieur du parloir pour la reconnaître au premier coup d'œil.

Quelques secondes sont nécessaires pour que le déclic se produise – je fonctionne sur pilote automatique, le cerveau en veille. Ce vieil homme aux cheveux blancs qui examine ses souliers bien cirés est Johnny VI, le Johnny White de Brighton. Ça me paraît d'autant plus insensé que Johnny VI appartient à une autre vie. Celle qui était pleine de Tiffy. Et pourtant, c'est bien lui. On dirait que j'ai retrouvé le Johnny de M. Prior, après tout, même s'il lui a fallu un rien de temps pour l'admettre.

Je devrais me réjouir, mais je n'y arrive pas.

Il ne semble pas avoir conscience de ma présence et j'en profite pour l'observer un moment. À quatre-vingt-douze ans, il a trouvé l'énergie nécessaire pour localiser M. Prior, enfiler son plus beau costume et faire le voyage depuis Brighton. Tout ça pour revoir quelqu'un qu'il a aimé dans sa jeunesse. Et à présent il est assis là, comme un homme en prière, attendant que lui vienne le courage de rouvrir un chapitre, et peut-être une plaie, qu'il pensait sans doute à jamais refermés.

M. Prior n'a plus que quelques jours à vivre. Quelques heures, peut-être. Je regarde M. White en songeant qu'il s'est décidé bien tard, et cette pensée me fait l'effet d'un crochet au foie.

Il relève la tête et me voit. On se regarde sans un mot et le silence s'étire un moment entre nous.

Johnny White : Est-ce qu'il est mort ?

Il a parlé d'une voix rauque qui s'est brisée sur le dernier mot.

Moi : Non, vous n'êtes pas arrivé trop tard.

Sauf qu'en fait, si. Comme ça doit faire mal de parcourir tout ce chemin pour dire adieu.

Johnny White : Ça m'a pris un moment pour le retrouver. Après votre visite, je veux dire.

Moi : Vous auriez dû nous dire quelque chose quand on est venus vous voir à Brighton.

Johnny White : Oui.

Il se remet à regarder le sol. S'enferme dans sa pudeur. Dans sa douleur. Je viens m'asseoir à côté de lui, frappe doucement à la porte de son silence. Côte à côte, on observe le lino fatigué. Ce n'est pas mon histoire, mais… Johnny White sur ce siège en plastique, tête ployée sous le poids du regret, m'apparaît comme l'image d'un renoncement. Ai-je envie, moi aussi, d'être celui qui n'a pas essayé ?

Johnny White (avec un geste du menton vers le seuil des Coraux) : Je n'arrive pas à entrer là-dedans. J'envisageais de foutre le camp quand vous êtes arrivé.

Moi : Vous avez réussi à venir jusqu'ici. Il ne reste plus qu'à franchir cette porte maintenant.

Il relève lentement la tête, comme si ça lui demandait un grand effort. Comme si elle était affreusement lourde.

Johnny White : Vous êtes sûr qu'il aura envie de me voir ?

Moi : Il risque d'être inconscient, monsieur White. Mais même si c'est le cas, je suis certain qu'il sera heureux de sentir votre présence à ses côtés.

Johnny White se lève, époussette machinalement son pantalon, puis passe la main sur sa mâchoire carrée de star hollywoodienne.

Johnny White : Bon, eh bien… Mieux vaut tard que jamais.

Sans un regard pour moi, il pousse les portes battantes qui engloutissent sa frêle silhouette. Je les regarde se stabiliser derrière lui avec de petits frottements.

Sans quelqu'un pour me botter les fesses, je suis le genre d'homme à ne jamais franchir de telles portes. Quand on voit les regrets qui accablent ceux qui piétinent toute leur existence au seuil de l'amour…

Je me lève à mon tour. Il est temps de se remettre en mouvement.

Moi (m'adressant à l'interne) : Une infirmière va venir valider la dose de morphine. Je ne suis pas de service.

L'interne : Je me demandais pourquoi vous n'étiez pas en tenue. Mais qu'est-ce que vous foutez là si vous n'êtes pas de service ? Rentrez chez vous !

Moi : Excellente idée.

Il est 2 heures du matin ; Londres est calme, emmitouflée dans la nuit. J'allume mon portable tandis que je trottine vers l'arrêt de bus, le cœur battant.

Une quantité impressionnante d'appels manqués et de SMS. Je regarde l'interminable liste, interdit. Par où commencer ? La question trouve naturellement sa réponse quand le téléphone se met à sonner.

Moi : Allô ?

Ma voix est un peu incertaine.

Richie : Oh, putain, tu te décides enfin à répondre ! Le maton commence à perdre patience. Ça fait dix minutes que j'essaie de te joindre, mec. Il a fallu que je le baratine pour le convaincre que c'était toujours mon premier appel, vu que tu ne décrochais pas. Enfin, bref, on a cinq minutes pour tailler le bout de gras, et pas une de plus.

Moi : Comment ça va, Richie ?

Richie : Comment je vais ? Mais bien, espèce de gland. Sauf que je suis remonté contre toi – et Gerty. Sauf qu'elle, je ne peux pas lui en vouloir, parce qu'elle a vraiment fait du bon boulot, aujourd'hui.

Moi : De quoi tu parles ?

Richie : Je parle de Tiffy, mec. Elle n'a pas dit oui à ce taré qui l'a demandée en mariage. C'est lui qui a répondu à sa place, tu n'as pas remarqué ?

Je me fige à une dizaine de mètres de l'arrêt de bus. Je… C'est trop pour moi. J'avale ma salive. Je cherche ma respiration. Petite nausée.

Richie : Eh ouais, mec. Gerty a appelé Tiffy et s'est mise à la pourrir parce qu'elle croyait qu'elle avait remis le couvert avec Justin. Mais après ça, c'est elle qui s'est fait pourrir par Mo ! Il lui a reproché d'être la pire des amies, et franchement je ne peux pas lui donner tort. Je veux dire, Gerty aurait pu avoir un peu plus confiance en son amie, tu ne crois pas ? Au moins lui poser la question avant d'être convaincue que c'était reparti pour un tour avec ce trouduc de Justin.

Je retrouve l'usage de mes jambes et de ma voix.

Moi (reprenant ma marche vers l'arrêt de bus) : Comment va Tiffy ?

Richie : Elle irait sûrement beaucoup mieux si elle pouvait te parler.

Moi : J'étais justement en route vers l'appartement, mais…

Richie : C'est vrai ?

Moi : Oui. Mais j'ai eu la visite du fantôme des Noëls à venir[1].

Richie (perplexe) : Noël ? Ce n'est pas un peu tôt dans l'année pour avoir des visions de Noël ?

Moi : Tu sais ce qu'on dit. Avec l'âge, ça revient de plus en plus vite.

Je m'adosse à la paroi de l'arrêt de bus. Nausée et vertige. Qu'est-ce qui m'est passé par la tête ? Pourquoi suis-je venu ici ? Tout ce temps perdu…

Moi : Tu sais si Tiffy est en sécurité ?

---

1. Personnage d'*Un chant de Noël* de Charles Dickens.

Richie : Justin se balade toujours dans la nature, si c'est ce que tu veux dire, mais Tiffy est avec son pote Mo, et d'après Gerty il pense que Justin va se faire discret pendant un moment. Le temps de panser ses plaies et d'élaborer un nouveau plan pour la reconquérir. Mo dit qu'il calcule tout, que ça fait partie de son délire. Tu sais que cet enfoiré avait un informateur qui l'aidait à pister Tiffy ? C'était un collègue de sa maison d'édition, un mec qui s'appelle Marvin.

Moi : Marvin… Martin ?!

Richie : Gerty dit que Justin voulait foutre la merde entre Tiffy et toi. Il souhaitait que cette youtubeuse filme tout pour que tu ne rates rien du spectacle.

Moi : Quand je pense que j'étais sûr que Tiffy avait… Je n'en reviens pas d'avoir manqué à ce point de confiance en elle.

Richie : Tu as fait une connerie, mec, ça arrive à tout le monde. Et maintenant, va la réparer, d'accord ? Et dis-lui, pour maman.

Moi : Lui dire quoi ?

Richie : Pas besoin d'être psy pour comprendre pourquoi tu as abandonné maman avec Gerty au Palais de justice au lieu de la raccompagner chez elle. Le lien avec la vidéo que tu t'es prise en pleine poire me semble assez évident. Écoute, Leon, je comprends, d'accord ? On a tous les deux des petits trucs à régler avec elle.

Le bus de nuit arrive.

Moi : Je ne vois pas trop le rapport…

Richie : Ce n'est pas parce que maman se remettait toujours avec ces types qui la traitaient comme de la merde – ou qu'elle retombait tout de suite après dans les bras d'un autre connard du même genre – que Tiffy va faire la même chose.

Moi (machinalement) : Ce n'était pas la faute de maman. Ces hommes la maltraitaient. Ils la manipulaient.

Richie : Ouais, ouais, je sais. Tu dis toujours ça. Mais quand tu as douze ans, que ce soit ou non sa faute, c'est difficile de ne pas en vouloir à une mère qui ramène des gros cons à la maison, pas vrai ?

Moi (grimpant dans le bus) : Tu crois que…

Richie : Écoute, le maton va piquer une crise de nerfs si je ne raccroche pas. Va dire à Tiffy que tu as merdé et que tu es désolé. Que tu as été élevé par une mère célibataire qui a été victime de mauvais traitements, elle aussi, et qu'en gros c'est toi qui as dû t'occuper seul de ton petit frère. Ça devrait faire l'affaire.

Moi : Ça ne risque pas d'avoir un petit côté… chantage émotionnel ? Et puis je ne suis pas sûr qu'elle soit ravie que je la compare à ma mère…

Richie : Je vois ce que tu veux dire. Fais à ta manière, mec, mais débrouille-toi pour ne pas la perdre, parce que cette femme est la meilleure chose qui te soit jamais arrivée.

67

Tiffy

On a complètement oublié de dîner, et maintenant, à 2 h 30 du matin, je viens de me souvenir d'avoir faim. Mo est sorti pour aller chercher quelque chose à manger. Il m'a laissée sur le balcon avec un grand verre de vin rouge et un bol rempli à ras bord de biscuits à apéritif. Il me semble qu'ils sont à Leon, mais qu'importe s'il me prend pour une voleuse de bretzels, puisqu'il me voit déjà comme une allumeuse qui lui a fait la danse de l'amour avant d'aller se marier avec un autre.

Je ne sais plus trop vers qui se dirige ma colère. Ça fait si longtemps que je suis assise ici que je commence à avoir des crampes dans les jambes et dans le cœur : je suis passée par tellement d'émotions qu'elles ont fini par se mélanger. Par former une vilaine bouillie au goût de désespoir. La seule chose dont je sois certaine pour le moment, c'est que je regrette de toute mon âme d'avoir rencontré Justin.

Mon téléphone sonne et s'agite sur la petite table en bois.

Appel Leon. Ça fait des heures que j'attends de voir ces mots s'afficher sur l'écran. Mon estomac se noue. A-t-il parlé à Richie ?

– Allô ?

– Salut.

J'ai du mal à reconnaître sa voix, faible et éraillée, comme celle d'un vieil homme qui a épuisé sa réserve d'énergie.

J'attends qu'il reprenne la parole, suivant des yeux les voitures qui glissent sous nos fenêtres, laissant les traînées colorées de leurs phares aspirer mon regard.

– J'ai un énorme bouquet de fleurs pour toi, dit-il.

Je reste silencieuse.

– J'avais besoin d'un symbole palpable qui puisse te donner la mesure de mes regrets et de mes excuses, continue Leon. Puis je me suis souvenu que Justin t'a offert un énorme bouquet de fleurs, lui aussi, – beaucoup plus beau que le mien, en fait –, et d'un seul coup l'idée ne m'a plus semblé si bonne que ça. Je me suis donc dit que j'allais faire les choses simplement et monter te dire en personne ce que j'ai sur le cœur. Mais je me suis aperçu que j'ai laissé les clefs de l'appart chez maman, où je suis censé dormir cette nuit. Il aurait donc fallu que je frappe ou que je sonne, au risque de te faire craindre une visite de ton ex psychopathe venu prendre les mesures de ta robe nuptiale.

Je suis toujours les rares voitures du regard, doigts agrippés au rectangle du téléphone. Je ne crois pas avoir jamais entendu une aussi longue tirade dans la bouche de Leon.

– Et tu es où, maintenant ? dis-je au bout d'un moment.

– Regarde devant toi. Sur le trottoir d'en face, sous l'enseigne de la boulangerie.

Oui, il est bien là. Douché par la lumière jaune vif qui tombe de l'enseigne, téléphone à l'oreille, un bouquet de fleurs couché sur son bras disponible. C'est drôle de le voir en costume.

– J'imagine que tu te sens blessée. Peut-être même trahie.

Sa voix, si douce, me fait fondre. Je me remets à pleurer.

– Je suis profondément désolé, Tiffy. J'aurais dû te faire confiance. Tu avais besoin de moi aujourd'hui, et je t'ai laissée tomber.

– C'est vrai que j'avais besoin de toi, dis-je entre mes larmes. Mo, Gerty et Rachel sont des amis formidables et ils m'ont énormément aidée, mais c'est *toi* que je voulais. Avec toi, j'ai toujours eu l'impression que ce n'était pas grave d'être une fille esquintée par son passé. Que ça ne t'empêchait pas de t'intéresser à moi.

– Et c'est la vérité, dit Leon. Tu me plais comme tu es, avec tes petites zones d'ombre et tes immenses zones de lumière.

Je le vois traverser la rue. J'arrive à mieux distinguer son visage, à présent ; ses pommettes bien dessinées, la courbure moelleuse de ses lèvres. Il lève la tête vers moi.

– Tout le monde me disait que j'allais te perdre si je n'exprimais pas mes sentiments, et voilà qu'arrive Justin, roi du geste romantique…

– Romantique ? dis-je comme s'il venait de prononcer la pire des grossièretés. Romantique ? Je ne veux pas de foutus gestes romantiques ! Pourquoi en voudrais-je ? Justin m'a abreuvée de gestes romantiques, et c'était de la camelote !

– Tu as raison, dit Leon. J'aurais dû comprendre que tu ne cherchais pas ça.

– Et puis ça me plaisait que tu ne veuilles pas brusquer les choses. L'idée de m'engager dans une histoire sérieuse me fout carrément les jetons, Leon !

– Oh, dit-il. D'accord, c'est… oui, je vois.

Il me semble l'entendre grommeler *Merci, Richie* entre ses dents.

– Tu sais, plus besoin du téléphone pour se parler, maintenant ! dis-je en élevant la voix. Sans compter que ça me donne une bonne excuse pour me défouler ! J'ai envie de gueuler comme un putois !

Il range son téléphone dans sa poche, recule de quelques pas pour essayer de me voir et met ses mains en porte-voix :

– Alors gueulons comme des putois !

J'hésite une fraction de seconde, puis me débarrasse des deux plaids, pose le verre de vin et le bol sur la table branlante et m'avance jusqu'au garde-corps.

– Ouah..., dit Leon. Tu es absolument magnifique, Tiffy...

Je baisse machinalement les yeux, surprise de découvrir que je porte encore ma robe de cocktail. Dieu sait à quoi doivent ressembler ma coiffure et mon maquillage, mais avec ses épaules dénudées et sa masse de plis soyeux sous la taille serrée, je dois dire que la robe fait son petit effet.

– Ne sois pas gentil avec moi ! crié-je en me penchant vers lui. Je veux être en colère contre toi !

– Ah oui, la colère ! Les beuglements ! s'égosille Leon.

Il réajuste sa cravate et boutonne son col, comme si ça pouvait l'aider à gueuler plus fort. Je lui coupe l'herbe sous le pied :

– C'est fini à tout jamais avec Justin !

L'alarme d'une voiture se déclenche, et même si je sais qu'il s'agit d'une coïncidence, le timing est on ne peut plus plaisant. Il ne manque plus que le miaulement d'un chat et les notes dissonantes de quelques poubelles qui basculent dans un bruit de ferraille. Je prends une bonne respiration et ouvre la bouche, prête à hurler, mais je me fige à la dernière seconde. Leon vient de lever la main :

– Je peux dire quelque chose ? Pardon, *crier* quelque chose ?

Une voiture ralentit à hauteur de l'immeuble, son chauffeur observant avec intérêt ces olibrius qui se hurlent dessus, à deux étages de distance. Il me vient soudain à l'esprit que Leon ne s'est peut-être jamais laissé aller à hurler comme ça avant ce soir. Je referme la bouche et, d'un hochement de tête, l'invite à délivrer son message.

– J'ai merdé ! crie Leon.

Il s'éclaircit la voix et reprend :

– J'ai eu peur, Tiffy. Je sais que ce n'est pas une excuse, mais tout ça me fout la trouille, tu comprends ? Le procès. Toi, nous... Je suis toujours inquiet face au changement. Je deviens...

Il hésite, prononce quelques *heu...* désemparés, visiblement à court de mots. Je viens à sa rescousse :

– Comme une anguille prise à l'hameçon ?

Ses lèvres forment un sourire sous la lumière du réverbère.

– Oui, l'image est assez parlante.

Il s'éclaircit à nouveau la voix et fait un pas vers le balcon. Vers moi.

– Parfois, ça me semble tellement plus facile de continuer à vivre comme je le faisais avant de te connaître. Plus tranquille... Plus prudent. Mais quand je vois ce que tu es parvenue à faire, le courage dont tu as fait preuve, ça me donne envie d'en faire autant. Tu m'as entendu, là-haut ?

J'agrippe le garde-corps et me penche vers lui.

– Tu as la langue bien pendue, ce soir, Leon Twomey !

– Il faut croire que je peux devenir bavard en cas d'urgence ! hurle-t-il comme un possédé.

J'éclate de rire.

– Ne change pas trop quand même, Leon. Tu me plais comme tu es.

Il me sourit, adorablement débraillé dans son costume froissé, et tout à coup je ne pense plus qu'à l'embrasser.

– Eh bien, Tiffy Moore, sache que toi aussi, tu me plais.

– Pardon ? dis-je, la main derrière l'oreille. Je n'ai pas bien entendu.

– Tu me plais vraiment, vraiment beaucoup ! beugle-t-il.

Au-dessus de moi, une fenêtre s'ouvre brusquement.

– Ça ne vous dérange pas trop, que je dorme ?! gronde le type louche de l'appartement N° 5. Comment je vais me réveiller pour ma séance de yoga aérien si je n'arrive pas à fermer l'œil ?

Alors, c'était ça. Du yoga aérien ! Je suis tellement ravie de savoir enfin ce qu'il fait chaque matin au-dessus de ma tête que je ne songe même pas à lui en faire le reproche.

– Ne laissez pas la célébrité vous monter à la tête, Leon, dit le type louche de l'appartement N° 5 d'un ton de mise en garde.

– Attendez ! lancé-je alors qu'il s'apprête à fermer sa fenêtre.

Il ressort la tête et allonge le cou pour mieux me voir.

– Qui êtes-vous ?

– Je suis votre voisine de l'appartement n° 3. Bonjour !

– Ah… vous êtes l'amoureuse de Leon ?

J'hésite une fraction de seconde, puis réponds avec aplomb :

– Absolument.

J'entends une exclamation de joie monter de la rue et je reprends avec un sourire, la tête toujours levée vers la fenêtre :

– J'aimerais vous poser une question.

Il se contente de me regarder avec une sorte d'indulgence impatiente, comme si j'étais une gamine trop curieuse.

– Qu'est-ce que vous faites avec toutes ces bananes ? Il y a plein de cageots vides dans votre box.

À ma grande surprise, il se fend d'un sourire à demi édenté. Il a l'air plutôt sympa, quand il ne fait pas la gueule.

– Je les distille ! Ça fait un cidre délicieux !

Et sur ces mots, il referme sa fenêtre d'un coup sec.

J'échange un regard avec Leon, et on éclate de rire en même temps. Me voilà bientôt pliée en deux et hoquetant furieusement à travers mes larmes, le visage ravagé par un fourire.

– Du yoga aérien ! dit Leon. Un cidre de bananes !

Je lui fais signe de se rapprocher.

– J'ai du mal à t'entendre, dis-je quand le fou rire se calme.

Pas plus que lui, je n'ose élever la voix de crainte de provoquer à nouveau l'ire du type louche de l'appartement N° 5.

– Viens plus près, Leon.

Mais il jette un coup d'œil autour de lui et recule au lieu d'avancer.

– Attrape, Tiffy !

Le bouquet s'élève de guingois en direction du balcon, semant feuilles et fleurs de chrysanthème dans les airs. Je parviens à le saisir au vol, au prix d'un dangereux mouvement de bascule. Le temps d'émettre un glapissement victorieux et d'aller poser mon trophée échevelé sur la table du balcon, Leon a disparu. Appuyée contre le garde-corps, je balaie la rue du regard.

– Leon ? Où es-tu ?

– Marco ! lance une voix proche.

– Polo ! J'ai passé l'âge de jouer à ça, Leon !

Et là, je le vois, qui grimpe le long de la gouttière.

– Tu es dingue ! Qu'est-ce que tu fais ? dis-je, partagée entre l'envie de rire et la peur qu'il se casse la figure.

– Tu m'as dit de venir plus près, non ?

Je le regarde s'agripper à un balcon voisin et se hisser plus haut.

– Ne le prends pas mal, mais je ne te voyais pas comme un escaladeur de gouttière, dis-je avec une grimace inquiète.

– Moi non plus, répond Leon en levant prudemment la tête vers moi tandis que son pied droit tâtonne dans le vide, à la recherche d'un appui. On dirait bien que tu as réveillé le super-héros qui sommeillait en moi.

Il est presque arrivé à destination.

– Hé ! Tu m'as piqué mes biscuits à apéritif ! dit-il lorsqu'il parvient à fermer les doigts sur une des barres du garde-corps.

Je me contente de le regarder sévèrement.

– OK, je te dois bien ça, concède-t-il. Et sinon, tu peux me donner un coup de main ?

– C’est de la folie…

J’agrippe la manche de son costume de toutes mes forces pendant qu’il laisse pendre une première jambe dans le vide, puis une seconde, sa main droite venant rejoindre la gauche sur la barre chromée d’un rapide mouvement de trapéziste. Le voilà qui se balance, accroché au garde-corps, comptant sur la seule force de ses bras pour ne pas s’écraser au sol. Je commence à ne plus trouver ça drôle du tout.

– Fais très attention, Leon.

J’ai envie de partir tellement j’ai peur, mais l’idée qu’il puisse lâcher prise sans que je sois là pour le retenir est encore pire que de le voir tenter de coincer son pied, suspendu dans le vide, entre les barres inférieures du garde-corps.

Il y parvient enfin et se hisse avec un grognement tandis que je le tire, une main agrippée au dos de sa veste et l’autre à sa manche, jusqu’à ce qu’il atterrisse sain et sauf sur notre balcon.

– Et voilà ! dit-il en lissant son costume d’un air satisfait.

Il se redresse et me regarde en silence, le souffle court.

– Salut, dis-je, soudain intimidée dans ma robe trop habillée.

Il ouvre grands les bras.

– Je suis tellement désolé, Tiffy.

Je me plaque contre lui. Il sent l’automne – cette odeur de grand air qui imprègne les cheveux, à cette époque de l’année. Il sent surtout le Leon, une odeur qui pourrait bien devenir mon parfum préféré, et je ferme les yeux pour mieux le respirer.

Quand je les rouvre, Mo s’est placé dans mon champ de vision, un grand sac en plastique *Something Fishy* à la main. Je ne l’ai même pas entendu ouvrir la porte et tressaille à sa vue.

– Bon, dit-il avec un petit sourire résigné. Je crois que je vais aller manger mon fish and chips ailleurs.

68

Leon

Moi : Ce n'est sans doute pas le bon moment pour ça.

Tiffy : J'espère sincèrement que tu plaisantes, là.

Moi : Je ne plaisantais pas, mais j'espérais de tout mon cœur que me tu me détromperais.

Tiffy : Eh bien, c'est fait. C'est le moment idéal, Leon. On est *ensemble* dans notre appartement, sans personne pour nous déranger. Je dirais que les conditions sont optimales.

Long face-à-face, les yeux dans les yeux. Elle porte toujours cette robe qui lui va tellement bien. Une pichenette au niveau des épaules suffirait sans doute à la faire glisser à ses pieds. J'ai une envie folle d'essayer. Tiffy dit qu'elle est prête, mais avec tout ce qui s'est passé hier, l'ambiance n'est pas vraiment à l'arrachage de vêtements. Ni même à la pichenette. Un déshabillage lent et des gestes doux, me semble-t-il, seraient plus adaptés pour conclure cette drôle de journée.

Tiffy : Le lit ?

Cette voix… Comment Richie l'avait décrite déjà ? Profonde et sexy. Et c'est exactement ça. Encore plus sexy quand elle prononce ce genre de mot.

On reste un moment debout au pied du lit, encore un tantinet hésitants, timides. Je prends son visage dans mes mains et l'embrasse. Je sens son corps se détendre, se fondre dans le mien. Quand nos lèvres se séparent, le bleu de ses yeux s'est troublé et je dois faire un immense effort pour laisser mes mains sur ses épaules nues.

Elle défait ma cravate, retire ma veste de costume. Nos baisers accompagnent le mouvement de ses doigts qui déboutonnent ma chemise. Il reste un peu d'espace entre nous, une distance respectueuse qui résiste encore au désir.

Tiffy se tourne et relève ses cheveux pour me permettre d'atteindre la fermeture de sa robe. Je les prends dans ma main, enroule la masse rousse autour de mon poignet, tire doucement au passage. Elle gémit, et mon envie d'elle devient presque insupportable. Je comble le mince espace qui séparait nos corps, couvrant ses épaules de baisers et remontant le long du cou, jusqu'à la plage tendre où les cheveux rejoignent la chair tiède de la nuque. Je me presse contre elle, aimanté à son dos, à ses fesses, absolument collé. Mais elle se dégage délicatement et ouvre elle-même sa robe sur quelques centimètres.

Tiffy : Leon. La robe.

Je prends la relève et fais glisser la fermeture vers le bas, lentement, plus lentement qu'elle ne le voudrait. Elle se tortille, impatiente. Elle recule contre moi jusqu'à que mes jambes viennent buter contre le lit et me voilà à nouveau pressé contre son dos, mélange de soie et de peau nue.

La robe finit par glisser dans un bruissement. Un mouvent ralenti, cinématographique – un chatoiement de soie et Tiffy apparaît, courbes laiteuses, seulement vêtue d'une culotte noire. Elle se tourne dans mes bras, regard bleu fiévreux, et je la repousse légèrement, mains sur ses épaules, pour mieux la regarder.

Tiffy : Tu fais toujours ça.

Moi : Quoi ?

Tiffy : Me regarder comme ça. Quand je… quand j'enlève des vêtements.

Moi : Je ne veux pas en rater une miette. C'est trop beau pour se précipiter.

Elle lève un sourcil, tellement sexy.

Tiffy : Pas de précipitation, hein ?

Elle glisse le doigt sous la ceinture de mon pantalon, le promenant un instant sur la bande élastique du caleçon avant d'y plonger un bref instant la main entière, à quelques centimètres de là où j'espère ses caresses.

Tiffy : Tu vas regretter d'avoir dit ça, Leon.

Je le regrette déjà. Son doigt s'attarde à présent sur mon bas-ventre, y trace des courbes paresseuses, puis se dirige avec une lenteur cruelle vers la boucle de ma ceinture. Viendra-t-elle jamais à bout de cette fichue braguette boutonnée ? Enfin elle y parvient, toujours sans se presser, tandis que je me précipite de retirer ce qu'il me reste de costume, chaussettes comprises. Ses yeux suivent chacun de mes mouvements, comme ceux d'un chat. Quand je m'avance pour l'attirer à nouveau contre moi, sa main se pose fermement contre ma poitrine.

Tiffy (dans un souffle) : Le lit.

Nos corps se séparent un instant puis chacun rejoint machinalement son côté du matelas : elle à gauche, moi à droite, selon la frontière tracée en février par Kay. On s'enfonce sous la couette sans se quitter des yeux.

Allongé sur le côté, je la regarde. Ses cheveux sont éparpillés sur l'oreiller. Bien que son corps soit entièrement recouvert, je sens sa nudité, cette étendue de peau à portée de désir. J'avance la main et elle s'en saisit, franchissant la frontière pour m'embrasser les doigts, les glisser entre ses lèvres. Soudain, la frontière est abolie et Tiffy est à sa place, plaquée tout contre moi, peau contre peau, plus le moindre espace entre nous.

69

Tiffy

– Tu m'as vue à poil sous toutes les coutures, maintenant. Tu m'as connue bibliquement. Et pourtant, tu continues à me regarder comme ça.

Il m'adresse ce magnifique sourire un rien tordu qui m'a tellement fait craquer à Brighton.

– Sache que j'ai l'intention de continuer à t'observer comme ça pendant des lunes.

– Pendant des lunes, hein ?

Il hoche gravement la tête.

– Quelle tournure charmante et ingénieuse, dis-je. Parfaite pour rester dans le flou.

– Eh bien, quelque chose me dit que tu prendras la poudre d'escampette si je me risque à évoquer plus précisément une relation à long terme.

Je considère sa remarque, tête posée sur sa poitrine.

– Je comprends que tu dises ça, mais curieusement cette idée me plonge dans une douce euphorie.

Il ne répond rien, se contentant de poser un baiser sur mes cheveux.

– Sans compter que je ne sais pas du tout où me procurer de la poudre d'escampette.

– Tu pourrais aussi bien prendre tes jambes à ton cou.

– Je crains de ne pas être assez souple pour de telles acrobaties, dis-je en me redressant sur les coudes pour croiser son regard. Tes lunes feront l'affaire, tant que ce ne sont pas de vieilles… Hé ! Tu m'écoutes, Leon ?

– Heu… Oui ? dit-il, comme si je le sortais d'un rêve. Pardon, ajoute-t-il avec un sourire. À propos de lune, je viens d'en voir une au galbe si délicat qu'elle a réussi à me distraire de ta conversation. Il n'y a vraiment que toi qui puisses me distraire de toi.

– Et moi qui pensais que rien ne pouvait te perturber. L'homme qui ne précipite pas les choses… L'homme maître de soi, imperturbable.

Il m'embrasse et sa main se pose sur mon sein, qu'il caresse et pétrit tendrement.

– Absolument… imperturbable. Et toi tu es…

Je n'ai déjà plus les idées claires.

– Comme de la pâte à modeler sous tes mains expertes ?

– J'allais dire que tu es merveilleusement… perturbable.

– Eh bien, à partir de maintenant, je vais me faire désirer.

Il fait quelque chose avec sa main que personne ne m'avait jamais fait. Je ne sais pas au juste en quoi ça consiste, mais son pouce et mon mamelon sont impliqués dans la manœuvre, et il en résulte une avalanche de petites sensations délicieuses.

– On en reparle dans dix minutes, dit-il en parcourant mon cou de baisers chauds.

– Tu es un fanfaron.

– Je suis un homme comblé, réplique-t-il.

Je me recule pour le regarder. Mes joues me font un peu mal – je crois que c'est à force de sourire. Je sais pertinemment comment Rachel réagirait si je lui disais ça : elle ferait mine de s'enfoncer le doigt dans la bouche et de vomir. Mais c'est la pure vérité : malgré tout ce que j'ai vécu aujourd'hui, je me sens totalement, follement, indubitablement… heureuse.

Il lève un sourcil intrigué.

– Pas de répartie pleine d'esprit ?

Je réponds d'un petit gémissement tandis que son doigt trace sur mon corps des arabesques aux pouvoirs inédits.

– Tu ne perds rien pour attendre…

Pendant que Leon prend une douche, je dresse une liste de tâches urgentes et la plaque sur le frigo à l'aide d'un magnet.

1. *Éviter à tout prix de penser au verdict de la cour d'appel.*
2. *Demander une injonction d'éloignement contre Justin.*
3. *Avoir une discussion avec Mo et Gerty à propos de, eh bien… de Mo et Gerty.*
4. *Acheter du lait.*

J'hésite, oreille tendue vers la salle de bains, puis décide d'appeler quand même. Pas de risque qu'il sorte de là tant que j'entends le bruit de l'eau.

– Allô ? fait la voix endormie de Gerty.

– Salut !

– Oh, Dieu merci, dit-elle avec un soupir de soulagement, et j'ai l'impression d'entendre sa tête qui retombe lourdement sur l'oreiller. Vous vous êtes rabibochés, Leon et toi ?

– Ouais, on peut dire ça.

– Oh, vous avez couché ensemble !

– Tu as retrouvé ton pouvoir de divination.

– Alors je n'ai pas tout fichu en l'air ?

– Non, tu n'as pas tout fichu en l'air, Gerty. D'ailleurs, soyons clair, si ça avait tourné en eau de boudin, ça aurait été la faute de Justin, pas la tienne.

– Comme tu es indulgente, tout à coup. Vous avez eu des rapports protégés ?

– Oui, mère, nous avons eu des rapports protégés. Et toi, tu as eu un rapport protégé quand Mo t'a prise sauvagement, ce matin ? dis-je d'un ton innocent.

– Pitié, dit Gerty. Ça craint déjà assez comme ça que je pense au pénis de Mo, pas la peine de t'y mettre aussi.

J'éclate de rire.

– Ça te dirait qu'on prenne un café, demain ? Juste toi, Mo et moi ? J'ai envie que vous me racontiez comment c'est arrivé, entre vous. Dans les grandes lignes, bien sûr, en évitant tout ce qui pourrait tourner autour du pénis de Mo.

– On pourrait en profiter pour discuter de l'injonction d'éloignement, propose Gerty.

La voix de Mo s'élève derrière elle :

– C'est Tiffy, au téléphone ?

– Sympa qu'il pense à moi dès qu'il entend « injonction d'éloignement », dis-je, pas vraiment ravie du changement de sujet. Mais pour Justin, oui… je crois qu'on va devoir en parler.

– Tu fais ce qu'il faut pour te protéger ? Ce type peut être dangereux, tu sais.

– Je t'ai dit qu'on a des préservatifs.

– Tiffy ! gronde Gerty.

Elle a n'a jamais eu de goût pour mon art de la fuite.

– Tu te sens en sécurité dans l'appartement ?

– Oui, ça va. Je n'ai pas peur quand Leon est là.

– D'accord, c'est déjà ça. Mais je crois qu'il faudrait demander tout de suite une ordonnance de protection. Pour maintenir Justin à distance en attendant l'audience.

– Quoi ? Il y aura une audience ?

– Laisse-la respirer, dit Mo que je ne peux m'empêcher d'imaginer allongé lascivement à côté d'elle. Je suis content que tout soit rentré dans l'ordre avec Leon !

– J'ai joué les rabat-joie, c'est ça ? demande Gerty.

– Un peu, dis-je. Mais ce n’est pas grave. Je n’ai pas encore appelé Rachel. Je me rattraperai avec elle.

– Oui, c’est ça, va donc raconter les détails scabreux à ton amie Rachel, dit Gerty. Et envoie-nous un SMS pour nous préciser où et à quelle heure on se retrouve.

– À demain, tous les deux, dis-je avant de raccrocher et de rester un moment immobile, aux aguets.

L’eau de la douche coule toujours. Je compose le numéro de Rachel.

– Sexe ? dit-elle en guise de bonjour.

J’éclate de rire.

– Non, merci, j’ai tout ce qu’il faut à la maison.

– Je le *savais* ! Alors vous vous êtes unis charnellement ?

– Et pas qu’un peu, dis-je pour lui mettre l’eau à la bouche.

Ma fanfaronnade la met dans un état second :

– Des détails ! Des détails !

– Je te ferai un récit circonstancié lundi. Mais j’ai découvert que le potentiel de mes nichons était totalement sous-exploité.

– Ah, je vois, dit Rachel d’un ton docte. C’est un problème commun. Tu sais que…

– *Chuuut !*

Je n’entends plus le bruit de l’eau dans la salle de bains.

– Il faut que je te laisse !

– Non ! Ne me raccroche pas au nez en pleine discussion sur les nichons ! J’étais sur le point de te faire des révélations sur les usages méconnus du téton.

– Leon va sortir de la salle de bains et je n’ai pas envie qu’il me trouve au téléphone avec une amie, juste après notre première séance de jambes en l’air, dis-je tout bas. Il va trouver ça louche, tu comprends ? On n’en est qu’au début et il faut encore que je fasse semblant d’être normale.

– D'accord. Mais tu as rendez-vous lundi matin avec moi pour deux heures de mise à niveau. Thème de la réunion : les pouvoirs extraordinaires du nichon.

Je raccroche et Leon apparaît quelques instants plus tard, serviette de bain nouée à la taille, cheveux peignés en arrière et les épaules constellées de gouttelettes qui brillent sous la lumière électrique. Il trottine jusqu'au coin-cuisine et s'arrête devant ma liste de tâches.

– Ça semble faisable, dit-il à la vue de la note Post-it en ouvrant la porte du Frigidaire pour attraper la bouteille de jus d'orange. Et sinon… Rachel va bien ?

– Pardon ?

Il me sourit par-dessus son épaule.

– Si tu as encore un coup de fil à passer, je peux retourner dans la salle de bains et faire semblant de ne rien entendre.

Je sens que je pique un fard.

– Oh, je… Heu…

Il se penche vers moi, bouteille à la main, et pose un baiser sur mes lèvres.

– Ne t'inquiète pas, dit-il. Je n'ai pas écouté ce que tu disais. D'ailleurs, je préfère me vautrer dans une bienheureuse ignorance pour tout ce qui concerne les informations trop personnelles que tu pourrais être tentée de partager avec Rachel.

Je me détends à ces mots et lui prends la bouteille des mains.

– Quand j'aurai fini mon compte rendu, elle te considérera comme un dieu vivant, dis-je avant d'avaler une gorgée de jus d'orange.

Leon fait la grimace.

– Tu crois qu'elle osera croiser mon regard après ça ?

– Bien sûr. Même si elle risque jeter des coups d'œil en douce sur une autre partie de ton corps.

70

Leon

Le week-end file à toute allure, comme un rêve érotique. Hormis une petite visite à Mo et Gerty, c'est à peine si Tiffy a quitté mes bras. J'avais raison de dire qu'il fallait comprendre ce qui déclenche ses crises ; elle s'est brièvement fait happer par un de ces souvenirs traumatiques, samedi matin, mais la bonne nouvelle, c'est que j'ai déjà trouvé quelques techniques qui l'aident à revenir dans le moment présent. Assez satisfaisant, je dois dire.

Je sais qu'elle s'inquiète plus qu'elle ne veut bien l'admettre d'un nouveau coup d'éclat de Justin : elle a imaginé une ruse assez transparente (du lait soi-disant trop lourd à porter) pour me convaincre d'aller la chercher au café, après son rendez-vous avec Mo et Gerty. Espérons que la justice ne tarde pas trop à prononcer ces mesures d'éloignement. En attendant, j'ai installé un entrebâilleur sur la porte d'entrée et un verrou sur la porte-fenêtre qui ouvre sur le bacon, histoire de faire quelque chose.

J'ai pris mon lundi et ai pu accompagner Tiffy jusqu'au métro, puis retour à l'appartement pour me préparer un petit déjeuner sophistiqué (œufs brouillés agrémentés de boudin noir et d'épinards).

Pas envie d'être seul. Bizarre – d'habitude, je suis un fervent partisan de la solitude. Mais là, l'absence de Tiffy est comme une dent cassée. Je ne sens que ça.

Après une bonne demi-heure à tourner en rond (en faisant de gros efforts pour ne pas regarder mon téléphone toutes les deux minutes), je me décide à appeler maman.

Maman : Leon ? Tout va bien, mon chéri ?

Moi : Salut, m'man. Ouais, tout va bien. Je voulais m'excuser d'être parti comme ça, vendredi.

Maman : Ce n'est pas grave. On a tous les nerfs à vif, Lee. Et puis voir ta nouvelle copine accepter d'épouser ce garçon… Oh, mon pauvre chéri, tu dois avoir le cœur en morceaux !

Ah, bien sûr… Qui aurait pu la mettre au courant ?

Moi : Tout ça n'était qu'un malentendu, maman. Tiffy a vécu avec un sale type avant que je la rencontre. C'était lui, sur la vidéo. En fait, elle n'a pas dit oui à sa demande en mariage, il a juste essayé de lui forcer la main.

Petit hoquet digne d'un soap opera à l'autre bout du fil. Je fais de mon mieux pour ne pas trouver ça agaçant.

Maman : Pauvre petite chose !

Moi : Oui, enfin… Elle s'est remise de ses émotions.

Maman : J'espère que tu lui as réglé son compte.

Moi : Comment ça ?

Maman : Je parle de son ex ! Tu lui as réglé son compte après ce qu'il a fait à ta Tiffy ?

Moi : Qu'est-ce que tu entends par là, maman ?

Je réalise que je n'ai pas envie de connaître la réponse et reprends aussitôt la parole.

Moi : On essaie d'obtenir une injonction d'éloignement.

Maman : Oh, bien sûr. Les mesures d'éloignement sont une très bonne chose.

Silence. Malaise. Pourquoi ces conversations me sont-elles si pénibles ?

Maman : Leon ?

Je reste muet. Je me tortille nerveusement. Je regarde le sol.

Maman : Je suis certaine qu'on est très différentes, ta Tiffy et moi.

Moi : Comment ça ?

Maman : Tu t'es toujours montré indulgent avec moi – contrairement à Richie avec ses coups de sang, ses fugues et tout le reste –, mais je sais que tu détestais ces hommes qui partageaient ma vie. Bien sûr, je finissais par les détester, moi aussi, mais toi tu voyais clair dans leur jeu dès le départ. Je sais que j'ai été… un très mauvais exemple.

Je me sens profondément mal à l'aise.

Moi : Ça va maman, je t'assure.

Maman : J'ai appris de mes erreurs et je fais ce qu'il faut pour m'en sortir, tu sais.

Moi : Je sais. Et puis ce n'était pas ta faute.

Maman : Tu sais que j'ai failli y croire, cette fois-ci ? Que tu le penses, vraiment, je veux dire.

Moi aussi, j'ai failli croire à ces paroles que j'ai si souvent prononcées. Après tout, c'est peut-être une question de persévérance.

Moi : Je t'aime, maman.

Maman : Oh, mon chéri. Moi aussi, je t'aime. Et notre Richie va revenir parmi nous, pas vrai ? Il va sortir de cette prison et on va s'occuper de lui comme on l'a toujours fait.

Moi : Exactement. Comme on l'a toujours fait.

On est *encore* lundi. Lundi semble ne jamais vouloir finir. Je déteste les jours de congé. Que font les gens quand ils ne travaillent pas ? Mes pensées passent du procès à Justin, et de Justin à l'hôpital. Et ça recommence : procès, Justin, travail, procès,

Justin, travail… Parfois, l'image de Tiffy parvient à se glisser dans ce manège infernal, mais le bonheur que ça me procure ne réussit plus à chasser longtemps mon angoisse.

Moi : Gerty ? Bonjour, Leon à l'appareil.

Gerty : On attend toujours la décision des juges, Leon. Je te ferai signe dès que j'aurai des nouvelles, d'accord ? D'ici là, inutile de m'appeler.

Moi : Oui, bien sûr. Désolé de t'avoir dérangée pour rien.

Gerty (d'une voix soudain plus douce) : Ce n'est pas certain, mais il y a de bonnes chances pour que le verdict soit annoncé demain.

Moi : Demain.

Gerty : C'est comme aujourd'hui, plus une journée.

Moi : Aujourd'hui, plus une journée. D'accord.

Gerty : Tu n'as pas un passe-temps ? Un truc à faire pour penser à autre chose ?

Moi : Pas vraiment. D'ordinaire, je bosse tout le temps.

Gerty : Tu vis avec Tiffy. Elle peut te fournir des ouvrages sur toutes sortes de hobbies improbables. Va donc lire un bouquin sur le crochet ou le cartonnage ou je ne sais quoi.

Moi : Merci, Gerty.

Gerty : De rien. Et arrête de m'appeler, je suis très occupée.

Elle me raccroche au nez. Impossible de s'y faire, quel que soit le nombre de fois où l'on subit ce traitement.

71

Tiffy

Je n'en reviens pas que Martin ait osé venir au bureau, ce matin. Je l'ai toujours considéré comme un lâche, mais il semblerait que des deux, ce soit finalement moi la plus nerveuse. Me retrouver face à lui, c'est comme… parler à Justin par procuration. Ce qui est franchement terrifiant, même si devant Leon je fais celle qui n'a pas peur.

Martin, lui, semble parfaitement détendu. Comme à son habitude, il papillonne de service en service, revenant en long, en large et en travers sur le succès de « sa » réception. Sûrement ignore-t-il que je suis au courant de son rôle d'indicateur auprès de Justin.

N'empêche qu'il ne m'a pas encore fait de remarque sur la demande en mariage. D'ailleurs, personne n'est venu m'en parler. Rachel a informé les commères du bureau de la rupture des fiançailles, et elles se sont chargées de répandre la nouvelle. Une initiative qui m'aura au moins épargné une matinée de félicitations auxquelles il m'aurait fallu couper court.

Rachel [10:06] : Je pourrais foncer droit sur lui, lui mettre un grand coup de pied dans les noix, et l'affaire serait réglée.

Tiffany [10:07] : Tentant.
Tiffany [10:10] : Je ne sais pas pourquoi je suis une telle mauviette. Hier, je savais par cœur tout ce que je voulais lui balancer à la figure. J'avais préparé un super discours avec des punchlines imparables qui allaient le mettre K.-O., et maintenant je ne me souviens plus de rien.
Rachel [10:11] : À ton avis, qu'est-ce qu'en dirait ta psy ?
Tiffany [10:14] : Elle me dirait sans doute que c'est normal de flipper après ce qui s'est passé vendredi. Et parler à Martin, c'est un peu comme me retrouver face à Justin.
Rachel [10:15] : D'accord, je peux comprendre ça, sauf que… Martin est Martin. Ce petit être sournois, vil et malveillant qui cherche à se mettre en valeur aux dépend des autres ; cette demi-portion qui discrédite ton travail pendant les réunions et lèche le cul de la directrice des RP comme si c'était la tronche de Megan Fox.
Tiffany [10:16] : Tu as raison. Comment ce minable pourrait-il me faire peur ?
Rachel : [10:17] : Tu veux que je t'accompagne ?
Tiffany : [10:19] : Tu vas me trouver pathétique si je dis oui ?
Rachel : [10:20] : Je meurs d'envie d'assister au carnage.
Tiffany : [10:21] : Alors oui. S'il te plaît.

On attend la fin de la réunion du lundi matin pour passer à l'action. Je rumine pendant que Martin rayonne sous les louanges de la direction, conquise par le succès du lancement de *Vivre au crochet !*. Quelques regards intrigués se posent sur moi, mais on passe vite à un autre sujet, Dieu merci. Ça ne m'empêche pas de piquer un fard à l'idée que tous les gens présents dans cette salle sont au courant du mélodrame qui s'est joué sur la scène de l'Islington Hall. Je parie que chacun d'eux s'est fabriqué son petit scénario alambiqué pour expliquer l'échec de mes prétendues fiançailles, et qu'ils sont tous à côté de la plaque.

Rachel prend ma main et la presse fort, puis désigne Martin d'un petit signe de tête. Après l'avoir regardé un moment rassembler ses papiers sur la table ovale, je trouve finalement le courage de lancer l'offensive :

– Je peux te dire un mot, Martin ?

– Ce n'est pas le meilleur moment, répond-il en prenant l'air affairé d'un homme trop important pour accorder spontanément un peu de son temps.

– Écoute, mon petit vieux, dit Rachel, soit tu nous suis dans une autre salle de réunion pour que Tiffy te dise ce qu'elle a sur le cœur, soit on le fait à *ma* manière, qui va consister à te balancer un grand coup de pied dans les couilles devant tous les gens présents autour de cette table.

Quelque chose qui ressemble à de la trouille traverse son regard, et ma propre peur s'envole. Il a dû comprendre qu'on est au courant de ses agissements et il est déjà en train de préparer sa défense. D'un seul coup, je grille d'impatience d'entendre les boniments qu'il va nous sortir pour tenter de se justifier.

Rachel le conduit dans la seule salle libre qui soit munie d'une porte. Elle la referme soigneusement derrière nous et s'y adosse, bras croisés, toisant Martin d'un regard féroce.

– De quoi s'agit-il ? demande Martin.

– Tu n'as pas une petite idée ? dis-je d'une voix étonnamment assurée, sans aigus intempestifs ni débit haché par l'émotion.

– Pas la moindre. Il y a un problème ?

– S'il y en avait un, dis-je, combien de temps faudrait-il pour que Justin en soit informé ?

Martin croise enfin mon regard. Il a l'air d'un chat acculé.

– Je ne comprends pas ce que tu…, commence-t-il.

– Justin m'a dit que tu étais son indic. Tu vois, ce n'est pas quelqu'un sur qui on peut compter.

Le corps de Martin semble s'affaisser d'un seul coup.

– Écoute, dit-il, j'essayais juste de vous aider, d'accord ? Justin m'a contacté en février à propos de la chambre qu'on louait dans notre appart, Hana et moi. Il m'a dit qu'il te filait un coup de main pour chercher un logement et que si on te louait la piaule pour 500 livres par mois, il réglerait la différence.

Alors ça dure depuis *février* ? Merde, alors.

– Comment tu l'as connu ?

– On est amis sur Facebook depuis une éternité. Il m'a demandé en ami quand ça a commencé à être sérieux entre vous, je crois. À l'époque, j'ai pensé que c'était un moyen de garder un œil sur les hommes qui travaillaient avec toi. Un truc de mec jaloux, quoi. Et quand j'ai publié l'annonce sur Facebook en février, il m'a tout de suite contacté.

– Combien d'argent t'a-t-il promis ?

– Je te l'ai dit, il m'a proposé un deal : je te louais la chambre 500 livres par mois et il payait la différence avec le prix du marché. Hana et moi, on a trouvé que c'était vachement sympa.

– Je le reconnais bien là, dis-je entre mes dents.

– Quand tu as décliné ma proposition, il a eu l'air tellement affecté. Le moral à zéro, tu sais. On avait un peu discuté quand il était venu chez nous pour parler des modalités de notre arrangement, et je l'avais trouvé cool. Plus tard, il m'a demandé si je pouvais lui envoyer un petit mot de temps en temps pour lui donner des nouvelles, lui dire ce que tu faisais, enfin tu vois… Parce qu'il s'inquiétait pour toi, tu comprends ?

– Et tu ne t'es pas dit que tout ça était, je ne sais pas, moi… *super tordu* ? demande Rachel. Que ça sentait le psychopathe à plein nez ?

– Non ! s'écrie Martin en secouant la tête. Ça n'avait pas l'air tordu sur le moment. Il ne m'a jamais rien donné en échange de ces infos. La seule fois que j'ai accepté de l'argent, c'est pour convaincre Tasha Chai-Latte de venir filmer l'événement.

– Il t'a payé pour que tu l'aides à harceler Tiffy ? grogne Rachel, visiblement sur le point d'exploser.

Martin grimace.

– Attends, dis-je. Revenons en arrière. Justin t'a demandé de lui donner des infos sur moi et mes activités, c'est bien ça ?

Il hoche piteusement la tête.

– Alors c'est comme ça qu'il a su que je serais dans ce pub de Shoreditch, le soir du lancement d'*Un homme des bois sommeille en chacun de nous* ? Idem pour la croisière ?

– Je suppose, dit Martin.

Il se balance d'un pied sur l'autre comme un gamin qui a envie d'aller aux toilettes et je commence à le prendre un peu en pitié. Sentiment aussitôt refoulé, parce que j'ai absolument besoin de ma colère pour aller au bout de cette conversation.

– Et pour les photos au pays de Galles ? Il était au courant ?

Martin éponge un front de plus en plus luisant du revers de la main.

– Je… Eh bien, heu… Je lui ai envoyé un SMS pour lui dire où tu allais passer le week-end et que tu venais avec un mec qui allait porter les trucs de Katherin pour les photos et il m'a tout de suite appelé.

Je suis parcourue d'un frisson. De dégoût, je crois. C'est tellement dégueulasse que ça me donne envie d'aller prendre une douche sur-le-champ.

– Il m'a posé des questions sur le type qui t'accompagnait, à quoi il ressemblait, etc. Quand je lui ai décrit Leon, il y a eu un grand moment de silence. Justin avait l'air blessé, tu sais. Il m'a dit qu'il t'aimait encore, qu'il savait qui était ce type et qu'il te draguait comme un dingue. Qu'il avait peur que tu tombes dans ses bras, parce que tu étais dans un moment de faiblesse après votre rupture.

– Alors tu as passé le week-end à jouer les chaperons pour le compte de Justin ?

– Je pensais bien faire !

– Eh bien, de toute façon, tu es super nul comme chaperon, parce qu'on a échappé à ta vigilance et qu'on est allés se tripoter dans la cuisine à 3 heures du mat ! Et toc !

– On perd en crédibilité, là, prévient Rachel.

– Pardon, je me suis laissé emporter. Donc, tu as fait un compte rendu à Justin à ton retour du pays de Galles, c'est ça ?

– Ouais. Et ce que je lui ai raconté ne l'a pas rassuré. Je ne dirais pas qu'il m'a fait des reproches, mais j'ai senti qu'il trouvait que j'aurais pu en faire plus. D'un seul coup, je me suis senti vraiment mal, tu vois ? Comme si je l'avais laissé tomber. Je m'en suis voulu de ne pas en avoir fait plus pour l'aider.

– Oh… comme il est *bon*, grince Rachel.

– Bref, poursuit Martin. Après ça, il a voulu frapper un grand coup et organiser une demande en mariage spectaculaire. Quand il m'a expliqué ce qu'il avait en tête, j'ai trouvé l'idée romantique.

– Surtout le passage où il devait te filer du fric pour faire venir Tasha Chai-Latte et la convaincre d'immortaliser la scène, dis-je.

– Il m'a dit qu'il voulait que le monde entier soit témoin de votre bonheur ! proteste Martin.

– Il voulait surtout que *Leon* voie ça. Et combien a coûté cette mascarade ? Je me disais bien que Butterfingers n'aurait jamais payé pour tout ce faste.

– Justin m'a donné 15 000 livres, dit Martin, la mine contrite. Plus 2 000 pour mes services.

– Quoi ?! glapit Rachel. Dix-sept mille livres ?

– Comme il restait de l'argent, j'ai réservé une limousine en espérant que ça pourrait convaincre Katherin de faire cette interview télé… Je n'ai rien vu de mal à tout ça, Tiffy. Je me suis dit que Justin débordait d'amour pour toi, et ça m'a touché.

– Non, Martin, dis-je d'un ton catégorique. Au fond, tu t'en foutais. Ce que tu voulais, c'est que Justin t'apprécie. Il provoque souvent ce genre de réaction autour de lui. Dis-moi, il t'a recontacté après cette soirée ?

Martin secoue silencieusement la tête, l'air préoccupé.

– À la façon dont vous avez quitté précipitamment la scène, je me suis douté que les choses ne s'étaient pas tout à fait passées comme il l'avait espéré. Tu… tu crois qu'il m'en veut ?

Je prends une bonne respiration.

– Écoute, Martin, je me contrefous de savoir si Justin t'en veut ou non, d'accord ? Je vais bientôt porter plainte contre lui pour harcèlement ou atteinte à la vie privée, selon ce que mon avocate me conseillera.

Martin devient encore plus pâle qu'il ne l'est d'ordinaire. Je m'étonne presque de ne pas voir à travers lui.

– Alors, dis-je d'un ton sec. Je peux compter sur toi ? Tu es prêt à témoigner contre lui ?

– Quoi ? Non !

– Et pourquoi donc ?

– Eh bien… ça serait *très* embarrassant pour moi, tu comprends. Et puis, avec tout le boulot que j'ai, je…

– Tu sais que tu es un faible, Martin ?

Il accuse le coup. Sa lèvre tremblote un peu.

– Je vais y réfléchir, finit-il par dire.

– Tant mieux. Rendez-vous au tribunal, Martin.

Je quitte la pièce sur ces mots, Rachel dans mon sillage, et un sentiment euphorique me porte comme un tapis volant vers mon mur de plantes. D'autant que Rachel fredonne « Eye of the Tiger » tandis qu'on traverse les différents services, la démarche altière.

L'existence me semble plus douce depuis mon face-à-face avec Martin. Un petit peu plus légère. Je relève la tête et décide de ne pas avoir honte de ce qui s'est passé sur cette scène. Mon ex m'a demandée en mariage et j'ai refusé, et alors ? Rien de mal à ça. D'ailleurs, Ruby me fait un signe de connivence, pouce levé, lorsque je la croise sur le chemin des toilettes, et avec les chansons très *Girl Power* que m'envoie Rachel toutes les dix minutes, je sens que la force commence à être avec moi.

Me concentrer sur mon travail me demande énormément d'efforts, mais je finis par y arriver : je suis à la recherche de nouvelles tendances pour glacer les cupcakes, quand je reçois l'appel. Aussitôt, je sais que je me souviendrai toute ma vie de ce site web sur les poches à douille.

– Tiffy ?

– Tout va bien, Leon ?

J'ai le cœur qui cogne dans la poitrine.

– Il est libre.

– Il est…

– Richie. Acquitté.

– Oh, mon Dieu… Redis-moi ça, s'il te plaît.

– Richie est sorti de prison, Tiffy. Non coupable.

Je pousse un cri perçant qui fige tout l'étage dans une stupeur glacée. Les regards convergent vers moi et je couvre un instant le téléphone de ma main.

– Une amie vient de gagner à EuroMillions ! dis-je à Francine, la commère la plus proche.

Si je ne tue pas la rumeur dans l'œuf, tout le monde va penser que je viens de recevoir une nouvelle demande en mariage.

– Leon, je ne… Je pensais qu'on ne devait pas avoir de nouvelles avant demain au plus tôt !

– Moi aussi. Et Gerty aussi.

– Alors, il est… sorti de prison ? Libre d'aller et venir ? Je n'arrive pas à imaginer Richie en train de se promener tranquillement dans la rue ! Au fait, à quoi il ressemble ? Je ne sais même pas la tête qu'il a !

Leon rit doucement. Quelque chose vient me chatouiller au creux de l'estomac et me donne envie de rire, moi aussi.

– Il va venir à l'appart, ce soir. Tu vas pouvoir le rencontrer.

– C'est incroyable.

– Oui… J'ai encore du mal à réaliser. J'ai l'impression que c'est un rêve et j'ai presque peur de me réveiller.

– Je ne sais même pas quoi dire, Leon. Tu es où, là ?

J'ai envie de faire des claquettes sur mon bureau, mais je me contente de petits bonds dans mon fauteuil.

– Au boulot.

– En pleine journée ?

– Je ne faisais que tourner en rond, alors je me suis dit…

J'ai l'impression de le voir, haussant les épaules avec son sourire tordu dans un des couloirs de l'unité de soins palliatifs.

– Tiffy, reprend-il, tu ne voudrais pas me rejoindre à l'hôpital après le travail ? Mais laisse tomber si tu trouves que ça te fait faire un trop grand détour, ajoute-t-il aussitôt. De toute façon, je rentrerai vers 19 heures. J'avais juste pensé que…

– Je serai là à 17 h 30.

– En fait, c'est moi qui devrais venir te chercher. D'autant que tu n'as peut-être pas envie de faire ce trajet seule, avec Justin dans la nature…

– Ne t'inquiète pas, tout ira bien. J'ai passé une bonne journée et je me sens pleine d'énergie. À tout à l'heure !

72

Leon

Je passe de chambre en chambre, le pas léger, jetant ici un œil à un dossier médical, administrant là une solution intraveineuse. Je discute avec les patients et m'étonne de réussir à parler d'autre chose que de l'acquittement de mon frère.

Richie revient parmi nous.

Libre.

Mon esprit se cabre et se dérobe chaque fois que cette pensée se présente à lui. Réflexe de survie. Je ne m'autorisais jamais à m'appesantir sur le sujet, pas même à m'y attarder au-delà de quelques secondes. Trop douloureux. Brûlant comme l'espoir.

Sauf qu'aujourd'hui l'espoir ne brûle plus. L'espoir est devenu réalité. Va devenir réalité, dans quelques heures.

Il va rencontrer Tiffy. Ils vont reprendre une de leurs conversations téléphoniques, mais cette fois-ci ils seront face à face, sur mon canapé. Ça semble trop beau pour être vrai. Trop bon. J'ai presque l'impression de ne pas mériter un tel bonheur, jusqu'à ce que je me souvienne que c'est la moindre des choses. Que Richie n'aurait jamais dû aller en prison. Mais même cette pensée ne peut me faire redescendre du petit nuage sur lequel je vis perché depuis l'appel de Gerty.

Je me prépare un thé quand j'entends mon prénom, crié encore et encore, de plus en plus fort.

Tiffy : Leon ! Leon !! Leon !!!

Le temps que je me tourne, elle me fonce déjà dedans, adorable accident aux joues roses et aux cheveux mouillés de pluie.

Moi : Tu pleures ?

Tiffy : Hein ? Non.

Moi : Si, si. Tu es incroyable.

Elle me regarde un instant, étonnée. Des larmes de joie font briller ses yeux.

Moi : Tu es tellement heureuse pour Richie, alors que tu le connais à peine. Tu ne l'as même pas rencontré.

Elle passe son bras sous le mien et me fait pivoter vers le réchaud, juste au moment où la bouilloire se met à siffler.

Tiffy : Mais je t'ai rencontré, *toi*, et Richie est ton petit frère.

Moi : Pas si petit que ça, je te préviens.

Tiffy attrape deux mugs dans le placard, choisit des sachets de thé et verse l'eau bouillante comme si elle avait ses habitudes dans cette cuisine depuis de longues années.

Tiffy : Et puis de toute façon, j'ai l'impression qu'il fait partie de ma vie, maintenant. Pas besoin de rencontrer quelqu'un en chair et en os pour le connaître.

Moi (essayant de l'entraîner hors de la cuisine) : À propos de rencontre…

Tiffy (opposant une légère résistance) : On va où, là ?

Moi : Suis-moi et ne pose pas de questions. Je veux te montrer quelque chose.

Tiffy : Je ne vais nulle part sans ma tasse de thé !

Elle prend tout son temps pour ajouter du lait. J'attends. Le regard provocant qu'elle me lance par-dessus son épaule me donne aussitôt envie de la déshabiller.

Moi : C'est bon ? On peut y aller ?

Elle me tend un mug dont je me saisis, je lui tends une main dont elle se saisit. Échange de bons procédés. Presque tous les collègues qu'on croise dans les couloirs y vont de leur salut ou de leur commentaire – « Bonjour, Tiffy ! » ou « Vous devez être Tiffy ! » ou encore « Tu vois que Leon a une copine ! » –, mais je suis de trop bonne humeur pour trouver ça agaçant. On passe les portes battantes des Coraux et je retiens Tiffy qui s'engouffre déjà dans la salle commune, la guidant vers une vitre derrière laquelle on peut apercevoir la chambre de M. Prior.

Moi : Regarde.

On s'approche tous les deux de la vitre.

Johnny White a passé tout le week-end à son chevet. M. Prior est endormi, mais sa main parcheminée, tachetée par le soleil et les ans, disparaît dans celle de son amour de jeunesse. Ça fait maintenant trois jours qu'ils sont ensemble.

Ça vaut toujours la peine de surmonter sa peur et de franchir ces portes.

Tiffy : Alors, le Johnny White de Brighton était le bon ? C'est juste une impression, ou le monde n'a jamais connu de plus belle journée ? Il y a un truc qui m'a échappé ? Une distribution générale de bienfaits ? Tout le monde a eu droit à une rasade d'amour dans son jus d'orange, ce matin ? À un ticket gagnant dans son paquet de céréales ?

Je l'embrasse fermement sur la bouche. Derrière nous, un interne dit à un autre : « C'est dingue ! J'ai toujours cru que Leon n'aimait que les gens en phase terminale ! »

Moi : C'est juste une belle journée, Tiffy.

Tiffy : Je dirais qu'on ne l'a pas volé.

73

Tiffy

– Tu me trouves comment ?

– Détends-toi, dit Leon, allongé sur le lit, un bras replié derrière la tête. Richie est déjà sous ton charme.

– C'est important, quand même ! Tu vas me présenter à un membre de ta famille. J'ai envie de lui faire bonne impression, tu comprends ? D'être belle, pleine d'esprit, et pourquoi pas de lui évoquer subtilement Sookie dans les premières saisons de *Gilmore Girls.*

– Jamais entendu parler.

Je soupire ostensiblement.

– Bon, si tu y mets de la mauvaise volonté… Mo !

– Ouais ? répond Mo depuis le salon.

– Tu peux venir voir si ma tenue est cool et chic ou si j'ai l'air d'une mémère ?

– Poser la question, c'est déjà y répondre, lance Gerty. Trouve-toi autre chose !

Je lève les yeux au ciel.

– Ce n'est pas à toi que je m'adressais ! De toute façon, tu n'aimes aucune de mes affaires !

– Faux. J'aime bien certains de tes vêtements, mais pas la façon dont tu les associes les uns aux autres.

– Tu es parfaite, intervient Leon avec un sourire.

Quelque chose a changé dans son visage. Dans son regard. Comme si quelqu'un avait appuyé sur un interrupteur secret et que tout s'était illuminé.

– Non, Gerty a raison, dis-je en retirant la robe portefeuille pour la troquer contre mon jean skinny vert (un pilier de ma garde-robe) et un pull à grosses mailles. J'en fais trop.

– Si tu le dis, m'assure Leon tandis que je sautille sur une jambe pour enfiler le jean.

– Est-ce que je vais pouvoir dire quoi que ce soit sans que tu sois automatiquement d'accord avec moi ?

Il plisse un peu les yeux.

– C'est un casse-tête, vois-tu. Parce que la réponse est négative, mais en te disant non, je suis en train de me contredire.

– Il est d'accord avec tout ce que je dis, et en plus il est tellement malin !

Je me jette sur le lit et l'emprisonne sous mon corps, le couvrant de baisers. Mais quand je veux me redresser pour aller mettre mon pull, il proteste et me retient contre lui. Je souris et lui donne des tapes sur les mains.

– Laisse-moi partir ! Tu ne veux quand même pas que ton frère me voie dans cette tenue ?

La sonnerie de l'Interphone retentit trois fois de suite, et Leon fait un bond qui manque de m'éjecter du lit.

– Pardon ! lance-t-il en se précipitant dans le salon.

J'entends Gerty dire « Je vous ouvre, Richie ! », puis appuyer sur le bouton qui déverrouille la porte de l'immeuble.

J'enfile le pull tricoté et me passe la main dans les cheveux, nerveuse. Je décide de ne pas sortir tout de suite pour permettre à Leon et à Richie de se retrouver tranquillement. Ils attendent ce moment depuis si longtemps.

Mais ce n'est pas la voix de Richie que j'entends bientôt s'élever par la porte entrouverte de l'appartement. C'est celle de Justin.

– Il faut qu'on parle, toi et moi, dit-il.

– Oh, bonjour Justin, réplique calmement Leon.

Je me rends compte que je suis déjà en position défensive, bras repliés sur la poitrine et cachée derrière la penderie, de sorte à échapper à la vue de quelqu'un qui jetterait un œil par la porte de la chambre. Brusquement, j'ai envie de hurler. Il n'a pas le droit de venir ici. Pas le droit de me faire ça. Je veux qu'il foute le camp. Hors de ma vue, hors de ma vie. Hors de mon esprit. Je veux me débarrasser de lui et de la peur qu'il m'inspire. Fini de me planquer derrière des armoires. Fini d'avoir la trouille.

Je sais bien qu'on ne se libère pas aussi vite de ce genre de saloperie, mais j'ai bien l'intention de profiter de l'improbable bouffée de courage que m'offre cette vague de colère.

Je sors de ma cachette et traverse le salon d'un pas décidé.

Justin se tient sur le seuil de l'appartement, solidement campé face à Leon, imposant et visiblement en colère.

– Justin, dis-je en me plaçant aux côtés de Leon, main sur la poignée et prête à lui claquer la porte au nez.

– Je suis ici pour parler à Leon, grogne-t-il sans même me jeter un regard.

J'ai un mouvement de recul. Tout le courage dont je me croyais gonflée s'est évaporé dans les airs.

– Si tu as l'intention de me demander en mariage, dit Leon avec un petit sourire, la réponse est non.

Justin ne goûte visiblement pas la plaisanterie. Sa mâchoire se serre, ses mains deviennent des poings. Il esquisse un mouvement vers l'avant, corps tendu comme un ressort, regard d'animal prêt à en découdre. J'ai un nouveau mouvement de recul, doigts blanchis à force de serrer la poignée de la porte.

– Prends bien garde à ne pas poser ton pied dans cet appartement, Justin, dit sèchement Gerty dans mon dos. Si tu fais un pas de plus, on va avoir beaucoup de choses à se dire, ton avocat et moi.

L'avertissement de Gerty fait son chemin dans l'esprit de Justin et je le vois réévaluer la situation.

– Depuis quand tes amis se mêlent-ils de nos affaires, Tiffy ? Quand on était ensemble, ils semblaient plutôt heureux pour toi, et voilà que d'un seul coup je suis l'homme à abattre ?

Il a prononcé ces mots d'une voix lente, distordue, altérée par la colère et peut-être l'alcool. Oui, je crois qu'il est saoul. Ça risque de mal finir.

– Oh non, on n'était pas heureux pour elle, dit Mo.

J'inspire profondément, souffle tremblant.

– Me quitter est la meilleure chose que tu aies jamais faite pour moi, Justin, dis-je en faisant de mon mieux pour cacher la crainte qu'il m'inspire. C'est fini entre nous. Terminé pour de bon. Je veux que tu me laisses tranquille.

– Tu sais très bien que ce n'est pas fini entre nous, réplique-t-il avec humeur.

– Je vais demander à la loi de me protéger contre toi, dis-je sans réfléchir.

– N'importe quoi, ricane Justin. Arrête un peu tes gamineries, Tiffy.

Je lui ferme la porte au visage, si violemment que tout le monde sursaute, moi y comprise. Justin pousse un cri de rage, aussitôt suivi par le bruit sourd d'un poing ou d'un pied qui percute la porte.

Je recule de plusieurs pas, main plaquée sur la bouche. Je n'en reviens pas de lui avoir claqué la porte en pleine figure.

– Putain ! Ouvrez ! hurle la voix étouffée de Justin.

Il s'acharne sur la poignée sur laquelle tous les regards se concentrent, jusqu'à ce que Leon brise le silence :

– Police, dit-il à voix très basse.

Gerty sort son téléphone et compose le numéro, sa main libre enserrant la mienne.

Mo vient me rejoindre tandis que Leon glisse la chaîne de l'entrebâilleur dans son logement, avant de s'appuyer de tout son poids contre la porte.

– C'est du délire, dis-je d'une voix faible. Je ne peux pas croire qu'il me fasse ça…

– Ouvrez ou je défonce cette putain de porte ! rugit Justin dans le couloir.

– Oui, je patiente, dit Gerty au téléphone.

Justin martèle la porte des deux poings et je songe à la façon dont il a écrasé le bouton de la sonnette, la première fois qu'il est venu ici, le maintenant enfoncé jusqu'à ce que Leon vienne ouvrir. Je déglutis. Chaque coup paraît plus violent que le précédent, plus sonore, jusqu'à ce qu'ils semblent résonner à l'intérieur même de mes oreilles. Mes yeux sont mouillés de larmes et c'est tout juste si Mo et Gerty ne sont pas obligés de me soutenir : ma bouffée de courage n'est décidément plus qu'un lointain souvenir. Tandis que Justin continue à gueuler et à martyriser la porte, je regarde Leon, visage fermé, concentré, qui balaie l'appartement du regard à la recherche d'objets pour nous barricader. À ma gauche, Gerty répond à des questions.

Brusquement, le raffut cesse. Leon nous adresse un regard interrogateur, puis va prudemment actionner la poignée. La porte est toujours verrouillée.

– Pourquoi s'est-il arrêté ? dis-je en broyant la main de Gerty.

– Il a arrêté de donner des coups sur la porte, dit-elle au téléphone.

Je perçois la voix lointaine qui lui répond.

– L'agent de police dit qu'il a peut-être trouvé un moyen plus efficace de casser la porte. Avec l'extincteur, par exemple. On devrait aller se réfugier dans une autre pièce qui ferme à clef. Éloigne-toi de cette porte, Leon.

Mais il s'en rapproche au contraire, inclinant la tête comme pour écouter quelque chose.

– Attendez..., murmure-t-il.

Son visage s'éclaire d'un drôle de sourire et il nous fait signe de le rejoindre. Hésitante, les jambes en coton, je me laisser guider par Mo jusqu'à la porte. Gerty reste en retrait, toujours au téléphone avec la police.

Une voix chaude à l'accent reconnaissable entre mille s'élève dans le couloir :

– Tu vas te faire des potes, en taule. Je t'assure, mon gars, il y a plein de types dans ton genre, là-bas.

– Richie ! dis-je dans un murmure. Mais... Il ne faut pas qu'il...

Gerty vient juste de le sortir de prison, et une bagarre pourrait avoir de graves conséquences pour lui.

– Tu as raison, dit Leon qui en perd le sourire.

Il retire la chaîne et déverrouille la porte, et je remarque que ses mains tremblent un peu. Je me frotte énergiquement les yeux. Je ne veux pas que Justin voie l'état dans lequel il réussit à me mettre. Qu'il sache le pouvoir qu'il a encore sur moi.

À peine Leon a-t-il ouvert que Justin se précipite vers nous, mais Richie lui balance un coup de poing dans le ventre avec une étonnante désinvolture, comme on serre une main en passant, sans prendre la peine de regarder celui qui vous la tend. Justin vacille, plié en deux, et se laisse glisser le long du mur contre lequel le coup l'a projeté, grommelant une insulte pendant que Richie pénètre tranquillement dans l'appartement. Leon referme aussitôt la porte derrière lui. Ça n'a duré qu'une poignée de secondes, et j'ai tout juste eu le temps de voir la rage qui tordait le visage de Justin lorsqu'il s'est élancé vers moi, cherchant à forcer le passage pour m'atteindre. Qu'est-ce qui lui est arrivé ? Il n'a jamais été comme ça. Jamais violent. Sa colère était toujours étroitement contrôlée ; sa façon de me punir, subtile et cruelle. Aujourd'hui, il n'est plus qu'un chaos d'émotions, une sorte de fou aux abois, prêt à tout.

– Sympa, ton ex, me lance Richie avec un clin d'œil. Il a sérieusement pété les plombs, on dirait. Demain matin, il va amèrement regretter d'avoir filé des beignes à cette porte, tu peux me croire.

Il balance un jeu de clefs sur le buffet – sans doute celles qui lui ont permis d'entrer dans l'immeuble sans sonner à l'Interphone.

Je prends le temps de bien le regarder. Pas étonnant que son arrivée ait calmé Justin. Cet homme est un véritable colosse. Il doit mesurer près de deux mètres, avec le genre de musculature qu'on ne peut développer à ce point qu'en soulevant de la fonte du matin au soir. Ses cheveux sont coupés très court et ses avant-bras couverts de tatouages. J'en vois un autre s'échapper du col de sa chemise et venir s'enrouler autour de son cou, sous un collier en corde qui ressemble à s'y méprendre à celui de Leon. Les deux frères partagent des yeux brun profond et un même regard doux, bien que celui de Richie soit plus espiègle.

– La police sera là dans dix minutes, dit calmement Gerty. Bonjour, Richie. Comment allez-vous ?

– Désespéré de découvrir que vous êtes en couple, dit-il avec un sourire, sa main venant se plaquer amicalement sur l'épaule de Mo.

Je jurerais avoir vu Mo s'enfoncer d'un centimètre ou deux dans la moquette.

– En tout cas, je vous dois un bon dîner, maître !

– Oh, je n'y vois aucun inconvénient, s'empresse de dire Mo.

Richie serre Leon dans ses bras, si fort qu'on entend le bruit de leurs corps qui entrent en collision.

– Ne vous faites pas de bile à cause de ce crétin, dit-il lorsque les frères desserrent leur étreinte.

C'est le moment que choisit Justin pour jeter quelque chose contre la porte. Le bruit m'arrache un cri et mon corps se contracte tout entier. Il a suffi que je me retrouve face à Justin pour me mettre à trembler, et depuis je n'arrive plus à me ressaisir. Mais Richie a la délicatesse de faire comme s'il ne remarquait rien. Il se contente de m'adresser un sourire bienveillant, comme un écho au sourire un peu tordu de son frère ; le genre de sourire chaleureux qui vous met aussitôt à l'aise.

– Ravi de te rencontrer en personne, Tiffy. Et merci d'avoir veillé sur mon frangin.

– J'ai bien peur de lui avoir aussi causé quelques ennuis, dis-je en indiquant la porte qui tremble sous les coups de Justin.

Richie balaie l'air d'une main dédaigneuse.

– Franchement, même s'il parvenait à entrer, il se retrouverait face à moi, Leon et… Désolé, mon vieux, on n'a pas été présentés.

Mo a soudain l'air d'un type qui passe le plus clair de son temps à hocher la tête dans la quiétude d'un cabinet médical ; l'air d'un psy qui se retrouve embarqué dans une histoire où l'intellectuel n'est pas forcément à son avantage.

– Mo, dit-il en tendant la main, aussitôt engloutie par celle de Richie.

– Et nous, alors ? intervient Gerty d'un ton vif. Vous nous avez oubliées, Tiffy et moi ? On est où, là ? Au Moyen Âge ?

Je parie que je suis plus efficace que Leon pour distribuer des torgnoles.

– Laissez-moi entrer, *bordel* ! braille Justin derrière la porte.

– Ah, les ravages de l'alcool..., dit gaiement Richie en s'emparant de notre fauteuil qu'il place devant la porte, dossier calé sous la poignée. Voilà, ça devrait faire l'affaire. Bon, inutile de rester planter là, qu'est-ce que vous en dites ? Lee, le balcon n'a pas changé de place ?

– Heu... non, pas que je sache, répond Leon, dépassé par les événements.

Il est venu remplacer Mo à mes côtés, et je m'abandonne aux mouvements de sa main qui me frotte doucement le dos, la chaleur rassurante de ses caresses m'aidant à reprendre pied. Je tressaute chaque fois que Justin se met à hurler, mais maintenant que Richie joue les haltérophiles avec nos meubles et que la main de Leon parcourt ma peau, je ne ressens plus cette peur panique qui me brouillait les idées. Ce qui est appréciable.

Tout le monde se retrouve bientôt sur le balcon et Richie prend soin de refermer la porte-fenêtre qui communique avec le salon. C'est tout juste s'il y a assez de place pour nous cinq : Gerty se love contre Mo dans un angle et je m'adosse à Leon dans un autre, ce qui permet à Richie de bénéficier de la part du lion. C'est exactement ce dont il a besoin, après tous ces mois passés dans une cellule exiguë. Il respire à fond et son visage s'illumine face à la vue qui s'offre à lui.

– Londres ! s'écrie-t-il en ouvrant grands les bras. Ça m'a manqué... Regardez-moi ça !

Dans l'appartement, la porte d'entrée vibre toujours sous les coups répétés de Justin. Leon referme les bras sur moi, enfouissant son visage dans mes cheveux et soufflant son haleine chaude et rassurante dans mon cou.

– En plus, il n'y a pas de meilleur endroit pour surveiller l'arrivée des flics, dit Richie en se tournant pour me faire un clin d'œil. J'avoue que je ne pensais pas les revoir aussi vite.

– Désolée, dis-je, affreusement embarrassée de lui imposer ça pour son premier jour de liberté.

– Tu n'as pas à être désolée, dit fermement Richie au moment même où Leon secoue la tête dans mes cheveux et que Mo renchérit :

– Ne t'excuse pas, Tiffy.

Même la façon dont Gerty lève les yeux au ciel a quelque chose d'affectueux.

Je les regarde tous, formant bloc autour de moi sur ce balcon, et j'éprouve un sentiment de reconnaissance. Leur présence m'aide, ne serait-ce qu'un peu. Mais ce peu est déjà énorme : pour le moment, rien ni personne ne pourrait faire davantage pour moi. Je ferme les yeux et me laisse aller contre Leon, concentrée sur ma respiration comme Lucie m'a dit de le faire, et j'essaie d'imaginer que ce bruit sur la porte d'entrée n'est que ça – du bruit et rien de plus. Ça finira par s'arrêter. Tandis que je respire profondément, régulièrement, enlacée par Leon, je sens une conviction nouvelle prendre racine en moi. Que ce soit les coups sur la porte d'entrée ou le mal que me fait encore Justin, tout finit tôt ou tard par passer.

74

Leon

La police embarque Justin. C'est tout juste si l'écume ne lui sort pas de la bouche. Il suffit de le regarder pour comprendre ce qui s'est passé : un homme qui maîtrisait toujours tout a perdu le contrôle. Ce déchaînement de violence a été dur à vivre, surtout pour Tiffy. Mais comme l'a souligné Gerty, il faut voir le bon côté des choses : après ce qu'il vient de faire, l'injonction d'éloignement ne sera plus qu'une formalité.

On inspecte la porte pour constater les dégâts. Le bois est entaillé par endroits et la peinture s'écaille sur de larges zones, là où il a donné des coups de poing. Il y a aussi du sang. Tiffy détourne le regard quand elle s'en aperçoit. Après tout ce qu'elle vient de vivre, je me demande ce qu'elle ressent face à ces traces sanglantes qui témoignent de la rage d'un homme qu'elle a aimé. Et qui l'a sans doute aimée, lui aussi, à sa façon.

Heureusement que Richie est là. Mon petit frère est radieux, ce soir. Tandis qu'il raconte une énième anecdote sur les « branquignols » de la prison (cette fois-ci sur leurs pitoyables stratagèmes pour être les premiers à utiliser les appareils de musculation), je regarde les joues de Tiffy reprendre un peu de couleurs, ses épaules se redresser, ses lèvres esquisser un sourire. Ça va mieux. Je me détends un peu plus à chaque nouveau signe d'amélioration. Je ne supportais pas de la voir comme ça, en pleurs, effrayée et tremblante, sursautant à chaque coup que Justin infligeait à la porte. J'en veux tellement à ce type. Le voir disparaître dans la voiture de police n'a même pas réussi à calmer la colère qu'il m'inspire.

Mais à présent, trois heures après la fin du drame justinien, nous voilà tous réunis dans le salon comme je l'avais imaginé. Même un observateur attentif aurait du mal à croire que cette soirée dont je rêve depuis près d'un an a été brièvement perturbée par un ex atrabilaire qui s'était mis en tête de défoncer la porte de notre appartement. Tiffy et moi partageons le pouf poire. Gerty a logiquement droit à la place d'honneur, tendrement appuyée contre Mo sur le canapé. Richie assure le spectacle, bien installé dans le fauteuil qui n'a pas tout à fait retrouvé sa place depuis qu'on l'a utilisé pour contenir les assauts de Justin.

Richie : Je l'avais prédit, soit dit en passant.

Gerty : Oui, mais à quel moment ? Parce que moi aussi, je l'avais prédit, figurez-vous. Mais ça m'étonnerait que vous ayez pu imaginer ce qui allait arriver dès le…

Richie (l'interrompant) : Je l'ai su dès que Leon m'a dit qu'une femme allait dormir dans son pieu pendant qu'il serait au boulot ! Je l'ai vu venir, gros comme une maison.

Gerty : Impossible.

Richie (avec une mimique comique) : Allons, maître, il faut regarder les choses en face ! On ne peut pas partager un lit sans partager autre chose, si vous voyez ce que je veux dire.

Gerty : Et Kay, alors ? Leon était encore avec elle, à ce moment-là.

Richie (avec un haussement d'épaules) : Mouais, Kay…

Tiffy : Allez, dis ce que tu penses vraiment d'elle.

Richie : Ça va, elle était assez sympa, mais elle n'était pas du tout sur la même longueur d'onde que Lee.

Moi (m'adressant à Mo et Gerty) : Et vous, vous en avez pensé quoi, au départ, de mon idée de partager ma chambre ?

Tiffy : Pitié, ne leur demande pas ça !

Gerty (sans l'ombre d'une hésitation) : On a trouvé que c'était une idée épouvantable.

Mo : Après tout, on ne savait pas sur qui elle allait tomber.

Gerty : Tu aurais pu être un gros pervers, par exemple.

Richie éclate d'un rire puissant et va se chercher une autre bière dans le frigo. C'est la première fois en onze mois qu'il peut boire autre chose que de l'eau. J'hésite à le mettre en garde – sa tolérance aux effets de l'alcool risque de ne plus être ce qu'elle était –, mais j'y renonce finalement. Connaissant Richie, il va très probablement s'enfiler deux fois plus de bières si je lui dis ça, juste pour me prouver que j'ai tort.

Mo : On a même proposé de l'argent à Tiffy pour qu'elle renonce à dormir dans ton lit.

Gerty : Ce qu'elle a superbement refusé, comme tu as pu le constater.

Mo : Et puis on a compris que même si les conditions de la colocation étaient un peu… particulières, c'était important pour elle d'avoir son propre appartement. C'était une façon de couper les ponts avec Justin et de voler de ses propres ailes.

Richie (s'adressant à Mo) : Et toi, tu n'as rien vu venir ? Pour Leon et Tiffy, je veux dire ?

Mo : Non. Pour être honnête, je pensais que Tiffy n'était pas encore prête à vivre une histoire avec quelqu'un comme Leon.

Moi : Ça ressemble à quoi, quelqu'un comme Leon ?

Richie : À un homme d'une insondable beauté ?

Moi : À un type dégingandé avec de grandes oreilles décollées ?

Tiffy (esquissant un sourire ironique) : Mo pensait que je n'étais pas prête à vivre avec quelqu'un qui n'est pas un psychopathe.

Mo : Eh bien, même si ce n'est pas le terme que j'utiliserais pour qualifier Justin, c'est vrai qu'il faut souvent beaucoup de temps pour se défaire de l'emprise d'un…

Gerty (sèchement) : On peut oublier Justin le temps d'une soirée ? Merci.

Mo : Oui, pardon. Je voulais simplement souligner la capacité de résilience de Tiffy. C'est vraiment difficile de rompre avec ce mode d'interactions perverses avant que ça ne devienne un schéma de comportement.

Richie et moi échangeons un regard. Je pense à maman.

Gerty pousse un long soupir.

Gerty : Pitié, Mo. Je mets d'ailleurs en garde tous ceux qui pourraient être tentés de partager la vie d'un thérapeute. C'est atroce. Cet homme ignore la signification du mot « légèreté ».

Tiffy : Parce que toi, tu la connais ?

Gerty balance un coussin sur Tiffy en guise de réponse.

Tiffy (renvoyant le coussin à la tête de l'envoyeuse) : Puisque tu en parles, tu ne m'as jamais explicitement dit comment c'est arrivé, entre Mo et toi. Circonstances ? Date ? Des détails, s'il te plaît ! En évitant, comme convenu, tout ce qui tourne autour de l'appareil génito-urinaire.

Richie : Hein ?

Moi : Laisse tomber, Richie. Ce sont de petites blagues entre elles. Avec un peu de patience et de chance, on finit plus ou moins par les comprendre.

Tiffy : Attends de rencontrer mon amie Rachel. C'est la reine de la blague d'initiés version trash.

Richie : Je sens que je vais bien m'entendre avec elle.

Cette remarque laisse Tiffy songeuse et je fronce des sourcils désapprobateurs. Mauvaise idée de jouer les entremetteuses pour Richie. J'adore mon frère, mais il a tendance à briser les cœurs.

Moi : Alors, Mo ? Gerty ? Vous nous racontez ?

Mo (se tournant vers Gerty) : Vas-y, toi.

Tiffy : Non, non ! Avec Gerty, ça va ressembler à un compte rendu juridique. Mo, donne-nous la version romantique, s'il te plaît.

Mo jette un coup d'œil discret à Gerty pour voir comment elle réagit. Heureusement, elle vient de terminer son troisième verre de vin et se contente de fusiller Tiffy du regard.

Mo : Eh bien, ça a commencé quand on a emménagé ensemble.

Gerty : Même si, apparemment, Mo était amoureux de moi depuis une éternité.

Mo lui décoche un regard vaguement irrité.

Mo : Même si, apparemment, Gerty avait des vues sur moi depuis plus d'un an. Du moins, c'est ce qu'elle m'a dit.

Gerty : Sans imaginer que tu irais le répéter à tout le monde !

Tiffy se racle impatiemment la gorge.

Tiffy : Et sinon, vous êtes super amoureux et tout ? Vous dormez dans le même lit et vous vous faites plein de câlins ?

Un silence gêné lui répond. Mo regarde ses chaussures, mal à l'aise. Tiffy se lève à moitié du pouf poire pour prendre la main de Gerty et la serrer avec un sourire tendre.

Richie : Bon eh ben… J'ai l'impression que je vais devoir me trouver une colocataire, moi aussi.

SEPTEMBRE

Deux ans plus tard

Épilogue

Tiffy

De retour du travail, je trouve une note Post-it collée sur la porte d'entrée. Ce n'est pas étonnant en soi, si ce n'est qu'on essaie de limiter l'affichage des notes à l'intérieur de l'appartement. Disons que les voisins n'ont pas forcément besoin de connaître nos petites bizarreries.

Attention : geste romantique imminent.
(Ne t'inquiète pas, rien de bling-bling.)

Je tourne la clef dans la serrure avec un petit rire. Qu'est-ce qui m'attend ? Rien n'a changé dans l'appartement : il est toujours aussi encombré et bigarré, et exhale cette douce atmosphère de chez-soi. Ce n'est qu'en posant mon sac sur la console de l'entrée que je vois la note suivante sur le mur.

Première étape : enfile des vêtements taillés pour l'aventure. La penderie n'attend que toi.

Je laisse traîner le regard sur la note, perplexe. Leon ne m'a pas habituée à de telles excentricités. Je me débarrasse de mon manteau et de mon écharpe sur le dossier du canapé (c'est aujourd'hui un canapé-lit, qui entre tout juste dans notre salon bien qu'on ait sacrifié la télé. Mais pour qu'on se sente vraiment chez nous, il fallait un lit pour accueillir Richie).

Une note pliée en deux est scotchée derrière la porte de la penderie. Sur la partie visible, on peut lire :

Tu portes déjà une tenue tiffyesque ?

Oui, bien sûr, mais ça reste une tenue de travail : elle est donc moins tiffyesque que si j'avais été tout à fait libre de la choisir (j'ai évité de ne marier que des couleurs qui se trouvent à l'opposé l'une de l'autre sur le cercle chromatique). Je fouille dans la penderie, à la recherche d'habits « taillés pour l'aventure », quoi que cela veuille dire.

Je m'arrête sur une robe bleue et blanche achetée il y a deux ans environ. Celle que Leon appelle ma « robe du *Club des cinq* ». Ce n'est pas idéal pour une journée plutôt fraîche, mais avec mes épais collants gris et mon imper jaune acheté chez Emmaüs…

Une fois changée, je décroche la note de la porte intérieure de la penderie et la déplie :

Encore toi ? Tant mieux. Je suis sûr que tu es ravissante.
Si tu le veux bien, tu vas devoir aller chercher encore deux ou trois choses avant de partir à l'aventure. La première se trouve là où nous nous sommes rencontrés pour la première fois (ne t'en fais pas, c'est étanche).

Je file dans la salle de bains, sourire aux lèvres. Qu'est-ce que mijote Leon, au juste ? Dans quelle aventure a-t-il décidé de m'embarquer ? Maintenant que je porte ma robe du *Club des cinq*, ma lassitude de fin de journée s'est presque entièrement évaporée – Leon avait sûrement deviné que je me sentirais mieux dans une tenue plus personnelle – et je sens monter en moi une délicieuse sensation de légèreté.

Une enveloppe est suspendue à la pomme de douche, soigneusement emballée dans du film alimentaire. Une note Post-it rouge complète l'ensemble :

Ne me lis pas tout de suite (dit la lettre que contient l'enveloppe) ! La prochaine chose dont tu as besoin se trouve à l'endroit où nous nous sommes embrassés pour la première fois (enfin, pas exactement au même endroit, puisque le canapé a été remplacé. Merci de faire fi de ce détail dans l'intérêt supérieur du geste romantique).

Derrière les coussins du canapé se niche une nouvelle enveloppe. Celle-ci est barrée de la mention : « Ouvre-moi ! », et je ne me fais pas prier. À l'intérieur, je découvre un billet de train Londres-Brighton. Je fronce les sourcils, déboussolée. Pourquoi Brighton ? La seule fois où on est allés là-bas, c'était avant même notre premier baiser, à l'époque où Leon passait ses week-ends à la recherche du bon Johnny White.

Un Post-it dessine un carré de couleur sur le billet de train :

La dernière chose dont tu vas avoir besoin a été placée en sûreté chez Bobby. Il t'attend.

Bobby est le prénom du type louche de l'appartement N° 5. C'est désormais un copain sur qui on peut compter. Dieu merci, il a fini par comprendre qu'on ne peut pas faire du cidre avec des bananes, et ce sont aujourd'hui des cageots de pommes qui s'entassent dans son box. Son cidre est savoureux et me donne invariablement une abominable gueule de bois.

Je monte les escaliers quatre à quatre, sonne à sa porte et attends qu'il m'ouvre en me balançant impatiemment d'un pied sur l'autre.

La porte grince et il apparaît vêtu de son pantalon de survêtement préféré, qui n'a plus de trou aux fesses (je l'ai raccommodé avec un bout de tissu vichy rose qui traînait dans ma boîte à couture. C'est moins indécent, maintenant, mais certainement pas moins bizarre).

– Tiffany ! s'écrie-t-il avant de me tourner le dos et de s'éloigner en traînant les pieds.

Abandonnée sur le pas de la porte, je tends le cou pour essayer de voir où il est passé. Il finit par réapparaître, une petite boîte en carton à la main.

– Et voilà ! lance-t-il avec un grand sourire. C'est parti !

– Heu… Merci, dis-je en lisant la note Post-it collée sur la boîte.

N'ouvre pas la boîte, s'il te plaît. Une fois arrivée à Brighton, rends-toi sur la plage, juste à droite de la jetée. Tu sauras où aller une fois sur place.

C'est le trajet en train le plus interminable de ma vie. La curiosité me dévore et c'est à peine si je parviens à rester assise sur mon siège. Le temps d'arriver à Brighton, la nuit est tombée, mais je n'ai aucun mal à trouver mon chemin jusqu'au front de mer. Je marche si vite vers la jetée que je suis à la limite de courir, chose que je ne fais que dans des circonstances exceptionnelles, ce qui donne une idée de mon état d'excitation.

Je comprends pourquoi Leon a écrit que je saurais où aller, une fois devant la jetée. Impossible de rater le fauteuil posé sur la plage de galets, à une trentaine de mètres de la mer. Impossible de rater les points de lumière que diffusent les dizaines de petits photophores dispersés tout autour.

Je reste un moment immobile, la main sur la bouche et le cœur affolé. Finalement, je me décide à rejoindre le fauteuil, trébuchant sur les galets et balayant les alentours du regard à la recherche de Leon. Mais aucun signe de lui – la plage semble entièrement déserte.

Des plaids de toutes les couleurs couvrent le beau fauteuil au cuir craquelé, sur lequel un gros coquillage empêche une note de s'envoler.

Assieds-toi, emmitoufle-toi, réchauffe-toi... puis ouvre l'enveloppe quand tu te sentiras prête. Et ensuite la petite boîte.

Aussitôt assise, j'arrache le film alimentaire et déchire l'enveloppe. À ma grande surprise, ce n'est pas l'écriture de Leon qui court sur le papier à lettres, mais celle de Gerty.

Très chère Tiffy,

Leon nous a enrôlés, Mo et moi, dans ses folles manigances, au prétexte que notre opinion compterait pour toi. Je me demande si ce n'est pas plutôt parce qu'il avait un peu peur de se lancer seul dans ce projet. Je ne lui en tiens toutefois pas rigueur. Une petite dose d'humilité chez un homme n'a jamais été un défaut.

Jamais nous ne t'avons vue aussi heureuse, Tiffany. C'est d'abord à toi que tu le dois – je sais qu'il t'a fallu du courage pour tourner le dos au malheur et te reconstruire. Mais il n'y a pas de honte à admettre que Leon t'a donné un coup de pouce.

Nous l'aimons beaucoup, Mo et moi. Il te fait du bien comme seul un homme profondément bon peut faire du bien à une femme.

C'est ta décision, bien sûr, mais Leon tenait à ce que tu le saches : nous approuvons et soutenons sans réserve sa démarche.

Nous t'embrassons tendrement,

Mo et Gerty.

P.-S. Il m'a priée de te dire qu'il n'avait pas demandé la permission à ton père, cette tradition lui semblant quelque peu « archaïque et patriarcale », mais qu'il est « à peu près certain » que Brian n'y verra pas d'objection.

Secouée d'un petit rire tremblant, j'essuie quelques larmes. Mon père *adore* Leon. Ça doit faire un an que papa m'embarrasse autant qu'il me fait plaisir en l'appelant « fiston » à tout bout de champ.

Je plonge une main fébrile dans mon sac et en sors la petite boîte en carton. Le temps qu'il me faut pour en libérer le couvercle, fermé avec une tonne de scotch, est une véritable torture. Mais quand je parviens enfin à l'ouvrir, les larmes se mettent à couler sans retenue.

Elle contient une bague, nichée dans une boule de papier de soie aux couleurs de l'arc-en-ciel. Je la trouve magnifique : c'est une bague ancienne, légèrement déformée, sur laquelle est montée une pierre en ambre.

Une dernière note est roulée au centre de l'anneau.

Tiffany Rose Moore de l'appartement N° 3, Madeira House, Stockwell,

Veux-tu être ma femme ?

Prends ton temps avant de répondre. Si tu souhaites me voir, je suis au Bunny Hop Inn, chambre 6.

Je t'aime,

Leon.

Quand mes sanglots de joie ont cessé de faire trembler mes épaules, quand j'ai essuyé mes larmes et que je me suis mouchée, je rebrousse chemin en direction de la douce lumière qui éclaire la façade du Bunny Hope Inn.

Il m'attend sur le lit de la chambre 6, assis en tailleur, tripotant nerveusement l'oreiller posé sur ses cuisses. Je plonge sur mon futur mari, qui émet un drôle de son tandis que je m'étale de tout mon long sur lui, le plaquant contre le matelas. Ça ressemble à un *ouf!* de soulagement, mais je lui ai peut-être simplement coupé la respiration.

– Alors, c'est oui ? demande-t-il au bout d'un moment, repoussant mes cheveux pour voir mon visage.

– Il n'y a vraiment que toi pour trouver un moyen d'être absent lors de ta demande en mariage, dis-je avant de le dévorer de baisers. C'est oui, Leon. Oui sans l'ombre d'une hésitation.

– Tu es sûre ? demande-t-il en reculant la tête pour mieux me regarder.

– Absolument sûre.

– Vraiment ?

– Vraiment, vraiment.

– Tu ne te sens pas obligée de dire oui ? Parce que si c'est trop pour toi, tu peux…

– Cesse, Leon ! dis-je, exaspérée.

Je me redresse et m'empare du papier à lettres de l'hôtel qui traîne sur la table de chevet.

La réponse est OUI.

Je soussignée Tiffany Moore serais infiniment heureuse de me marier avec le dénommé Leon Towmey.

Voilà, c'est écrit noir sur blanc, de façon claire et irrévocable, et ce document fera foi devant la loi (vérifie quand même auprès de Gerty, parce que je viens d'inventer ça à l'instant).

P.-S. Je t'aime.

Je lui mets le papier sous le nez quelques secondes, le temps qu'il en saisisse l'idée générale, puis le fourre dans la poche de sa chemise. Il m'attire contre lui et pose un long baiser sur mes cheveux. Je sens qu'il fait un de ces sourires tordu et c'est presque trop de bonheur d'un seul coup, comme si on ne pouvait pas en mériter autant, comme si on en prenait trop et qu'on n'en laissait pas assez aux autres.

– Normalement, c'est là qu'on allume la télé et qu'on découvre qu'une guerre nucléaire ravage la planète, dis-je.

Il sourit.

– On a le droit de vivre des moments de bonheur, tu sais. On n'est pas obligés de les payer d'une manière ou d'une autre.

– Ça alors, c'est le monde à l'envers ! L'optimisme, c'est mon truc, pas le tien ! Au voleur !

– Ça m'est tombé dessus, promis ! se défend-il. Je ne sais pas d'où ça vient. Mes récentes fiançailles, peut-être ? La promesse d'un avenir radieux ? Mon grand amour qui se presse en ce moment même tout contre moi ? Difficile à dire.

Mon rire s'étouffe dans la chaleur de son cou. Je prends une grande bouffée de Leon.

Comme c'est bon.

– Hum… Je me sens chez moi quand je respire ton odeur.

– Tu sais, Tiffy, le lit, l'appartement…

Il s'interrompt un instant, comme il le fait toujours quand il cherche les mots justes pour exprimer quelque chose d'important.

– Ça n'a jamais été chez moi avant toi.

Remerciements

Mes remerciements s'adressent tout d'abord à l'incroyable Tanera Simons, qui a été la première à s'intéresser à Tiffy et à Leon, avant de lancer le coup d'envoi de la période la plus folle et la plus merveilleuse de ma vie. Ma gratitude s'adresse ensuite à Mary Darby, Emma Winter, Kristina Egan et Sheila David pour tout ce qu'elles ont fait pour donner vie à *À moi la nuit, toi le jour*. Je me sens tellement chanceuse d'avoir trouvé ma place au sein de Darley Anderson Agency.

Peut-être en douterez-vous après avoir fait la connaissance de Martin et Hana, mais en réalité le monde de l'édition est plein de gens vraiment formidables – et ceux qui m'ont aidée à accoucher d'*À moi la nuit, toi le jour* le sont tout particulièrement. Merci à vous, Emily Yau et Christine Kopprasch, mes merveilleuses éditrices chez Quercus et Flatiron, d'avoir rendu ce livre infiniment meilleur avec vos suggestions et vos corrections ; de lui avoir permis, grâce à vos innombrables apports, d'être aussi bon qu'il pouvait l'être. Merci à Jon Butler, Cassie Browne, Bethan Ferguson, Hannah Robinson, Hannah Winter, Charlotte Webb, Rita Winter, ainsi qu'à tous ceux chez Quercus qui n'ont pas ménagé leurs efforts pour que mon roman voit le jour. Merci également à mes extraordinaires éditeurs internationaux d'avoir cru si tôt à Tiffy et à Leon, et d'avoir contribué à donner à cette aventure littéraire la saveur d'un rêve.

Merci à Libby d'avoir été mon infirmière ; à Nups d'avoir été mon roc, combattant à mes côtés les champignons de la salle de bain et m'assurant (sans jamais se lasser) que ce livre méritait d'être écrit ; à Poja d'être une amie si exceptionnelle, si généreuse, et d'avoir consacré tout ce temps et ce savoir-faire à mon projet. Merci à Gabby, Helen, Gary, Holly et Rhys d'avoir lu mes premiers jets – merci pour vos idées lumineuses et les soirées chaotiques à l'Adventure Bar. Je suis reconnaissante à Rebecca Lewis-Oakes de m'avoir passé un savon parce que j'avais trop peur d'envoyer mon manuscrit aux éditeurs. Navrée d'avoir conservé le prénom Justin, Rebecca !

À ma merveilleuse famille et à la fabuleuse famille Hodgson : merci de m'avoir soutenue et d'avoir montré un tel enthousiasme tout au long de l'aventure d'*À moi la nuit, toi le jour*. Maman et papa, merci d'avoir toujours cru en moi et d'avoir rempli ma vie d'amour et de livres. Et Tom, merci de m'avoir aidée à soigner les détails. Je t'aime et je pense à toi tous les jours.

À Sam : comment te remercier ? Je me sens comme Leon – j'ai dû mal à trouver les mots pour exprimer l'ampleur de ce que je ressens. Merci pour ta patience, ta profonde gentillesse, la fraîcheur de ton enthousiasme, pour tout ce que la vie nous offre, et merci d'avoir lu et d'avoir ri quand j'en avais le plus besoin. Si ce livre t'est dédié, il n'a pas seulement été écrit pour toi, mais aussi grâce à toi.

Enfin, un immense merci à chacune des lectrices, à chacun des lecteurs qui choisira d'ouvrir ce livre, et à tous les libraires qui participeront à ce petit miracle. Je me sens à la fois reconnaissante et honorée de votre intérêt.

Cet ouvrage a été imprimé en France par
CPI Brodard & Taupin
Avenue Rhin et Danube
72200 La Flèche (France)

pour le compte des Éditions Fayard
en février 2020

Photocomposition Belle Page

PAPIER À BASE DE FIBRES CERTIFIÉES

Fayard s'engage pour l'environnement en réduisant l'empreinte carbone de ses livres. Celle de cet exemplaire est de :
2,0 kg éq. CO_2
Rendez-vous sur www.fayard-durable.fr

Dépôt légal : février 2020
N° d'édition : 19-2644-7/01 - N° d'impression : 3036549